长篇新奋斗主义小说

擒王 ② 潜伏

庄庸/著

北京燕山出版社
BEIJING YANSHAN PRESS

图书在版编目（CIP）数据

擒王.2，潜伏 / 庄庸著. —北京：北京燕山出版版社，2017.9

ISBN 978-7-5402-4670-9

Ⅰ.①擒… Ⅱ.①庄… Ⅲ.①长篇小说–中国–当代 Ⅳ.①I247.5

中国版本图书馆 CIP 数据核字（2017）第 221380 号

擒王 2 潜伏

作　　者	庄　庸
项目策划	李满意
项目负责	
项目统筹	王梦楠
责任编辑	王梦楠　李满意
特约编辑	张瑞霞
营销编辑	涂苏婷
责任校对	甄　飞　杜　睿　岳　欣
版式设计	易维鑫
社　　址	北京市西城区陶然亭路 53 号（100054）
网　　址	http://www.bjyspress.com
微　　博	http://weibo.com/u/2526206071
电　　话	01065240430
传　　真	01063587071
印　　刷	北京世纪恒宇印刷有限公司
开　　本	710mm×1000mm　1/16
字　　数	295 千字
印　　张	18
版　　次	2017 年 11 月第 1 版
印　　次	2017 年 11 月第 1 次印刷
定　　价	42.00 元
出版发行	北京燕山出版社

版权所有　　盗版必究

本故事纯属虚构，请勿对号入座！

目录 contents

楔子　生而如蚁美如神　/　1

第七章　潜伏攻略：离开，为了更好地回来　/　7

第八章　新奋青：谁为我填平"鸿沟"　/　60

第九章　向上的阶梯：三顾频烦天下计　/　113

第十章　齐天大"剩"：邻家有女初长成　/　163

第十一章　靠自己＆安全感：众里寻他千百度　/　220

楔 子

生而如蚁美如神

Who you want to be，you will to be.

冯伟不由得叹了一口气。

话可以这么说，问题是，是你自己想，还是别人想你这样想？是你主动地想成为"那个人"，还是大势所趋，你被动地要成为"那个人"？

即便是你主动地"想"，但因为惰性、因为习惯、因为种种不足为外人所道的东西所阻碍，也只有在不可逆转的外力作用时，你才会被动地去"做"……

这就是区别，本质的区别。

即便结果是一样的，winner 或者 loser，一目了然。谁也不知道那个过程，当事人是被动的，还是主动的。个中滋味，只有亲历者才会体会。

就像冯伟被迫离开万宝，被迫转型，被迫走上"Who you want to be，you will to be."……谁能知晓他心中的冷暖和浮沉？谁又能明了这是一种"主动地被下降"，还是潜意识中"被动式的主动的梦想"？

不能领会到这一点，那第四堂慢修课就是残缺的、不完整的；就只修了一半，甚至是不到全部课程的三分之一。

隐藏在心底的"结"一旦被触及，心思便如千徘百徊，无法安定。

临近午夜，冯伟心里还在纠结，又觉得百无聊赖，于是就看着电脑屏幕上绿色的小人。

顾自怜的头像，灰暗。

冯伟心里有些沮丧，虽然他也不知道要和她说些什么。可是，在这样的夜晚，他突然很想要一个人陪伴，要一个熟悉的人、懂他的人说些什么。

就这样，傻傻地看着屏幕，手指一下下地点击着鼠标，一分钟，又一分钟。

不知道过了几个一分钟，冯伟突然发现，顾自怜的头像绿了！

他的心里一阵惊喜，他突然意识到，自己下意识地一直在等待她，期待她。

冯伟打过去一个笑脸。

顾自怜：呵呵，这么晚还不睡？

冯伟：还没。

顾自怜：干吗呢？

冯伟：随便看点东西。

顾自怜：噢。

冯伟不满意她这么简单的回答，因为他急需她说点什么，虽然他也实在不知道能够说点什么。

于是，冯伟郁闷地回复：嗯。

这个简单的字却让顾自怜敏感的心收紧了一下。她猜想他是不是有事情，于是，她问：这两天好吗？

冯伟：还好吧。

顾自怜想了想，接着问：上次你说你离开万宝了，现在到底怎么想的？

冯伟：不知道。

顾自怜：噢？

冯伟不吭声。

顾自怜心下了然：我知道，你被迫离开，很无奈。但是你有没有想过，主动地离开和被动的无奈的区别？

冯伟叹气：我当然知道，可是，说实话我就是被动的啊。

顾自怜：可是你可以把它变成主动的。

冯伟问：变成……？

与此同时，另外一个男人继续经历着激烈的精神分裂和内心斗争。

大商：可问题是，就算你下跪，有用吗？你妈会心软吗？她那么护犊子。而且，她在新世纪起用的，全都是非用不可的家族成员。

小商：这个关必须过。他们说得对，我老妈已经成为阻碍新世纪发展的重要标志了。说老实话，他们脱口说出这句话时，我也很怨这一帮哥们儿，太没人情了，学了洋管理，把企业正规化什么的，就要把我的亲戚甚至妻子、老妈全部赶走，那不是没事找事、没病找病吗？但是，新世纪改革一旦启动，我对他们还是充满感激的——他们是为了新世纪的现在和未来。也就是说他们的眼光很超前，我的眼光很落后，而我老妈和家族成员的眼光就更落后，我必须改变他们的眼光。

大商：改变，谈何容易？要改变你老妈，还不如改变你自己。你先改变小时候老妈一说话你就跪下的状况吧。到现在仍然如此，一看老妈不高兴，你就会发抖的。过关，过关，这个孝顺是第一关。

小商：一个人，只要坚定并且坚持了，最后还是有结果的。为了新世纪的现在和未来，我可以在我老妈面前跪下去，我可以在我的老婆面前低三下四，绝对不可以有任何缓和或退让……哪怕我老妈半年不允许我回家吃饭，我老婆半年不准我上床！

顾自怜沉吟了一下，说：昨天我陪一个朋友去了迪斯尼，很开心。

冯伟：噢？

心里暗自奇怪，怎么顾自怜转到了这么一个差得十万八千里的话题？

顾自怜继续：你知道吗，每次去我都在想，为什么中国的游乐场总是比不过迪斯尼？我们也有过山车，也有玩具大熊，也有好吃的东西和美丽的风景。为什么呢？

冯伟安静地听着她说。

顾自怜继续自问自答：有机构也曾对此做过调查，调查结果说，因为我们没有米老鼠。

冯伟：米老鼠？

顾自怜：是的，米老鼠代表了我们儿时珍藏的想象，这个可爱的老鼠能够给予我们全部的童年回忆和梦想。昨晚，当我听到灰姑娘城堡的焰火歌曲的时候，突然明白了这一点。那首歌叫作"where the dreams come true"，是啊，这就是——梦想成真的地方。

"梦想成真。"——冯伟微微有些感触，但还是不解顾自怜的意思。

顾自怜心里明白冯伟的疑惑，缓缓地说：所以，我才知道，有时候有些梦想一直埋藏在心底，不到某一个时刻就不会被打开。

冯伟的眼睛盯着屏幕，盯着那"某一个时刻"这几个字。

屏幕上，顾自怜打出了让冯伟的心疼痛的一句话——顾自怜说："你的梦想呢？那个'第一人'呢？你忘了吗？还是你离开万宝就是为了它？"

冯伟的心一下子被拉回到了十年前，在学校的那棵大榕树下，他自信满满地对顾自怜说："我要做中国投资界的第一人。"

"为了它"——冯伟的眼睛又盯在了这三个字上，心里翻江倒海。十年了，他一直渴望着和甘晓儿平淡地过家长里短的生活，却渐渐淡忘了自己年少时的冲动和激情。是忘了吗？当然没有！他只不过是在中途短暂地迷失了一下：因为，做了"投资界第一人"又能如何？就像他当初在迷茫中问甘晓儿，就算"云朵上的学校会唱歌"又能如何？

这个问题问得他们自己都很累。心累之余，只有一个深刻的体会：平平淡淡才是真。

什么热血，什么沸腾，什么激情……都在这种平淡是真的渴望里被遗忘得干干净净。

只是，顾自怜说，你的本性里还是渴望追逐太阳的啊！

一语点醒梦中人。冯伟突然明白过来，当初自己答应汤小宁，不单是为了知遇之恩，不光是为了无路可退，而是汤小宁那一句："如果可能，你就可以成为自己，成就自己。"

原来，这些年以来，在万宝怎么谋算，自己并不是不甘于人下，而只是想——成为自己，成就自己。

就是这么简单，这么简单的原动力，却无可比拟。

成为投资界第一人，让云朵上的学校会唱歌，并不是你对这个社会有什么功德，而是你对自己实现了很大的功德——让你自己的生命之树可以常青，让你自己的生命之泉可以喷涌。那一刻，冯伟终于明白了甘晓儿为什么说，生命之树和云朵上的学校是硬币的两面。

原来都是"为了自己"啊！

我们一生的梦想都在追求成为自己，成就自己——无所谓 winner，或者 loser；向上，或者向下。这才是超级毕业生第四堂慢修课的核心真义。

自己的梦想，在内心的某个角落，从来不曾忘记。

冯伟对着屏幕，慢慢地打出：我想，我可以。

顾自怜笑了。虽然冯伟看不到太平洋的那一头，但可以想见她的笑容依然如十年前一般清甜。

顾自怜：我知道，你可以。

两个人都不约而同地靠在了椅背上，心里有种说不出的滋味。什么时候，默契和熟悉到了如此的地步，言语简约却意味深长。

这个瞬间，冯伟突然很想念顾自怜，想念这个如此懂他的女孩，千里之外。

新世纪"中国家族式管理"，已经渗透到了这个脆弱的巨人"身体的每一寸肌肤和每一滴血液"。于是，在每一个角落，海归派和家族派都展开了"毛孔大战"，"寸土必争"。

这已经成了新世纪最不可调和的"主要矛盾和基本矛盾"。

大商：上床？你还想让你老婆几年不准你上床?!

小商：可她给我生了孩子呀！我怕我老婆又有回来的念头，所以每次去看她，就说我们回国了就不能再要一个孩子了！所以，趁着在国外，再要一个孩子吧。于是，我老婆又给我生了一个儿子……经过验证确实是我的儿子（笑）。

大商：但是，你仍然挡不住她对你削除妻系家族势力的愤怒，以及重返新世纪政治舞台的决心。这不，她现在已经给你下了最后通牒：什么时候，我可以回新世纪工作！

小商：我现在还在哄她劝她，说新世纪现在变化挺大的，你现在回来，这个结构有点不太适合你。你又融不进新世纪团队，还是先在国外工作两年，学习东西方文化融合，在西方工作，这样的话，看能不能学一点什么新的东西。

大商：没有用的。她一旦下定了回来的决心，九头牛也拉不回来的。你比谁都清楚她的性格。这下元老派又多了一个攻击的借口——是的，借口。你有没有想过，假若他们的目标是你，你老妈、你老婆以及你的家族都只是一个借口呢？除掉家族，最终目标是要让你"出局"呢？

小商（犹豫且沉默）：不会吧——是，那又如何？新世纪重要，还是我个人重要？

大商：好吧，那就让新世纪历史的车轮，滚过你这只蚂蚁渺小的尸体，去继续追求那所谓的伟大梦想吧……反正，到时你死都死了，这些梦想有没有、实现没实现，都没什么关系。反正我这只蚂蚁，最大的梦想，是而且只是"活下去"。

商逍遥一拳砸了下去：I am a winner. 过去，现在，未来，always……

太阳升起来了,太阳下山了。又是一次轮回。一只小蚂蚁,在地上爬,在地上爬……

生而如蚁美如神。

哪怕渺小如蚁,直面浩瀚星球,也要有去推时代车轮的勇气与担当!

从商逍遥到冯伟,这两个男人似乎在那一瞬间,有了一种微妙的羁绊。

一个人的独行是可耻的,一群人的同行才是希冀!在这条未知的道路上,他们是否"一个人孤单"?

是否,能够同行?

第七章

潜伏攻略：离开，为了更好地回来

1

十九周年庆典的主题应该是什么？或者说，江子康自己在这次庆典上的"发言主题"应该是什么？

这不是一个纯技术性的事情，它是一种政治表态。

总裁办的内线已经通过矮个儿姜秘密传过话来了，今晚在总裁办"斗地主"时，商逍遥要和江子康"闲聊一下"这个事儿。

是的，今天轮到江子康到总裁办值班。

新世纪有一个不成文的规定，总监级人物都要不定期地轮岗或轮值总裁办——职责只有一个，陪商逍遥聊天或斗地主。据说，这个规矩是商逍遥不想待在家里当老妈和老婆的夹心饼干，宁愿待办公室，穷极无聊抓不到壮丁时的创意——无聊创造创意！

但事实上，在江子康看来，这是商逍遥于不经意间刻意释放的一个政治信号，在新世纪"梦之队"（元老派）之后，商逍遥正在组建新世纪2.0版的"黄金团队"——有资格陪商逍遥打牌的，都是清一色的少壮派候选人。

所以，江子康必须在陪商逍遥斗地主之前，确定自己应该诉求的政治主题。

遇到这个难题时，江子康第一个想到的人，就是冯伟——虽然他现在还很不想和冯伟"正式会谈"，但权宜之计，也先"闲聊"片刻吧。

于是，冯伟就被叫进了总裁办，跟江子康来了个临时的"五分钟面对面"。话题是从常青藤教育培训部的新老教师谈起的——虽然冯伟在进常青藤教育培训部之前，已经系统地听了一遍常青藤教育培训部核心教师的核心课程，但是，应江子康的要求，他还是保证每天去听一个老师的一次讲课。江子康的意思是，要他系统、全面而持续地掌握"每一位老师的授课风格"，为未来常青藤教育培训部的变革提前打下基础。

江子康率先问道："对老师和课程研究得怎么样了？"

冯伟道："最近忙于办公室。课程听得不多，所以，现在对教师团队的优化与变革，还没有什么成熟的想法。"

江子康："那就单个地讲讲印象吧，觉得哪个老师讲得最好？"

冯伟："嘿嘿，这个可不好说，每个人都有自己的特色吧，都挺棒的。六大长老有六大长老的风格，新生代的教师也正在形成自己别具特色的风格，比如牟可可、韦沉沉……"

江子康："这可都是我亲自选拔的。新世纪选老师可是有一套的。其他部门不谈，你就看常青藤教育培训部的新生代老师，哪个站上去不是精兵强将？"

江子康把"亲自选拔"咬得很重——他终于采纳了冯伟的意见，开始绕开江子福和拓跋宏，亲自选择自己的团队了。

冯伟："那是，那是。"

江子康："不过话说回来，现在人多了，这新世纪选老师也总有良莠不齐的啊。"

冯伟一愣，疑惑江子康怎么会突然说出这句话，是表达不满还是意有所指？

看着冯伟怔怔的神情，江子康笑着说："说说看，你喜欢什么样的老师？"

冯伟还是不明白江子康为什么绕到了这个话题上，但既然问了，就小心地回答："有人喜欢幽默风趣的老师，觉得课堂气氛生动活泼；有人喜欢讲故事型的老师，觉得授课方式更容易接受；有人喜欢板书式老师，觉得方便记录和温习……还是，看个人爱好吧。"

江子康："那你呢？"

冯伟继续岔开："我觉得，爱好都是从个人需求出发的。就像一个人说我喜欢什么什么，但是他其实不知道，是他需要什么才会喜欢什么的。比方说，一个人需要深入浅出的讲解，需要寓教于乐的方式他才能学习知识，所以他才会说喜欢那个会讲故事的老师。因为，他适合、需要这种授课方式。"

江子康:"嗯,有道理,也就是说需求决定市场。"

冯伟见他一下子把这个道理上升到了商业理论的高度,心想,江子康果真是个 doing business 的人。

冯伟的思路立刻跳跃开去,既然商逍遥重用这样的人,那么新世纪是否也要走"商业化发展"的道路?

他开始有点明白江子康为什么要提出这个话题了。

于是,冯伟开口问:"老板,那你觉得,新世纪是要发展成一个'名校'还是'名企'呢?"

江子康被冯伟这个突然抛出的问题问住了,但他立刻敏锐地意识到,这恰恰是商逍遥正纠缠于其中的难题:向左走,还是向右走……

这不正是元老派、少壮派、家族派、基层官僚派等围绕"新世纪发展:现在和未来"而纠结不清的难题吗?它让元老派挫败,让少壮派无力,让家族派和基层官僚派不知所措。只是,大家都纠缠于细枝末节的事情,却忽略了这个根本性的本质问题:北京新世纪学校,到底是要发展成"名校",还是"名企"?

江子康竭力抑制住心底的震惊。

冯伟这么一个"外人",怎么能这么一针见血地提出这样本质的问题?

虽然冯伟在江子康的心里,已经不是一个普通学员或职员,但是,江子康还是偶尔掩饰不住自己的轻视:他,毕竟还只是一个"外人"。

这个"外人",外于新世纪,外于江氏家族。

慢镜头　梦想=活下去:黑马问题(1)

北京朝阳金融街万宝总裁办。下午 16:00。

汤小宁正在接一个神秘电话。

汤小宁:……这个信息很及时,这个想法很不错。

电话那头是一个女子的声音:哈,汤老板能对我们这一点粗浅的想法给予那么多的关注,很荣幸。

汤小宁沉吟片刻:商逍遥的"转型"准备得怎么样了?

女子:你是指他的上市小组?

汤小宁:呵呵,当然。你们不也打算挤进一席之地,甚至掌握主导权吗?

女子顿了半秒,然后不紧不慢地说:事情比较棘手。老商还没有表态。现在各方都在蓄势以待……

汤小宁：噢？你们的策略也是"等"？

女子：我老板说了，没有十足的把握他是不会出手的。所以，这要看汤老板的诚意了。

汤小宁微微一怔：诚意？你老板还想要什么诚意？

似乎听出了汤小宁语气中的"轻蔑"和"不屑"，那女子轻笑一声。然后，慢悠悠地说道：我老板说了，虽然双方的砝码不一样，但谁说跳蚤和大象不能跳舞了？再说了，谁说那只伪装的跳蚤不是新世纪未来的龙种？

2

江子康反问："成为名校如何？成为名企又如何？"

冯伟："嘿嘿，那是高层决定的事情！我一个小职员，发表什么评论啊！"

江子康听到冯伟就这么"缩"了回去，意识到冯伟对他的反应不满意——这也是一种政治试探——于是，微笑着说："你说说看嘛，就像你说的，既然要领导新世纪的现在和未来，那你总得告诉我你更乐意将新世纪领向哪个方向！"

冯伟毫不犹豫地说："当然是名校。"

江子康："噢？"

冯伟："学员来报新世纪的班，都是来学知识、学技能、学生存和发展的知本的。为了短期培训也好，为了出国考试也好，为了未来'知本玩赚财富'也好，都是着眼于学习。所以，从这个意义上讲，我当然希望新世纪能够成为一个名校——当然，照现在的状况看，新世纪已经是很有名气，但是我想你也知道，此'名'非彼'名'。"

江子康点头。

他听出了冯伟的书生意气。冯伟这个想法，倒是和江子福的差不多。可是，新世纪改制，会容许这种想法存在吗？各方势力纠结于此，不正是因为这个"核心发展道路"，高层始终统一不了思想，达不成共识吗？资本家毕竟就是资本家，知本家毕竟是知本家，两者怎么可能画等号？

办学，是要本着赔钱的精神的；而办企业，则是以挣钱为目的的。

问题的关键是，在各方势力纠缠不休的情况下，他，江子康，应该做何表态？如何表态，才能把握到老商真正的立场和态度？

冯伟看出了江子康犹豫不定的心思，叹了口气说："我只是希望新世纪不要到最后学校不像学校,公司不像公司才好啊!"

江子康的心一下子抽紧。他觉得冯伟字字句句,都打在了现在新世纪的七寸上,让他觉得无法动弹。是的,无论名校,还是名企,都必须快刀斩乱麻,做出选择——否则,当断不断,自己必乱。

江子康也听出了冯伟的言下之意——无论是赞成名企,还是支持名校,他必须有一个决断,不能弄得"名企派"不像"名企派","名校派"不像"名校派"。

他右手的食指一下下地敲着手中的青花瓷杯,看着眼前这个年轻人,暗想:这真的是一个合适的人吗?可以帮助自己吗?如果选择与之相悖的道路,他会不会反噬自己?

冯伟也在考虑,与江子康的对话如何再继续?他已经踹了江子康一脚,却不想显得那么锋芒毕露,但又不想拖太长时间。他需要江子康快点亮明自己的政治态度,毕竟,时间太过紧迫。

是的。冯伟踹了江子康一脚。新世纪转型的第一个核心问题,就是必须在十九周年庆典的转折点上,向内外表明:下一个十九年,新世纪到底应该发展成一个名企,还是一个名校。只有以这个根本问题为轴心,新世纪才有可能进行新一轮的政治洗牌、权力分配和重新划定利益格局。

江子康必须坚定地表明自己的政治态度,并且以此为轴心对外合纵连横,对内重新洗牌重组。否则,他会始终像无根的浮萍,新世纪的风往哪个方向吹,他就往哪个方向漂。

冯伟不希望自己辛辛苦苦选择出来的老板以及利益代言人,会是这种墙头草!

但对江子康来说,兹事体大,一个不对,又将牵扯到各方势力大冲撞。新世纪过去十九年,哪一天不是围绕着这个根本问题转?十九年来都没有做出抉择,又岂是江子康三言两语、三秒两秒能够做出抉择的?

一时间,一阵沉默。

江子康在想:名校 or 名企,和谁一起走?这个问题肯定没有答案。但是,江子康终于找到了和商逍遥"斗地主"的主题——他要在牌桌上把这个皮球踢给商逍遥。不管怎么说,能够提出这个根本性的问题,对于当下通盘考虑新世纪政治和利益格局的商逍遥来说,已经足够了。至于答案嘛,那就用脚走路吧,何必用大脑思考呢?

冯伟在想:怎么走?对于 what 来说,他其实更关心的是 how。新世纪选择做名企还是做名校,都只是一种权宜之计、政治表态,其核心其实仍然是"How to do it"。鱼和熊掌为什么不能兼得呢？为什么不能以名企的实用主义道路，去实现名校的梦想主义目标呢？

梦想主义是目标，实用主义是道路。这，就是"超级毕业生"的第七堂慢修课。

空气中，听到了他们对话的新世纪，是否也在想自己该往哪里走呢？

冯伟是，而且只是踹了江子康一脚，但江子康太极一甩球，却把商逍遥和新世纪也踹得像癞蛤蟆一样，"蹦"到了那条他们不得不踏上的道路上。于是，新世纪车轮的一系列轨迹又被动或主动地出现了……

这却是冯伟"不关心"的了。

慢镜头　梦想=活下去：黑马问题（2）

北京朝阳金融街万宝总裁办。下午16:20。

汤小宁也轻轻一笑：问题是，你老板别无选择！你要知道，如果上市小组里若是没有你们的人，新世纪上市成功以后，你们就没有立足之地了。

女子（迟疑了一会儿）：这点我们也很清楚。可是，我们同样清楚的是，万宝大中国区在新世纪也没有根基，而我们，还可以选择做其他资本推手的利益代言人……

汤小宁大笑：谁说我们在新世纪没有根基了？我的前总裁助理黑马早就进入新世纪了……

女子（显然很震惊）：谁？他是谁？他在哪个部门？

汤小宁：我怎么会告诉你？新世纪知道他是谁的人不会超过四个人。所以，转告你老板，他没得选择！

女子（沉默半晌）：好，我会转告他的。但是，我们希望你约束黑马，不要做不利于疯狂精英培训部的事情……

放下电话，汤小宁把大拇指摁在了太阳穴上。他感觉到了头疼——为黑马头疼。

冯伟出乎意料地选择了常青藤教育培训部，而没有像汤小宁所预期的那样选择疯狂精英培训部，这让汤小宁有一种莫名的恼火和隐隐的担忧。

这次，是自己把黑马逼到了一个十字路口。不知道，他到底会向左走，还是向右走？如果直行，又会是怎样？

第一次，汤小宁觉得事态有些超出自己的掌控。

3

冯伟也踹了都春兰一"脚",把她"踢"到砧板上去烧烤。

当然,"踹"这个动作,本来就是为了"隔山打牛"——就像踹江子康,是为了把商逍遥和新世纪踹上正道;踹都春兰,是为了把潘芳和大老板势力踹下台去。虽然这两个"踹"的目的,有很大的差异,但本质其实都是一样的。

如今,对方为刀俎,我方就得提供鱼肉,不然游戏就玩不下去了,是不是?!

如果连唯一可以说忠诚于自己的员工都给逼走了,江子康可就真的是孤家寡人了,没有任何自己的人了。

狗急了还会跳墙,江子康急了,又会怎样?

冯伟很想知道。

结束谈话前,江子康让冯伟审核一下十九周年庆典暨新教师培训大会的拟邀请嘉宾名单,且以"名校 or 名企"为演讲主题,给自己草拟一个发言稿,晚上就要。指定潘芳和冯伟两个都要十点前交到总裁办。

获得高个儿扬的特许后,冯伟躲进绿色氧吧,咬着笔杆子看了半天,把都春兰叫了进来,把嘉宾名单和演讲主题给她看。

冯伟道:"这些嘉宾名单是你负责协调落实的吧?"

都春兰不明其意:"总部的人和六大长老是我落实的,外面请的人是总裁办联系的。我负责汇总,交给潘芳。"

"噢",冯伟若有所思:"总部所有的头面人物都要出场?老板不是也要发言吗?我就是想问问你,以前这活儿谁干?"

都春兰答道:"以前小老板基本上没有这种正式地发言过。新世纪的传统都是即席演讲,从商逍遥到江子福都是——不拿稿子,滔滔不绝。不过,小老板习惯像讲座一样,自己拟个提纲,让曲婉澄修改补充。但是潘芳做了一些小手脚,后来她来做——虽然小老板也不满意,但是也没提出来过。"

冯伟笑了笑:"你没有做过吗?想不想试试?"

都春兰不好意思地挠挠后脑勺:"你甭取笑我了,我哪有那个本事啊!"

冯伟一点点地勾引:"潘芳做得,你为什么做不得?这可是为老板干事的最好方式之一。你得学会说出老板想说的话,换句话来说,你得从现在训练自己能像一条小虫儿一样'钻'进老板的心里,想他所想,供他所需,并且能把它说出来,写出来。"

都春兰有点心动:"那,怎么做啊,我笔头生疏得很!跟中学生写作文差不多。"

冯伟继续诱惑:"正因为生疏,所以才要从现在开始练嘛。一日不练手生。今天练,明天练,总有一天能练到你自己能独立为老板写讲演稿——那你不就成了老板的喉舌了?老板的喉舌呀,你怕谁啊!"

都春兰心更动了:"那,那,师父你得教教我!"

冯伟道:"我不现在就找你来了吗?你看,老板让我给他写发言稿,可是我对咱部门、对他、对新世纪的人都不了解啊。你呢,又是'老'人,很熟悉这些人的风格了吧?所以,我找你来,就是想我俩一起合作,你说,我动笔,一起讨论,今晚加加班,把这演讲稿弄好了,写明是我俩一起弄的。你想想,会有什么结果呢?"

都春兰遥想了一下:"小老板知道我也参与写演讲稿了。"

这是废话,但也是最有意义的话。

冯伟赞许地点点头:"士别三日,当刮目相看——三日,三日,得从今日开始呢。"

都春兰很兴奋,立刻就要动手:"师父,你对我真好!我们现在就开始吧……"

于是,开始挖坑了!

慢镜头　梦想=活下去:黑马问题(3)
北京朝阳金融街万宝总裁办。下午 16:30。
正思忖间,田甜送文件进来,像往常一样离开。
汤小宁想想,叫住了她。
汤小宁:你是不是还想不通黑马为什么离开?
田甜:其实,万宝很多人都想不通。
汤小宁:这并不是因为能力、机遇的问题。性格决定命运。

4
完了,打印两份。
冯伟当着都春兰的面,在其中一份注明"冯伟、都春兰撰",然后让都春兰先去找找矮个儿姜,再抽个空子把演讲稿和审核后的名单一起交给矮个儿姜。

都春兰说:"让方榕榕直接送到总裁办去吧!潘芳让方榕榕在前台等着呢!"

冯伟意味深长地笑笑:"你想不想玩一玩'青蛙跳水'的游戏?"

都春兰疑惑地说:"青蛙跳水?"

冯伟把"青蛙跳水"的理论讲了一遍,道:"一只青蛙跳下水,两只青蛙拖下水,你说,把这东西不交给方榕榕,会把哪只青蛙拖下水呢?"

都春兰灵光一闪:"矮个儿姜?"

冯伟颔首笑道:"没错。没准还能把老板拖下水呢!你说,老板都拖下水了,潘芳会怎么想呢?"

都春兰完全明白了冯伟的意思:"不抛弃不放弃——才怪!"

冯伟嘿嘿两声:"你反应还挺快的嘛,还能省略掉中间过程,跳跃性的思维——记住,要将军,并不一定自己出手,可以借用他人做棋子嘛!"

都春兰有些得意又有些腼腆:"跟着你,都学鬼了。"

冯伟立刻做苦瓜脸状:"别,好像我把你教得有多坏似的——你先去跟姜老太勾搭一下吧,能不能把老板拖下水,全看她的呢!先看高个儿扬在不在,避开她说话。"

都春兰心领神会地去了。

冯伟把未注有"冯伟、都春兰撰"的那份演讲稿和嘉宾名单一起封进文件袋,然后打内线叫方榕榕进来,把注明了姓名的那份给她:"你把这份放到小老板办公桌上吧,他说他一会儿下来,我等他。给潘主管打个电话,就说已经送去了。然后,你就下班吧!"

方榕榕脸又红了:"好的。"说完就要出去。

冯伟叫住了她,又叮嘱道:"一定要给潘主管说已经送到了。不然,小老板会怪你的。"

方榕榕脸更红了:"好的。"说完就又要出去。

冯伟又叫住了她:"你不觉得奇怪吗?我怎么觉得你很奇怪呢?"无聊产生好奇。

方榕榕脸更红了:"好的。小老板说了,有什么问题你尽管和我说,有什么事情你尽管吩咐我去做。"

冯伟逗她玩:"你别又脸红啊。我不是小老板啊!"

方榕榕的脸红极了:"好的。可是,可是,你提'小老板'的名字了!"

冯伟无话可说，只得找话了："是不是什么事情你都说'好的'？"

方榕榕脸开始恢复正常了："她们说，'好的'是我的口头禅。现在，她们都叫我，'好的'天真宝宝！"

冯伟绞尽脑汁，实在找不出啥话可说，只好放弃了。

方榕榕等了半天，脸完全恢复如常了，公事公办地说："你还有别的事吗？没有，我就出去了。"

冯伟憋了半天，想避开那两个字，结果还是只能蹦出那最佳候选的两个字："好的！"

慢镜头　梦想=活下去：黑马问题（4）

北京朝阳金融街万宝总裁办。下午16:45。

田甜：从性格上来说，马儿是个很好的人！

汤小宁：可是，他也是一个太有棱角的人。太有棱角，就容易对现有的、稳定的"公司体系"造成冲击。

田甜：体系？

汤小宁：这就好像桌子上摆了一个大青花瓷碗，碗里全都是光滑圆润的雨花石，相处得融洽无间。突然间扔进来一个有棱有角的尖方石，一下就戳穿了石头间整体的平衡……

5

方榕榕才走，都春兰就回来了，说跟矮个儿姜勾搭好了。

一脸神秘，似乎"勾搭成奸"。

冯伟心下暗自好笑，把封好的文件袋给她："都在里面呢，你拿给姜老吧。一块儿出去吃宵夜，地点你来选。"

都春兰本能地想回绝，想说算了吧，我家路远，在通州那边呢，得赶紧回去。话到嘴边，忽然想起冯伟说过的，跟同事吃饭不是浪费，而是投资。立刻咽了回去，赶紧点头，如小鸡啄米，唯恐答应得不够快不够真诚，让冯伟收回了邀请。

其实，冯伟是想请都春兰好好吃一顿，以略表歉意——虽然一顿饭不足以平息即将卷起的风暴，但是从长远看，都春兰从中获得的收益要远远大于她短暂承受的煎熬和压力。

值，还是值得的。冯伟做投资，是很讲究回报的。

哪怕是——别人的回报。

第七章　潜伏攻略：离开，为了更好地回来

吃饭的时间很短，但聊的信息很多——都春兰谈到了她刚来时的场景。

其实一开始来的时候，都春兰因为是师专毕业的，还有点文艺女青年的情结，不想做行政助理，做咨询、教务和后勤杂务之类的事，而是想做教学助理——多跟老师们打交道，提高自己的修养。但是大专毕业学历不够，英语又不够好，所以没通过。

过了两个月，她就想到班上去听课，还提出干一年试用后能不能让她负责教学，甚至可以给老师们当助手，打杂都行。

高个儿扬就很不高兴了，说，她怎么这么不安心?! 试用期三个月都没到呢。

当时，江子福当家，高个儿扬管事，矮个儿姜说话没啥分量。但都春兰就是觉得自己跟矮个儿姜脾气相投，跟高个儿扬怎么都不对路，所以，她跟矮个儿姜越亲热，高个儿扬就跟她越冷淡。

都春兰不知道，为江子康招个帮助他做咨询、教务和行政的助理，就是高个儿扬的主意，并努力推荐的。都春兰不愿意干，高个儿扬自然不高兴。

那时，都春兰刚出校门，整个儿就是个愣头青，人家不让往前撞红线，她还非要往前冲——甚至想将红线冲断。

于是，说的次数多了，为了断她的念头，高个儿扬出了个招，说，这样吧，你不愿当行政助理，你就去教室办吧——反正你是和学校签的合同，在哪个岗位上都一样。

从此，都春兰再也没提过跑教学的事情。

冯伟不太懂："为什么呢？"

都春兰说："'教室办'是个很苦的地方，娄阿姨说她在那里待过一个月，居然走破了四双鞋——最要紧的是，教室办就是最普通也是最复杂的地方。做教室管理员的，都是一群中老年妇女，下岗的、北漂的、南下的、回迁的农民，新世纪谁谁谁拖家带口的七大姑八大姨，成分很复杂，基本是在新世纪社会最底层。"

噢，冯伟明白了，都春兰还下意识地把新世纪进行了社会分层和阶级选择呀——坐办公室做行政，已经没有上课的老师高级，教学助理至少是在向那个"上流阶层"靠拢。即便"爬"不上去，也不能掉下去，掉到普通教室管理员的"下流社会"去！好歹办公室还是一个"中间阶层"或"准中间阶层"。说到底，都春兰还是"不甘心"，想要一个更高阶层

的"名分"。

话题很大,答案很复杂,或许根本就没有答案——但是寻找答案的方法和过程很复杂。所以,冯伟避了过去,捡了个都春兰的致命错误来问:

"你觉得是因为自己学历不够、英语不好,总结起来就是'能力不够',才做不了教学助理的吗?"

新世纪有多少"速成神话"可以打破这种认识的误区:无数低学历、英语不够好的人,经过魔鬼式培训、"黄埔军校速成班"的打造,成为英语培训与教学的牛人、达人、神人!新世纪不就是让灰姑娘变公主、灰小伙变王子的神话世界吗?

都春兰说:"高个儿扬的说法就是这样的。我也隐隐觉得不对,但是思来想去,到现在我都不知道问题在哪里。"

冯伟道:"如果按照这种逻辑,有能力就上、没能力就下——有多少人就给这句话误了终身。你还真的勤勤恳恳,任劳任怨,以为单靠能力的提升,总有一天天公会开眼,老板会看见,忽然就把你提拔了上去——就像坐火箭似的?做梦吧,你!如果真是这样,为什么后来是潘芳做了行政主管,而不是你呢?为什么都过去两三年了,还不见你有出人头地的迹象?不是公认你的资历比她久、业务比她熟、能力比她强吗?"

都春兰一拍大腿:"是啊!我到现在都不明白!连大老板大会小会都表扬过我好几次呢!"

冯伟笑道:"这不就得了——你的能力大小老板都看在眼里,高个儿扬和矮个儿姜也都不是吃素的,领导们的眼睛都是雪亮的,能力强不强、表现突出不突出,高下优劣,都是一眼能看得出来的。但为什么是潘芳上了,而你没有上呢?"

问题又绕了回来。

都春兰满脸苦恼:"是啊,我到现在都想不明白呢!"

慢镜头　梦想=活下去:黑马问题(5)

北京朝阳金融街万宝总裁办。下午16:50。

田甜(忽然尖锐而刻薄):为什么在好几年里这都不是问题,忽然到了现在——特别是大地震下半年以来,这忽然成了一个很重大的问题?

汤小宁一怔。

谁说这个小姑娘单纯?是她自己有心,默默观察到的?还是冯伟有心,亲手调教出来的?

田甜（接着咄咄逼人，一向温驯如绵羊的人咄咄起来，另有一种逼人的气势）：为什么前几年万宝最繁荣的时期，所有人都很服膺黑马。为什么忽然之间，全部厌弃了他，当然包括您？

6

冯伟笑了笑，没说话，端起茶来呷了一口。

虽然是免费茶，但对于冯伟这种只懂牛饮不懂茶道的人来说，解渴最重要——附庸风雅？去，都靠边去！

都春兰却心下一闪亮，明白的人在这里呢，在端师父的架子呢。

"师父，你跟我说嘛！"这话语竟带了一丝娇嗔的意味，但语调和语气还是一本正经、规规矩矩的。

冯伟立刻上下起鸡皮疙瘩，周身毛骨悚然。不是没听过女助手或女同事的撒娇带嗔，但像这样表里两张皮的，还是第一次——难受，比听到真的娇嗔还难受！

他马上正襟危坐，赶紧说正题："你啊，最大的问题，就是没有眼力见儿——看不到老板身边的'隐形人'。"

都春兰满头雾水："隐形人？那是啥？跟我有关系吗？"

冯伟道："没关系，我还跟你瞎掰扯什么劲儿？有关系，很有关系，关系大了去。这么说吧，你知道谁是领导，谁是老板，但你知道谁实际做主？谁实际操盘？谁正在影响老板的影响力？谁真正已经、正在和即将影响你的前途、钱途和命运？"

都春兰更糊涂了："提拔不提拔我，奖惩不奖惩我，不都是老板做的主，老板做的决定，老板发的命令吗？"

冯伟摇摇头："是老板发的命令没有错。但做主做决定的就不一定是老板了。比如，提潘芳而没提你，你觉得是大老板做的主吗？你觉得是小老板做的决定吗？"

都春兰仔细一思索，似乎有些明白了："大老板不耐烦做主这些小事，小老板当时没权力做这样的决定——这是高个儿扬的决定？"

冯伟点点头："是的，高个儿扬就是老板身边的隐形人，拥有人事权、财权、行政权等诸多做决定的隐形权力。比如，像行政主管这样的人选，上面最多问一句，你们觉得谁来做合适呀！如果中间有'隐形权力'的人力挺你，又没人反对你，家族会一表决，基本上就通过了。老板还会否了你？毕竟他管天管地，还能去管自己的手脚——他也靠这些手脚走路吃饭啊!"

都春兰似乎懂了:"我那次没上去,就是因为没有'隐形人'力挺我?!"

冯伟笑道:"不但没有隐形人力挺你,人家还用隐形的权力踹你——矮个儿姜没话语权,小老板又不吭声,所以高个儿扬一手拉潘芳,一脚就踹你。你不下去谁下去?你不垫底谁垫底?"

古往今来的职场其实都一样,均可比拟为一根竹竿,分成若干节——或者,就像冯伟自己所比喻的那样,就像一个梯子,分成若干的阶梯——一个人一辈子唯一做的事,其实就是爬上比他自己的阶级、阶层、阶梯更高的阶级、阶层、阶梯,而上面的那个阶级、阶层、阶梯,或是依附于这个阶级、阶层、阶梯的寄生势力、集团或人,则会利用一切力量阻止他爬上去。更多时候,并不是那种主宰者,而是那种寄生力量,成为你向上攀爬的最大阻力。很多人并不清楚这一点,甚至至死都不明白。

隐形人的可怕便在于此,他所掌握的隐形权力,可能比你实际看到的老板权力还要大!

顿了顿,冯伟又说:"每个部门嘛,就像一个金字塔,都有一个向上搭的梯子,能往上一个阶梯,当然都会争取攀一个阶梯。只是大多数都盯着站在梯子顶端的老板,以为他决定自己事业、职业或仕途的升迁。但事实上,搭个梯子向上走,只有 5%是明面上老板决定的机会,95%都是隐形人在暗中支配的。这方面,潘芳眼睛比你毒——一来,就紧紧抓住高个儿扬这个隐形人隐形的影响力。"

所以,宁可得罪老板,也不可得罪"隐形人"。

宁可不跟老板亲近,也必须要贴上隐形人,不但身贴身,最好能心贴心。

那些秘书、助理、助手、家族利益代言人……他们编织了一个细密的隐形权力网。你是蜘蛛还是蚊子,就看你能不能跟上他们的异种或变形。

非我族类,其心必异。这是"隐形人"的座右铭。

慢镜头 梦想=活下去:黑马问题(6)
北京朝阳金融街万宝总裁办。下午 17:00。
汤小宁(终于对田甜刮目相看):理由很简单,繁荣时期你好我好大家好,大家并不介意有黑马这样一个人作点缀……
田甜(惊讶):点缀?黑马只是万宝的点缀?

汤小宁（不理她的话）：但是，危机时期，生存成本增大，活下去都成为问题时，黑马就成了大家的一根刺。大家都要设法活下去。

田甜（情绪有些激动）：我不明白！因为他的梦想？因为他的愿景？因为他总想成就一番大事业、大作为？到底是他"好高骛远"，还是"双子星座""坐井观天"？我不明白！

汤小宁（沉默良久）：我让你"待"在他身边，看来是错了。

田甜（激动）：是的，从一开始您就不该让我"观察"他！三年！三年里我最痛苦的事情，就是我不能成为他真正的"自己人"！

7

都春兰沉默了，犹犹豫豫了大半天，终于决定实话实说，有一说一。

"其实，不是我没有意识到这个问题，我也想过、试过跟高个儿扬接近——但是，每次都三分钟热血，不到十分钟就冷却了。"

冯伟问："为什么呢？"

"我好像找不到接近她的途径。"都春兰努力回忆，一点一滴地钩沉，"她喜欢的我都不喜欢，我努力做的她都不待见。比如，她喜欢打扮，喜欢购物，喜欢买化妆品，喜欢去做美容，喜欢去跳舞……这些潘芳都能陪着她，并且能把她照顾和服侍得无微不至。我就做不到。"

冯伟又追问："为什么潘芳能做到，你就做不到呢？"

都春兰又努力思考："好像两个人都喜欢这些，有共同语言？也不全是。"

她摇摇头，很快否定了自己的看法："我好像听叶香香私下议论过，潘芳不喜欢跳交谊舞。但是，她花钱报了个班，甚至请了私人教练，愣是把那交谊舞学得像模像样，能全程陪同。"

都春兰叹了口气："为了迁就高个儿扬，她能够改变自己的喜好，我不能。我就做不到天天守在她门口，帮她拎包，陪她说话，甚至时不时送一束花给她。我做不出来。"

冯伟盯着她的眼睫毛说："觉得那样做很低下，是不是？就像哈巴狗哈着主人一样。"

都春兰很想说是，但觉得自己似乎已被冯伟锐利的眼神看穿，于是作罢，老老实实地说："不是。其实有时想起来，也挺佩服她的。只是我确实做不到。我老感觉自己跟高个儿扬不是一路人，无论怎么做，她都不会赏识我的——不像矮个儿姜，我们一聊，就有很多话题。你不知道吧，矮个儿姜年轻时候也是一个文艺女青年，有很多理想，很多梦想，很多青春，只是因为那个年代，那种婚姻……壮志未酬。对，她老说自己壮志未酬。"

冯伟扑哧，差点把茶水喷到桌上——壮志未酬文艺女青年，不，文艺女中年，难怪矮个儿姜时刻准备着，总是一副"老骥伏枥，志在千里；烈士暮年，壮心不已"的战斗进行时姿态。

冯伟问道："所以，你就觉得你跟高个儿扬不是一路人，只有矮个儿姜才能惺惺相惜，彼此赏识，并且只有她才知道你的价值和意义？可问题的关键是，掌权的不是矮个儿姜，而是高个儿扬！"

都春兰苦眉吊眼地说："我也知道啊。但是，我真的试过，很努力地试过，就是不知道该怎么接近、靠近、亲近高个儿扬。在她面前，我不知道该说什么话，手要怎样放，事要怎样做，才可能满足她的心意。"

稍停两秒，冯伟下结论说："在这件事上，你不如神万能，不如潘芳机灵，也不如愚公笨人有笨办法——老子搬不动整座大山，就一石一块把你挖到我这边来，甚至抛到我背后去，看谁牛得过谁。"

这后一句是带着川音川调川词川腔说出来的，偏冯伟说得又是一本正经，煞有介事，似乎他就是愚公移山似的。

都春兰扑哧一声，整个儿严肃而又有些沉闷的气氛就给冲淡了。

慢镜头　梦想=活下去：黑马问题（7）
北京朝阳金融街万宝总裁办。下午17:10。
汤小宁（试图安抚，接着放弃）：黑马是"不会"培养自己人的！
田甜（困惑）：我不明白。
她这一次是真的不明白。是不愿？还是不善于？
汤小宁（叹了一口气）：你不用太明白。只要知道这是一个选择题就行了：是松手黑马一个人，还是放弃整个万宝投资团队？
田甜（咬着嘴唇）：这对黑马不公平。
汤小宁（叹道）：这世上本来就没有什么公平可言。为了维系整个团队的稳定与和谐，即便我知道他们的总和都抵不上黑马一个人的价值，但我也只能放弃黑马。
田甜（冷笑）：可是，您有没有想过，假若是黑马放弃了您，放弃了"双子星座"，放弃了万宝呢……
田甜的话像一根刺，扎中了汤小宁的心窝。

他闭着眼，翻来覆去地想田甜的问题。

这是不是错了？是不是不能把宝押在黑马一个人身上？是不是应该留一些后手？

8

都春兰于是又娇嗔地轻唤一声："师父……"

冯伟竟似听见了李扬版孙悟空呼唤唐僧的千里缥缈音，一哆嗦！打住，坚决打住！

"又想我教你两招吧？难，这得改变自己。江山易改，本性难易——为啥说人一辈子最大的敌人就是自己？就是因为改变自己迁就别人太难了，都希望别人来迁就自己——哪怕对方是决定自己前途、钱途的上司、老板和领导。最不济的，也是整日做着白日梦，希望遇上一个'称心如意'的伯乐型领导。遗憾的是，千里马常有，伯乐不常有。其实，这比遇上'称心如意'的伴侣还难！百年修得同船渡，千年修得共枕眠，你想想，遇上称你心如你意的伯乐要在前世今生修多少年？"

"那怎么办？那怎么办？"都春兰使劲儿地搓着手，焦虑形之于色，"难道，我就这样听之任之？就这样下去？"

改变自己！

人一辈子有多少时候能够称自己的心如自己的意？能称心如意地遇上心有灵犀的伴侣、惺惺相惜的知己、慧眼识才的伯乐？

所以，山不到我这边来，我就到山那边去。不要指望对方改变，更不要试图改变对方，你能够改变的只有自己——但事实上，改变自己比改变对方还难！职场如是，情感如是，婚姻如是，人生更如是。

冯伟欲言又止。

这个话题一扯开，就没完没了了。

而且，似乎，现在也不太合适讲给都春兰听。

冯伟斟酌了一下字句，顿了顿，说："顺其自然吧。不是时时、处处都能遇上称心如意的领导的。我今天给你说这些话的意思，只不过想让你将来在栽跟头时，明白自己错在哪里。别都跌倒了，还不知道绊脚石在哪里，从头再来时，仍然在同一个地方犯同一种错误。"

给点预言，给点警戒，给点启示——都春兰栽跟头，就是栽在隐形人和隐形的权力上。

先把冯伟自己给择出来。都春兰栽跟头，跟他没关系——真的，真的没关系。他只不过烧了一把火,浇了一下油,点燃了导火线而已。

戏虽然是他导演的——但主角不是他。他要打击的对象也不是都春兰。而且,都春兰也不仅仅是工具。哪有工具最后能获得意想不到的收益的?

就当是一种交易吧——打一个小仗,保半年平安。

都春兰若是想明白了,肯定会觉得值,非常值。虽然,她现在不明白。

没关系,明后两天她会明白的。

明后两天也不明白?没关系,过两三个月她就明白了。

她都受折磨两三年了,冯伟想,肯定也不在乎多两三个月的折磨和煎熬。

毕竟,两三年的折磨即将在一天一夜里解决。黎明的曙光是在暗夜的折磨前就已经预先设计好的。

至少,冯伟是这样设计的。

戏就是这样通过"一顿饭"拉开序幕的。

慢镜头　梦想=活下去:黑马问题(8)

北京朝阳金融街万宝总裁办。下午17:40。

蒋子峰走进办公室,又看见汤小宁怅然若失地看着金融街下的车水马龙。

听见蒋子峰进来,汤小宁没有回头,淡淡地问:最近跟马儿有没有联系?

蒋子峰面无表情,心中却微微一动:没有联系。拨了几次电话,都被他摁掉了!

等了一会儿,只听得汤小宁微喟道:还是要联系的好,一场兄弟,一场伙伴嘛……

蒋子峰心中一紧:这是什么信号?

然后,便听见汤小宁又淡淡地说:马儿已经进入新世纪了。

9

吃完饭,都春兰和冯伟就各自回去了。

那边,潘芳已经急成热锅上的蚂蚁了。

十点过,打电话给方榕榕,问清楚两点:第一,冯伟把都春兰拉到了一起;第二,冯伟跟方榕榕说小老板自己会下来取。

潘芳心里立刻升起一种不祥的预感。

十点半，打电话给都春兰，问：总裁办那边说没收到名单和演讲稿，谁送的啊？

都春兰说，矮个儿姜送的啊！

潘芳火了：怎么是她去送的？不是安排好了让方榕榕送的嘛！

都春兰不耐烦地说：一直都是她送啊。我哪知道你让方榕榕送！你又没跟我说。

潘芳说：好，好，好，那我找她，老板还等着呢……

都春兰想，哼，后面半句话讲给我听干吗！又不干我的事儿，冯伟拉我做的。

不管她，先洗澡。

都春兰洗澡的速度很快，因为每天都洗，也就是冲一下，六七分钟就出来了。

十一点，刚出来，就听到手机在响。

还是潘芳，说：啊，我找不到姜老太，给三角地、宿舍电话和手机都没有人接呢。你想办法找一找她啊，老板在那边还等着呢，说为啥十点交的到现在都没有交上去。要是出了什么纰漏，看你明天怎么跟老板说！这事儿你负责，出问题不还得找你……

哼，威胁我，谁怕谁啊！

都春兰打断她：我刚洗完澡出来，你让我先穿上衣服，太冷了……

潘芳不停地催：你赶紧去找她，问清楚她交没交，交给谁了啊……

都春兰再次打断了她，说，知道了。说完就挂了电话。

干吗让我去找她？明明我的工作已经完成了——这事儿已经不归我做。欺我啊！拿老板来压我？真是的！很明显，这件事交给了你，出问题当然你负责，不然你会那么着急？

好吧，我给矮个儿姜打个电话——交代一下。

都春兰就拿起电话，给矮个儿姜打电话。两人就聊了起来，睡了吧？没呢。在干吗呢？看演讲稿呢。感觉咋样？写得真好。嘿嘿嘿……

两人都笑，心照不宣。

两人勾搭时，就已经说好了。矮个儿姜故意不接潘芳电话——要联手折磨一下潘芳，同时也要把江子康拖下水，一起折磨折磨潘芳。

就这么一件小事，两人一聊就是半小时。酱米油盐醋，冯伟、潘芳、曲婉澄，逮啥聊啥。

其间手机铃声响起数次，潘芳来电无数。

拖得不能再拖了，都春兰才给潘芳回了电话。

都春兰说：我找到姜老师了（特意没说打手机还是打电话），她说她已经送去了，老板和她说已经没事了啊！

潘芳很吃惊，说：啊？那老板怎么还在等着啊？

都春兰说：哦？那我不知道啊，反正姜老师说她十点半前交过去的，可能晚了一点。没准儿是托小老板娘或高个儿扬带过去的呢——一家人的事，谁说得清呢？

潘芳不语，说：哦，那好，那你再给总裁办打个电话确认一下。我等你电话。

都春兰心想不对劲，今晚怎么这么肯放弃"直接通话权"了？

于是，她打电话给江子康，结果接电话的果然是小老板娘郭晋莲。一听到郭晋莲的声音，都春兰立刻明白了，矮个儿姜已经"接上头"，心头松了口气。

郭晋莲温柔地问："找子康有什么事儿吗？这么晚了！"

都春兰立刻拿出比对江子康还恭敬的语气说："跟您汇报一件事呢！"

把前因后果说了一下，省略掉若干——说潘芳一个电话接着一个电话催，她怕误了事，所以想跟老板确认一下，高个儿扬有没有把文件袋交给她。不然，明天她又得挨训了。

郭晋莲语气中满是爱怜又满是同情地说："怪不得潘芳一个劲儿打电话，真是有事啊！也就这点小事儿！值得折腾半夜吗？真难为你了，遇到这个野蛮主管，这么晚都不能睡觉！放心去休息吧，刚才二姐打电话让我顺便带过来——你们小老板斗地主斗得正顺风顺水的，就不要为这点小事儿打扰他了！"

放下电话，都春兰后背都湿透了，看来刚才的澡白洗了。

这个郭晋莲，就是传说中的"80后太太团"领导者之一，年纪不大，比都春兰还年轻；阅历不深，比叶香香出道还晚，但就是把人拿捏得比怕江子康还多怕三分！

都春兰给潘芳回了个电话。没多说，就说了一句绕口令，矮个儿姜交给高个儿扬，高个儿扬交给郭晋莲，郭晋莲早就把文件袋带了过去！

潘芳啪地就把电话挂了。

都春兰绕口令一说，潘芳立刻就反应过来了，或者她以为她反应过来了——她们串通了小老板娘来"折磨"她呢!而这,居然得到了小老板的纵容和默许!

为啥?不就是她多打了几次夜话——汇报工作吗?郭晋莲就纠结于此?!

潘芳觉得自己很无辜,很愤怒——所有的怒火都燃烧向了都春兰。

其实,都春兰觉得自己更无辜:电话那么急,没穿好衣服,还遇上了那个河东狮吼⋯⋯

其实,就这么点小事,把各个层面的人都绕了进来。

可见,冯半仙一念,大家团团转。

慢镜头　梦想=活下去:黑马问题(9)
北京朝阳金融街万宝总裁办。下午17:50。

汤小宁、蒋子峰终于在逼宫门事件后,第一次正面谈起了新世纪和黑马的选择。

蒋子峰:我还是不明白,马儿为什么要选择教育培训行业,特别是选择新世纪,重新开始打拼他的"第二人生"?

汤小宁:教育培训行业是"七宗罪"最容易出现的行业。比如,欺诈或者财务丑闻是每个行业都会有的,但是⋯⋯

蒋子峰:我知道,由于教育培训机构的特殊性,如大部分都是现金交易,偷税漏税比较容易,所以财务欺诈相对更容易出现。

汤小宁:马儿选择进入这个行业,从寻找和反思"行业有病——投资病"的角度来说,其实是正确的选择。

10
冯伟晚上睡得特别香——因为梦见了甘晓儿。

他做梦也想不到这场戏的预演,居然有这么多角色粉墨登场。

但是,他肯定能想象到潘芳看到那份注明"冯伟、都春兰撰"的演讲稿时脸色铁青的样子。

潘芳果然脸色铁青。

世界上最可怕的事情就是联想——尤其是把头天夜里发生的事情和第二天早上看到的文件联系到一起,立刻就推测出两个字:"阴谋"。

啥阴谋?再联系到近段时间各方人士的行为举止,立刻就推断出:"政变"。

办公室政变?可笑吧?不可笑!不是局中人,不知局中事,更不知潘芳嗅到政治阴谋的危险气息时本能的感受。就像西太后嗅到维新分子要除掉她时的本能反应——铁腕反击。

每个人都有维护自己权力的正当权利——哪怕这种权力在历史洪流中只是微不足道的"豌豆小江山"。

所以，绝不要轻视潘芳铁腕肃敌、力保江山的决心、信心和魄力。冯伟也不敢小瞧——他甚至做好了引火上身的打算。虽然不论怎么看起来，潘芳都不像是个因为疯狂所以愚蠢的女人。

但是，女人疯狂起来，会做出什么样的傻事？谁知道呢！

所幸，潘芳很清醒——从未有过的清醒——清楚地知道自己要做什么，怎样做。

她开始准备了，她要动手了。

在动手前，先要获得默许和支持，至少要先按住办公室最大的不确定因素——那就是冯伟。

千万不能让他出头！

慢镜头　梦想=活下去：黑马问题（10）

北京朝阳金融街万宝总裁办。下午18:00。

蒋子峰：这样做又有什么意义？难道他真以为凭他自己一个人单枪匹马，就能拯救整个行业？

汤小宁：你还是不了解马儿。他或许并不是要拯救整个行业，他只是想完成自我救赎……

蒋子峰：就像堂·吉诃德，可笑地挑战风车，挑战风车——都是以自己为假想敌？

汤小宁：是的，他所有的挑战，其实只是挑战自己。

11

于是，在和高个儿扬密谈了半个小时后，潘芳破天荒地把冯伟请进了她的办公室。

开场白就不用说了，勉强挤出来的笑，比哭还难看。

冯伟不计较。冯伟等着潘芳出牌。

潘芳又挤，像奶牛挤奶，又挤出一丝丝笑，让冯伟看着很难受。

冯伟直截了当地说："啥事！摊开谈吧。"

潘芳也干脆直奔主题："你看这新教师代表谁讲话？"

先递橄榄枝。

大家都很在意谁上台讲话，尤其是新世纪人事地震后的高层集体出席。谁若是能获得商逍遥多看一眼，都会觉得是一种特别的荣耀。能够筛选和指定上台讲话的人，就是一种巨大的隐形权力，可以直接威慑和控制新教师团队。

冯伟笑道："你定吧。我对新教师也不熟悉。"

他心里在盘算：把新教师的势力范围划分给我？我能不能掌控？而我又得考虑给哪些人哪个人这个机会，值不值得给他？给他后，我能不能平衡其他的利益相关者？如果我不接手，潘芳成功操控新教师团队的可能性又有多大？

潘芳说："老板说，老教师人选我定，新教师人选你定，或者——"她犹豫了一下，说："一起商量着定？"

江子康从一开始的确打算"划江而治"。但是潘芳一直不让冯伟插手大会事宜，所以冯伟也懒得自讨没趣。

好，潘芳开始用左右手的思维方式来考虑问题了。这是进步——从猴子到人的巨大进步！

冯伟道："最终还是你定吧。我就提点参考意见。"

潘芳满意道："那你推荐几个人吧！"

冯伟说："好啊，不过，你最好把老教师的候选人及其演讲主题也给我抄录一份。"

这虽然是个划算的交易，但是能多加一个条件，就多加一个——这不只是做生意，也是在做交易。作为生意，冯伟想的是，我能从新教师候选人身上得到些什么；作为交易，冯伟想的是，那位老教师候选人能给我带来什么！

对老教师候选人，冯伟没有决定权，但有否决权——这也是有分量的，有影响力的。

潘芳道："我想还是在'六大长老'中选，其他的老教师就算了。你觉得呢？"哟，潘芳居然会说"六大长老"——看来，她也不是铁板一块嘛！

冯伟笑道："你选好了，我也不太了解。"

潘芳也笑了，终于自然了些："行，你看宁远红或佘君可不可以？"

冯伟沉吟了一下："我觉得曲婉澄似乎更合小老板的意！"

潘芳犹豫了一下，咬咬牙："没问题，你说行就行。"

为了最后的胜利，暂时牺牲一下自己的人选，也没问题。

现在，轮到冯伟做贡献或放弃了——我也知道要回报嘛。

于是潘芳甩出了底牌："为了保证大会顺利召开，我要对办公室稍做改革——你知道的，现在办公室有点不太稳定，难免不出问题。这就是你我的责任了。"

先捆绑到一起再说，虽然绑在一根草绳上，也成不了"夫妻"。

冯伟顺水推舟："你自己看着办吧，不过，你自己去对小老板说。我不反对，也不帮腔。"

潘芳点点头："行，我要的就是你这句话。你不动就行！"

就这样，协议初步达成。

慢镜头　梦想=活下去：黑马问题（11）

北京朝阳金融街万宝总裁办。下午18:20。

蒋子峰：我还是觉得……他选择新世纪是毫无意义的，除了浪费自己的才华和生命。

汤小宁：那是因为你没有看到他进入新世纪的意义。

蒋子峰：我和马儿曾经反复探讨过万宝投资新世纪的意义：新世纪就是一个"小中国"，它当下的"第二次创业"，反映了"中国式震荡转型"的鲜明过程；它是中国式民企的典型，浓缩了"中国式公司"的人、事和钱；它当下"每一次的腾挪转移"，都反映了"中国化"PK"世界化"中都得需要的"中国式智慧"。

汤小宁：假若马儿潜心其中，真的能够找到那种投资"中国道"，未必不是万宝和这个行业的福分。所以，进入新世纪，看似是马儿不经意的举动，但是体现了他天生嗅觉的狠、准、稳……

12

潘芳开始发动"战局"了——针对都春兰——不是"布局"，是启动战局。

潘芳很早以前，就已经开始做局了。

潘芳从三个方面布局：

一是坚决斩断都春兰跟高个儿扬的接触路径，进而彻底切断她都春兰跟大老板派系的队列关系。这点毫无疑问，已经全做到。

二是在教师中采取分化策略。潘芳刚当主管时，都春兰几乎跟老师们关系都很好——都是特别铁的关系。但经过一两年的苦心经营，潘芳可以确信，六大长老中，至少宁远红和佘君会毫无保留地支持自己——他们仨已经混成了铁哥们儿，潘芳也没少在排课方面照顾他们——白痴天才少年麦桀肯定会保持中立。

三是在办公室"孤立"都春兰，进而制造总部各关联部门的"坚冰"，对都春兰进行"泛敌意包围与封锁"。

这点都春兰自己也帮了大忙。她对办公室小女生的"老人派头"，几乎让她们全都一边倒地站在了都春兰的对面，不折不扣地整成了办公室的"全民公敌"。又由于她太个性，爱憎分明，在新世纪总部各关联部门几乎毁誉参半——潘芳只不过是借都春兰的手，把更多的人推到她的敌对阵营中。

所以，不知不觉，都春兰就掉进了潘芳的"局"中。

那"局"就像沼泽地，越折腾越沉沦，越对抗越陷没……还不如老老实实地待着不动，还能活得久些。可惜，都春兰不懂。

她还是很积极地跑上跑下，努力想打破这个"坚冰"。

潘芳则很坚决地加固加厚这个"坚冰"，毫不手软地封杀她：首先，什么事情都不让她参与，特别是跟总部关联部门举办的活动。

其次，管理你的唯一工作，就是给你挑错。挑错还不容易？然后，就向老板告黑状，大小老板都告。事实摆在那里呢！

最后，就是派人给她找麻烦。

只要活动有都春兰的名单，尤其本部门教师举办的活动——都春兰往往会主动而积极地参与，潘芳就会找负责人：你是不是应该精减点人员啦？

一开始，大家不是很明白，不知道潘芳要精减谁——潘芳要么说，人多了，需精减；要么说，有些人不适合做这个工作。哪些人，你自己去看着办。

慢慢地，大家就琢磨出来了。

十个人，你可以一个一个地调整，你调整到名单上没有都春兰了，潘芳就说 OK 了。然后，都春兰自己也就明白过来了。

慢镜头　梦想=活下去：黑马问题（12）
北京朝阳金融街万宝总裁办。下午 18:30。

蒋子峰（心道）：那又怎样？还不是被绊倒了？

汤小宁（仿佛洞察了他的心思）：我说他是那种有本能"大智慧"的

人，虽然在"世事洞明、人情练达"方面，还很嫩，很天真。

蒋子峰（字斟句酌）：假若不是您捂着罩着，马儿在投资行业已经身败名裂了。

汤小宁（心道）：我不捂着罩着，身败名裂的恐怕不是马儿吧？

蒋子峰忽然心一动。

难道，马儿是故意被绊倒的——就是想从万宝脱身而出？

13

都春兰屡次受挫后，就来找潘芳。

都春兰问——问得很巧妙——"潘芳，你觉得我适合干什么事情。"

潘芳说，我觉得你什么都可以干啊。问题是，大家让不让你干啊。

都春兰说，我也不知道为什么大家不让我干。

潘芳说，那你得从自己身上找原因。

都春兰说，我真的特想干。

潘芳说，我不反对你再去试。但我劝你安分一点。其实，你把自己的本职工作做好了，有工资拿，不就 OK 了吗？

这是潘芳和都春兰之间唯一一次沟通式的对话。本来是可以达成协议的。但是，后来潘芳发现，都春兰还是不放弃、不抛弃、不甘心，还是想跟她潘芳争名分。

你拿什么跟我争？真是愚蠢的女人！潘芳想。都春兰看似精明，其实真的是个很愚蠢的女人——虽然只比自己愚蠢了一点点，但是，毕竟还是愚蠢了那么一点点。

潘芳有时候也想，只要都春兰老老实实干好，不要再折腾什么事了，更不要时时处处挑战她潘主管的地位和权威，她未必就不能容忍这个人，未必不能收留她到合同期满，然后拿钱走人就行了。

谁能像她潘芳这样，如此长期容忍这个一直和自己的顶头上司对着干的刺头？

她潘芳居然忍下来了，而且一直忍到现在。虽然小半部分的原因，是的确找不到一个能替代都春兰把教务做起来的人，但大部分的原因却是，不管都春兰怎么折腾，她毕竟没有威胁到潘芳的主管地位。

但是，现在不同了，冯伟这个异己分子的存在，让这种不可能似乎变成了可能，让那种不确定性变得似乎有些确定了。

而都春兰，居然愚蠢得到处宣称冯伟是她的师父，还缀在他后面使劲儿往小老板身上贴——想攀高枝，鸠占鹊巢？

没门！

伸左手，老娘砍你左手；伸右手，老娘砍你右手——把你砍得缩成乌龟壳，一拎扔到太平洋里去，让你都找不到回家的路！

你这是在逼我。你要真是老老实实干，我也就算了。逼我的话，我就找个碴儿，让你犯个大错，一脚把你踢走！

潘芳杀气腾腾。

一发千钧，现在，全局俱备，就缺那一根头发丝儿了！

慢镜头　梦想=活下去：黑马问题（13）
北京朝阳金融街万宝总裁办。下午18:40。

蒋子峰：就算他能凭一己之力找出新世纪上市的"中国道"，他又如何能够冲出"新世纪猎捕者"的大合围：海外资本客、阳光私募、富二代家族基金……

汤小宁笑笑（开始重新权衡这场财富游戏的制订了）：你还是低估了马儿。他若真的做到了那一步，又岂会在意这些猎捕者的大合围？

（别忘了，他背后还有诸葛先生的政治智库和中国主权财富基金撑腰！）

黑马曾说，自反而缩，虽千万人吾往矣——反躬自问，梦想照耀在我心中，就算对方有千军万马，我也要勇往直前。

14
这根头发丝是由付雅丽牵动的。

而且，就在冯伟的眼皮底下进行。

因为来的都是"大人物"，所以江子康特别指示，要为这些"大人物"单独准备个性化的邀请函，为每个人量身定"做"精美的请柬+新世纪宣传资料，封皮上注明"×××"。特别是商逍遥和中国最大的村官、创业园管委会主任杜浩，不得弄错。

同时，起印两万册左右的宣传资料，附上上述人物的简历和彩照，造价不菲——但江子康指示，就是要不惜血本，既求最好，又求最贵。

这个工作是由都春兰准备的。

这活儿很琐碎，很繁杂，也很容易出错。所以，都春兰准备了很久，很仔细，很认真，很小心。

直到要拿去印，都春兰还一遍又一遍地小心检查。

如果，如果没有意外，冯伟想，她是不会出错的。

但就在都春兰一份份要装订前，电话响了——高个儿扬让都春兰给她拿盒图钉过去。

都春兰短暂地离开了一小会儿。

一直做小母鸡状的付雅丽忽然迅疾如豹，倏地蹿到了都春兰的办公桌前，把其中两份的位置换了一下，又把封皮换了，然后又把宣传资料中的某两页顺序给弄颠倒了一下。

办公室所有的小女生都默契地低下头，只有冯伟睁大了眼睛。

付雅丽掉了包后，冲冯伟羞涩地一笑，又做小母鸡状，晃晃悠悠地回到了座位上。

冯伟想，不会吧？这就是潘芳的导火线？也太低级了吧！或者，太浪费了吧——不把钱当钱！

心里极其鄙视，也极其疑惑：潘芳难道真的要不惜血本，杀敌一千，自损八百？

怎么看，怎么都没必要啊！

不幸的是，潘芳就是采用这种低级而拙劣的"栽赃"手段。直接，简单，但是很有效——不但有效地把都春兰踢下了水，也把潘芳自己拖下了水。

都春兰回来了，兴许是大意，兴许是刚才那一趟弄得心烦意乱，总之她没有再核查一遍，就拿去印了，订了，当宣传资料发了一部分，又把为会场准备的搬回来了一部分。

结果，高个儿扬抽出两份有问题的宣传册，急匆匆地去找江子康。那两份被颠倒顺序的，恰恰正是商逍遥和杜浩的。

江子康雷霆震怒。天子一怒，血流成河；诸侯一怒，血流成池；小老板一怒，也不过地板跺了跺，摔碎了一个青花瓷茶杯而已。那是郭晋莲给他买的新婚礼物。

但是，矮个儿姜唬得立刻就偷偷来找都春兰。

都春兰当时就吓得花容失色，眼泪哗啦啦地就往下流。

慢镜头　梦想=活下去：黑马问题（14）

北京朝阳金融街万宝总裁办。下午 18:50。

汤小宁：假若诸葛先生坚定地站在他那一边，即便我们获得了全部的猎物，又能怎样？不过是以众人的渺小，成就他一个人的伟岸而已。

蒋子峰不服气：我是现世主义者。

名都是虚，利才是真。

汤小宁意味深长地笑笑：你焉知笑到最后的"那个人"不是他？你焉知他不会利用这些猎捕者的罅隙，纵横自如，成功突围，来一个"大翻盘"游戏？

"大翻盘"游戏？汤小宁心下微喟。冯伟，会是那一个"大翻盘"游戏的操盘者吗？

15

潘芳也没想到会出这么大的纰漏。

意外，人生真的有很多意外！只因为她自己疏忽了一个关键的环节，她应该交代付雅丽在下印厂或拿样册前截住问题手册的。

现在这样，就不只是都春兰的问题，她自己也得负一半的责任——失察之责。

潘芳也没想到江子康如此震怒，慌神了，按照高个儿扬的建议，硬着头皮又来找冯伟了。

"这可怎么办？出了这么大的娄子！你聪明，你帮我想想办法……我就是太忙了，忘得一干二净，居然没想到要跟她交代一声，开印前要给我或给你审核一下的……"

冯伟不易察觉地撇一撇嘴，活该，搬起石头砸自己的脚！想让我来给你收拾这烂摊子！凭什么？我都默许你构陷这个局了——你自己要捅这个娄子，咋个善后，这我可管不着了。

于是，冯伟说："哎呀，这可不好办啊。小老板只让我写演讲稿、审核名单和演讲主题，我也不敢自作主张插手宣传册的事。"

毫不含糊，推得干干净净！

潘芳看出来冯伟在推脱，说："你看，这事情咱俩一起办的，到现在都挺好，怎么临了出这差错呢？"

哈，冯伟心想，你想说成是我们一起办的？把我拴在一起拖下水？没门儿！

冯伟说："我可没帮上什么忙，你一直尽心尽力，大事小事一把抓！"

潘芳搬出江子康来压冯伟："这可是我们部门做的啊，现在小老板很生气，问题很严重——肯定怪我们工作做得不细致！"

你细致，你细致，就要把整个环节考虑周到一点啊——掉完包后，设个环节，让高个儿扬抽查出问题不就行了？

要嫌这样不够分量，那也别两三万册全印啊——先整出它千八百份的，也够上纲上线的。

冯伟笑道："对啊，老板就是老板，他多细致啊……"

潘芳不吭声，过了会儿说："我们一起去见见老板吧——毕竟我们上午商量好了的，'一切为了大会顺利召开'，这事情你就算帮个忙吧，行不行？"

既威胁，又恳请，算给了冯伟一个面子，又把他的责任撇清，并且再次把冯伟拉下水。

冯伟没奈何，只好陪潘芳走了一趟江子康家里。

江子康已经收敛起了震怒，面无表情地说了"十二字方针"：不惜代价，立即善后，重核重印。

"你看你，想得不细，流程上居然出了如此重大的疏忽！"

是批评潘芳一贯作风，还是愤怒她这次故意造成的重大纰漏？

又指着冯伟道："那你就帮她个忙吧，这次就总审核吧，反正这种事将来也是你要管的事儿。"

是批评冯伟不救场，还是借机移交部分权力？

各打五十大板，然后你们赶紧给我干活去?!

看江子康不动声色的模样，看不出啥态势。

潘芳硬着头皮，问了一句："那都春兰怎么处理？"

江子康仍然不动声色："你自己看着办！"

不咸不淡，不轻不重，把皮球踢了回去!

冯伟心道，这话大有玄机，大有玄机!

慢镜头　梦想=活下去：黑马问题（15）

北京朝阳金融街万宝总裁办。晚上 19:00。

田甜把那幅珍藏已久的"中国&新世纪教育培训手绘地图"挂起。

然后，退了出去。掩起门时，一脸的惆怅：这可是她和冯伟熬了两个通宵才手绘出来的啊。

汤小宁和蒋子峰在手绘图前驻足沉默。

汤小宁自言自语：田甜真的很有绘画天分啊！

蒋子峰默然片刻：马儿找了"京城四大少"的青年画坛领袖萧少逸，给田甜做私人导师。

汤小宁啧啧两声，不知是赞叹黑马人脉广泛，还是肯为这样一个小姑娘费尽心思——却无一丝一缕的特别情愫。

其实，田甜也曾找过蒋子峰。蒋子峰第一句就问：我凭什么帮你？

为什么不帮你？那是情分没到。为什么要帮你，是因为我在其中有利益。

田甜沉默了片刻，才说我可以作为你的钉子，扎在他的身边！

噢，田甜，真的，玲珑晶莹，一点就透！蒋子峰微微一笑，似是满意，又似是冷笑。

16

从江子康家里出来，潘、冯两人立即达成分工，潘芳善后平息事态，冯伟监控新的宣传册。

这时，潘芳干练、彪悍、雷厉风行的作风开始发挥作用了：

派徐小婕、叶香香紧急奔赴各教学区，停止、回收旧宣传册。

劝出高个儿扬亲自坐镇，指挥教务办的普通教室管理员们像便衣一样，随时巡视各个教学点、培训班和课堂，一旦发现某人拿着宣传册，立即像苍蝇一样叮上去，好说歹说收缴回来。

最重要的是，潘芳利用高个儿扬隐形的威信，镇住各个普通教室管理员不要乱说，不要异动。谁不知道这种中老年妇女们嘴最杂呀！

让冯伟瞠目结舌的是，潘芳从卖盗版资料时就积累的人脉资源，发挥了巨大的作用。她发动那些曾经、还在和仍将贩卖盗版资料的兄弟姐妹与战友下属们，秘密清理、回收和查缴那部分已经发出去的宣传册，包括扔在道边旮旯或垃圾桶里的都不放过。效果之迅捷，战功之卓著，比部门正式的权力系统运转得更有效。

事出紧急，潘、冯二人协调作战，所以这方面的事儿潘芳也顾不得避讳冯伟。冯伟也正是从潘芳这里，知道了在新世纪的外围，寄生着一个非著名的盗版与反"反盗版"派系："妇女儿童盗版地下权益组织"。

这个组织的口号是："下载有理，盗版无罪。"

他们经常流动在新世纪各大培训区和教学点外面，经常是小头目隔街穿巷遥控指挥，几个妇女首尾衔接，望风—接应流水作业一条龙，而在销售阵地最前沿，往往是一个妇女抱着一个儿童，不停地问行色匆匆的学员们："要光盘吗？某某老师的，绝对全程。"甚至不乏新世纪的教师和培训师，跟她们耳语一番，会心而去，微笑而回。

冯伟一直以为她们是个体行为，顶多就是家人带家人，老乡帮老乡……形成松散的利益群体。但是，从潘芳系统、有效并持续深入的指挥来看，这显然已经构成了一个严密、高效运作、等级森严的秘密组织。

潘芳在这个组织中的资历、身份和地位，似乎还不低。

而且多联想一点，把高个儿扬的匆匆行色和潘芳的迅捷执行联系起来，这个女性组织显然与新世纪内部的政治组织有着千丝万缕的关系——她们内外勾结，已经发展成为一条成熟的、环环相扣的灰色利益链条。冯伟判断，高个儿扬所代表的大老板家族派系，没准就是这个灰色利益链条上的关键一环。

难怪，潘芳和江氏家族这两个扣会扣得这么紧！

没有利益，仅仅是对隐形人的尊重和江氏家族的忠诚，是不可能牢牢地维系与巩固住潘芳的地位的。

冯伟多了几分忌惮。他甚至重新考虑自己的全盘战略：是否跟潘芳和解，而不是敌对？

决定很快就重新做出来了。是潘芳替冯伟下的决心。

事情迅速按了下去，高个儿扬推波助澜，江子康马上表扬潘芳解决得不错，潘芳自然高兴——错误抹没了，人心有了，面子也有了，更关键的是权力更巩固了。

于是，潘芳马上就过河拆桥，翻脸了，传话说冯伟关键时刻不帮忙——矮个儿姜把这话截了下来。

冯伟冷笑，也通过矮个儿姜传话出去：下次别找我当垫背的了。

不是传给潘芳，是传给江氏。

大家利益关系一结束，就迫不及待要清算。

其实，冯伟并不想这样，也并不喜欢这样。

何必呢？

终究，不是一路人啊！

终究，潘芳不是可以玩那个游戏的人啊！

大富翁游戏！

慢镜头　梦想=活下去：黑马问题（16）

北京朝阳金融街万宝总裁办。晚上 19:10。

汤小宁：不管怎么说，马儿的识人之明、提人之力，还是颇得我的神髓。

蒋子峰捧哏：我和他都是您慧眼发掘的。

汤小宁微笑，转换话题：你——觉得马儿可能会从哪个点切入？

蒋子峰故意歪曲：国外考试部？京城四大教育巨头"年度峰会"，新世纪不都是作为最大的出国考试培训机构出场的吗？

汤小宁摇摇头：这虽然是老商一手创建并把持的"嫡系势力"和"中央根据地"，但不是马儿关注的重点。

蒋子峰：为什么？

17

一纸辞职书，潘芳终于裁了员，做出让都春兰走人的决定。

辞职书，是她让付雅丽替都春兰写的。

都春兰特别伤心。付雅丽刚来的时候什么都不懂，傻乎乎的，完全是她手把手教出来的啊！

那有什么办法啊，小女孩没有一技之长，先得保住自己的饭碗啊——活着最重要。小人物比任何人都更有活着的意愿和动力。

付雅丽也是满嘴苦涩——哑巴吃黄连，有话说不出来。

就算都春兰曾经教过自己什么"技能"，那技能也不是"一招鲜"，不过是积累的经验多点。现在各种职业培训出来的人一大把，可替代性非常强。何况这种职位、这种岗位，薪水也很难开高，找工作竞争人多、限制太多、薪水有限——新世纪的薪水比市场略高，办公室环境也不错，活儿不累，加班又不多，补贴也还很有人性。

人人都知道她任劳任怨，人人都说她傻乎乎扮迷糊——但她绝对不傻，对自己处境的判断还是很理性的。对包括都春兰在内的每个人的处境都看得很清楚，你不干，大把的人等着干呢！

"有空？"

"有空。"

"聊聊？"

"嗯。"

付雅丽啪啪敲了两个字："难受！"

冯伟看着弹出的 QQ 对话框里的这两个字，叹了口气，本是同根生，想煎何太急？

似是感应到了冯伟的诘问，付雅丽后背莫名其妙地又抽了一下，又啪啪地敲："我被逼无奈。"

冯伟道："我明白。这就是办公室政治。"

付雅丽想了半天，才又啪啪地敲道："你其实不明白。这事情不像你想象的那么简单。"

冯伟略有些好笑：不简单？他一手导演的，还能不简单？

付雅丽咬了咬嘴唇，终于下定决心啪啪敲道："都春兰其实是商逍遥夫人岳慧萍那个派系的人。传说岳慧萍跟商逍遥最近的矛盾特别尖锐……"

冯伟真的讶异了，这难道是商逍遥剪除妻系家族势力的连环扣？但是，都是"撤出"，并没有"辞退"啊——难道风向变了？这是江氏家族向老商效忠的表态，还是试探老商政治态度的一块砖？

要让都春兰回来，这是需要首先确认的事儿！

冯伟愣了半天，才问：你怎么知道的？

付雅丽避而不答：潘芳是商老太那系的人……

冯伟有了一种重重的受挫感。说到底，在这件事上，他是在为他人作嫁衣啊！他一直以为自己能够掌控整个事件，却不料自己的算计仍然在他人的算计之中……

冯伟看着付雅丽的背影，目光深沉了起来。

付雅丽说话极其简练，就像她的名字，信、达、雅——冯伟一直都在猜想，她背后的故事，是不是跟她现在很世俗很功利的办公室形象相差甚远？

从"QQ聊天"到"办公室人物分析"，冯伟听到的、看到的、想到的都是：别人是大智若愚，付雅丽是大愚若智；因为无知，可以两手空空、口袋空空、脑袋空空地来京闯荡。除了会五笔电脑啥也不会，好在草创时期的常青藤教育培训部对电脑的利用程度就是录入而已，所以很幸运地被录用，且活到现在。她奉行小人物的处世原则，明哲保身，绝不惹是生非，对所有事情都没有自己的观点，或者从来不表露自己的观点。正是因为没有立得住的一技之长，所以很务实，绝不做非分之想，目标卑微而又最容易实现。不像别的女孩如叶香香会羡慕老师的收入，做白日梦状地读疯狂精英九百句，妄图有一日能够过新世纪老师的白领、金领生活。她知道自己想要的生活是什么，自己从来没想在这个城市混出什么样子，因为这个城市不属于她——跟都春兰一直都在努力跟这个城市"有关系"也不一样。正因为如此，别的女孩读英语时，她可能在折纸鹤、小星星。这在都春兰、叶香香们看来是浪费生命，而在她自己，是在享受属于她的生活。她跟冯伟说，她生活中最大的乐趣，就是追个歌星，赶个时髦，谈个恋爱，把自己的业余生活填充得满满当当；她最大的梦想，就是在老家的县城有一家自己的花店，和老公和和美美地过日子……

但是，今天，付雅丽破例说了如此多"表露自己观点"的话，而且句句都指涉极其复杂、极其内幕的新世纪政治，让冯伟不由自主地猜想：她，又是谁的人？

我猜，我猜，我猜猜猜！——还没答案！

这一次 QQ 对话，让冯伟的眼光都变了。

慢镜头　梦想=活下去：黑马问题（17）

北京朝阳金融街万宝总裁办。晚上 19:15。

汤小宁：这种说法，把握住了新世纪的过去，但没有把握住投资新世纪的现在和未来。常青藤危机和内循环危机正在造成新世纪政治版图的重新洗牌。

黑马说，能把我们和新世纪连在一起的，不是他们那曾经辉煌的历史，而是我们正在、即将共同创造的未来。

蒋子峰不情愿但又不得不提起：您还是很认同马儿的"新世纪患上中国病"的说法？

黑马说，新世纪成也政策、败也政策——包括发达国家的留学政策和中国考试政策；所以，新世纪的问题，就是中国教育制度的问题，新世纪患上的是"中国病"。

蒋子峰：那又如何？新世纪在过去十九年里不照样在绝望中找到希望，并终将辉煌?!

18

办公室的每个小姑娘，都不简单啊！

当办公室小女生全都一边倒：叶香香落井下石，方榕榕噤若寒蝉，付雅丽良心不安，徐小婕明哲保身时，冯伟在猜想，这是不是她们又一次成功的伪装？

谁也不知道自己是不是下一个，自己活着最重要！

我只是一棵小草。

我挡不住劲风，挡不住冰霜，我只能自己给自己积攒雨露。

矮个儿姜态度模棱两可，高个儿扬冷酷支持：还不认错，还敢顶撞她？有这样的下属顶撞我，我早就让她走了——真是无知者无畏！

于是，都春兰一个人孤零零地走了。

办公室没有一个人送她。连矮个儿姜都借故躲开了，高个儿扬在那儿冷冰冰地道了个别——连冯伟看了都难受。

只有冯伟送她下楼。

前来声援的曲婉澄和狄哲宁已经联袂而去——已是既成事实，除了安慰，也无法可想。

"六大长老"的其他人并未露面。但冯伟已敏锐地看出，在都春兰事件中，曲婉澄、狄哲宁、于西玻是"反对派"，虽然没啥实质性的行动，但没准也在瞅机会找潘芳的碴儿；宁远红和佘君是"支持派"。那个传说中的白痴天才少年麦桀还没摸准什么立场。

最要命的是，都春兰事件成了一个导火线，将"六大长老"原来隐秘的派系势力公开分裂成了两大派，接下来可能会诱发新老教师重新排队洗牌，并且可能会彼此大混战。

江子康会容许这种情况出现？那才怪！

于是，冯伟再次出招，撺掇都春兰给江子康发短信，他说："你不问问小老板是咋想的吗？万一潘芳一手遮天呢？"

冯伟意在一箭双雕，一方面拔掉未来的钉子，都春兰归来不能再成为钉子；另一方面，又把都春兰作为一颗钉子，扎进"老板"和"主管"的关系之间。

都春兰果然在绝望中看到最后一抹希望，立即给江子康发短信："潘芳让我走，我想知道，是不是您的意见？"

江子康看了，先写了一句："我从不过问潘芳的决定。"想想，又删掉，说："你暂时离开吧，你能找到比这里更能发挥你才干的地方。"

都春兰把短信给冯伟看，再次陷入绝望，"小老板都想让我走！我还待着干吗！"

冯伟的眼光却一下子落到了"暂时"二字上，心下有了数，江氏家族也在看老商下一步打算怎么做："小老板并不是真的想你离开。不就是为了眼下的政治稳定吗？你知道的，当前，一切事情都以十九周年庆典为先！"

都春兰摇头不语。现在，这一切都跟她没关系了。虽然她现在还很眷恋着这一物一件，一草一木。都春兰扶着老旧的楼梯，一步一步地往下走，走得很艰难。

十年了，她对这里真的很有感情了。

冯伟看出她眼里的感情，有些不忍心又有些内疚，说："看在我是你师父的面上，假如，我是说假如的话，等这段风头浪尖的日子过去，在培训大会前，我可以说服小老板让你回来，你可不可以答应我一件事儿？"

都春兰猛地顿住，侧转身，一把抓住冯伟的胳膊——指甲入肉，都把他抓疼了。

冯伟皱了皱眉，都春兰赶紧松手，急切、奔放而热烈地看着冯伟："只要能让我回来，我什么都答应你！"

那眼神，什么叫死灰复燃——看看它就知道了。

冯伟笑了："我的要求说难不难，说简单也不简单，我要求你重新回来时，要想明白一个问题：你到底错在哪里？"

都春兰困惑、不解和质疑："你不是说了，我这个跟斗，是栽在像高个儿扬一样的隐形人和隐形权力上吗？"

冯伟摇摇头："那只是一棵树上长出来的枝蔓，我是要你找出那棵树的根——要找到根上的问题。我可以提醒你一句，弄懂了这个根上的问题，你就能想清楚，当初为什么是潘芳当主管而不是你！也能想清楚，你为什么能够回来，潘芳为什么会被撸下去……"

都春兰凝神想了一会儿，摇摇头："很费劲，我想不通，不明白！"

冯伟道："想不通，慢慢想——你可能有半个月的时间呢。一定要想明白，不然你回不来的，即便回来了，还会再犯同样的错误。"

男怕入错行，女怕排错队——站错了队伍，投错了组织，谁能挽救你？

真正能让你回来的，是你自己！我只不过是一个推手罢了。

"记住我的话，离开，是为了更好地回来——要像一个'王者'一样归来！要找到那种让自己成为'王者'的东西。"

都春兰一脸感激："谢谢，师父！"这话说的，真的是实心诚意。

在这个风云变幻的大时代里，我们都是在狂涛骇浪里潜伏的小人物——小人物必须懂得的一件事，就是"选择"。

猫有猫路，虾有虾道，小人物也有小人物的活法。

慢镜头　梦想=活下去：黑马问题（18）

北京朝阳金融街万宝总裁办。晚上 19:20。

汤小宁：你不要故意抵触。承认别人的光辉无损于自己的伟大。知道我怎么敢用马儿吗？他的大智慧式创新，我全部吸纳；我的领袖式道术，他却还得一级级学习！

噢，无损自己的光辉与伟大！

马儿，你知道你为什么在万宝政变中败得一塌糊涂吗？就是因为你"侮辱和损害"了汤小宁"伟大领袖"的伟大，"侮辱和损害"了"双子星座"群星璀璨的光辉……

和黑马总爱抢先说"我认为"不同，蒋子峰总是延后滞问"为什么"，特别是在"投资战略"方面——即便汤小宁征求他的意见，蒋子峰也往往会略过"战略"不提，而重点在具体方案弥补方法、措施和细节……

对"战略"有意见？是说老板站得没有"高度"，没有"远见"？是说你站得比老板还要"高"，看得比老板还要"远"？这是老板的大忌讳。

这是黑马经常"犯"的错！蒋子峰却很谨慎地回避这个大错误。战略是很"虚"的东西，老板们总喜欢"高瞻远瞩""指挥若定""谈笑间樯橹灰飞烟灭"，何必破坏掉他们这种"自以为是"的感觉呢？

至于具体方案，智者千虑，必有一失；老板思考问题，百密必有一疏。蒋子峰越多、越细的方法与措施，只是对老板"伟大的战略构思"有益而必要的补充，丝毫无损老板战略领袖的光辉与伟大！

蒋子峰嘴角泛起一丝微笑，立刻低头：是，我明白了。

难得糊涂。难得糊涂。汤小宁的职场学徒，到底是那匹马儿，还是自己这头血豹？

汤小宁一指手绘图的中点：实际情况是——马儿从"听说"这个点切入！

19

就这样，都春兰带着无限的愤懑和憋屈离开了常青藤教育培训部。

冯伟一个人，在新世纪门口大厅的台阶上，呆呆地站了半晌。然后，叹了一口气，正要转身。

"呀，师兄！"

李诺蹦了出来。

冯伟扭过头去，便看到了李诺那笑得如春花般灿烂的脸："送什么人呢？那么恋恋不舍。我都看了你足足有五分钟了！"

冯伟道："那你早不出来，晚不上来，在人家灵魂要回窍还没回时才跳出来？把它吓了个滴溜溜地转——又来上课？"

李诺呵呵笑道："来得早，不如来得巧，不然怎么能看到你失魂落魄的模样呢——嘿嘿。今天常青藤速成班结课，我跟狄哲宁老师约了，想跟他吃顿饭。"

第七章　潜伏攻略：离开，为了更好地回来

狄哲宁？李诺想做什么？或者不如问，狄哲宁想做什么？

冯伟的眼睛眯了起来——这是他思考问题时的习惯动作。

这个动作稍纵即逝。

因为，一辆银色的车缓缓地开了进来，门口的保安敬礼。冯伟的头偏了过去。

这是哪个领导的车？保安的态度既尊敬又亲近。

李诺看冯伟很注意："哈，老商来了！噢，我明白了。你不是在'送人'，而是在'等人'啊。"

冯伟笑笑："哦？商逍遥？你怎么知道？"

李诺的声音清脆："当然，第一天上课就知道了。老商喜欢这款车，又喜欢低调的银色。怎么？你是想在这里创造跟老商的'经典偶遇'吗？不走寻常路，只截'红大发'！"

冯伟深深地看了李诺一眼。他是在万宝研究新世纪创业历史时知道这一段典故的，李诺又是什么时候，又为何对此了如指掌？

新世纪草创初期，面临着残酷的生存竞争，商逍遥急于打开局面，开着辆红色"大奔"，加速度行驶，像疯虎一样奔命。但是，他疯，新世纪传说中的少年 CEO 杜永玖比他更疯，瞅准了，就是一个猛虎扑食，截住了飞奔而来的"红大奔"——商逍遥一个急刹车，头磕在方向盘上，都渗出了血。

商逍遥一下车，气急败坏："你找死啊，你！"

杜永玖："商老师，我是你学生。我要跟你谈谈。"

一听是学生，商逍遥的气立刻就消了。由于生存的恐惧，他对学生有一种神圣的崇拜，一种衣食父母的景仰心理，甚至真的是有一种"学生就是上帝"的虔诚心理……这种面对学生的敬畏感，对学生的尊重成了新世纪最高原则之一，最神圣不可侵犯的原则之一。

"你叫什么名字？"

"杜永玖。"

"谈什么？"

"我想到新世纪教书。"

"你行吗？"

"行！"

"你能开什么班？"

"新世纪没有 GMAT（国外工商管理硕士 MBA 入学考试）班，我来吧。我 GMAT 考得不错。"

"GMAT？"

"我考得还行，现在不敢说。"

"你试试，"商逍遥将信将疑地说，"你先准备教材，我看看……"

没多久，杜永玖剪刀加糨糊，编出了新世纪第一本 GMAT 教材，水平让商逍遥"吃了一惊"。于是，杜永玖入新世纪，先教 GMAT，后教 GRE 逻辑，最终成为"少年 CEO"、四大少壮派领袖之一，开创了新世纪"英雄不论出身""英雄不论年龄"唯才是用的用人标准，同时也开创了新世纪一批神人、牛人和明星教师跟商逍遥毛遂自荐的经典偶遇方式，比如：堵商逍遥的车门，假装是商逍遥上下铺的兄弟，给商逍遥写"老子天下第一"的信……

李诺说得咯咯地笑，冯伟听得苦笑不已：历史，早已成为历史；传奇，毕竟只是传奇！

车门打开，商逍遥的保镖杜钢出来了。

李诺"哦嗬"了两声："你要失望了。老商不在车上。唉，新世纪越做越大，招聘用人也越来越等级化——老商已经不喜欢人家撞他车门了，一头撞大牛的时代一去不返了……"

冯伟挑了挑眉，这小妮子真的能猜中他在想什么吗？"有人告诉你他喜欢什么？"

李诺眨了眨眼睛："不告诉你！"

冯伟笑："小姑娘！"

李诺微微笑，不说话。

冯伟问："说说，你还知道商逍遥什么？"

李诺："你对他感兴趣？"又眨了眨眼睛，"莫非……你喜欢老男人？"

哈哈，说完，自己已经开始大笑。

冯伟也被她逗乐了："是啊，我喜欢这个老男人！庖丁解牛，就得找牛人。你说是不是呢？"

李诺仔细地看了他一眼："你喜欢老男人我不管，可是要看看老男人喜不喜欢你呀。"

似乎直陈其事，似乎又意有所指。

冯伟嘿嘿笑了两声："喜不喜欢有那么重要吗？跟敌人还能做生意呢！"

李诺忽然神色有些黯淡:"你们男人都这样吗?连感情都像是在做生意——Love is buisiness!"

冯伟惊讶她的思维如此断裂和跳跃的同时,又有些本能地逃避和拒绝谈论这个话题,一拍她的肩膀:

"嗨,瞎想什么呢!走,上课去!"

慢镜头　梦想=活下去:黑马问题(19)

北京朝阳金融街万宝总裁办。晚上 19:20。

这一幕,从头至尾,丝毫不差地落在商逍遥和安健博的眼里。

你在楼底看风景,我在楼上看你……

虽然商逍遥和安健博在不同的楼层。但是,那一刻,他们却都选择了靠窗而立。于是,从都春兰走到李诺来,他们都看到那个叫冯伟的年轻人。

然后,想了很久,安健博敲开了总裁办的门。

商逍遥:噢,健博啊。都下班了,还来找我啊?

安健博:没什么事,找您喝茶来了,听说您这儿又有好茶了。

商逍遥抬眼看他,笑:只有你敢到我这里来讨茶喝。

安健博一脸诡秘:老商,我们疯狂精英培训部现在气氛很热烈啊。

商逍遥:噢?

安健博凑过去,附在商逍遥耳边,低语:有些传闻……

商逍遥扶了扶眼镜。

安健博:传说江子康就是您要选的人,所以疯狂精英培训部的人很着急。

商逍遥看着安健博,心想,他万万不会如此拙劣地试探。那么,他是想说什么呢?

商逍遥:着急什么!

这是一个感叹句,不需要答案。

安健博:着急新世纪啊!

安健博把它理解成一个需要答案的问句。

商逍遥:怎么说?

安健博声音更低:我听说,江子康招来的那个新年轻人,好像是资本推手的利益代言人……

商逍遥:哦?

不紧不慢地喝了口茶。

安健博见商逍遥并没有追问，有些着急，就说：老商，我正在派人查这个人。

商逍遥扭头过去：既然江子康要招人进来，那么进来的人就是新世纪的人。就算以前不是，我相信，以后也会是！

安健博心下一凛。他想说的话被商逍遥语气中的自信和骄傲压住了。或者，他心中隐约的那丝担忧被证实了：商逍遥和万宝有勾搭！假若冯伟真是那个叫黑马的，那江子康和常青藤教育培训部……

商逍遥仿佛洞悉了安健博的所思所想，慢悠悠地道：那又有什么呢？都是一盘棋局而已。

喝茶，还是喝茶好，安静。

工夫茶，工夫茶！没有一顿茶的工夫，能下好这一盘棋吗？而这一盘棋的"棋眼"又是什么呢？

"健博，你觉得，新世纪下一步，是要发展成一个'名企'，还是一个'名校'呢？"

江子康想跟他老商踢足球?！他难道不会把它射进别的门里？安健博，只不过是商逍遥要射的一系列"门"的一道门槛而已！

≫ 正幕外：

找工作就像找那个人，"适合"比"喜欢"更重要
——超级毕业生第七堂速成课

北京，海淀。

李诺 QQ 签名："不要找我，因为我不是在面试就是在去面试的路上。"

简洁微信签名："钱不是你的，钱是别人造出来逗你玩的。"

20

没过两天，简洁又去面试了一家单位。

这是一家公益型企业与行业研究组织，据说很有官方背景。

简洁这次很慎重，专门去看了他们的网站。那感觉就像是到石景山某些小区去，房子很旧，小区很静，人很少，但很有威势——因为一说里面住的啥是啥，真是官大一级压死人，何况是官大好多级！

网站很朴素，很简陋，但是很有些官僚味；简介也很少，人物介绍也

很少，但是，寥寥数字，却透露出一种不容置疑的逼人气势。

简洁有了畏惧之心，同时也更谨慎行事。发了 Email 后，想想，又打了个电话，接电话的人真的是很"傲慢与偏见"，问三句说一个字，赔尽千般不是，用尽万般小心，仍然是一副"理你要偿命"的劲儿。

打完电话，简洁已经是满头大汗，比到校园操场跑两个八百米还累。她心里开始打了退堂鼓。她一向自由散漫惯了，真要到像这种作派的办公室待着，不闷死也得憋死。

这边在来势微弱却暗潮汹涌地退着，那边却菟丝子缠藤一样地逼近前来：

"简洁吗？我看到你简历了。你真可爱，还附了张艺术照，就像我家小丫头似的……"

听起来是一老头儿，热情洋溢，又很温和，很慈爱，很呵护，甚至是很宠溺——就像简洁姥爷一样。

简洁费了半天劲，才知道原来是那家公益组织的副理事长，看到她的简历，问了问情况，训斥了那办公室接待员一顿——噢，原来只是一个接待员啊——说，这是人才啊，怎么能如此慢待呢？应该赶快请过来才是啊！

老头儿很温和地说："你别介意啊。他才三十多岁，还年轻，好多事情还不懂，还得我教着点。"

末了问一句："你下午有空吗？到我办公室来谈谈？"

简洁那个受宠若惊啊，立刻一叠声说：有空，有空，我马上出发。

老头儿很关心地说，别急，别急，你慢慢来，我等着你。快要吃午饭了吧？先在学校里把饭吃了，别饿坏了，身体是革命的本钱。现在全民都在讲求医不如求己，要有不生病的智慧。不生病的最大智慧是什么呢？就是吃喝玩乐——好好吃饭，好好睡觉。你们小年轻就是不懂这些，唉，真要我操心，不然怎么当好我的下属呢……

话是唠叨了点，但是简洁真的感激涕零——这是把她当自己人看待啊。还没进"门"呢，就已经这么关心了；将来在他手下干，不知道有多幸福呢。

所谓机不可失，时不再来，简洁立刻打车过去——要一百多元啊，放在平时，心疼得要命。现在，一路跳表，看起来都很惬意。

那地方，真像石景山那些房子，要拐几道弯，转几个角，才东问西问问到一个普通小区的角落里。小房子真的很破旧，但是那大招牌的确很有气势——而且，似乎与当下最炙手可热的某部委真的有千丝万缕的关系。

而且，简洁的确没有想到，破旧的小房子里居然会有装修得如此豪华的大办公室。

21

老头儿果然在等她。

那接待员看见简洁，眼睛都笑得眯起来了——要是换作李诺，怎么看都有点色眯眯的味道——热情极了，又是接包放衣，又是端茶倒水，末了轻声细语、轻手轻脚地说："傅副，那我出去了？"

一个大男人，说得如此低声下气，简洁实在有些听不惯；而且，她很诧异：糊糊？

"糊糊"干咳了一下，很威严地说："你出去吧。把门关上。我要和小简好好谈谈。"语调不怒自威。

转过脸，"糊糊"满脸又堆起了笑容："小简啊，一路上还好吧？没堵吧？北京就这点不好，老堵，误事儿啊。"

端的是平易近人。这让简洁顿生警惕之心——大领导毕竟是大领导，恩威并重啊；可得好生侍候着，别把事情搞砸了。

于是，老的和蔼可亲，小的曲意逢迎，一老一小就是玻璃窗透进来的阳光，言笑晏晏，相谈甚欢。说不尽的尊老爱幼，道不明的欢洽和谐。说着说着，"糊糊"就从和简洁坐对面相谈不厌，坐到和简洁并排同一战壕的长沙发椅上了。

"我们理事长呢，忙，经常这儿讲课那儿培训的——企业也请他，地方政府也请他，让他谈谈金融危机对中国经济的影响，谈谈四万亿国家投资对 GDP 的拉动——四万亿投资知道吧？知道啊，好好，年轻人嘛，要关心国家大事，要关心世界经济形势。主席不是说，世界是你们的，也是我们的，但终归到底还是你们的——你们的世界，你们不关心，不照顾，谁去关心，谁去照顾呢？"

简洁的头又点得像小鸡啄米。她知道了老头姓傅，是傅副理事长，简称傅副，而不是"糊糊"——不过，"糊糊"多好玩多亲切啊。她还知道了，理事长是从某部委退休的高官，顾问们也都是各部委退休的老头老太太，还会赏他们几分薄面，拨点经费啥的，拉点赞助啥的，立个项目啥的。

"你知道中央新增一千亿投资那几天，我们这儿成什么样了吗？从四环路外的大酒店，到周围的宾馆招待所，再到小区的地下室，全住满了人。啥人？地方政府的人，各地做项目的人，还有各行各业甚至各企业派的人……来干啥的？堵理事长啊，堵顾问们啊，堵我啊。批个项目，拨点投资，启动内需啊。那两天，把我累得头发都又白了好几根，你看你看——"

"糊糊"偏着脑袋给简洁看，像老小孩似的，有些自豪，又有些委屈。

简洁只看到一片秃顶。

22

简洁有些不知所措。

国家四万亿投资，这事儿简洁知道，简洁老爸没少嘟囔这事儿——比新闻联播还新闻联播，比专业分析还专业分析。简洁就算捂着耳朵，也会漏进只言片语。

只是她没想到，距离她生活这么遥远的事儿，居然就发生在这张桌椅上——她能想象人潮涌动、竞相汇报的情景，一时间竟有些激动。但是激动之余，"糊糊"老小孩似的举动又让她有些困惑和不安。

她不知道该怎么办。

"糊糊"等了一会儿，没有预期的反应，有些失望，但立刻调整心态，说："我呢，平时就替理事长看着这个家，发点奖金啥的，给点补助啥的，培养个把人才啥的——21世纪最贵的，不就是你们毕业生嘛。所以，你进来，发展平台是有的，机会是有的，福利也是有的……"

他突然伸出手抓抓简洁的衣角，摸摸料子："你这衣服料子一般。有企业年前给我们送了一堆出口转内销的衣服样品，料子高档，款式也很新颖，等你进来，去挑它十件八件的。女孩子嘛，要打扮得花枝招展一点，才好看嘛。女人一枝花嘛。"

简洁全身僵硬，手脚并缩，屏住呼吸，不敢动弹。

"糊糊"仿佛无所觉，面色忽然一整，很严肃地说："小简，我代表组织上问你一个问题，你要老老实实、坦坦白白、毫不隐瞒地跟我说。这关系到你的前途问题。你能做到吗？"

简洁赶紧点头："能做到。"

"你有男朋友吗？""糊糊"严厉地问，眼睛直接逼视着简洁，特别的澄澈，特别的无邪，特别的大公无私。

简洁脑袋蒙了，机械呆板地、老老实实地、坦坦白白地、毫不隐瞒地说："原来谈过一个，刚刚分手了。"

"糊糊"灿烂一笑，真如"沉舟侧畔千帆过，病树前头万木春"："好好好，年轻人嘛，要以事业为重，工作为重，先立业后成家嘛。你要有啥感情问题都要跟我说嘛。领导关心你是应该的，责无旁贷嘛。我作为你的领导，你的个人问题也就是我的个人问题，你的生活也就是我的生活。"

"糊糊"手放在简洁的小肩膀上，轻轻地来回摩挲。他的大手很宽厚，很温暖，很湿乎儿。

简洁全身的鸡皮疙瘩瞬间林立突起。她神经反射似的跳了起来，慌不择言："糊糊，我男朋友还在外面等我，我得马上回去上课了……"

"糊糊"的目光还停留在简洁肩膀离开的半空中，有些僵滞，有些永恒，又有些意味深长："噢，这样子的啊，不急，不急，慢慢来嘛，慢慢来嘛，我们以后有的是时间……"

23

过了两天，"糊糊"又打来电话，嘘寒问暖的，似乎啥事都没有发生过。那语调，那语气，那语句，俨然是自家长辈，关心学业，关心生活，甚至关心情感……听起来还是有那么一点感动的。

简洁开始怀疑自己是不是太敏感了？没准人家"糊糊"就只是表示一下关切，拍一下肩膀，以示宽厚而已。自己是不是太把人家好心当驴肝肺了？

于是，警惕心慢慢消下去，愧疚心慢慢升起来。简洁开始以平常心和"糊糊"对聊，偶尔也表示一下感谢。

但是她坚决不再过去。"糊糊"试探性地提过两次，后来就不再提了。他开始不再只是嘘寒问暖，而是实实在在地介绍起了跟简洁切身利益相关的事儿了——

他们要招两名工作人员，薪酬待遇等同于公务员，还有很多的收入……

听起来并不像是天花乱坠，而是很具体，很细节。而且，好多事情简洁并不懂，但是"糊糊"很耐心，会很仔细地解释给她听：比如编制问题，说他们虽然是公益性组织，但其实是某部委的二级协会组织，所以仍然是事业编制；虽然是自收自支，但是如果干得好，有领导推荐的话，可以借调到部委去，还有机会转成公务员序列……

所以，简洁还是比较心动。

她傻傻地问："这么好的工作，难道没人争着来吗？"

"怎么没有？""糊糊"似乎很鄙视简洁这种很孩子气的问题，"我可以负责任地告诉你，这两三天，就这两天，我们招聘信箱里已经收到简历五千多份了。今天的数据我还没看！"

"都是本科生?"

"不,全是研究生以上。"

"那我不是本科生吗?"简洁有些心怯,"不是一点竞争力都没有?"

"糊糊"仿佛很高兴简洁有这样的觉悟,也觉得该是拿点官腔出来的时候了:"也不能说一点没有。关键是看你给领导留些啥印象了。总的来说嘛,我还是觉得你是很不错的。你要努力争取一下,还是有可能的。"

其间那家外贸公司还给简洁打过两次电话,问她考虑得咋样了。

简洁想了想,打电话给"糊糊"说了。

"糊糊"说:"那你是怎么考虑的?"

简洁说:"我自己还是很想到协会来的。"

"糊糊"说那我们研究研究,明天再给你回话。

第二天给简洁电话,说经过他的努力争取,协会经过充分、仔细、慎重、认真的研究决定,同意接收应届毕业生简洁;说过一段时间,就通知她过来拿接收函,让她耐心等待。如此,云云。

简洁很高兴,心里一块石头落了地。

说真的,"糊糊"说得那么好,她的心态早已在不知不觉中又转向了那一点点恐慌,一点点担心,一点点不安:协会会要我吗?这么好的单位!

24

吃着碗里的,看着盘里的,想着锅里的。

都说这是毕业生共同的心态,但是今年好像真的不一样,碗里有东西,就已经很不错了。所以,简洁也没那么多奢望。

相比李诺,简洁觉得已经够幸运的了。

每一次电话响起,都像是一根救命稻草,把李诺从绝望中拯救出来,噔噔地跑去面试;但是,每一次面试,都把李诺推向更黑暗更绝望的深渊。每次疲惫而沮丧地回来,李诺都会在宿舍里大吼大叫直到声音嘶哑。每一次拒绝的电话听完,李诺都会安静地坐在那里,任自己泪流满面。

简洁觉得命运女神对自己还是很眷顾的。正因为看到李诺焦虑,所以有一段时间她才为协会要不要自己而焦虑;也正因为"糊糊"给她吃了一颗定心丸,在整个就业寒冬之中,她才没感觉到一丝寒意。

有人要的感觉真好。

"谁——要——我!"李诺又像摇滚女青年边说边唱了起来:"要么到大公司不计报酬零就业,要么到九弯十八拐再小的地方我也愿意去,只要给我工作，给我工作。并不是我觉得自己身价很低贱，并不是我愿意把自己贱卖，什么都不确定时太恐慌，只要有人要我就很好了。"

只要有人要我就很好了。简洁重复一遍，有人要的感觉真好。

下意识里，简洁没想把这个消息告诉李诺。简洁善意地替自己开脱，不想好友为她开心，却为自己伤心。

大半个就业冬天，宿舍里都弥漫着李诺"谁要我"的贱卖气息——早"卖"了早好。曾经的激情梦想、曾经的自恃才华，都已经被残酷的现实击得粉碎。有个饭碗就行了，有人要我就很好了。绝望无奈，歇斯底里。

但有一天，李诺忽然安静了下来，脸沉似水，波澜不惊，比淑女还优雅、缓慢和文静。也不心慌了，也不悲伤了，也不绝望了，而是——平静中孕育着希望。

因为"大师兄"又说了，找工作就像卖萝卜，早市卖五块钱，午市卖三块钱，夜市卖一块钱——所以，越往后面越心慌，越怕自己不值钱，越想一块钱甚至五毛钱就把自己卖出去。并不是觉得自己身价很低贱，并不是愿意把自己贱卖，只是那种没人要没人买的感觉真的很心慌……

李诺觉得"大师兄"说到自己心坎儿上了。只有"大师兄"懂我的心啊！

所以，"大师兄"说，越到夜市越要沉得住气，一定要撑住。再等等，你要等，不能为了一块钱就把自己贱卖了。再多等一分钟，你万一等到了一个就爱吃萝卜的主呢？不但可能卖到三块钱，甚至可能卖到五块钱、七块钱啊。

李诺立刻宁静似水。一颗焦灼不安的心，就在"大师兄"的生活禅里沉淀了下来，悠远了起来。

我要坚持等下去，等到那个喜欢我这种萝卜的人，就像"大师兄"跟我说的。

李诺选择性地遗忘了，"大师兄"说，萝卜理论是贫嘴张大民给他印象最深刻的记忆。

25

李诺仿佛一下子不着急找工作了，她着急的是思考。

她慢慢从"只要有人要我就好了"，开始思考起"我要什么"的问题来。

"大师兄"问："你到底想要找个什么样儿的工作？"

就像"大师兄"说他常问所谓的剩女："你到底想要找个什么样儿的人？"高矮胖瘦，贫富贵贱，大城小地……

每个去相亲的女孩都说，我真没什么条件，只要他对我好就行了，只要他让我有感觉就行。

可是，"大师兄"说，感觉不可理喻，事实和条件却可以说清。爱一个人是种感觉，不喜欢一个人是种事实。千言万语，你都说不清楚为什么会爱上这个人。但是，你却可以列出一千个理由，说你为什么不喜欢这个人——因为一条一条都是事实，一项一项都是条件。

于是，相亲没有感觉，条件一条条地否定：他没我想象的那么高，相貌没那么帅，收入没那么多，谈吐没那么风趣，待我没那么体贴和善解人意……

我知道我不喜欢他，但是，我不知道我想爱上谁。

每个人心里都应该有一把尺子，有一种标准。就像一个女人买衣服，有些女孩最大的问题，就是都二十多岁、三十多岁了，还是不能"独立"买衣服，还是不知道自己想买什么衣服，买什么衣服好看。结果，什么流行买什么，看见人家买就跟着买，售货员或导购小姐一撺掇，就冲动地买回来了。

"大师兄"说，找工作，最容易犯的就是"盲目从众"；最可怕的是，大家都盲目"从众"，就变成了集体盲动主义。

那衣服挂在那里，你就应该知道，适合不适合自己穿。比如：胖的人不能买丝绸或其他质量轻薄的纱质衣服，因为那会显得你更胖；个子矮的人不要穿曳地长裙，因为会显得你一点儿都不修长……

"大师兄"说，现在当务之急是要弄清楚，你自己"想要"什么，"需要"什么。

你想要奢侈品，想要 LV 包，但是你同时也需要维生素。所以，你是选择一个月吃泡面，都要攒钱买那个 LV 包呢？还是老老实实一日三餐荤素搭配，偶尔犒劳自己打点牙祭？

衣服挂在那里，是很好看，你是很想要，但不适合你，你一穿上就不好看了。找工作也是一样，你应该对自身想要什么、需要什么有一个清醒的认识，明白自己适合什么，不适合什么，能干什么，不能干什么。

"大师兄"说，我更强调"适合"，而不是"喜欢"。找工作就像找那个人，"适合"比"喜欢"更重要。"喜欢"的事你不一定"适合"干，你不一定能干好。

你可能说，兴趣是最好的老师，可以学习呀——给我足够的时间，我可以学习着适应嘛，只要我喜欢就行了。问题是，在变化速度越来越快的中国社会，谁会给你这个时间？就是给了你这个时间，万一你不是个学习型人才呢？

"大师兄"说，有多少人说喜欢就喜欢了，爱了就爱了，又有多少人想过两个人是不是真的适合，是不是真的般配？相爱容易，相处难。相爱不需要了解，但是相处需要理解。

人因为不了解而走近，却因为了解而不理解而分开。

李诺反复询问：我想要什么？什么工作适合我？我想爱上的是谁？

想着想着，李诺沉着起来了，动作缓慢起来了，姿态优雅起来了。她仿佛一夜长大。

虽然她一直在选择性地拒绝长大。

26

我们每一个人，都在拒绝长大。

黑马说，面对恐慌，面对危机，面对困境，每一个人都有"回到童年"的渴望。这，就是不愿意长大的"孩童化"倾向。

所以，黑马说，你必须走出校园，必须长大。

李诺问：这算是超级毕业生速成的第七堂课吗？

黑马摇摇头：不是。把这么宏大的观念当成超级毕业生速成课的主要内容，不太合适。从某种意义上说，超级毕业生速成课的内容应该是实用主义的。

李诺：实用主义？它是一种理论，还是一种行动？

黑马：不管它是理论还是行动，你都要牢记的是——作为超级毕业生，其速成的道路，一定首先得是实用、实际和实战的，也就是非常务实的。所有速成的理论、观念、信仰、原则都必须对你是"有用"的……

李诺：判断它有没有用的"标准"是什么？

黑马：标准有如下几条——强调知识是控制现实的工具，现实是可以改变的；强调实际经验是最重要的，原则和推理是次要的；信仰和观念是否真实，在于它们是否能带来实际效果；真理是思想的有成就的活动；理论只是对行为结果的假定总结，是一种工具，是否有价值取决于是否能使行动成功；人对现实的解释，完全取决于现实对他的利益有什么效果……

李诺：我的理解，就是一句话，所谓超级毕业生的速成法则，应该是从实践中来又到实践中去，并且能在实践中产生利益和效果。

黑马：正是，这就是"实用主义道路"。很多毕业生从校园到职场和社会，最容易犯的两种"错"——其实不是"错"，而是"本能"的倾向——一是逃避主义，也就是"孩童化"倾向；二是"浪漫主义"，认为自己能够改变环境；最缺的，恰恰就是实用主义，适应职场生态和社会环境……

李诺：职场如人生。三种主义，三种世态，三种冷暖。浪漫主义总是曲高和寡，孤立别人也被人孤立；逃避主义总是为人役也为己役，怎么做都不开心；唯有实用主义，众乐吾也乐。

黑马：所以，我总是在速成课上主张，超级毕业生们第一位应该坚守的，并不是理想、信念、浪漫和精神，而应该是实用主义：在政治上有一定的嗅觉，对世事有一定的洞察力，对人际关系有一定的协调能力……所谓实用主义，就是审时度势！

李诺：但是，这样做，毕业生就不是一个有理想的人，就只是一个实用主义者。我还是喜欢像小时候那样，学校教我要做个有理想有梦想的人。一个人没有理想，只是他一个人的悲哀；一个社会、一个民族没有梦想，那就是整个国家的悲哀！

黑马：整个中国，从孔子以降，就很实用主义；特别是近现代中国，接受了进化论观念，就更是很实用主义；这十年来，普通中国人特别是年轻人越来越实用主义……所以，你是不是人才，整个评价体系就只有两个字——"实用"。

李诺：当整个社会潮流都很实用主义时，难道梦想主义不应该像灯一样吗？

27

黑马：没错。现在中国人最缺什么？中国式员工和中国式公司最需要什么？

李诺：梦想！

黑马：嗯。人因梦想而伟大，路因梦想而诞生，想象力因梦想而飞翔……二十一世纪，什么最贵？人才最贵！未来人才竞争，什么才是核心竞争力？想象力！

李诺：由于大一统与高考接轨的教育体制，中国人缺乏独立思考，缺乏想象力——事实上，有人说，孔子一出，中国人的想象力就没有了。

黑马：说得对。所以，我们要回到自己的"童年"，重新找回自己的想象力。"要知道，到了二〇三〇年，想象力比知识更重要，当知识让电脑代劳，社会稀缺的是摆脱困境的想象力；方法比知识更重要，知识是学不完的，但方法就这么几条，多少年后学生忘记老师讲过什么，却忘不了教过的方法；心态比能力更重要，如果不懂合作，一个'千禧后'的能力，学过的强化班再多，也打拼不过一个团队……"

李诺：所以，比起让超级毕业生们"更实用主义"更重要的，难道不是让他们更理想主义、更梦想主义、更有想象力吗？

黑马：错了。梦想很重要，活着更重要。无论你想做什么，最重要的是先活下来……而且，最致命的是，你把梦想主义和实用主义对立起来了！为什么实用主义就不能是梦想主义呢？当实用的道路走到极致时，它难道不会向梦想回归？就像进化论崇拜让每一个人成为革命的螺丝钉后，整个民族都有可能重新回到庄子、回到古典文明、回到中国式智慧，重新寻找中国式传统的浪漫、理想和想象力……这就像抛物线一样，它拐了一个大弯，又终将拐回来，实用主义结束的终点，就是梦想主义开始的起点。一个民族如此，超级毕业生速成更是如此：梦想主义是目标，但是实用主义是道路。

李诺：你的意思是说，梦想主义和实用主义可以衔接起来——衔接的关键就是"拐大弯"？

黑马：是的。"拐大弯"这里面蕴含着中国式企业和中国式员工成长历程中淬炼出的丰富而生动的政治智慧、商业智慧和职场智慧。它反对做事急躁，主张做事要看准目标，并为实现目标做好充分准备，当遇到强大阻力时，要以"拐大弯"的方式循序渐进达到目标，否则会欲速则不达："看准目标，然后拐大弯！不要临时拐急弯，拐急弯容易熄火……"

李诺：没有不切实际的幻想，没有不撞南墙不回头的莽撞，但也没有"没有梦想主义就是行尸走肉"的愤世嫉俗，要有能够"拐大弯"的勇气和智慧——毕业就要学会"拐大弯"？

黑马：这就是超级毕业生的第七堂速成课。毕业不能直上高速路，你也上不了高速路——但是，大多数毕业生都想上高速路，直接登上职业直通车。这是误区。因为时机不对。所以，毕业三月、三年，甚至是人生过去三十年，我们都应该学会采取"拐大弯"的变通方式：目的就在墙的对面，拐大弯是绕很远的路，发现一个很小的门，进去，然后达到目的，在人生与社会、职场与商场、婚姻与家庭危机中劫后余生。这种"拐大弯"的方式，也叫"中国式生存"，包括："中国式职场""中国式婚姻""中国式爱情""中国式人生"……

李诺叹道：但总有一两个人，宁可撞墙也不肯拐弯的！

黑马：是的，这个社会不缺这样执拗的人，不懂、不会、不能也不愿"拐大弯"——他们采取的是什么方式呢？拆墙，或是以身撞墙，或者撑高跳。于是，有些人倒下了，有些人还活着，有些人仍然倔强地站立着。但是，面前无门、无天、无地、无新世界，只有一道断壁残垣，一片废墟。原来姹紫嫣红开遍，似这般都付与断井颓垣。良辰美景奈何天，赏心乐事谁家院？却，至今不悔。至死，可能犹悔。

李诺：你说的是你自己吗？夫子自道？

黑马没有正面回答：我希望你别成为这样的人！想了想，又说，其实，我们现在上的这些实用的速成课，都是要让你学会"毕业就拐大弯"。

李诺认真地"看着"黑马：我知道——这种良苦用心。

随即，李诺说：嗯，这个问题我得回去再想想。

黑马：噢？还有什么想不明白的？

李诺：不是想不明白，而是觉得有些难。

黑马笑：莫怕。"这和开车拐大弯是一个道理，开车到一个地方，急着拐就要翻，如果提前知道要拐，就能拐过去。"

李诺：问题是，我还没有"学开车"啊！

黑马差点被雷翻。

第八章

新奋青：谁为我填平"鸿沟"

1

又是半夜忽然惊醒。

冯伟又梦见那遥远的地平线忽然断裂，一个"现实大裂谷"忽然出现，下面是深不见底的 U 形鸿沟，像一头巨大的怪兽，吞噬着两边惊慌失措的人……

木屏屏一头栽了下去。

甘晓儿紧紧抓住她的手，但下坠的重力拖着她也往下掉。

冯伟只来得及抓住甘晓儿的衣裙，然后就听见一声尖锐而巨大的撕裂声，然后冯伟就眼睁睁地看着甘晓儿掉进那深渊一样的鸿沟里……

然后，冯伟就猛地惊醒，满头大汗，全身痉挛——那尖锐而巨大的撕裂声仍然响在他两边，似乎就要刺破他的耳膜，它凌空而去，却又低旋徘徊，袅绕不绝。

冯伟手里，还紧紧地攥着那块藕荷色的手帕。

于是，又起来开窗，看北京东二环的夜景，看那夜色朦胧，雨水渺渺，车水马龙。

他已经连续几个晚上做这样的噩梦——都说他冷，都说他狠，都说他像阳光一样坚强，可谁知道，他在夜晚，他在梦里，是如此的孤单和脆弱?!

这个世界上我最疼的人离我而去了。

思念犹如忧伤的呼吸，每一秒每一分，都不肯停息——除非，除非，我也从这"大裂谷"里跳下去！

很早很早的时候，冯伟也曾经历过这样艰难的时刻——这个世界上最疼我的人离我而去了——那时候陪在他身边的，就是顾自怜。

没有说话，只是握着他的手，只是静静地坐在他的身边，只是轻轻地搂着他的肩膀，让他靠在她的胸前，让泪水浸湿了她的衣襟。

这个世界上，还有我在疼你！

那一刻他们是如此的亲密，又是如此的疏远——当一个男人将自己全部的脆弱展现给心爱的女人，就意味着他们一生的关系也只能到此为止。

那个时候，冯伟只是需要一个人陪，只是需要有个人相依。

只要能有一个人在他身边蹲下来，陪他做一只蘑菇。

是啊，只要有那么一个人，肯倾听，肯无条件地支持。

不管能不能理解，能不能接受，不管是否真的赞同。

只要一个肯定，一个理解。

简单有力，直抵人心。

人，就是这样吧。群居的动物，需要陪伴和温暖，哪怕是因为同情。

就像冯伟确信自己，现在，也许、肯定、只是需要一个陪伴，有一个人在身边，让他觉得安全，觉得可以依靠，觉得不那么孤单。

无论对方是谁，无关其他。

可真的是这样吗？

接连几天在即时通信上都不见顾自怜，冯伟心里便开始烦躁。

当然，他从来不会通过其他方式去联系她——这不是他的风格，他对自己说。但是，这抑制不住的烦躁却让他觉得无可奈何。

这段日子的彷徨和沮丧，这个绿色的小头像就成了他唯一的安慰。

冯伟没有意识到，曾几何时，自己开始如此依赖这个安慰了。

慢镜头　夺权·CEO联席会议（1）

北京海淀水木清华。上午9:00。

经过半个多月的密谋、游说和策划，陆剑客终于成功地召集了新世纪前所未有的"4＋1"会议。

四个元老院大腕：陆剑客、拓跋宏、樊一杰、江子福。一个少壮派领袖：柳飘风。

陆剑客（开宗明义）：今天会议的主题很简单——如何让老商下课？

众皆沉默。

陆剑客（慷慨激昂）：我不相信新世纪在常青藤危机中能够安然无恙，趁危机还没有全面爆发时，适时剥离老商和新世纪的紧密关系，避免常青藤联盟对商逍遥一个人的打击，成为对新世纪"全面的打击"……

2

今夜心有灵犀。

冯伟坐在床头，心却微微一动。

顾自怜果然在线上，虽然显示为"脱机"。

冯伟看着顾自怜的头像，看了半天。心里犹自悸动，脑海里却又"冷幽默"地开起了小差——

一直都说美国人直接，MSN 也具有这个特性。

以前，MSN 如果显示脱机你就不能对话，如果你在对话框里打字就会显示"正在输入"，让你明明白白，潜水不得，也让人知道，你在反复地"欲言又止"。而国产的 QQ 则是让你潜得彻底，也隐得干净。

现在，MSN 和 QQ 都改了一些游戏规则：MSN 可以脱机对话了，QQ 也会显示你"正在输入"了。

这算不算一种全球化中的"中国式趋势"呢？

能在中国生存和发展的商业模式，其核心都必须根据"中国式关系"来变革和创新。新世纪，是不是也应该如此？

犹豫了半天，冯伟还是打了个问号：这么晚还不睡？

顾自怜：忙一点点事情。

冯伟听着雨敲打玻璃的声音：女孩子不要那么拼命。

在电脑的那一头顾自怜的眼睛立刻湿了，想说些什么，但是觉得说什么也不合适，于是，在对话框里不断地显示着她欲言又止。

最后，顾自怜说：好。

冯伟也就不知道如何接下去，不知该说什么了。

还是顾自怜最先打破沉默：听到一首好听的歌，和你分享。

冯伟：好。

顾自怜发过去一首歌，冯伟打开，安静地听着这首《最初的梦想》——

如果骄傲没被现实大海冷冷拍下
又怎会懂得要多努力，才走得到远方

如果梦想不曾坠落悬崖，千钧一发
又怎会晓得执着的人，有隐形翅膀
把眼泪装在心上，会开出勇敢的花
可以在疲惫的时光，闭上眼睛闻到一种芬芳
就像好好睡了一夜直到天亮
又能边走着边哼着歌，用轻快的步伐
沮丧时总会明显感到孤独的重量
多渴望懂得的人给些温暖借个肩膀
很高兴一路上我们的默契那么长
穿过风又绕个弯心还连着，像往常一样
最初的梦想紧握在手上
最想要去的地方，怎么能在半路就放
最初的梦想绝对会到达
实现了真的渴望，才能够算到过了天堂。

顾自怜看着电脑屏幕，如同看着冯伟在那一头听歌的样子。

过了许久，冯伟说：你说，你的梦想是什么？我的梦想是什么？我们最初的梦想是什么？我们，达到了吗？

顾自怜也是很久没有动静。

冯伟也在静静地等着她。

顾自怜：这些年以来，你的追求，你的骄傲，我全看在眼里；我为你着急，为你徘徊，我想你也知道。

冯伟轻轻地哼着这首歌，心情有点凄凉，有点悲伤：我怎么感觉，年纪越大，从前模糊的那个最初的梦想反而越清楚，反而越遥远？

顾自怜继续说：我想，我们享受的，是追求梦想的过程和感觉。

冯伟说：越来越发现，周围能说话的人越来越少了；越来越发现，越长大，能做的越多，能为梦想做的就越少。

顾自怜接着说：虽然，这种过程也许并不顺利，甚至我们会因为茫然未知感到困惑而焦虑。但是我想，这种追求过程中的感觉，是可以用"幸福"两个字来形容的。

冯伟：追逐梦想，究竟是为了什么？

顾自怜叹气：这么多年，你还非要执着地问为什么吗？

顾自怜接着说：我以为，你的本性就是追逐梦想，这是一种本能。没有为什么。

冯伟突然觉得说不出话来。

也许想说的太多,也许又不知道如何表达。

冯伟嘿嘿笑:哪有那么神,我现在啊,就是想多挣点钱。

顾自怜也笑:但是你的梦想本能已经被点燃,就算你能止步,你的梦想也不会止步。

真的吗?甘晓儿已经点燃了冯伟的梦想本能?所以,就算他想止步,他的梦想也不会止步?!

何况,他真的想止步吗?

哪怕前路再崎岖,哪怕道路再坎坷,哪怕这个地方的人和事会有那么多障碍,哪怕这个社会、这个现实、这种制度已经制造了许多鸿沟——那就让我跨越它,填平它。

如果这个地方、这些人、这些事注定让我得不到梦想,失去了热情,泯灭了希望,那我抛弃他们又何妨?

绝不放弃的——是因甘晓儿已经点燃的梦想!

冯伟:还是听一首老歌吧——《我的未来不是梦》。

顾自怜:呵呵,你一点也不与时俱进。

冯伟:我不要做梦,也不是在做梦!过去,现在,和将来!

顾自怜被这一句话震撼了,过了许久:是的,我们不是在做梦!

冯伟微笑。

顾自怜微笑。

虽然遥隔万里,但是此时此刻,这两个人都有一种止不住的想拥抱的感觉。

一种纯粹的拥抱,不在于情感,不在于其他。

只在于一种共鸣!

慢镜头　夺权·CEO联席会议(2)

北京海淀水木清华。上午9:05。

陆剑客继续痛陈"商逍遥=新世纪"的弊病。

陆剑客:另一个核心问题是,当从"小概念的新世纪"到"大概念的新世纪"的改革启动之后,在公司的股权设计中,商逍遥占了绝对控股地位,其他十余人分享剩余股权⋯⋯这不公平。商逍遥得到太多,我们得到太少。

拓跋宏（附议）：而且，商逍遥及其家族成员一直把持着新世纪的关键部门，行使着这样或那样的肥缺分配和管理权力……

陆剑客：在这种商逍遥一股独大、占有绝对控制权、决定权和最终否决权的"绝对权力"结构中，有谁能够放心和相信商逍遥的管理地位和权力不会夹带自利企图呢？有谁能证明商逍遥不会为了一己之私而伤害大家的利益？有谁能保证商逍遥会"保全"大家的发展愿望、尽力帮助大家排忧解难、共创新世纪大业的道德形象？

樊一杰（悠悠叹道）：绝对的权力，绝对的腐败……这是"海龟们"在观念和情感上绝对不能接受的政治概念和权力现实！

3

梦想成为导火线，终于引燃了冯伟在新世纪卧槽的计划。

顾自怜：卧槽？你要真正地触底？

冯伟：对！触底！我这些天和你聊天，想明白的就是这个道理——我要触底，要到达真正的退无可退的地步！

冯伟继续：因为，只有退才能进。退得彻底，才能进得彻底！

顾自怜嘴角翘起：真正的退无可退？可是，底在哪里？你如何去触？

冯伟：这也是我在问自己的一个问题。底在哪里，我已经"三十归零"了，一切从头开始，我想，这就是底了吧。如何去触？这就是这些天我在思考和计划的事情。

顾自怜摇头：不，你还没有到底！

冯伟：噢？

顾自怜：你觉得自己已经"归零"了，其实还远远没有。

冯伟：还不够吗？怎么说？离开万宝，我可是"一无所有"了啊。

顾自怜：不，你离底还有一段距离。这个"底"，不光指的是你表面上物质的东西，还包括你的心态，以及你的本性、你的潜能能不能释放。

冯伟：继续。

顾自怜：你以为你"一穷二白"，已经做好了所有触底的准备了。可是，你想一想，你自己的心理"到底"了吗？

冯伟叹息：怎么没有，你都不知道我这段时间有多沮丧——虽然在外表上仍然维持着一贯的彪悍和强势。

冯伟本来还想说自己是多么的"无助"，但是终究没有——他真的能把自己所有的"脆弱"都托付给这个女孩吗？那是对他自己也是对她的不负责任！

　　顾自怜：我明白你的心情，但就是因为这点，说明你还没有"到底"；你要主动地"触底"，包括在心理上"主动"触底。

　　顾自怜本来还想说人脉，也许人走茶凉，但是你还有我。想了想，还是把打出的字删掉了。

　　冯伟看着顾自怜在那头反复地"正在输入"，默不作声。

　　顾自怜：如果你是主动的，就像你上次自己说的你懂得其中的区别，那么你就不会沮丧。

　　冯伟：你要我平和？

　　顾自怜：是的，平和与宽容。只有平和与宽容才能让你容纳更多，看得更深，走得更远。

　　冯伟：我已经坦然接受现在的一切了，还不平和吗？我已经放下了对曾经一起战斗的伙伴与兄弟的怨诽，难道还不够宽容吗？

　　顾自怜逼问：如果是平和与宽容，你还沮丧什么？

　　冯伟笑：都从头再来了，莫非你还要我笑？

　　顾自怜叹道：你给我的感觉，是你心中憋着一口气，所以总想来个"大翻盘"，夺回你应得到而未得到或曾经得到又被迫失去的东西。但是，什么人才会"争一口气"？是那种本身没有"气场"的人！

　　冯伟：我离开万宝，重投新世纪，是想争一口气。难道说，我也没有"气场"？

　　顾自怜：不，你有一种本能的"大气场"，本来回归到你本能就好，显露你的本性就好。但是，万宝或者其他已经、正在或即将经历的事，让你想争一口气，却反而遮蔽了这种本性，让它越来越暗，越来越小，就像针眼一样，越来越窄。这就像……

　　冯伟：太阳？

　　顾自怜：是的，太阳，或是巨龙。你让我感觉到，追逐太阳或者成为太阳就是你的本性，你自己有一种天生的巨龙腾飞的潜能——龙有龙的梦想、信念和原则。它的天空不应如此狭小，它的视野不该如此狭窄，它所追求的不应该是"井底之蛙"的世界。但自从你进入新世纪以来，我觉得你的所作所为恰恰相反，似乎任由"净瓶"束缚住太阳，"绳索"捆绑住巨龙……我的思维稍稍有些乱了。

　　冯伟沉默片刻：我似乎能够明白你的意思。

　　顾自怜：我想表达的是什么呢？你不应该局限于一个人、一个团队、一个部门、一个公司等的恩怨情仇，一时一地的是非得失或其他什么东西，不要让彼此的利益、情分或派系拘囿住自己。你为什么要拿别人的过失来惩罚自己？你还是应该回归到自己的本性或潜能深处，像太阳，就像太阳那样发光；如巨龙，就如巨龙那样潜伏，执着于自己的梦想、信念和原则，只有那样，你才能继续保持或维护自己强大的气场、强运、大气、胸襟和抱负……

冯伟：你让我觉得自己似乎正在一点一滴地失去这些东西。

顾自怜：那是因为你现在太执着于利益、情分和派系的忽"无"（忽然消失），所以才会忽略自己最珍贵的梦想、气场和强运等的本"有"（本能地拥有）。为何要担心、恐惧甚至怨恨这些利益、情分和派系在退无可退中的消失呢？就像海潮退去，泡沫破尽，那些真正像珍贝一样的气场、强运、大气、胸襟和抱负……才会重新"裸"露在沙滩上的啊。

顾自怜轻轻叹了一口气：你真的要让自己"触"到退无可退的地步才好。要能够坦然地面对"一无所有"，然后才有可能远尽始返，潜伏在你本性中的那些真正让你伟大的梦想、信念和原则，才有可能一点一滴地"重新绽放"。

冯伟：从"无"到"有"，不是一件简单的事情！

顾自怜：但你必须面对。因为，你要明白，你自己追求的不是成功，而是成就；不是小成功，而是大成就——所以，当你在利益、情分和派系的世俗路上，距离成功越来越近，你就离你的本性和潜能所决定的、你有可能获得的大成就越来越远。所以，你更要明白"底"在哪里，如何去"触"——只有褪尽利益、情分和派系的遮蔽，重新"裸"出你的本性和潜能，你才有可能重新走上靠你的本性和潜能去追求的成就之路。这才是超级毕业生的第八堂慢修课。

冯伟低旋徘徊：放低自己，再放低……

汤小宁说，马儿，你知道一直以来你最让我可惜的是什么吗？那就是：你心中有一只鸟儿，假若让它鲲鹏展翅，这整个天空都是它的。可是，你让它在"囚笼"里沉睡。别的鸟儿在寻找天空，但是你的这只鸟儿却在寻找"囚笼"！这个笼子是什么呢？就是那些社会和世俗的"成功是非"标准……

停顿了许久，冯伟才说：我想，坦然地面对"一无所有"，就是要打破囚笼，"主动"找回自己本性的指引吧，放飞自己心中的那只鸟儿，如其所是地翱翔……

顾自怜打出了一个笑脸的图案发过去。

冯伟回复了一个笑脸。

夜深深，电脑屏幕的蓝光还在不停闪烁。

他们的心从未像现在这样的近，虽然他们所处的时空，从未像现在这样的远。

慢镜头　夺权·CEO联席会议（3）

北京海淀水木清华。上午9:10。

陆剑客："商逍遥=新世纪"的概念、形象和现实，已经无法应对和解决当前的常青藤危机和内循环危机。

稍停片刻，陆剑客斩钉截铁地说：为了应对解决这种内忧外困的新世纪最大危机，我认为，出路只有一条，就是让商逍遥下课——或者，更策略地讲，由于新世纪的权力过于集中，我们需要"制衡商逍遥"！

"4+1"会议的基调因此定下来了。陆剑客的意思很清晰：商逍遥才应该成为常青藤危机和新世纪内循环危机的"替罪羊"。

柳飘风本能地关注到外部那个危机点上了：这里面是不是隐含着如下的逻辑——常青藤不是指责商逍遥是小偷、是窃贼、是大话王吗？那好，假若我们"有条件"地承认曾"偷"、曾"窃"，那么按照法律，只追究既成事实和直接责任人；所以，推出老商顶罪；而且，那是新世纪的过去，我们承认为过去的事实负责，但是，这已经跟新世纪的现在和未来无关……

陆剑客：假若老商为新世纪的过去能够负起责任的话，那么新世纪的未来和现在就跟常青藤危机无关，也跟老商无关了……

4

方榕榕一个电话，又把九点半还在"晨梦"中的冯伟惊醒了。

"冯老师哈，不好意思哈，那么早打扰你了哈……"

天真宝宝左一个对不起，冯伟右一个没关系，两人你来我往好几十秒钟，非常客气地"围着地球绕圈子"。

绕了地球大半转，方榕榕才在叶香香的反复推搡下，脸红脖子粗地说："小老板让你争取二十分钟内过来……"

放下电话，叶香香说："你可真磨叽。一封鸡毛信拿给你整成了去年的老皇历。"

方榕榕说:"我要给他以充分的时间和心理准备,接受这个紧急信号……"

叶香香立刻做雷倒状。

那边厢,冯伟还没搁下电话,李诺的电话就打进来了。

刚接起来,就听到她清脆的声音:"喂,是我。下午有空吗?"

冯伟:"嘿嘿,很多事情啊。"

李诺:"哈,和我一起去个好地方?"

冯伟问:"什么地方?"

李诺:"去了你就知道啦。"

冯伟:"你说吧,哪里啊?"

李诺调笑:"你还怕我拐卖了你啊?"

冯伟乐:"嘿嘿,谁要买我啊?"

李诺停顿了一下:"去个小学。"

冯伟惊讶:"噢?"

李诺回答:"一个农民工子弟小学,我做义工的地方。在北京的城中村。"

冯伟问:"噢?你还做义工呢?"

李诺:"是啊,从上大学开始,三年多了。"

冯伟问:"去做些什么啊?"心想,这个女孩,还有多少是自己不知道的呢?

李诺:"嗯,去了你就知道了。"

冯伟爽快地答应了:"嗯,好啊,我期待。"

李诺开心地笑了起来:"那好,下午两点,在新世纪门口见吧,再一起过去。"

冯伟笑:"好。"

放下电话,冯伟心情大好——一夜噩梦似乎荡然无存。于是,慢悠悠地上路了。

当冯伟花了四十分钟一路堵一路看风景到达部门时,江子康已经等得很不耐烦了,自己跑出去"晒太阳"了——自从偶尔知道冯伟"晨晒"的习惯后,江子康发现,早上晒太阳,的确是思考新世纪政治形势的最佳时机。

此时,头脑最清醒,判断最敏锐——绿豆芝麻大的小事儿都能串联起来,找出背后隐秘的信号。

此刻，江子康就坐在咖啡厅靠窗处"晨晒"——平时，他都把这里当作第二个办公室，约见一些他不愿意在办公室约见的人。

咖啡的香气不同于自己平时闻的茶香，更有一种可以敞开门来的私密性，可以两个人交流或者一个人思考很多问题。

事情缘起于老商心血来潮，突然想知道十九周年庆典暨新教师培训大会筹备的进程，觉得直接问常青藤教育培训部并不能了解全部情况，又想"广泛地听取群众意见"，所以让总裁办发了个通知，说各部门出两个人，一起吃个午饭，大家说说对大会的意见。

常青藤教育培训部立刻紧张了起来。

老商对我们的筹备不满意？还是想做出新的安排？老商想听到什么？

江子康的脑子里立刻闪过了这些问题。

让谁去呢？点名要普通老师和普通员工——而非管理层人员，难啊。

先扔给潘芳，让她"试试"冯伟，正好。江子康暗暗地想。

慢镜头 夺权·CEO联席会议（4）

北京海淀水木清华。上午 9:20。

陆剑客：常青藤联盟大军临境，为了安然渡过危机，我们必须壮士断腕，切断老商和新世纪"连体婴儿"的联系！

樊一杰（叹道）：切得断吗？无论是历史还是现实，无论是内部还是外部，无论是公司还是学校，新世纪就是商逍遥，商逍遥就是新世纪，新世纪跟商逍遥是画等号的！

陆剑客（斩钉截铁）：正因为如此，切得断也得切，切不断也得切！

拓跋宏（也叹道）：这种感觉糟透了。我们好像不是"新世纪的主人"，而是"商逍遥的雇工"！商逍遥他不能把我们当雇工看，当狗使唤！

5

于是，潘芳找冯伟谈话。

潘芳摆出了一副亲切的样子："小冯啊，上面说让我们部门出两个普通老师和普通员工去参加筹备会讨论，你说，让谁去啊？"

冯伟："啊，这让我说不合适吧，你或者小老板定吧。"

潘芳摆出一副我都知道的表情："你最近在熟悉和研究那些老师的嘛，想必对这些老师都了如指掌了吧。"

冯伟心里笑，你是想说对我的动态都很掌握吗？说："那好啊，我看看吧。"

潘芳笑："好，那要快，一会儿就给我名单吧。"

从江子康让都春兰给冯伟的那堆新老教师简历中，冯伟"随便"提了四个人的名字——是的，随便！

若只是正常的工作情况，这名单论理轮不到他来提。即便提了，也只是"仅供参考"。潘芳和江子康肯定要经过两三手"筛查"的，自己拿自己的主意，若是如此，冯伟又何必费神劳力？

若是非正常的事件，那只有两种情况：江子康从工作流程上想把冯伟置于潘芳之下，他交代潘芳工作，潘芳交代冯伟——这不太可能，除非江子康不想做所谓的"宏图大业"；这名单里包含着某种冯伟现在还不知道的隐秘，江子康想测试一下冯伟的嗅觉、反应和态度——这种情况是最有可能的。

分析完毕，冯伟稍加推断，便决定"随便"——随便你怎么想，你想玩我未必陪你玩——交给潘芳这个名单，说："两男两女，您从里面挑一个就行了。"

潘芳笑："呀，小冯，你就说哪个好了。只要会上不瞎说话就行了，稳妥些的。"

冯伟道："这四个人在新世纪都混成精了——你比我都还熟——都挺稳当的，不会瞎说的。再说了，你到时候不也会在场吗，我让他们看你眼色说话。"

潘芳笑得愈加开心："好啊，小冯。那我和小老板说一下，把名单报给总裁办了？"

半个小时后，潘芳给冯伟打内线："你过来一下。"

冯伟暗想，才几步路，怎么还要打电话，喊一声不就行了。

潘芳看着慢吞吞走进来的冯伟，压低声音："给你打电话，是不想让人知道是我找你。"

冯伟皱了皱眉头："噢？什么事？"

潘芳声音更低："总裁办刚刚给小老板打电话啦，就说了一句话，说怎么选的老师都是资深教师？至少也应该有那些新锐代表啊！"

冯伟心里一咯噔，脸上没露："哦。这样啊……"

原来想测试的不是自己啊。原来是老商想测试江子康啊！

潘芳："我可是偷偷告诉你的，小老板待会儿自己会找你的，你知道就行。"

冯伟摆出一副无所谓的表情："好好，我知道了。"

冯伟离开，门一关，潘芳立刻又拨通了江子康的手机："老板，我和他说了。"

江子康："他怎么说？"

潘芳："他没说什么，就说知道了，都没和我说谢谢。"

江子康："那，他什么表情？"

潘芳："也没什么表情啊，还是那样，眼睛眯着，都看不出来他想什么。"

江子康："哦，行，我知道了。"

江子康心想，这个人要么是太过迟钝，要么就是太过深藏不露。当然，后者有最大可能性。那么，他这个人的品行到底如何？

江子康看着桌上的手机，五分钟，他想，最多给冯伟五分钟，看看手机会不会响起。

刚想完，手机就响了起来。

江子康还沉浸在自己的思路里，所以不由得吓了一跳，随即满意地笑了，敲了敲青花瓷茶杯。

这么快，他心想，嗯，不错。

慢镜头　夺权·CEO联席会议（5）

北京海淀水木清华。上午9:30。

连拓跋宏都这样表态了，江子福想自己不能再沉默了。

江子福：是啊，老商的股权太多太大了，我们"小股东"的话语权太轻太没有分量了……

樊一杰：我也担心在第二次创业拉开序幕时，有着绝对控股地位的商逍遥会不尊重股权，继续削弱我们的地位。

拓跋宏：我们都是股东，但是股东的权利在哪儿？股东的感觉在哪儿？在那份缺乏法律保障、不能即时体现利益的"股东协议"上？

陆剑客：股权？协议？你们还真认为那有效？我跟你们说，看那张纸似乎是法律协议，但要是商逍遥不认账，它狗屁不是。所以，你们还真认为老商在上市中会让我们分杯羹？我告诉你，他是怎么想的吧！假若让老商来主导这事儿，总裁特助绝对不会是我们的人，而第二次创业最大的结果，就是在座诸位的出局——所以，即使新世纪上市掀起再大的造富潮，届时也跟我们没什么关系！

樊一杰：利益。其实大家真正较劲儿的是利益。任何利益的度量和争取，都必须有一个公平、公正和公开的游戏规则。

陆剑客：问题的关键是，现在由商逍遥一手主导的游戏规则不公平。我们必须寻找公认的新游戏规则。

6

江子康让咖啡厅的服务员给冯伟泡了一杯新茶。

他要，亲自再试试冯伟。

"喝茶，尝一尝，这是一个朋友给我带来的，今年雨前的新茶，据说，可都是16岁的姑娘亲手摘的嫩叶呢，哈哈。"

冯伟冷幽默了一下："那不是童工吗？"

江子康笑："哈哈，大家都说你冷，我今天算是体会到了。"

冯伟笑："这不是和您开玩笑嘛！"

江子康："哈哈，你以后可别开这种玩笑了，不但让人笑不起来，还被冻住了。"

冯伟嘿嘿地笑。

江子康正色地说："说正经的，今天找你，还有一件重要的事情。"

冯伟："噢？"

江子康："是这样的，要定大会新老教师发言代表，按照惯例，如果是由常青藤教育培训部承办，就应该是从常青藤教育培训部直接出人。刚刚老商打电话来，让我们考虑周全一点，也要考虑到其他部门的优秀教师。"

冯伟："噢！"

江子康："你帮我看看，能有什么人选？"

冯伟抬头："老商对这次大会很重视啊。"

江子康看着冯伟，示意他继续往下说。

冯伟："您说，老商考虑到其他部门，是为了'那个人'吗？为了让大家觉得新世纪全体都在欢迎吗？是为了平衡各方面的势力吗？是要选出新势力的代表人物吗？"

江子康惊讶："你这么说有点意思。"

冯伟继续："那您说，老商是不是在其他部门有了心目中的人选，才让我们去考虑的？"

江子康敲了敲茶杯——他有个习惯，就是在思考的时候敲敲他那心爱的青花瓷茶杯。

他沉声道："如果是这样的话，那你觉得，这个人会是谁？"

这个问题其实是为难冯伟了，因为他初来乍到，怎么能认识各个部门的老师，再做出评价和选择？

冯伟笑了笑："您这可是为难我了，我都不太认识其他部门的老师啊。"

江子康："随便说说嘛。"

冯伟睁开了眯着的眼睛："那要看除了常青藤教育培训部之外，老商还在意哪个部门对'那个人'的配合了。或者在意各部门都有的那种新兴势力，现在还没有被当下交织的各方势力利用和整合的了。"

那要看老商现在想通过江子康、假手常青藤教育培训部，在各部门中扶植哪种新兴势力——那肯定不是少壮派。

江子康心里震惊：这个冯伟，够聪明！够敏锐！

嘴上却说："呵呵，有老商在，谁敢不配合呢？"

冯伟也配合着笑："呵呵，那是那是。"

江子康："喝茶喝茶，真的不错呢。"

冯伟牛饮了一下，嗯，苦。

一时之间，两人都无话可说。于是，冯伟起身告别。

江子康："要走了……"想让他多说点，又觉似乎不妥。

冯伟说："下午我不在办公室，我要去北京的城中村看看。"

江子康正在想问题，没留意：总裁办驳回"午餐代表"和老商致电"发言代表"是不是都是在传递一个"政治信号"——寻找和扶持某些"新势力阶层"？

冯伟略等了一下，索性道："我觉得，老商正在等你的反应和表态呢——或者你给他电话，或者他稍后约你。"就像江子康通过潘芳给他传递的信号：你冯伟怎么看？怎么办？

江子康脱口而出："那我怎么办？"话一出口就后悔了。

冯伟笑得两眼眯了起来，就像一只小狐狸，那就是你的事情了："我得去城中村了……"

江子康这才留意到冯伟这话，想，他去那儿干什么？

话还没有问出口，冯伟已经走了。

只有那新茶，还剩半杯，已经没有热气了。

慢镜头　夺权·CEO联席会议（6）
北京海淀水木清华。上午9:40。

樊一杰：问题是，这个公认的新游戏规则是什么！

陆剑客：这个新世纪规则必须由我们在座诸人制定和主导，而不能由商逍遥和他妻系与母系的家族势力掌控。

江子福：在现在这种旧游戏规则之下，你认为我们有没有必要派人去争那个"总裁特助"和小组成员的位置？

陆剑客：不是不争。而是不在老商的"领导框架"下去跟其他派系争——比如，元老派团队跟少壮派团队争来斗去，谁赢谁输都是败局！

拓跋宏：鹬蚌相争，渔翁得利！

陆剑客：所以，我们为什么要争人、争位置？我们要争"游戏规则"！

7

这是一个典型的"城中村"。

这是一个收二手家电的外来人员的聚居区。

破旧的电视机、电冰箱随处可见，灰黑色的电器堆得到处都是，在路的两边堆得高高的，仿佛绵延不断的小小山脉。

走在那条仿佛永远也干不了的泥泞的小路上，冯伟感叹："这旧家电的'势力'可真是强大。"

李诺抿着嘴笑："还有你没想到的呢。"

冯伟问："噢？你是说那个农民工子弟小学吗？"

李诺看了他一眼，眨了眨眼睛，笑："我在那里做了三年的义工，带了很多朋友去看。每一个第一次去的人都会觉得很惊讶。"

冯伟的好奇心更大："噢？那我倒要去见识见识。"

李诺："好。说实话，我真的没想到今天你能来！"

不知道拐了多少个弯，走过了多少个"小山脉"。

冯伟看着脚下的泥泞，心想：北京这么干燥，这里怎么会这么湿呢？

正想着，李诺一拉他的袖子："到了。"

冯伟抬头，嘴巴却不由自主地张开了：Wow……又是狄哲宁式的英语短词！

他的眼前是一片红色——一整片大红色的墙，红得纯正而明亮。

眼前，小学简单的二层楼，从左到右的颜色也是五彩斑斓，赤、橙、黄、绿、青、蓝、紫，样样都有。

这一片醒目的彩色，在周围灰黑色的破旧中，显得那么突兀而光彩夺目。

听到冯伟发出的这个单音节的词，李诺扭头看着他，莞尔："好看吧？"

冯伟迟疑了一下："怎么这么鲜艳啊？"

李诺反问："鲜艳不好吗？多好看啊。"

李诺拉了拉他的胳膊："先生，别愣神了，赶紧干活儿吧。"

冯伟问："干什么？"

李诺动作熟练，从操场一头的一间小屋里拿出了一个铁桶和一些工具，递了个桶和刷子给冯伟："给，刷墙！"

冯伟一愣神，还没有反应过来："刷墙？我以为，你说过来做义工，是给孩子做饭、教书、一起玩之类的呢。"

李诺没有看他，动作娴熟地在搅拌桶里的漆："今天刷绿色吧，那边的绿色有不少都在掉了。"

冯伟语气惊讶："真要刷墙？"

李诺终于抬头看他，睁大了眼睛："是啊。"

不远处，小孩子们在跑来跑去做游戏，虽然是周末，却是家长们旺气的工作日；所以，这一大块水泥地就成了孩子们的乐园。

有几个调皮的男生跑过来，冲着李诺嬉笑，明显很熟悉的样子；也偷偷地看了看冯伟，眼睛里充满了探究，最后咧开嘴，也冲着冯伟笑了笑。

冯伟的心里打着好几个问号，看到这些嬉笑着的孩子，转念想想刷墙也是为孩子们服务吧，就不再追问，动手干了起来。

慢镜头　夺权·CEO联席会议（7）

北京海淀水木清华。上午9:50。

樊一杰：我敢打包票老商就是这样想：让大家相互争夺，相互牵制。他是三国专家嘛。你说是不是，老柳？

柳飘风默然。这不是没有可能，但谁又能说这一定有可能？

在商逍遥主导的旧秩序之中，商逍遥"一把手"，掌控着新世纪财富的水龙头——它朝谁开，谁的财富水就多；它朝谁关，谁的财富水就断。所以，大家都在盯着他的手，盯着谁的利益会最大化，同时也盯着商逍遥会跟谁结盟。

难道真的要让商逍遥在旧格局的框架下，继续调整新世纪三驾马车——元老派、少壮派以及家族派等的利益结构？

陆剑客：所以，我们要争的，不是职位、身份和位置，而是新游戏规则的"领导权"——新世纪"第二次创业"应该由我们主导，总裁特助应该由我们任命，新世纪第二个十九年的新纪元应该由我们开启，新世纪上市的滔天造富潮应该由我们掀起……

8

两个小时后。

李诺拍了拍手，声音轻快："好啦，干完了！"

冯伟看看自己桶里的漆也是所剩无几了，就直起了身子。

眼前那新鲜干净的绿色又让他一阵眩晕。

李诺洗了手，坐到楼前的水泥台阶上，拍了拍身边的台阶，示意冯伟坐过来。

冯伟点头，坐了过去。

李诺看到冯伟不吭声，就笑着问："累了？"

冯伟摇头："不是。"

李诺转过头去："你是不是想问我为什么拉你来刷墙？"

冯伟点头："嗯，我以为你做义工，是给孩子们教书之类的。"

李诺反问："这样不好吗？"

冯伟认真地说："你不觉得教书，传授知识，让他们能够得到和城里的孩子们一样的知识更好吗？"

李诺毫不犹豫地说："我不觉得。"

冯伟惊讶："噢？"

李诺想了想，说："问你一个问题！"

冯伟点头："你说。"

李诺："如果是你，你会选择捐款捐物，在物质上帮助他们，是吗？"

这个问题，让冯伟一下子想起了甘晓儿，想起了她的四处奔走——冯伟的心变得柔软无比，这是一个要在云朵上歌唱的姑娘啊……

于是，冯伟也是语气坚定："当然，如果需要，我还可以亲自去！"

看到冯伟的眼神迷离而坚定，李诺笑了，认真地反问："难道你从来不觉得，他们就是他们，为什么要和城里的孩子一样呢？"

冯伟一时没有回过神来。

李诺继续："英文里有一句谚语，'You are the one'，意思是说你就是你，就是独一无二的那一个。"

冯伟也继续坚持："你的意思是说，他们永远只能延续他们父母的生活轨迹，而不能拥有和城里孩子同样的生活？你来帮他们，我觉得很好，可是，就像今天刷墙，有什么意义呢？你一个大学生做这个不觉得浪费社会资源吗？"

李诺也愣住了。短暂的 0.05 秒的沉默之后，李诺笑了，笑容里有一种了然于心的释然——冯伟想的说的是大部分人都会想的说的，谁让自己的想法从来都是如此特别呢？谁让冯伟没有看到另一扇窗呢？

于是，李诺绽开了一个灿烂的笑容，指了指身旁那如同七色彩虹的墙体，一字一顿地说："因为，我想给他们一个五彩缤纷的世界。"

冯伟转过头去："噢？"

李诺继续："这些正在追逐打闹的孩子们，他们没有网络，没有游戏机，没有漫画书，没有这个年龄的孩子所有的一切。可是，他们的笑容不灿烂，不纯洁吗？"

冯伟的脑子里一下子浮现出刚刚那个咧开嘴冲他乐的男孩，黑黑的眼睛，那么明亮。

李诺继续："同时，我希望：第一，他们可以懂得，五彩缤纷的物质世界不是靠别人给予的；第二，我们在给他们一个梦想，一个灰暗中的彩色的世界。我想，给予梦想比给予物质更重要。"

慢镜头　夺权·CEO联席会议（8）

北京海淀水木清华。上午 9:50。

陆剑客：新世纪未来造富帮的帮主，不应该是商逍遥，而应该是我们。

樊一杰：新世纪新一轮的利益、权力和财富深层次和最大化的再分配，的确应该由一个团队而不是哪一个人来主导。

拓跋宏：还有梦想和荣光。新世纪不是一个人的学校，新世纪的梦想不是一个人的梦想，新世纪的荣光也不是一个人的荣光……

江子福：为了维系团队的"和谐"，平衡新世纪内部的"政治生态"，为了新世纪的现在和未来……我"有条件"地赞同实施"制衡商逍遥"的政治战略。

9

"这就像我尊敬的一个师姐和前辈所说，一棵树上的两片叶子……"

李诺第一次跟冯伟说起甘晓儿的"两片叶子"的援助理论："一片更绿

更大些,一片更黄更嫩些;一片更阳光些,一片更背阴些。这片绿叶子如何帮助那片黄嫩芽?大多数人想的都是有形之援,但是有没有想过这只是权宜之计呢?最根本的是,这片绿叶子能通过光合作用,把更多的营养输送到这棵树的根部,根部再把营养输送到那片嫩芽中,让它如它自己所梦想的那样茁壮成长……"

你就是你,任何时候,任何情况下,你都可以拥有一个灰暗中彩色的梦想。

不能放弃梦想,因为它就在你身边。

那一刻,冯伟的心中不断地激荡着这几句话。

这是他过去三十多年从未想过的。他一直努力,想要追逐着那云朵上的歌声,以此来追逐甘晓儿离开的脚步。

他也一直认为,梦想在那云端,让人遥望。

有时候,都觉得这是一个负担——觉得那个梦想如此伟大,而他自己如此渺小,能力实在有所不及……

他从来没有想过,每一个生命都有自己的轨迹,并不是你强加什么就好。

他更没有想过,那云朵上的歌声可以用这样的五彩缤纷来体现——同样,让人觉得欢喜。

今天,这个简单的刷墙工作和李诺的这几句话,带给了他一个莫大的冲击,正在挑战和颠覆他惯常的思维。

所以,一时间,冯伟沉默了。他不能确定自己到底在想什么。

他激动而兴奋,同时也有一种害怕和惶恐——他激动于自己新的认识,他惶恐于这种认识对于以往的颠覆。

李诺望着远处,微笑:"所以,我来刷墙。"

李诺看着冯伟,睫毛闪闪:"你,会和我一起来吗?"

看着身边这个总让自己惊讶而惊喜的女孩,看着她温婉的笑容,冯伟的心被吹入了一阵春风,他突然握住了李诺的手,语气肯定:"好!"

李诺没有料到他会有如此反常而激动的反应,微微有些奇怪。当冯伟握住她的手时,她的脸微微地红了。

虽然他们都知道,这个握手无关其他,只是关于梦想。

抓住身边这个女孩的手时,冯伟突然觉得身体里充满了勇气。

一个崭新的世界,正向他打开。

他突然觉得,甘晓儿一直追求的,那比消失的地平线还遥远的梦想,其实离他并不遥远。

就在他身边，距离 0.05 厘米——这个女孩坐着的地方。

慢镜头　夺权·CEO联席会议（9）

北京海淀水木清华。上午 10:00。

元老派的目光齐刷刷地看向了柳飘风。

他会如何表态？

陆剑客煞费苦心地游说了柳飘风两三个月，想联合他以逼官的方式促使商逍遥下课，以保证元老派和少壮派共同的利益，却从来没有得到过他明确的答复。

无他，柳飘风手上握有两个最重要的筹码。

是元老派想要却一直没有要到手的筹码！

想跟商逍遥叫板，想跟商逍遥摊牌，想把商逍遥逼下课，没有筹码怎么行？

新世纪其实也是弱肉强食的地方。元老派也谈梦想、谈情分，但真正到了维护并争取利益的最大化时，他们真正要谈的是"实力"！

没有实力，你谈什么谈？

10

当冯伟正在城中村小学刷墙的时候，商逍遥又在他的办公室里"面朝大海"，看"春暖花开"。

商逍遥的办公室是单色调的黑和白。有人曾说这是后现代主义，有人说这是太极思维……

或许都是，或许都不是。太多五彩缤纷的东西容易迷住眼睛，所以商逍遥喜欢干净。

正如同他并不喜欢太高的楼层，不喜欢几十层的楼，不喜欢落地的大玻璃。他就喜欢新世纪总部这四五层的白色小灰楼。

"那是年轻人的想法，喜欢高高在上，俯视大地。"

"自己年轻的时候也喜欢那样……"

"现在是老了吗？"

不是老了，而是多年积淀的光芒已经内敛到全身的周遭，看不见；一闪身，就到处都是。

正是在这种积淀中，商逍遥为新世纪的前途而考虑，担忧每一天。

他从来没有放松过自己，因为他把新世纪当成自己的孩子一样去爱。

没有人会比自己更爱，他想。事实上，也是如此。

他一直号召新世纪的老师们把新世纪当成自己的事业来建设，事实上，他明白那不可能。

因为，新世纪只是他一个人的事业——不是元老派"梦之队"的，不是少壮派"新黄金团队"的，甚至不是新世纪四大"黑暗黄金家族"的……

是的，只是他一个人的。他的内心深处，这种潜意识的想法无法回避。所以，他很孤单。

因此，在内忧外困中，似乎只有他一个人急需用上市来为这个孩子谋一条新的出路——一个可以集合各方力量的"重生"。

那个词叫什么？Reborn。就像凤凰涅槃，浴火重生。

他并不确定这是否会是一个最好的结局，但在目前来看，却可能会是一个最好的出路。

为了这个出路，他真的很需要那样一个人，可以伴他同行，让他不再孤单，不再孤单地一个人走。

他考察、寻找、思量过无数个人——特别是那些有梦想的"新奋青"：新世纪内部那些"有型、有品、有志、有为"的新一代奋斗青年。

这些年轻人都是有着梦想的，虽然他们现在表面上还是粗糙的。

但是，他知道，每个生活在梦想中的年轻人都在努力。

他们的光芒，存在于他们的生活和梦想中。

这是新世界真正的希望、未来和光荣。

他需要那样一个人，用梦想作指引，领导这些"新奋青"们一路向前。

这个人会是谁？

他在等着手机，等着反应，等着表态，等着我们都想知道的答案。

手机响了。

商逍遥看着闪着红灯的姓名，笑了。

商逍遥："你还是打来电话了啊。"

手机那头的声音低沉而清脆："您的声音还是那么中气十足啊。"

商逍遥："你有什么想法？"

手机："就是一些胡思乱想，您要不要听听？"

商逍遥："好啊，说来听听？"

慢镜头　夺权·CEO联席会议（10）

北京海淀水木清华。上午10:10。

柳飘风手上握有什么筹码呢？

第一，柳飘风领导的国内考试培训部，已经成为新世纪名副其实的"第二大部门"，直逼商逍遥领导的第一大部门"国外考试培训部"。假若常青藤危机沉重地打击甚至拖垮了国外考试部，柳飘风无疑将成为撑住风雨飘摇的新世纪江山的顶梁柱。

第二，柳飘风长期辅助商逍遥主管教学、教务和教师培训工作，对新世纪的学校运营、少壮派的部门（比如安健博、江子康）以及正在崛起中的新奋青教师团队，具有仅次于商逍遥的威望、实力和经验。这恰恰是元老派想接管整个新世纪学校的"最大短板"。

所以，元老派不愿意承认却又不得不承认，柳飘风的一票，可以说决定了"新世纪下一任总统"是谁！

11

商逍遥和江子康"很悠闲"地喝着下午茶。

他们忙里偷闲，享受着这下午难得的休闲时光。

即便表面休闲，"斗争"却如火如荼，"交锋"惊心动魄。

江子康："老商，您这儿的茶就是好啊。这武夷山的细耳银针茶，清香细腻，别有风味啊。"

商逍遥笑："茶好，也得有行家会品才行啊。"

江子康微笑："我哪里是行家，只不过稍微喜欢一点。要是真的爱茶，就不喝咖啡啦。"

商逍遥看着茶色："要我说，爱茶也可以爱咖啡。如果你两个都爱，只要一个不是太可惜了？"

江子康赶紧往回收："呵呵，看您说的，其实就是喝点水嘛。"

商逍遥摸着茶杯："以前都说玩物丧志，这个个人爱好也是很重要的啊。"

江子康心里一惊，商逍遥刚刚说行家，又说不能只选一个，他到底想说什么呢？现在说个人爱好，是自己有什么问题了吗？

于是，江子康更加小心翼翼："我也没什么别的爱好了，就是牛饮罢了。"

商逍遥拿过来一些零食，不动声色地微笑："来，喝茶的时候要吃点东西，不然茶也是要醉人的。"

江子康接过："好，好。"

商逍遥慢悠悠地开口："其实我以前一直只爱喝苦丁茶，特别的苦，苦到极致，最后有一种甘甜。"

江子康微笑："就像您艰苦创业、白手起家的历程。"

商逍遥微微颔首，说："今天我找你来，不单是为了喝茶。"

江子康立刻坐直了身子，微微前倾："您说？"

商逍遥："新世纪上市是势在必行的。"

江子康接话："我能做些什么？需要我做些什么？"

商逍遥并没有立刻说话，而是低头喝茶。

喝完了一口茶，商逍遥开口："关于'上市特助'人选，你怎么想？"

江子康一愣："您的意思是……？"

商逍遥："我在考虑这样一个人选应该是谁。作为新世纪上市工作小组的组长，也就是我的特别助理，他必须是'自己人'。"

自己人？商逍遥在考虑他！江子康一瞬间激动异常。

他当然明白，这个人的重要性和深远意义——这个人，将会是新世纪第二次创业的首位功臣，也会是新世纪转型后的真正股东之一——而不像他们现在，有职权无股权——这是多么大的一个诱惑啊！

当然，在新世纪多年的打拼让他还不至于以为这个人就是他，或者说脱口问出能不能是他之类的傻问题。

他不明白的是，商逍遥为什么要问他的看法，用意到底是什么？

商逍遥看出了江子康的不安和激动，看着江子康，说："这个人，很重要。对新世纪，对我，都很重要。"

商逍遥没有说出来的是，按照四大教父的协议，当上市完成之后，整合转型后的新世纪，将会是南北并行的业界巨鳄，成为教育培训行业的垄断巨头。那时候，就不是新世纪了，而是全世界了。

江子康也看着商逍遥，重复了一开始说的那一句："我能做些什么？需要我做些什么？"

商逍遥露出了欣赏的笑容，却是不语。

慢镜头　夺权·CEO联席会议（11）

北京海淀水木清华。上午 10:20。

思考了很久，等待了很久，一秒钟仿佛过了一个世纪。

柳飘风终于慢条斯理地说：我不同意让老商下课。

陆剑客大失所望——失望之色溢于言表。

柳飘风：老商在中层干部、教师团队和基层管理层中的威望目前无人能够替代。骤然换帅，在新世纪内部引发的震荡，足以让新世纪崩溃。

江子福（点点头）：我们也不能承受让新世纪崩溃的风险……

12

许久，江子康觉得时间慢得像过了一个世纪。

商逍遥开口："你帮我把常青藤教育培训部看好了。"

江子康又是一愣：把常青藤教育培训部看好了？是说现在不够好吗？有什么问题吗？还是说常青藤教育培训部对于上市有巨大的影响和阻力，需要自己解决？

不明白——江子康的脑细胞一时间阵亡无数。

他下意识地忽略了商逍遥"帮我"两个字所代表的政治含义：常青藤教育培训部虽然是江氏家族的地盘，但常青藤教育培训部仍然是"我的"。

江氏家族只是我的"看门人"！

商逍遥看着江子康微微迷惑的表情，笑："常青藤教育培训部对我来说很重要啊。你想做什么，该做什么，你曾经跟我谈过的'新世纪变革和创新'，都可以放开手脚去做。"

常青藤教育培训部是新世纪的先锋船。新世纪这艘大船在茫茫的未来大海应该如何航行？就看现在这只先锋船能够探索出什么样的航线，是不是正确地指向那个"黄金岛"……

江子康立刻明白商逍遥要他做什么了——上市是蓝图，但是掌舵需要地图——知道到了该表决心的时候了："您放心，老商！"

商逍遥笑了，端起茶来轻轻抿了一口。江子康可以用，但是怎么用，在这件事情上怎么用，还没想好。要看，他的表现；更要看，他的能力；要看，他是不是真的是自己要找的"那个人"。

商逍遥笑："子康啊，好好干，你会很有前途的，你们这些年轻人都会是有前途的……有时候，视界放开一点，不要局限在常青藤教育培训部，不要局限在新世纪，要想那么多有梦想、有才华的年轻人，为什么不可以一起干一件大事呢？哪怕一辈子只干一件大事！"

江子康心底一激灵——果然给冯伟言中了。

于是，江子康快速但却字斟句酌地化用冯伟那篇小文章上的思路："我

第八章 新奋青：谁为我填平"鸿沟"

正考虑，常青藤教育培训部'大规模'扩招新老师，同时也想跟其他部门其他分校总监协商，从这次新教师培训大会开始，探索用统一的模式培训新教师，以打破部门或分校的樊篱，打造一个全新的'新奋青团队'，供您直接调配……想听听您的意见？"

商逍遥听得连连点头："好，好，好！"连说了三个好字。这就是他想要的效果——打造属于他的新嫡系团队，不再局限于国外考试培训部，而是能够越过元老派、少壮派、家族派、官僚派等"中间势力"，跟正在崛起中的新奋青阶层对接，把他们培养成自己的"黄埔毕业生"——假若未来两三年里要逐步"清洗"掉新世纪盘根错节的老旧势力，商逍遥需要 one—to—one 地选用"自己人"，新世纪需要大规模地培养自己的"接班人"！

江子康"新奋青团队"培养计划，一语切中商逍遥筹谋已久、思虑深远的战略。

是的。假若新世纪是他一个人的学校，他就是那个"校中校"的校长，他就是要打造自己的"黄埔军校"，就是要一期、二期、三期、四期……接连不断地打造自己的"超级毕业生"——特别要识别、选拔、培养"特别优秀"的年轻教师出身的管理者，作为"长期储备"的新世纪未来领导者！

他需要一个得力的干将，来直接负责这个"校中校"的组建、培训和扩张。

商逍遥欣慰地想，这江子康还是可以用的，能明白自己的意思，并且对自己始终小心翼翼地保持着忠诚。

商逍遥很满意地说："你先干吧，有了具体方案再告诉我。"

江子康一下子觉得押对了宝："好，是！我会尽快给您看的！"

商逍遥道："不是看，是要干！梦想是干出来的。"

江子康立刻又心潮澎湃："老商，我会尽我的全力的。"

商逍遥正色道："尽力不够，要必须保证。"

江子康也正色起来道："是，我保证！"

然后，商逍遥说："我仔细想了想，十九周年庆典太重要了。这不是你们一个部门的事情，是整个学校的事情。还是应该专门成立一个工作小组，来操作这件事情。你和蒋妮可来牵头吧，我亲自领导和指挥……"

江子康立刻全身震动，新世纪又发生"地震"了？！

不然，商逍遥为何会做出如此漫不经心而又恰到好处的权力安排！

江子康没有猜错。商逍遥的工作小组，就是针对 CEO 联席会议的夺权之举做出的维权安排!所以,他要挑选一个可靠有力的人。

这个人,就是江子康。

慢镜头　夺权·CEO联席会议(12)

北京海淀水木清华。上午10:30。

陆剑客:如果不能保证新世纪的整体利益,大家的个体利益更没办法维护。

樊一杰也想到了这个问题:要维护、扩大甚至最大化大家的利益,前提就是要新世纪不能乱,要稳定才能有发展。

柳飘风:所以,老商不能下课,不能不当董事长,不能不继续做新世纪的"精神领袖"和"培训教父"。

江子福:现在新世纪和常青藤危机尚未正面交锋,骤然换帅,也不利于问题的解决。

柳飘风:大军未来,先斩主帅,不是一个好办法!新管理结构屏蔽商逍遥,不能实质性地解决新世纪当下危机和未来的发展问题。

13

从总裁办出来,江子康的后背已经湿透。

但是,脚步却异常的轻松——是的,他全身已经放松下来,整个身体因为绷紧而导致的紧张、不安、惶恐等情绪,骤然消失了。

他不再焦虑。

是的,焦虑。

谁是那个人?谁能成为总裁特别助理?

江子康这几个月来特别焦虑,所有的焦虑都是在为这个问题困扰。

不能不说江子康本能的嗅觉异常敏锐,就像他天生的敏感,让他充分意识到了"总裁特别助理"所意味着的危机与契机。

若说新世纪当下最热门的话题,已经不是"三驾马车崩溃"和常青藤危机的大地震消息,而是老商力挽狂澜、扭转乾坤,提出"总裁特别助理"的诱饵——他或者她具有组成转型改制、海外上市和四万亿订单特别小组的权力。小组所有的成员,就在新世纪现有人员里面挑选。

江子康清楚地看到,元老派集体围攻商逍遥的局面,已经被商逍遥抛出来的这个庞大而又有些虚幻的大诱饵,成功地转移成了四大黄金家族、元老派(兄弟江湖或"新世纪梦之队")、基层官僚派和少壮派(新黄金团队）等数方势力的利益新博弈。商逍遥为大家提供了一个利益诉求和博弈的新空间。

什么是大智慧！这就是老商的大智慧——仅仅有一个还没有"实饷"的名头，就成功地转移了战场和矛盾的核心。

高，实在是高！

江子康不能不对老商佩服得五体投地。

新世纪成立以来，大家——特别是不甘屈居人下的少壮派和正在崛起中的新奋青阶层（新教师精英）——都看到了在新世纪 1.0 的十年创业创富史中，那些元老级人物和黑暗黄金家族获得了丰厚而巨额的回报，眼馋不已，但自己作为"新"成员，已然失去了这样的机会。

而新世纪海外上市，无异于另一次"创业"，另一次"创富"，就像百度上市、阿里巴巴上市……将带来"中国式造富潮"的新富奇迹。新世纪第二次创业，海外上市，引领"中国式创富"又一波新浪潮，史上最大的造富帮将诞生。而这一切，都将从"现在，打破一切常规"开始，从挺过"内外危机"开始，从"那个人"开始。

也就是说，谁能够入选那个上市特别小组，谁就有可能成为这第二次创业的功臣，成为新一轮的"开国元勋"，也将成为新一轮"新世纪奇迹"中的中国式新富。

特别是，"那个人"以及排在那个人"队里"的人！

谁是那个人？谁又是那个人的团队和阵营里的人？谁将组建并领导新世纪上市史上最牛的"我的团长我的团"？

大家都在猜测，都在期待——无论是中高层的管理者，还是低层的办公室行政职员和基层教室管理人员。

中高层的人，都在期待自己成为小组的领导——成为那个总裁特别助理。

低层的人，都在期待自己真的能"不拘一格"地成为小组的成员——当然是被自己站队所排的某种势力力荐进去，作为他们自己不方便出面的利益代言人，比如，新世纪四大黑暗黄金家族的"傀儡"，他们也愿意。

期待的同时，又在猜测，谁是总裁特别助理？我是谁？我站在哪里？都在盯着"谁是那个人"，重新确立自己的排队、排序和站位。

每个人都在动自己的心思，为了自己的一亩三分地——

无论他是谁，家族派、元老派、基层官僚派，还是少壮派、新奋青派，或者只是办公室里捧着瓷饭碗的草根派。

江子康也是如此，他想成为"那个人"。

他也，必须，成为"那个人"。

慢镜头　夺权·CEO联席会议（13）

北京海淀水木清华。上午 10:40。

陆剑客有点急了。风向怎么说变就变？

陆剑客：那就任由老商继续驾驭新世纪这驾马车……

柳飘风（坚定）：老商还是新世纪的旗帜和灵魂，所以，至少在"名义上"他还应该是新世纪的最高统帅！

拓跋宏（敏感地捕捉到了"名义上"三个字）：名义上？你的意思是……

柳飘风：出了问题必须解决，团队也必须维系，所以，我"有原则"地赞同成立 CEO 联席会议，支持老商不再担任 CEO，把具体的教学行政管理事务交给大家来管，而他则继续负责新世纪的战略和精神……

大军将行，不"斩"主帅，但是，可以先把他"晾"在一边嘛。

14

"别人都说出国考试部是新世纪的嫡系和正宗，在我看来，常青藤教育培训部才是新世纪的梦想、希望，以及未来！"

江子康又一次被冯伟这句话击中了心中那块最柔软的地方。

一直以来，江子康都有一个难以根除的心病。

大家都认为他着急排队（成为老商的嫡系），着急抢班（成为江氏家族的新掌门人），着急夺权（和元老派、少壮派同时博弈），着急博上位（暗中创建并领导自己的"新奋青团队"，真正成为商逍遥所说的"政坛少帅"），甚至跟自己的大哥和家族也都"有条件地决裂"——是为了名，为了权，为了利。

可是，大家都看不到他内心那一点纯粹的愿望——当然，对于一个在他这个年龄和职位的男人来说，表露出来也是不合适的——他想做一点事情，想借助新世纪这个平台做一点切实的事情，只是因为他也有一点自己的希望、梦想和未来，那曾经年轻时的希望、梦想和未来。

江子康一直为此备受折磨。

为了活下去，为了他的梦想，为了消灭"中国式聋哑英语"和背后

"中国式自卑情结",以及两百年来留学梦中、新世纪十九年出国梦中,以及他在新世纪十年来所亲历和目睹全民奋斗梦中的"中国式不自信"。

是的,江子康是个有抱负、有梦想、有使命感的人,胸怀中国的历史、现在和未来。

商逍遥说,江子康从骨子里来说仍然是一个"士"子,就像他自己一样——虽然商逍遥学的是英语,表面上看,"崇洋媚外";江子康学的是MBA,表面上看,"见利忘义"。

当"崇洋媚外"和"见利忘义"的表象与"士子情结"(修身、齐家、治公司、平天下)相撞时,会发生什么呢?

只能是像追梦人一样痛苦:所谓伊人,在水一方……摆在面前的,是一道巨大的历史和现实的"鸿沟"——无法填平,无法跨越;怎么绕,都绕不到她的身边。

所以,江子康孤独,不能从众——像商逍遥一样,位卑未敢忘忧国,身处权力低地,心却在精神高地,高处不胜寒。

大多数新世纪人都醉生梦死,都陶醉于中国蓬勃发展的外向型经济、出国潮、全民学外语等的泡沫化繁荣之中,没有人怀疑新世纪作为"中国最大的教育培训机构"的"钱景"。

但是,江子康却在质疑和担忧新世纪"可持续发展"的"钱途":新世纪满足了学生的根本需求,通过考试,实现留学梦想和国内考级梦,可是在这种被学生功利需求裹挟的泡沫化繁荣下面,新世纪给世人留下了什么?应试教育、拜金、崇洋……各种功利的思想交织冲突中,如何谈得上"通过教育培训来提升国家、国民特别是年青一代的软实力"?

当年,四大教育培训巨头年度高峰论坛,商逍遥与会之后,一片落寞,说:"子康啊,知道新世纪还缺了一点什么吗?"

江子康沉默了片刻,说:"还缺少一点崇高感。"

商逍遥用力一拍他的肩膀:"你说得对啊。新世纪打造'一点崇高感',还任重而道远。我对你寄予厚望啊!"

所以,江子康不得已,要追求权力。

就像商逍遥为了跨越这一条巨大的历史和现实"鸿沟"——从新世纪"将中国人望而生畏的托福、GRE、GMAT、雅思考试变成了福特式生产线或中国高教成果收割机"的历史印象,到新世纪"中国式哈佛"的未来梦想,那看似遥不可及的距离——必须要追求绝对、主导甚至是独裁式的权力,江子康要跨越中国式"听说速成"的功利需求和国民、公民特别是年青一代的"中国式自信"素质教育的巨大历史鸿沟,必须追求更多、更高、更大、更强的权力。

因此,江子康始终都在追求一种更高、更快、更强、更大的权力。他以为当他获得那种更高、更快、更强、更大的权力后,他可以更快、更好、更有力地实现自己的梦想。

所以,要实现这种抱负、这种梦想、这种使命,江子康不得不谋求"位置"——比如,总裁特别助理这种位置,以及它前面的身份和背后的权力。

此位置必然有政治,所以,江子康不得已而迎战——就像商逍遥要迎战元老派等诸势力的集体围攻,江子康也要迎战少壮派等各方人马的围追堵截。

比如说,安健博赤裸裸地"抢地盘"和柳飘风不动声色的"掣肘"。

江子康,不得已,要博上位,成为"那个人"——商逍遥钦定的"那个人",未来的总裁特别助理。

他想追随商逍遥,在追求其"中国式哈佛"的梦想中,实现他自己"中国式自信"的荣光。

慢镜头　夺权·CEO联席会议(14)

北京海淀水木清华。上午10:50。

江子福暗中慨叹:高,实在是高!

柳飘风是那种外柔内刚的人,很务实,稳扎稳打,步步为营,直抓要害——这个要害是什么?

就是新世纪学校的具体经营、教学教务和管理权。说到底,这才是命脉。

让商逍遥去当他的精神领袖,暗中柳飘风却要通过抓教学、抓管理,一点点地抓权,一点点地蚕食新世纪的权力根本,直到架空商逍遥。

谁不知道,这之前,学校的管理架构、教师的确定、内外的事务……所有的"具体行政教学管理事务",都是商逍遥亲自打理。由他直接掌控北京新世纪学校的高度集权的治理结构,虽然有"家天下"的绝对权力之嫌,但是决策效率高,执行力强,可以防止在利益博弈和冲突不断的情况下失控:即使高层思想不统一、利益纠缠,扯不清,理还乱;公司发展战略没有共识,摸不着门,迷失了方向……商逍遥仍然可以凭本能和绝对控制权,把学校的具体运营和争吵不休的利益斗争隔断,把管理高层"务虚改革"与中低层"务实执行"隔断,紧紧抓住学校发展方向不放,稳定教师团队,守住北京,巩固上海,进军广州……

新世纪就像一棵树。元老派们一直纠缠于枝蔓上,却从未动摇商逍遥对树干及根本的掌控。所以,逼宫无果。

现在,柳飘风提出的权力结构,才是真正的"夺权"——夺掉商逍遥管理和指挥新世纪这艘大船的核心,要把"新世纪之树"牢牢地抓在自己手里,从根本和树干上逐步剪除商逍遥及其家族势力……

15

所以,需要"那个人"。

为了能够填平鸿沟的梦想,商逍遥在找那样一个人。那样一个有潜力、又干净,又可以成为自己人的人。

半是因为梦想,半是为了活着,为了这样一个"梦想开始的地方",江子康也正在寻找这样的一个人。

一个干净的,但是又有能力、有潜力的年轻人,就像他揣摩老商决定起用总裁特别助理的那种心态。

江子康想成为那个总裁特别助理,他需要一个真正的自己人—— 一个真正能帮助他的人。

最重要的是,一个真正的、能优化他的人。

因为,江子康天生的嗅觉告诉他,老商选这个总裁特别助理,不光要看他本人,还要看他身边的人,看他的团队——看他能不能为老商打造起"我的团长我的团"。

正如,选接班人都要看到第三代一样。

老商要的是这个人,能对他忠心。新世纪比江子康忠心的人,多得是。

如果老商觉得这个人,许了他的未来,就对他忠心的话,那他同样不放心。因为,别人可以对他许更多更好的未来。

在新世纪,比江子康有潜力的人多得是,比他干净的人也多得是,比他忠诚与能力并重的人多得是,比他更能称得上"自己人"的人也多得是。

但是,能像他这样综合这几个方面并符合老商需要的"那个人",并不多。

凭什么,江子康能让老商相信,他就是老商要找的"那个人"?!

凭江子康自己，凭江子康为"那个人"而选的"那个人"或"那个团队"。

那个人，是不是冯伟？

那个团队，是不是"新奋青团队"？

是，还是不是？

做，还是不做？

江子康现在必须做最后的决断，或者了断！

在做决断或了断之前，江子康觉得，必须再跟冯伟彻谈一次。

慢镜头　夺权·CEO联席会议（15）

北京海淀水木清华。上午11:00。

"夺权"密盟达成，全票通过"CEO联席会议"。

"CEO联席会议"对董事长商逍遥的权限做出了明确界定："公司的战略发展策略、投资、合并、关停的重大决定由董事长最终决定。"

"CEO联席会议"决定剥夺商逍遥对学校的具体管理权："但公司、学校的具体管理决定，以CEO联席会议所做出的决定为最终决定。会议决定以'会议记录备忘录'的形式通报董事长。"

"CEO联席会议"第一项决议，就是否决了闻讯而至的蒋妮可提交的动议，商逍遥要求"会议"批准他去担任新世纪双语学校的项目领导。

拓跋宏：老商不能担任双语学校校长，应该委派恰当的人选。在这方面老商应该吸取教训，不要什么事情都自己抢来做。

陆剑客：这种所有的工作都由老商亲自干并且缺乏决策程序、缺乏专人负责的局面必须改变！

商逍遥主动请缨，"抢事情"，也被会议视为商逍遥试探和挑战CEO联席会议新制度的敏感举动——抢回地盘，重树个人权威。

16

蒋子峰电话冯伟的时候，冯伟别了李诺，正在回家的路上。

他有一种非常迫切的冲动，想回去给甘晓儿写信：云朵，我想告诉你，我今天去了城中村小学……

被蒋子峰的电话打扰了思维，冯伟略微有些不悦："怎么想起找我啦？"

"出来喝茶吧！"

"怎么，要修身养性了？"

"赶紧出来吧。"

"不行啊。我还要'上课'。"

"啥课？你还真在上课啊？"

"那当然，充电嘛！"——不然怎么成为"超级毕业生"呢？

"马儿，你在吃草啊？"

"哈哈——"冯伟大笑，"是啊，吃完草才有力气跑啊。"

"你要跑到哪里去？广阔草原？"

"跑到你电话找不到的地方呀……"

蒋子峰挂了电话，皱了皱眉头。

黑马明显是不愿意和自己出来。为什么呢？他究竟在忙什么呢？

落地玻璃的办公室，最怕这种阴天的天气——没有了太阳，就没有了光亮和温暖。不是没有明亮的灯光，也不是没有舒适的中央空调。

但是，觉得没有光亮和温暖——因为，已经没有了那个曾经像太阳一样照着他的伙伴了！

还不是时候，冯伟心里这么想。跟蒋子峰见面，还不是时候。

还是早点回去好了，自己还有很多东西要整理，包括自己的梦想、心情和感受。

快到楼下，冯伟突然想吃西瓜。昨晚顾自怜说想吃西瓜了，现在看到西瓜，冯伟突然也想吃了。

初夏的西瓜很贵，且小。冯伟正准备开口，突然又想到回来的路上，李诺说过不要吃反季节的水果和蔬菜，化学元素多，不好。

于是，看了一眼西瓜，走开了。

冯伟突然笑了起来，笑自己怎么会这么轻易地被两个女人的想法所左右？为了一个小小的西瓜？

哈，这要是让蒋子峰知道了，还不得笑话死自己？

正在胡思乱想，电话响了。

屏幕上闪烁的是简简单单的两个字——老板。

那是汤小宁。

在冯伟的心里，他还是他的老板，是的，老板。

只不过，这个老板很久没有给他打电话了；他们当时也说好，邮件联系为主。

冯伟稍稍吸了口气："老板？"

汤小宁爽朗的笑声传来:"马儿,怎么样啊?"

冯伟嘿嘿笑:"马儿在吃草呢。"

汤小宁:"顺利吗?"

冯伟想了一下:"还好。应该是在我的计划之中。"

汤小宁:"这,我是放心的。"

冯伟:"嗯。"

汤小宁:"最近没回师门吗?我收到消息,商逍遥和你导师诸葛先生最近私下里接触得很频繁啊。"

冯伟心里一惊:"他想被'招安'?要改路线?"

难道诸葛先生另有谋略,商逍遥想联手诸葛派,突破京城四大教父协议的议定框架?

汤小宁:"这还不好说,但是最后的结果没有出来之前,一切皆有可能。所以,提醒你注意。"

冯伟停顿了一下:"好,知道了,老板。"

慢镜头　夺权·CEO联席会议(16)

北京海淀水木清华。上午11:05。

商逍遥看着被否决的双语学校专题报告,脸上流露出苦笑。

蒋妮可:"会议"认为"报告写得不错",但是,仍然针对您以往凭个人直觉和经验决策的风格,设立了项目审批程序:"正确的程序应该是调查、讨论、立项,然后调拨资源,委托专人负责。"

商逍遥:委派谁?我看他们"谁"都不会委派,也"委派"不出谁!

蒋妮可:没错。CEO联席会议缺乏的不是正规程序的知识,而是经验;缺的不是"高瞻远瞩"的人,而是脚踏实地、执行力强的人,所以怎么能不坐而论道、议而不决?

商逍遥(叹道):不善于操作具体事务,管理经验不足,CEO联席会议要人没人,要钱没钱,要经验没经验,怎么可能驾驭得了新世纪这艘大船?

蒋妮可:秀才造反,十年不成,就是说的他们。只不过,柳飘风裹挟在中间,倘若他"掌舵"了CEO联席会议……

商逍遥:你觉得陆剑客会让柳飘风"掌舵"吗?即便他"掌舵"了CEO联席会议,难道我们不能让学校、教师甚至员工把他"裹挟"在里面,包裹成粽子吗?

顿了一顿,商逍遥把手机递给蒋妮可:何况我们如何掌握了"4+1"

的一切动向？不就是因为他给我们发的短信吗？

17

放下电话，冯伟思维缥缈，又给扯回到那似乎很遥远又不太遥远的过去了。

万宝政变之前，他与汤小宁有过一次很私密的对话。与这私密的对话相映衬的，是那复杂的、百味莫辨的心绪。

那时，天空阴沉沉的，似乎酝酿着这个冬天的第一场雪。

万宝办公室的落地玻璃窗也因为没有太阳的照耀而失去了颜色，显得那么阴冷。

汤小宁站在窗前，仿佛饶有兴致地看着金融街周围那林立的高楼。

冯伟坐在沙发上，眼睛眯着看向窗户，不知道是看着那太阳淡淡的光圈，还是看着汤小宁的背影。

汤小宁对着玻璃，声音低沉："没问题吧？"

冯伟："嗯。"

汤小宁转过身来，似乎不满意冯伟这简单的回答，说："冯伟啊，这一次，我可是把我的身家都押在你身上了啊。"

冯伟点头："我知道。"

短暂地停顿了一下，冯伟又加了一句："你放心。"

汤小宁颔首："想想你刚进公司的时候，大家都没看出来你是一匹黑马呢。"

冯伟笑："其实，做黑马很危险——赢的概率太小，太偶然。"

汤小宁也笑："可是，就像赌博一样，起伏大输赢大，才刺激嘛。"

冯伟附和地笑，低下头，心绪却如阴沉的天空一般看不出颜色。以这样的方式选择离开，说得好听点，是汤小宁的安排；可是，谁又知道这不是为了让他沉默着离开的一个圈套？

冯伟皱了皱眉头：不，自己不应该这样不相信汤小宁，毕竟他对自己有知遇之恩；但是，这当下的情形自己又能相信谁？兄弟，都可以拿来出卖，更何况是老板与助手？

这么想着，冯伟的眉头皱得越发得紧，心下一片黯然。

他习惯性地在考虑着这些最坏的结果。因为，他习惯性地要给自己留一条退路——哪怕日后一无所有，哪怕退无可退，他还能有一个角落。

汤小宁不动声色地看着冯伟，他看出了他内心的挣扎。其实汤小宁也明白，自己不能给予他任何承诺——或者说并不知道能不能给。但是，这个事情就非得冯伟去做，才能让自己目前、以后得到最大化的利益。虽然冯伟可能"牺牲"，但也可能成就非凡；也算是自己给了他一个机会，就看他能不能成为真正的黑马了。就是不知道他现在能不能看透这一点！

汤小宁就这么软弱地短短几秒钟："马儿，其实，如果可能，你可以成就自己。"

冯伟一抬头，有些迷惑，转而清醒：汤小宁是在提醒自己什么吗？

冯伟又是皱了皱眉头。其实，他也清楚地看到，自己可以把这个转化成一个新的机遇和机会；自己心里纠结的，不过是为什么要自己重新开始，为什么让自己那么辛苦。

还有一点，是很久以后冯伟才开始面对的：当下，这对于自己是一个被迫的选择，虽然自己也为之激动，但是不情愿。

就因为这"不情愿"三个字，让冯伟此刻的心绪异常复杂，他分不清楚对错、敌我、应该还是不应该——尽管他已经退无可退。

汤小宁看着冯伟的神色变化，叹息道："谁也不知道会不会下雪！"

这句听起来莫名其妙的话冯伟听懂了。他明白，汤小宁在提点他明天的未知，在告诉他当下忧虑的多余。

他突然觉得有些释然，口气轻松："下就下，不下也无妨。"

听到这句话，汤小宁没有转身，看着玻璃窗，日光灯里映出了他的微笑。

慢镜头　夺权·CEO联席会议（17）

北京海淀水木清华。上午11:10。

（蒋妮可瞧完短信说：由于柳飘风的坚持，CEO联席会议的宗旨也从"逼宫""下课下岗"，变成了"改造和提升商逍遥"。

商逍遥：这真的让我左右为难啊。想管，不敢管，管了说你越权，犯"插手具体事务"的老毛病；不管，又说你看笑话……

蒋妮可：难道就任他们这么"胡作非为"？

商逍遥：看他们下一张牌出什么吧！）

樊一杰：现在最关键的问题是，谁来接替老商，当下一个CEO。

陆剑客：毫无疑问，按照我们此前的协商，拓跋宏当CEO。

拓跋宏（仍然很犹豫）：我不知道自己为什么要当CEO。

陆剑客（大而化之）：为了新世纪的未来……

（蒋妮可：拓跋宏代替不了你。

商逍遥：我知道。陆剑客积极推动拓跋宏任 CEO，是权力博弈的策略，醉翁之意不在酒。）

18

有关汤小宁的思绪还未厘清，江子康的电话就进来了。

今天是怎么了？前同事、前老板、现老板……轮流着电话？

江子康："你现在在哪儿？我要跟你谈谈。"

冯伟："我已经到家了。明天再谈吧。"

江子康："不，现在！"

冯伟叹口气："我很累。而且，现在，我晚上是不工作的。"

江子康："你在哪儿？我去找你！"

冯伟无奈："算了吧，还是我去找你吧。谁叫你——是我的老板呢！"

江子康哈哈地笑了起来。

从冯伟跟他第一次长谈到现在，什么时候冯伟把他真正地"当老板"了？

年前的第一次长谈，让这两个"有心人"确定、肯定而且决定，或许可以给对方一个机会，他是不是自己要找的"那个人"？

即便这种确定、肯定，以及决定，本身就是一种冒险。

江子康："我希望你'真的'到常青藤教育培训部来！"他特别强调"真的"两个字。我不需要身在曹营心在汉的人。

冯伟："我可以考虑一下吗？"

于是，两个男人，一起陷入短暂的沉默。

然后，江子康打破沉默："你需要考虑多久？"

冯伟："至少得我'试用期'过了吧？"

是啊，又是一个"试用期"呢。我们都需要一段时间来整理自己的心情呢——其实，也没啥好整理的。但是，总得"试用"一下对方吧？

冯伟整个"试用期"的时间，除了"试用江子康这个老板"之外，似乎都被卷进"李诺毕业旋涡"里了——和甘晓儿相恋十年来，还没有哪个女生能成功地把冯伟卷进她的生活之中。

或许，只是因为新世纪——而无关其他！

江子康正想结束谈话时,冯伟又补充了一句:"我想,你也需要考虑一下。"

江子康反问:"你觉得,我需要考虑多久?"

冯伟想了想:"假若从我上班算起的话,快则一个月,慢则半年!"

江子康疑惑:"你为什么这么肯定?"

冯伟道:"不是我肯定。而是你没有那么多的时间……"

是的,江子康没有时间了。

一张图、一次偷听、一次"偶遇"、一篇文章、一次长谈……还有一种已经、正在并即将贯彻始终的"家族组织考察",果然在不到一个月的时间,江子康就已经感觉到,他跟冯伟必须要摊牌!

我是不是你的老板!若是,那就跟着我干!

我是不是你要找的那个人!若是,那就听我的!

冯伟到底是打开新世纪的这道门,还是去打开新世纪的那扇窗,也取决于这个即将到来的摊牌式谈话了。

慢镜头　夺权·CEO联席会议(18)

北京海淀水木清华。上午11:20。

樊一杰(对江子福耳语):其实拓跋宏并不是CEO的合适人选。

江子福(低声道):但他是平衡现在新世纪政治的最合适人选。

樊一杰(又耳语):我怕他成为牺牲品啊。

江子福(意味深长):不是还有陆剑客站在他旁边吗?

樊一杰(耳语):正是因为如此,我才更担心啊!

(蒋妮可:语言天才+书痴、读不懂财务报表的拓跋宏当CEO,这不是拿新世纪的现在和未来不当回事儿吗?

商逍遥:陆剑客这一招谋虑深远啊。柳飘风好歹想让我保留"精神领袖""培训教父"的头衔,陆剑客居然连这一点都要开始剥夺了啊——他要从现在开始把拓跋宏塑成"培训教父"!

蒋妮可:他想让新世纪升起"第二个太阳"?!)

19

江子康:"下了几天雨,人都要长霉了。"

冯伟:"是啊,臭豆腐就是有人吃得,有人吃不得。"

江子康笑："你还是这样，煞风景。"

冯伟嘿嘿地笑。

江子康："我喜欢喝茶，也喜欢喝咖啡。虽然这两种东西对睡眠都不好，可是我就是不喜欢喝白水。现在，要尽量控制自己。"

冯伟："我不喜欢吃蔬菜，尤其是绿叶菜，现在每吃一口，都告诉自己，为了健康。"

江子康："呵呵，说得好，为了健康。你说，我们每天在拼命，为了什么呢？到时候身体垮了，什么都没有了。"

都是没有意义的绕弯的话，但又处处包含着机锋。

是不是从一开始，两个人都在小心地试探对方，何时能大胆地敞开自己呢？

在一遍又一遍地琢磨"鲲鹏展翅图"后，江子康时常会"巡视"到大教室，看一看冯伟上课——哪怕，只是看一眼。

经常会看见，冯伟在认真"做笔记"。笔记上，并不是讲课内容，仍然是一个图表。

隔得远远的，江子康从玻璃里看不清楚，只看得见他凝神和奋笔疾书的样子。

江子康不是没怀疑过。潘芳的调查结果，还有他自己的亲自调查，并不能证明冯伟的任何过往，可以让他自己放心。

但是，江子康还是觉得放心。他觉得——"直觉"——冯伟就是一个干净的人。

他需要有这么一个人，干净、能干，最重要的是忠心。

职场上有很多人，非常具有职业精神，对某个职位负责，而并非某个人。

江子康现在要找的，就是对他这个人负责，对他这个人忠心，而并非他的职位。

那次长谈让他感觉到，冯伟是个非常有深度、有潜力的人，爆发力大。

唯一让他忧虑的，就是他的"忠心"了。他觉得——同样是"直觉"——冯伟的心并不"忠"（种）在他这里！

江子康在这么想的时候，冯伟也正在安静地做他的表格，涂涂画画。

江子康看出了冯伟的骄傲，他以为，知遇，知己，是最好的打动方法。

只是，他不知道，有一个人已经在他之前的之前达到了这一点，占据了冯伟的心。

就是汤小宁。他现在，是不是因为汤小宁的"抛弃"，而不肯再付出自己所谓的"忠诚的心"呢？

江子康也不知道，冯伟那时画的图表正是他那些天在新世纪上课后的总结和想法。

那时，冯伟的心里也在琢磨，自己如果来新世纪卧槽，江子康是不是一个最好的选择？那次长谈，尤其是通过对新世纪和常青藤教育培训部的状况分析来看，江子康应该是一个值得投资的"老板"。

而且，自己已经成功有效地引起了他的注意。

这个过程，三顾茅庐也好，太公钓鱼也罢，也差不多了。

所以，在江子康想冯伟是不是那个值得托付他的梦想的人时，冯伟也在想，江子康是不是冯伟自己打开新世纪梦想之门的"那个人"。

慢镜头　夺权·CEO联席会议（19）

北京海淀水木清华。上午 11:30。

拓跋宏：我不能当 CEO。

陆剑客：怎么不能当？

拓跋宏：别人不了解我，你还不了解我。

陆剑客：就是了解才让你当啊。

拓跋宏：反正我不想当……

陆剑客（一急，说出了自己的真实想法）：新世纪的改革需要你当！新世纪的上市需要你当！你放心，我会帮你。我们可以开创新世纪"双头"治理时代……

（商逍遥：只怕，新世纪要升起两个太阳了。）

20

江子康的面前，放着冯伟那两张薄薄的纸。

这两张纸，江子康已经足足琢磨了两个多月。

而且，正是这两张纸，让他上午成功地应对了商逍遥的突然袭击——只不过，他偷换了一个概念：那"校中校"的校长，冯伟说应该是江子康，而不是商逍遥。

当初，江子康第一眼看到这两张纸时，仿佛整个天空都消失了，出现了一个崭新的"美丽新世纪"——他微笑,心想自己果然没看错人。

想法新颖,布局宏大,极具前瞻性和挑战性。

这两张纸其实给常青藤教育培训部,甚至新世纪描绘了一个极其宏伟的蓝图,让人心动,也让人震惊。

江子康甚至有些不自信——这是写给自己的吗?

反复看了两遍,才确认:没错,是写给江子康的。冯伟还专门注了两行小字:建议仅给江子康总监一人看。

当然,看了的,不止江子康一人。

矮个儿姜说,这种学员还真不少,年轻人啊,就是想法多。

高个儿扬很狐疑,假若这东西价值连城,就像和氏璧一样,为什么他会单单献给你,而不是别人!

这个问题,恰恰击中了江子康最不自信的地方。

为什么是他,而不是别人——安健博、柳飘风、拓跋宏,甚至是商逍遥?

江子康给自己找了上百条的理由。但似乎没有哪条理由能够真正地说服他自己。

所以,江子康迫切地想见到冯伟,好好地聊一下。

于是,江子康才会催促潘芳,甚至直接安排都春兰:"帮我找一下一个学员,叫冯伟的。看他什么时候有空,我要找他聊聊。"

江子康掩盖住了自己心情的迫切,让都春兰听得语气平静。

不过,也就是都春兰,要是换了林青黛,早就从那一句"看他什么时候有空"里听出了破绽。

江子康在新世纪属于正在冉冉升起的少帅,是元老派、家族派、少壮派在交锋和斗争中都要争取的关键人物,还要等人家有空?

但是,长谈的结果,在让江子康惊喜得足以崩溃时,仍然有一个失望甚至是绝望——冯伟非常巧妙地回避了"为什么是江子康"的问题。

江子康仍然没有找到那个足以说服自己的答案。

所以,江子康第一次不能肯定,自己可以成为这个人的老板!

慢镜头　夺权·CEO联席会议(20)

北京海淀水木清华。上午11:40。

樊一杰和江子福相视一笑。

原来如此。

拓跋宏当 CEO，实际上是拓跋宏、陆剑客"联合 CEO"！

真正的操纵者、幕后者、逼宫者陆剑客，终于要走到新世纪前台了——一场新的 T 台政治秀正在等待着他。

江子福（耳语）：你我都不认为拓跋宏是 CEO 的合适人选，陆剑客也认为拓跋宏不适合当 CEO，就连拓跋宏言内意外，也不认为自己能当好 CEO……可是，为什么拓跋宏仍然甘心当"联合 CEO"呢？

樊一杰（耳语）：为什么？因为从回国起，拓跋宏心里就一直憋着"赶超计划"：我的钱、名声和权力一定要超过商逍遥；你商逍遥能当好新世纪的掌舵人，我拓跋宏为什么就当不好 CEO？

（蒋妮可：因此，CEO 联席会议实际具有双重结构和功能。第一层的 CEO 拓跋宏，只是"会议"的召集人；第二层，"联合 CEO"陆剑客，主要发挥对其他"会议"成员的协调功能。

商逍遥：你还没有看到第三层的结构和功能。第三层，陆剑客和拓跋宏用高工资把这些人拉进 CEO 联席会议，是基于策略，基于各诸侯的平衡，而不是效率。所以，他们并没有直接插手新世纪学校核心事务的威望、实力和经验……）

柳飘风如老僧般淡定，眼皮都不抬。

争什么争？都是名分而已。最重要的，仍然是实权！

樊一杰（耳语）：别看拓跋宏和陆剑客是新世纪联合 CEO，可是会不会跟商逍遥叫板，还是柳飘风说了算……

（商逍遥：柳飘风能不能跟我叫板，还得我说了算！

蒋妮可：所以，CEO 联席会议能不能"制衡商逍遥"，还是靠"商逍遥来制衡"。我从没见过这么滑稽的制度设计了！）

21

江子康第一次发现——选择的主动权并不在自己手里。

也就是说，到今天这个局面，不是他选不选冯伟做"那个人"，而是冯伟选不选他"当老板"！

跟商逍遥面谈之后，江子康已经单方面亮出了自己的牌：我选定你了！

江子康在暗自琢磨，自己选择了冯伟，是觉得冯伟有能力、有潜力。冯伟过去单纯，能为己用，没有后患。而且，他讲义气，他忠心。江子康觉得，是自己"慧眼"识了冯伟——就算他现在"心"不在这里，就算他发觉冯伟身上有一股很危险的气息——但是，江子康相信冯伟最终会成"自己人"。

在江子康心里，什么叫自己人？就是在任何时候，他都站在你这一边；在最关键的时候，能为你无条件牺牲的人。是的，能干而干净的人很多，但是能在关键时刻不会背叛的人，在这个物质的时代，实在太少太难。

江子康相信冯伟就是一个。

虽然他自己并不能确定且肯定，他自己也时常觉得冯伟捉摸不定。

因为，最关键的是，江子康已经没得选择。I have no choice but to do it.

江子康选冯伟，是要让老商选他。

从某种意义上，江子康觉得，自己、商逍遥和冯伟三点成一线，身上都有一种相似的精神与气质。选择对方，在某种意义上，就是在选择自己。

他确定、肯定并且决定，即使是赌，他也要赌上这一把！

与此同时，冯伟也在眯着眼睛思考：自己选择了江子康，是不是一个正确的路线？江子康本身能不能成为"那个人"？当然，自己选择江子康的意义，其实远大于他是否是"那个人"的结果。

即便到了那一步，结果不能如愿，自己也还有另一条路可走。

只是现在，不可说。

慢镜头　夺权·CEO联席会议（21）

北京海淀水木清华。11:50。

CEO联席会议的第二项决议，就是通过了拓跋宏接替商逍遥，为新任CEO。

CEO联席会议的第三项决定，就是决定柳飘风的分工，是主管教学、教务等学校具体事务。

江子福心道：果然！柳飘风从一开始就是盯着这个"核心权力"来的，不争名，只争利。

柳飘风（却叹了一口气）：着眼于新世纪的发展大局，为了学校的稳定和发展，我同意接受这种分工……

樊一杰心道：虚伪？抓权就抓权嘛——不过，这权还真的只有你能抓。我想抓也抓不住啊!

柳飘风:但这毕竟是权宜之计。我还是希望借这种制度设计,能够争取一段时间,新世纪梦之队的元老们和老商都能冷静地思量一下,能够弥合双方分歧的鸿沟……

陆剑客心道:反话正说?CEO联席会议一出,整个梦之队和商逍遥的"鸿沟"就已经公开化了!

柳飘风:为了新世纪的未来和梦想,我们需要妥协。

拓跋宏心道:感动?柳飘风真的识大体,还是深谋远虑?

22

问题总是要面对的。

为什么要绕弯子呢?为什么不直接面对面呢?

冯伟:"老商找你谈'那个人'了吗?"

江子康没有料到冯伟问得如此突然和直接,虽然原本他今天是打算谈论这个话题的。他愣了一下,笑道:"谈了。让我打造一个新奋青团队。"

冯伟笑道:"这是一个好消息,意味着你可以放开手脚做了,不只局限于常青藤教育培训部,可以把手伸到别的部门及势力范围了。"

江子康反问:"你打算怎么做呢?"

冯伟心想,今天,得最后敲定了——既然摊牌,就摊得彻底一点——江子康可以,必须成为"那个人"。

对冯伟自己而言,这是一个双赢的局面。当然,他不是没考虑过自己,但是自己对于商逍遥而言,距离太远;再虑及和汤小宁的协议,江子康就是最佳的人选。

所以,冯伟步步紧逼:"应该是你,你应该是!"

江子康再次愣了愣。他被冯伟这绕口令似的一句话给绕了一下,同时也惊讶于他的直接。

江子康装作不经意的样子:"噢?怎么能是我呢?怎么我应该是呢?"

冯伟睁开了眯着的眼睛,闪烁着冷静的光芒:"当然应该是你!你也必须是!"

冯伟继续道:"'那个人'对于新世纪是多么重要,你应该比我更清楚。而你现在,往后、往下都无路可退,当然你也不愿意退。那么,就只能向上。常青藤教育培训部已然成为平衡新世纪政治格局的'最后一根稻草'。它自身的发展也很快到了一个瓶颈,它的现状在某种程度上就代表了新世纪的现状——新世纪需要靠上市来转型，你也是！如果你能成为'那个人'，就给自己找到了一个突破点。那么，如果你认同我的这个观点，你就可以。如果你想，你就可以成为。老商一直在寻找，无论从能力、资历来说，你都是具有特别的意义和条件的。所以说，为什么不是你？"

江子康不动声色道："你说这些，对你有什么好处？"

冯伟也是一愣，突然笑了。

江子康被他的笑弄得有些莫名其妙。

冯伟笑道："我选择了你，你选择了我。"

江子康一愣，歌词？随即大笑起来："好！"

这一个"好"字，是一种态度，更是一种承诺。

两个人终于在摊牌中做出了最终的抉择。

就这样，在袅袅的咖啡香气中，两个各怀心思的男人，真诚地微笑、握手。

我们来自五湖四海，为了共同的目标，走到一起。

同一个世界，不同的梦想。

所以，就赌一把吧！

然后，冯伟说出了那句蓄谋已久的话："我觉得，你追求成为的'那个人'，不一定也不应该是'总裁特别助理'。"

"总裁特别助理"，是，而且只是一个 title 而已。

慢镜头　夺权·CEO 联席会议（22）

北京海淀水木清华。中午 12:00。

柳飘风本来还想说下去，却忽然想起了一个很关键的问题。

该死！我怎么忘了这个要命的根本？

于是，柳飘风立刻追问：从老商那儿要来的"财务审批权"准备放给谁？

拓跋宏愣了一下：当然是下放给原来主管财务的副校长崔尚舞。我不懂，没心思，也不屑管。

柳飘风又追问：那 CEO 联席会议设计时，没有找她谈谈——或者找到合适的人能够替代她的位置？她同时也是主管行政后勤的新世纪学校支柱之一……

语调中已略有质问之意。

陆剑客懒懒地说：她必须被排除在外。因为她是老商和商老太都信任的人！我们暂时没有人可以替换她。

柳飘风来之前就已经升起的雄心万丈，立刻灰飞烟灭。

秀才造反，果然不成！连这样关键的人物和事务都没有搞定，就想……可叹自己一世精明，竟然在这儿一时被猪油蒙蔽了双眼。

那一瞬间，柳飘风和江子福都立刻重新做出了决定，要和CEO联席会议的其他人保持必要的距离——在一旁观望。

（商逍遥：你现在看出CEO联席会议的最大软肋了吗？

蒋妮可：看出来了。他们根本就没法掌控新世纪三个最核心的要素：人、事、钱。人都是您亲自选拔的人——他们根本动不了人事；事——他们根本没有运营、管理新世纪学校的经验、威望和实力；钱——新世纪最有活力和竞争力的赚钱机器以及钱的流向，都牢牢地掌控在商氏家族的利益代言人崔尚舞的手中……

商逍遥：所以，我向CEO联席会议妥协一次又何妨？）

≫ 正幕外：

<h3 style="text-align:center">不与同事谈是非</h3>

——超级毕业生第八堂速成课

北京，海淀。

李诺QQ签名："世界上最遥远的距离，不是我和你，是我和我想找的工作。"

简洁微信签名："现在大家常问的一句话：你找到工作了吗？"

23

这边厢李诺沉静了下来，那边厢简洁却焦虑了起来。

原因是身边有些人因为各种"关系"开始有了音信，甚至那谁谁谁因为某某某已经和那什么的签了约，而"糊糊"那边却始终没有什么进一步的动静。打电话过去，也开始"嗯哈"地哼唧起来，说我们在考虑，在考虑……考虑得就没音了。到后来，干脆电话无人接听。

简洁有些急了。

一边一遍又一遍电话，一边祈祷上帝"糊糊"千万别变卦，一边又暗中怀疑是不是出啥事儿了。这种心情不能对老爸说，也不能对李诺说，只能窝在心里，发酵似的，一潭清水渐渐酿成了浓烈的二锅头，不可不饮——还不能少饮，不可不醉——醉了还得清醒，不可不吐——还吐不出来。

就一个词形容，难受。

换一个词，煎熬。

再换一个词，焦虑。

焦虑中的简洁开始掐着指头过日子，度日如年，一分一秒，都要数一千只羊。

24

真相以猝不及防的方式揭开，血腥而残酷。

那晚，简洁正像往日一样看 BTV-5，冷不丁就看到了"糊糊"——垂头丧气，旁边还站两个人押着，像罪犯似的。

不信，仔细一看，戴着镣铐，还真是"犯罪嫌疑人"。

那一刻，简洁如从头到脚泼了一盆冷水，让她周身彻骨地寒冷。

事实其实很简单：那不过是一家民间协会组织，跟当下那个主导四万亿大投资的部委没有丁点儿关系；所谓理事长也不是退休高官，不过是个不知从哪儿钻出来的人；"糊糊"也不是啥副理事长，不过是个小办公室的所谓副主任；协会也没有进京指标、事业编制和用人资格，要聘人还得采取劳务公司派遣的方式，或者不签劳动合同……

不过发一个小小的不正规的招聘广告，还是有很多人削尖脑袋往里钻：饭碗啊，饭碗。"糊糊"瞅准了这点，一颗不老的心死灰复燃，进入了第二春："春天在哪里呀春天在哪里，春天在那小姑娘的饭碗里。"花团锦簇，蜘蛛结网，就是为了一两只不知死活的小虫子自投罗网。

于是，一个小姑娘撞上去，两个小姑娘撞上去了……

"一只青蛙，一张嘴，两只眼睛四条腿，扑通一声跳下水；两只青蛙，两张嘴，四只眼睛八条腿，扑通扑通跳下水……"

水花四溅，激情四射——噢，不对，是略微泛起点儿涟漪而已。

水也跳了，身也献了，事情也露馅了。不过，面对结果，不同的人反应迥异：有的人黯然神伤，悄然离去，从此抹不去心里的阴影；有的人大怒而来，悻悻而去，拿了一点所谓的青春赔偿费；有的人无所谓，不找碴儿不伤心，只是偶尔会觉得恶心；有的人一如往常，内心却算计不已，不动声色，收集证据……

"糊糊"最后遇上了这样一个"主"。

那"90后"的小姑娘是学法律的，主动积极，利益分明，甚至"糊糊"还没来得及暗示呢，就已经撒娇轻嗔，秋波明送，飞吻频仍，直至投怀送抱搏上位。事情败露，心中怒潮汹涌，面上仍芳艳妩媚，动作仍风情万种，一如平日——只不过暗中录音笔伺候，针孔摄像头预备。

据说，小姑娘还预录了一段摄像：只见女主角掩胸拢衣，凌空抓手，惊恐不已然后和前面一段剪辑拼接成新证据。很简单，技术手段而已。不过，这段录像没用上。不然，就真的是聪明反被聪明误了。

舍得一身剐，敢把骗子拉下马。于是，"糊糊"就栽了——出来混，迟早是要还的。"糊糊"遇上了这样一个"收债"的。

这边"糊糊"垂头丧气，悔恨不已，老泪纵横："我辜负了组织，辜负了妻子儿女，辜负了……我年老糊涂，不懂这是犯法啊。"真是人见人恨，鬼见鬼扁，神见神灭。

那边"小女债主"斗志昂扬，愤怒不已，声泪俱下："我绝不能让他得逞，绝不能让他再祸害姐妹，绝不能再让更多的女同学受害……我们太年轻，不懂社会还有阴暗面啊。"真是人见人怜，鬼见鬼惜，神见神痛。

两个画面一拼接，一对比，主持人再来啰唆两句："当前毕业生就业形势严峻，不法分子猖獗横行，骗术层出不穷，急于找工作的毕业生，特别是年轻女生要当心啊……"

简洁脸煞白煞白的，心拔凉拔凉的。

简洁老爸和老妈没留意，继续嗑着瓜子，评头论足："傻啊，那么拙劣的伎俩，现在的大学生啊，太单纯了，太没有社会经验了……"

什么是失望，这就是失望！

什么是绝望，这就是绝望！

简洁开始有些能体会当初李诺的心情了。

李诺是不是也曾经历过这些事？简洁忽然有些不惮恶意地猜测。

25

被简洁"恶意猜测"的李诺，正在和黑马的 QQ 聊中"越陷越深"。

闲聊"渴"了，李诺说：我给你"加点"热水吧。

黑马点头，就点击发出一个杯子的图片——那是他常用的水杯图片。

李诺一边"加水"，一边不经意地问：你这个茶杯好旧了啊，怎么也不换一个？

冯伟没言语——这是甘晓儿送给他的，仿佛是她的陪伴。

李诺抬头：怎么不换啊？

黑马淡淡地说：习惯了，也没坏。

李诺：噢。以前我们实习的单位有个领导也是，总穿一双鞋，能穿上一个季度，也一直不换。大家都猜测，是不是他老婆控制得严，不给他身上带钱，呵呵。

黑马打断她：打住！

李诺一愣：啊？

黑马微微笑：这正是我要和你说的超级毕业生第八堂速成课——不要和任何人，在任何场合，猜测和谈论别人，特别是同事与上司的是非。

李诺停住，"坐"了下来。

黑马：庄子说，大知闲闲，小知间间；大言炎炎，小言詹詹。意思是说：有大智慧的人，总会表现出豁达大度之态；而只有小聪明的人，才会乐于细察，总爱为微小的是非斤斤计较。合乎大道的言论，其势如燎原烈火，既美好又盛大，让人听了心悦诚服；那些耍小聪明的言论，琐琐碎碎，废话连篇，纠缠于细枝末节的小道理、小智巧和小算计之中……

李诺眨了眨眼睛：那如果不说这些家长里短，那些人会不会又觉得和你有距离感了？

黑马接着解释：可以说一说天气、购物之类的，但是不要说是非，尤其是有关你的上司和同事的是非——在办公室言论中，有许多貌似聪明的小智慧、小聪明大行其道，更关键的是有人不但身怀小聪明，还大耍小聪明，结果使大家在办公室里活得都很沉重、压抑、虚伪、复杂……所以，如果有人说是非，你可以走开。

李诺问：我可以光听不说吗？

黑马严肃：不能。你必须走开。

李诺问：为什么啊？

黑马：世上没有不透风的墙。他们议论了，其实领导最终会知道，你也想成为一个参与者或者知道了不汇报的人吗？

李诺吐了吐舌头：不想，不想。

黑马笑：那不就成了。也许，你无心附和的一句话，落到了有心人的耳朵里，就成为你心怀不满的证据。

26

李诺：有那么严重吗？

黑马：或许有，或许没有。看这家公司的职场政治如何便能判断了。庄子已经描述了办公室政治现象和四种态度类型：第一种人，出语缓迟，慢条斯理，实则细察人情反应；第二种人，暗设陷阱，整日揣摩和挖空心思，热衷于各种设计和算计；第三种人，谨小慎微，字斟句酌，词严语谨，因为怕人抓小辫子；第四种人，比较大条，不会玩也不会算，过得稀里糊涂的……你要是撞上第二种人就麻烦了。

李诺：是啊，最怕的就是在不知不觉中，被人算计了。

黑马：在办公室里常见这种"猎捕者"。庄子不是说了吗？他们专心窥伺别人的漏洞，自己对别人错时，说话便如放出的利箭，专攻别人的是非；假若别人没有错的时候，他们就静默不语，像守盟约似的慎重，那只不过是他们在等待攻击制胜的好时机……

李诺：呀！那我岂不是成了他们狩捕的猎物？

黑马：是啊，何况你是个新人。新人更容易成为炮灰。领导当然愿意相信"老人"的话。

李诺：嗯，也是。

黑马：所以说，"领导"是你和同事谈话的一个禁区，不要去碰。

李诺：可是，在我实习的单位里，容不得你不讲是非——一进去，同办公室的跟你讲是非，隔壁的同事也跟你讲是非，甚至领导都时时、处处、天天跟你讲是非。最搞笑的是我实习时，隔壁部门的领导有一天中午还亲自把我们部门领导的家丑——说他跟某个女员工有染——全部讲了一遍……

黑马：你能够做的就是沉默，非视勿视，非礼勿听，更要非礼勿言。别人可说，你不可说。不要授人以任何把柄。

李诺：一开始我确实只是沉默着，有时也只是笑笑，但是后来我发现其余的人会逼着你有所表态，确认你是不是和他们站在同一阵线上。开始我只能装傻，或者表示吃惊，或者装作上厕所，后来他们也就不再当着我的面说了。但私底下，我确实和某个很要好的女孩交流过本部门领导的许多事情；部门里的很多事情都是她私底下告诉我的……

黑马：这种人其实是最危险的。她可以告诉你部门的所有是非，她也有可能告诉别的人你所有的是非。

李诺：可是我们是朋友啊。我觉得这个女孩能力可以，人品也还不错——因为她上了十年班却还保持着比较好的心态，她有文艺青年的味道，而且做人不是那种两面三刀的。

黑马：职场没有朋友，同事就是同事。

难道不是吗？看他和蒋子峰！曾经是——多好的兄弟！

27

李诺：可是，我想请教的问题是，在一家公司里不会交到真正的朋友吗？我对此是比较乐观的，难道是我涉世太浅？

冯伟：你要牢记，在一家公司，你跟一个人的关系，只有三个指标可以判断：情分到没到，利益捆绑在一起没有，是不是一个派系（圈子）的……没有纯粹的朋友。

李诺：我是从她的人品来判断的。不过，她说的一句话也吓了我一跳，她说她是另外一个领导的人！我说其实我早知道（谎话），她吃了一惊，然后说你早知道还跟我说这些，看样子你也蛮大胆的。我说相信她的人品。她总体给人的感觉是真诚的。希望不会有最坏的结果，其实我不介意和别人双赢的。她的思维模式是外企那种类型的，虽然只是本科生，但是我觉得她比单位的不少博士都更有档次。

黑马：朋友是生活中做的，不是在办公室是非中做的。与其说"领导"和"同事"是你办公室言论的禁区，不如说"是非"才是你真正的禁区。

李诺：你的意思是说，在办公室不谈是非，尽量做到滴水不漏，无懈可击？

黑马：谈是非最大的危害，是它对自我的侵害。假若你把自己的人生托付给这种"办公室是非"，就会像庄子所描述的那样：纠缠于各种人物接触交往的细枝末节，天天耗费于钩心斗角的是非羁绊之中；睡着时心神难安，迷于梦寐交战，醒来之后四体不安，坐立不宁；小事则担忧，惴惴不安，大事就恐惧，失魂落魄；喜怒无常，变化无端，时而欣喜，时而愤怒，时而悲哀，时而欢乐，时而忧虑感叹，时而无动于衷，时而轻浮放纵；于是，本性一天天凋萎消逝，衰退如凋零的秋冬景色；沉溺于自己的所作所为中，无法恢复潜能、自然和生气；作茧自缚，闭塞灵窍，越是老于世故，城府越深，就越是不能自拔……

李诺：那我们又该如何做呢？一方面你说我应对这些职场政治能"庖丁解牛"，一方面又说我不要在其中迷失自我、丧失自我……

黑马：或许，还得是那句话，世事洞明皆学问，人情练达皆文章。在这个基础上，顺其自然，活出"简单"，活出"自然"来……越复杂之后，就像你自己所说，坚守自己的本性和潜能，活得越简单越好。庄子说，这叫以守取胜。

　　李诺：哈，师兄还引用我的话啊？

　　黑马：你以为只是我在教你课啊？我也在向你学习，突破和超越自己的瓶颈呢！

第九章

向上的阶梯：三顾频烦天下计

1

这又是一个长达四个小时的长谈。

又让江子康苦不堪言。

就像第一次面谈，第一句话，冯伟就让江子康"很痛苦"。

"你很焦虑！"

完全不是历史上那千百年就轮回一次的经典模式：明君良臣喜相逢，古今多少事，都付笑谈中。

冯伟一句话，就戳穿江子康涵气养生半年"虚假"的面纱——他真的没有那么气定神闲，"泰山崩于前而不变色"。

江子康很焦虑。

不独江子康很焦虑，少壮派领袖也很焦虑，元老派很焦虑，商逍遥也很焦虑，新世纪的人都很焦虑。

为什么呢？冯伟说，因为新世纪正在"震荡转型"，一切都变得很不确定……"甚至连我们的生存成本都增加了！"

以三驾马车分裂和常青藤危机为标志，新世纪正在进入"震荡转型期"。把概念说全了，"大转型·大改制·大震荡·大调整·大变革"时期——一个"大"字，尽显幅度之广、力度之大、深度之强……

"我们正踩在新世纪历史大发展的分水岭上。"冯伟说，"新世纪正在从一个融合了草根家族型、江湖兄弟聚义型、基层官僚政治型和海归新经济市场契约型等各种创业形态的初级混合型民营或私立企业，一脚踏入'大转型·大改制·大震荡·大调整·大变革'的社会结构转型时期，目标直指以金融资本为产业知本外壳、以市场经济契约型为公司形态、以中国式创富为教育培训内涵的中国式民企上市集团。新世纪的这种'历史发展三段论'必然会带来公司商业模式与核心业务的重组与再塑、行业的重新洗牌，甚至是新产业链的重建或创建。"

冯伟说，整个新世纪正在进入"三驾马车、江湖元老派和中国式家族主导的旧秩序崩溃"—"失序危机"—"世界新秩序"重构的不确定性演变中。

新世纪的"震荡转型"，正吻合了当下整个中国—世界经济和社会结构"大转型"的趋势——生在中国，身处大时代，新世纪浓缩了"中国式震荡转型"的鲜明际遇，堪称"时代的混血儿"，中国式转型的"小中国"。

因此，这是一个风云突变的时代，这是一个时势造英雄的地方。价值多元，思想波动，人心思变——正是人物辈出、故事纷呈的好时段，也正是新群雄并起、新诸侯纷战，竞合千里，逐鹿中原的好年代。

未来新世纪，谁称霸江湖，谁重执牛耳，谁又问鼎江山？

那个谁谁谁——是不是江子康？！

几次总裁办公扩大会议下来，江子康只有一个感觉：就是每一个人都在借着新世纪转型之际，扩张自己的地盘和权力。

每个男人都有向上攀爬的欲望嘛？！包括他江子康自己？

冯伟说，危机，危机，别人看到"危机"，我们看到"契机"——世界经济危机，中国震荡调整，行业产业重新洗牌，新世纪商业模式的重组与重塑，我们为什么不巧加利用，为什么不可以转"危"为"机"？

前提是，我们得先活着！

滚滚长江东逝水，浪花淘尽英雄。是非成败转头空。我们必须在大浪淘沙中活下来，才能数风流人物，还看今朝。

"我们活不过今天，明天的朝阳就与我们无关。"

生存，还是毁灭，真的是一个问题。

于是，江子康就像哈姆雷特一样，反复思考冯伟给他提出的这个命题——活着，就要好好地活下去！而且，明天要活得更美好。

慢镜头　卧槽·美芹十论（1）

北京海淀孤岛咖啡。下午 18:00。

冯伟正在给江子康讲解自己手绘的"新世纪政治形势图"。

冯伟：新世纪正在分裂成"U 型社会"。新世纪"梦之队"（元老派）和商逍遥及四大黑暗黄金家族（家族派和基层官僚派）之间断裂的"鸿沟"已经不可弥合。

江子康：我们的位置在哪里？

冯伟：这里，洼底！这个鸿沟现在越扩越大，越裂越深，而我们所处的位置也会越来越"低"！

2

"我们如何才能活着？"

"首先，得解决你自己当前面临的'最大危机'。"

江子康确认似的问："我的——最大危机？"

这问题问得并不愚蠢，并不彰显冯伟比江子康更睿智。作为局中人，他只是比冯伟这个局外人更不确定自己内心的惶惑。虽然多少次梦中惊醒，江子康确信自己陷入了一种无法挣脱的恐惧之中。

冯伟肯定地说："我确定，您身陷最大危机之中。这是由时代危机、由新世纪危机伴生的。"

"这种危机是什么呢？"

"三十归零！无论此前处于中层还是中上层，一切回归到零点，甚至被打回原形。从三十未立到三十九岁未至巅峰，有一种'一切重归于零'的危机意识。"

三十几岁，一切归零！

之前十年的奋斗，七年的积累，五年的探索，三年的彷徨，还有刚出校门三个月时的意气，都化为乌有——就像那武林高手突然消失于无形的内功，虽然并不是化得干干净净地消失了、不见了，而是泥入大海似的隐藏了、逃遁了，但是，无论你怎么都提不起劲来，都不能再像以前一样得心应手、随心所欲地使用这种内力。为什么？因为你遇到一个瓶颈。

一个在三十几岁必须突破的瓶颈。

当你感觉到自己的一切归零时，你就遇到了这个瓶颈——如果突破这个瓶颈，那些消失的东西会随着你重新积累的资源再度回来；如果突不破这个瓶颈，它们可能就永远消失了，再也不会回来。

三十过后，立功、立德、立言，应立而未立；

奔四路上，成才、成功、成就，欲达巅峰而无径……

从底层到中间阶段，再从中间阶段到高层，我们找不到"向上的阶梯"！

假若把人生比作"向上、向上，再向上"的过程，奋斗就像登山一样，从山底向山峰攀爬：底层—中层—高层……那么，我们的本性就是在寻找这样一个"向上的阶梯"——从小到大，我们在成长、成才、成功过程中接受的所有教育，几乎所有借梯子说事儿的教育格言，都是劝导我们向上爬的：

"人生的价值在于不断攀登！"

"勇气是一架梯子，其他美德全靠它爬上去！"

"梯子上的横档从来不是用来休息的，只是为了在一只脚迈向更高一级时，另一只脚可以落一下脚！"

…………

这激励过多少血气方刚的年轻人，去奋斗，去争上游——在人生道路上朝着更高的目标不顾一切地前进，去奋斗，去争上游，去追求更快、更高、更强、更富、更有名，以通往荣誉、金钱、职位等不同的阶梯，通往成才、成功、成就不等的山巅，甚至通往金字塔的尖顶。

江子康年轻时，也是在这种教育的影响下长大的，也是在寻找这种从底层通往金字塔尖的路径的：在新世纪的公司政治中，如何从底层升职为中层，甚至晋阶为高层？在中国急剧转型的社会阶层中，如何从处于财富链底端的奔奔族、负翁或者经济适用男，过渡到新奋青—中产阶级—超级毕业生，又如何能够攀爬到中国式新富—新权贵阶层—时代领军人物？……

这种晋阶的路径本来就像攀登那座高山一样清晰，虽然也会绕路，虽然也会歧途，但是终究有一条明确而标准的路径指引着他向山巅攀越……目标虽然遥远，但是毕竟清晰、确定，通过自己的努力和实践，终究是可以达到的。

但是，三十归零，让江子康忽然发现，一直以为自己登上的是一个山头，结果登上的是一座小土坡；一直以为这个山头是向更高、更远、更强大的山头攀越的中转站，结果却发现：这个小土坡和那座人生需要不断攀爬和超越的高山之间，有一个巨大的断裂，他需要一把"向上的阶梯"才能跨越这个断裂的巨大鸿沟。

但是，江子康面临的问题是：他面前，只有鸿沟，没有梯子！

这就是江子康三十归零遇到的最大困境："向上的阶梯！"

慢镜头　卧槽·美芹十论（2）

北京海淀孤岛咖啡。下午18:20。

江子康：那我们岂不是还在往下掉？无休无止地……

冯伟：越往下掉，蓄势越多，未来反弹的能量越大，就像弹簧一样。

江子康：这个比喻很适合柳飘风。他这只弹簧现在已经很饱满。

冯伟：整个少壮派现在都处于洼底，都像弹簧，柳飘风现在就像这只弹簧的引擎——牵一发而动全身。

3

为什么？

冯伟自问自答："因为您内忧外患，上下皆困！"

内，"笑傲双怪"元老威势犹在，"六大长老"桀骜难驯服，举目上下，"新老教师团队"要成为"自己人"，还有漫长的路要走；甚至就连办公室主管，都是走老大路线，不走老四路线——跟着大哥的人，不一定是贴自己的心。此为内忧。

外，元老派、少壮派、家族派、基层官僚派咄咄逼人，开疆拓界的同时，已经开始对江系势力围追堵截，江子康何以自处？不说别的，就说在四大少壮派势力中，在杜永玖的"君主嫡系"、安健博的"疯狂精英系"、柳飘风的"门生故吏系"的围攻猎捕中，江子康要如何才能迅速建立起自己的新势力？才能"四分天下"，才能在"四分天下而江处弱"的局面中，拥有更大的分量和话语权，甚至是找到"大翻盘"的机会？此为外患。

外有强敌，内无精兵——真是内忧外患。

最重要的是，冯伟说，下面无"根"，上面无"梯"，江子康悬在空中，如何寻找"向上的阶梯"？

生，或者死？江子康被阻塞在"向上的阶梯"困境之中：我的"向上的阶梯"在哪里？

这不仅仅是江子康一个人的问题。

在新世纪"震荡转型"之际，每个人都在扩张自己的地盘和权力，但不久就触到无形边界；每个人都在努力向上攀爬，但很快就触到无形瓶颈；每个人都在竭力拓展自己的生长空间，但立刻就被某种无形的力量所遏制……

新世纪少壮派领袖的势力扩张，无一例外，集体受阻！

为什么？因为元老派还没有清场，"腾笼换鸟"？还是"中国式家族"势力仍然隐秘地掌控一切？

一切皆有可能。

冯伟只给出问题，没有答案。

他说，最重要的是先提出问题，而不是先寻找答案。因为答案不重要，思路才最重要——思路决定出路，出路决定道路。

为什么少壮派领袖会集体受阻？为什么江子康自己不能破茧成蝶？为什么他还在黑暗的茧壳里面焦虑挣扎，苦苦寻找那个"向上的阶梯"？

在个人身上发现问题，在群体身上寻找答案。

江子康寻找梯子的焦虑，不过是整个新世纪少壮派崛起中的集体焦虑。

江子康三十归零的危机，不过是整个新世纪少壮派归零的缩影。

新世纪少壮派三十归零的危机，不过是所有新生代三十归零的浓缩。

所有新生代的三十归零，不过是整个中国"三十归零"中的一滴小水珠。

一个新生代男人三十应立而未立，一张面孔朝向未来，另一张面孔看向过去，而脚正踩在"三十归零"的"大门槛"上。

就像商逍遥"三十归零"，从培训教父的"神"走向草根创业英雄的"人"，不过是新世纪十年"传奇神话"归零、中国教育培训业二十年"淘金梦"归零、中国企业家三十年"群体归零"、整个中国留学生"百年西方梦"归零的时代缩影。

这其实都不是问题。问题的关键是，主动归"零"还是被动归"零"？

这，毕竟是两种不同的境界。

这是，一个人，特别是一个男人，特别特别是一个还有所谓雄心所谓抱负的男人，三十归零后，如何找到向上的阶梯，到达社会的顶峰，完成自己梦想的人生，所首先必须解决的问题。

慢镜头　卧槽·美芹十论（3）

北京海淀孤岛咖啡。下午18:30。

冯伟：当梦之队（元老派）和黑暗黄金家族成为"新世纪鸿沟"的两个极端时，少壮派只有两个功能，要么以己之身填平它，要么用己之力削平它。

江子康：这取决于"利益博弈"的结果。

冯伟：商逍遥更宁愿起用少壮派的力量，来削平梦之队（元老派）那一端。

江子康：少壮派取代元老派？新世纪"梦之队"被替换成"新黄金团队"？

4

这需要重新认识"向上的阶梯"。

特别是区分"大阶梯"，而不是"小楼梯"——不能拘囿于新世纪政治上上下下、升迁浮沉、博弈输赢的"小楼梯"中，而要跳出来，以时代为大舞台，寻找真正的"向上的阶梯"。

于是，冯伟即兴朗诵了一首诗，还补充说，不是我写的，是一个网友写的，太有才了。

在楼梯
我低你一级
你高我一级
瞬间
有多少话语
都未说出
我仰头看你
在沉没中
擦身而过
听得见对方的呼吸
有一句话要告诉你
回头一看
我高你一级
你低我一级

如果拘囿于新世纪政治中，人在梯子上，这种"悬空感"，既可能让江子康离天堂只有一步之遥，也有可能转瞬之间就将他踢下地狱。

因为人生处在不同的境遇、身份和位置中，向上，还是向下，是不断变化的——一步登天，从无领到金领；或从上流社会坠入下流社会，都有可能在一瞬间发生。

昨天的下属会成为今天的顶头上司；

昨天的无名氏会成为今天最抢手的高手；

今天俯视低者的高者可能成为明天的低者；

今天仰视高者的低者可能成为明天的高者……

进进退退，高高低低，一瞬间便身份变换，颠倒乾坤，这种变化速度，在"中国时代"还能称奇吗？

原来是我"仰头看你"，现在却是"回头一看"；原来是你高我低，现在却是我高你低。

于是，在升迁浮沉如走马灯一样的新世纪政治里，人的地位就像这梯子一样，高高低低。高者俯视低者，似乎总有一种说不出的优越感；低者仰视高者，也总有一种说不出的敬畏感；但高者并不永远是高者，低者也不永生就是低者；在楼梯上，他们的高度是相对的；他们不是最低者，也终将不会成为最高者。

人生道路就像一个楼梯，要么你在上，要么我在上。于是，有时为了所谓的梯子，拼命地挤对同类；为了所谓的梯子，欺上瞒下，丧失人格，现出各种嘴脸；虽然有了一定的地位，但却失去了人类最可贵的东西。

那种可贵的东西，就是最珍爱的自己。

你每天都有这样的相遇，总会遇到比你高的人，也总会遇到比你低的人。高高低低，都在风水轮流转，三十秒河东，三十秒河西。

所谓高者，只是在某一特定时期稍占上风的人；所谓低者，不过是在某一特定位置略低于他人的人。

这只是相对的，这也只是互动。

所以，何必非要坚持一种姿态，不能调高就低？又何必非要坚持一种中心，为己而不利他人？何必执着于高昂着头，一定要向上、向上、再向上，而不能放低身段，向下、向下、再向下？

因为，梯子可上可下，能把人送到高处，同样也会把人送到低处。而且，把人送到低处的意义，一点也不比把人送往高处轻。

梯子本身是双向的。

冯伟说："人们经常忘记这一点。但是，您不应该犯这样的错误！"

只要是拘囿于新世纪情势之中，只要是执着于向上、向上、再向上，人在梯子上，这种坠落无底的噩梦，就会比找不到向上的路径，更让江子康恐惧——迷失自己，忘记了自己的身高，以为脚下的台阶就是大地，于是一脚踩空，向那万劫不复的深渊坠落、坠落、坠落，甚至不知何时能够见底，或许永远都不见底……

所以，为什么不回到平地，平视我们所要面对的一切呢？

甚至为什么不往下走，走到洼地，走到底部，从根本处寻找力量的源泉呢？

人在梯子上，站在哪一级台阶上是重要的；向上、向上、再向上，抵达更高一级的阶梯是重要的；在向上的阶梯序列中寻找自己的职业、事业甚至是人生的顶部是重要的……

但比这更重要的，是能向下、向下、再向下，回到平地，下到低处，重新回到自己的本原处，找到自己的价值洼地，找到自己真正可以触底、反弹、崛起的底部——这，就是江子康需要主动回归的"零"！

"零"是一种合力为和的平衡，是一种身心灵、人际、社会的"和谐"，是一种开天辟地前的"混沌"，是一种凤凰涅槃的"虚无"：当人的精神处于"归零"状态时，"看似无，实则有；看似有，实则无，也就是与宇宙的初始状态类似"。

"零"是天地人和，道家谓之。

"零"是生生不息，取之不尽，用之不竭，正所谓无中生有，《易经》谓之："归零里面具有无限的商机和无限的生机。"

"零"是中庸者，大道也，儒家称之。

"零"是空亦是色，色亦是空，佛家谓之。

"零"是不战而胜，乃善之善者，兵家谓之。

"零"是阴阳平衡，阴阳家、医家谓之……

"零"是开始的开始，又是结束的结束："归零就是永远也没有开始，永远也没有结束，随时归零。"

"零"是一切从之出发的原点，又是向之回归的终点："归零不是消极，而是休息，是为了更好地长征。这就叫作归零，叫作'日日新，苟日新，又日新'。"

"零"，意味着一种改变、蜕变和蝶变——之前的暗夜："放下就是为了更大的承担，休息是为了更好地工作。只有当你承认自己什么都不是的时候，你才有可能是什么都是，这就是归零。"

就像作茧自缚，破茧成蝶，似乎变化在即，又似乎遥遥无期——从毛毛虫蜕变成蝴蝶那之前漫长而等待的黑暗时光，对任何一个人来说，都是一种煎熬，难以忍受，却又不得不忍受——这就是归零修炼："首先要求的就是放下自己高贵的'头'和'屁股'，承认自己什么都不是。所谓'屁股'指的就是自己的立场和观点以及既得利益。"

江子康现在，就站在起点即终点的"零"转折点上："首先放下，清空，让大脑归零，放下忧虑，放下荣誉，放下身家，放下……"

时时归零，学会"虚怀若谷"，然后才能以有涯之生汲取无涯之智，开拓日日新的人生和事业，精进不止：唯其"知也无涯"，也唯有"归零"，可承当"无涯之知"，也才能真正地走上"内圣外王"的中国式道路。

所以，庄子卧槽哲学的活眼就在"归零"两个字。就像王绍璠先生所说："'缘督以为经'岂非'归零'？'踌躇满志、善刀而藏'岂非'归零'？'适来时也，适去顺也，古者谓是帝之悬解'，岂非'归零'？所以唯有'归零'，可承当'无涯之知'，也唯有具足'归零'心性，才能与庄子把臂同行，入乎智慧大海，出乎智慧大海，游刃而有余……"才能"虽千万人吾往矣"，回归到中国式公司也是中国式领袖的安身立命之处——内圣外王之道。

这，就是"超级毕业生"需要修炼的第九堂超级慢修课。

慢镜头　卧槽·美芹十论（4）

北京海淀孤岛咖啡。下午18:35。

冯伟：柳飘风肯定会借势崛起的。我听说元老派为了拉柳飘风入阵营，许诺他当副校长？

江子康沉吟片刻：有这回事儿。CEO联席会议决定，给他的股权增加一倍半。但是有个前提，要么卸去主任之职，当副校长增加股权；要么只能任部门主任。所有人都认为他会选择副校长……

冯伟笑道：但是他却选择了推辞？

江子康：柳飘风的决定是，宁愿放弃股权诱惑和副校长之职，回去任部门主任。新世纪只要不上市，股权就是不靠谱的事儿，部门利益才是实实在在的。这种态度令CEO联席会议大感意外，结果只好仓促地决定任他为副校长并兼任国内考试部主任。

冯伟：我想，除了现实利益的考量外，柳飘风还有一个考虑被大家忽视了，在商逍遥和元老派针锋相对的斗争之间，他需要保存实力，处于可进可退、可上可下的地步。

江子康叹道：默观柳飘风从普通老师干到副校长的位置，真的是一步一个脚印，除了务实能干，最重要的还是审时度势。

5

How to do it?

我如何归零？

江子康"不耻下问，求贤问计"。

冯伟顾盼得意之际，"毛遂自荐，美芹十论"，献计四策：

第一步，攘外必先安内，"高筑墙、广积粮、缓称王"，把相对弱小的常青藤教育培训部打造成"大常青藤教育培训部"，成为新世纪第二次创业的"龙头"！

第二步，开辟"中央根据地"，以小核制大物，三分天下——"大常青藤教育培训部"不追求大而全，而是小而强，强悍得可以成为未来的新世纪"新中央"，掌控新世纪商业模式的核心竞争力，可以跟元老派、少壮派、家族派和基层官僚派竞争天下。

第三步，直捣黄龙，勤王之师，拱卫京畿——成为新世纪发展的轴心，成为商逍遥掌舵的新嫡系势力，直接打造并统率可以牵制上述诸派势力的黄埔军或新御林军——新奋青团队。

第四步，上无道，取而代之，登泰山而览众山小——假若商逍遥不能领导新世纪成功上市，并实现中国式哈佛的伟大梦想，那么江子康可取而代之，成为新世纪未来的掌舵者和新船长……

三言四句言毕，霸气尽出。

江子康悚然离座，震惊无比。

震惊之后，便是欲"怒"，但是：恚怒，愤怒，盛怒，勃然大怒……他不知道自己该表现出哪种"怒"的情绪或表情——甚至是恼羞成怒？

洒扫、应对、进退、自如、沉住气、不动声色……江子康的养气功夫虽未入流，但已基本窥得门径，所以生生地把内心波涛汹涌的"骇怒"给压了下去。

因骇，而怒。不是，又"骇"，又"怒"。

一想起柳飘风的"潜伏计划"、安健博的"无间道"、新世纪内外从元老派到隐形人无数的"卧底"和"商业间谍"，特别是传说中商逍遥的"血滴子"，江子康就骇然而怒……

是的，骇怕！

商逍遥是谁？是新世纪的教父、是君主、是太阳、是神、是诸神之王。

商逍遥于江子康而言，是什么？

商逍遥是宇宙，江子康就是一粒尘埃；商逍遥是大海，江子康就是一滴露珠；商逍遥是太阳，江子康就是一抹云；商逍遥是大地，江子康就是一株草；商逍遥是高山，江子康就是一石渣；商逍遥是大神，江子康就是一凡人；商逍遥是君主，江子康就是一小吏；商逍遥是教父，江子康就是一守门的……

感谢上帝，感谢历史，感谢生活，感谢互联网，最后还要感谢江子康自己，在冯伟这个不知从哪儿蹿出来的疯狂精英镜子前照照，在太阳光下照照，江子康居然还知道自己是什么！

在冯伟——这个"大忽悠"面前，江子康居然还能很清醒地掂得清自己几斤几两，是哪根葱，又是哪颗蒜。

江子康对商逍遥的感情，又是什么？崇拜，膜拜，敬畏，甚至是自卑！是的，自卑！

世间有一种膜拜，叫五体投地。

世界上有一种距离，叫遥不可及。

宇宙中有一种感情，叫自惭形秽。

当一个只能"于庭院间洒扫、应对、进退"的普通少年，只能仰脸远视那高在神坛、远在云端、接受诸神朝拜的诸神之王时，他的心情只能是五味杂陈。千般滋味，万种感慨，都只能归结到一点上：

我爱您啊，我的神！

一如信徒对上帝的谦卑。

甚至，他只是"子夏之门人小子"——只因为是江子福的亲弟弟，才能得到这个"洒扫、应对、进退"的教室管理员工作！

别说曲婉澄这样的北外才女，就是潘芳这样的市井俗女，都可以藐视之——表面上把他当"主管"或"总监"一样看待，实际上呢，轻之、贱之、蔑之！

人贱我，我必贱人——贱时代，"我们都是贱人！"

除了那个神、那个君、那个父、那个太阳！

所以，江子康自卑！

因为自卑，所以自傲。

因为没有，所以更希望拥有。

因为不够，所以更渴望占有。

越是学识不足，越是想有所成就！

第九章　向上的阶梯：三顾频频天下计

越是比不上别人，就越想自我超越。

越是身处草根，就越想达至巅峰……

"王侯将相，宁有种乎?!"

所以，江子康觉得，自己真正又"骇"又"怕"的并不是这个问题：在新世纪，谁敢弑父、弑君、弑太阳、弑神？谁敢这样想？而是冯伟一语洞穿了江子康内心深处无人知晓，甚至是他自己都不曾清楚地意识到的隐秘而内在的梦想——

吾必将取汝而代之！

慢镜头　卧槽·美芹十论（5）

北京海淀孤岛咖啡。下午18:40。

江子康：问题是，柳飘风下一步会怎么做？他或许更愿意少壮派和元老派联手，削弱商逍遥及商氏家族的势力！

冯伟：所以，这里面还有很大的变数。而最大的变数，就是你和江氏家族。

江子康：这是老商考虑我的原因？

冯伟：当元老派、少壮派、商逍遥及其家族隐形势力形成对峙的"金三角"时，你和江氏家族已经成为能够决定战场胜负的"中分点"——既为"价值洼地"，也为洼地中的"洼点"，所谓"最后的力量源泉"。

6

面前这个人，是送我上天堂，还是让我下地狱？

内心波涛汹涌，面上依然不动声色，江子康强作镇定，凝视着冯伟，似乎想要看穿他。

冯伟温和、坦然、微笑，甚至略微有些羞涩和腼腆。

这是一个温柔的男人，却烈如酒，利如刀，锐如剑！

他在暴风雨即将来得更猛烈的前夜里，左手执剑，右手掌刀，脚踩大地，剑刺天空……仰脸，喝酒，喷灌，咆哮！然后，引来雷，引来电，引来天光，一刀劈下！

经年笼罩在江子康心上云遮雾绕的厚幕布终于被劈开，那融合了闪电雷鸣天色的刀光，为江子康照清了自己心底那些幽微而深邃的东西——那种被掩在平庸的常态生活之下的某些深邃的东西……

商逍遥是楷模，商逍遥是榜样，商逍遥是指路的明灯，商逍遥是必须超越的目标——激情点燃梦想，创业成就未来！

所以，当江子康还只是"子夏之门人小子"时，当他被那些被祭上神坛的元老大神"视为无物"时，当他被办公室的小女生们讥笑为"堂堂七尺男儿，整日里混迹于胭脂阵中"时，当商逍遥走过、路过带起的一阵风都能让他"全身战栗、激动好几天、仿佛那气息还伴随着他的一呼一吸间"时……

江子康告诫自己的第一个字，忍！第二个字，忍！第三个字，还是忍！只是在心里默背"子夏之门人小子"的论语录：先扫一屋，再扫天下！

曾国藩不也是在"洒扫、应对、进退之琐"中，颖悟"修身、齐家、治国、平天下"的君臣之道的吗？

所以，自那时起，江子康就是行"子夏之门人小子"之事，却做曾国藩"洒扫、应对、进退、扫天下"之心——他这一辈子最大的梦想，就是能够追随商逍遥，为他冲锋陷阵，打江山、坐江山、稳江山，继续扩江山。

王侯将相，宁有种乎——要颠覆的，要推翻的，要扫掉的，是那些元老、那些大神！他们有种，江子康更有种！

只要阻碍商逍遥"打江山、坐江山、稳江山、扩江山"的人，江子康都可以毫不犹豫地把他们扫掉——就像他"洒扫进退"一样，把所有让阳光蒙羞的浮尘都扫掉。毫不犹豫，毫不容情，毫不费力——是，而且只是一堆灰尘而已。

他从来"没有想过"要颠覆、要推翻、要扫掉的，是商逍遥！

从来没有？冯伟质疑。

从来没有！江子康肯定。

你确定吗？冯伟再质疑。

我确定！江子康又肯定。

你真的确定吗？冯伟不厌其烦。

我——确——定……江子康迟疑。

你真的真的确定吗？冯伟再次质疑。

我……不确定！

江子康犹豫半天，终于妥协了，在这场心理暗战中甘拜下风——奇怪，他竟如释重负。

商逍遥是他的山，是他的树，是他一辈子都读不完的大书，是他一生一世都要追随的太阳，是他一辈子都在攀登但永远都攀越不过去的人生巅峰——

站在山底，远眺高峰，难望其项背。

"高山仰止，景行行止。虽不能至，然心向往之。"

江子康说，高山仰止（想登上高山一览众山小的风景），景行行止（但走在路上却被路上的景色所迷住，不禁停下了脚步欣赏路上的风景，停车坐爱枫林晚），虽不能至（心想虽然不能高山仰止），心向往之（此时此刻已经满足，我的心已达到那种高山仰止的境界了）。

冯伟却说，"高山仰止，景行行止。"虽然不能达到这种程度，可是你心里却一直向往着。

你虽然认为自己难望商逍遥之项背，可是你心里却一直在想着追上他、超越他、颠覆他。

不是从来"没有想过"，而是从来"没有做过"——在想到和得到之间，最重要的是做到！

为什么得不到，为什么做不到，是因为自己还没开始就觉得已经结束，还没有去做就认为自己已经失败了——人生的辉煌始于观念的改变。

不改变自己的想法，永远都没有办法行动。

江子康以商逍遥为生存、生活、人生的"导师"，以商逍遥为职业、副业、商业、事业上的"君父"，以商逍遥为一生、一辈子、三生三世的"我的神"。

我的神啊——这个神是我的。我造的。

神是人造的。既然他可以造神，为什么我们不可以？

好吧，我承认！江子康垂头如丧家犬，昂头却如猛虎。

不是从来"没有想过"，是从来不敢、不能、不愿，也不想去触碰那个被锁在壳子里的思想禁区——

"王侯将相宁有种乎"的天问之音深植他心，但是像项羽那样无神、无君、无父的大逆不道之言，被江子康深深锁在"潘多拉"的盒子里：

吾必将取汝而代之！

江子康，或将取商逍遥而代之！

慢镜头　卧槽·美芹十论（6）

北京海淀孤岛咖啡。下午18:42。

江子康：洼地，价值洼地。老实说，我其实并不明白你这个新概念的意思。

冯伟:"洼地",中间低四周高的自然地形。我们举一个房地产开发的例子说明:有一个湖心小岛,小岛处于湖泊中心;当以湖心小岛为中心,开发房地产时,总是从其半径所能辐射的最大圆开始。于是,从周围最大圆到湖心小岛,就逐渐形成了"近贵远贱"的圈层分布;这,其实就围合出了湖心小岛的"价值洼地"。周围各个圈层上的房地产都因为这个湖心小岛而提升了区域价值。一旦因某种特殊原因填湖开发,那么湖心洼地的地价和房价就会突然井喷,创下区域地产的最大价值,甚至引发周边地产的价值飙升,即产生了洼地效应……

江子康:所以,价值洼地是指对区域价值有提升作用的"黄金区域"。常青藤教育培训部成为价值洼地,就是要成为能提升整个新世纪教育价值和商业价值的黄金中心?

冯伟:没错。现在国外考试部是围合着洼地开发的最早也是最成熟的圈层,从外到内,将依次是国内考试、疯狂精英、基础英语培训……当一圈又一圈的英语教育培训项目依次开发而至时,"湖心小岛"的常青藤教育培训部作为新世纪圈层培训体系的"洼点效应"就会得到井喷。

7

取商逍遥而代之!

江子福不敢想。江子康想,却不敢说。

但是,冯伟敢——这么想,也这么说。

商逍遥对他来说,只是一个符号,并不是顶礼膜拜的精神领袖。

"只有站在时代左右的人,才有可能左右时代。"

冯伟说:"驱家族、释兵权,逐元老,扼少壮……新世纪必须如此发展。为什么?新世纪要上市,大势所趋。所以,商逍遥必须审时度势,在势大于人中改变自己。假若商逍遥逆潮流而上,他也会出局——在新世纪三段论的历史发展过程中,这种可能是时时、处处都存在的。"

"所以,商逍遥时时、处处都有可能出局。"冯伟抚抚手掌,颔首笑语,作总结性陈词,"当然,这一切的前提是,你得先活着!"

语不惊人死不休。冯伟接着又说出让江子康更震惊、更骇怒、更恐惧的话:在弑神、弑君、弑父之前,为了活着,江子康必先"弑"兄——是真正的"弑",而不是做给外人看的"有条件的决裂"!

江子康图谋霸业的第一步,必然是翦除元老势力。又第一步,从消除"老江"的家族影响力开始。

第九章 向上的阶梯：三顾频烦天下计

一将功成万骨枯。

封神台下垒枯骨。

这一切，都得从拿江子福的"血"祭旗开始——我以我血荐轩辕。

兄弟不阋于墙，则不能外御其侮。

甚至，冯伟已经替江子康规划好了"血祭江子福"的步骤：

第一步，审时度势——肃清老江、拓跋宏元老派势力。

第二步，拨乱反正——矮个儿姜、高个儿扬两姐妹需要重新排队，不是排在老大后面，而是要站在老四后面。

第三步，辞退潘芳——给家族传递出明确的信号，她已经阻碍了自己的宏图霸业。

第四步，选好新主管——谁更忠于江子康自己，谁更能配合江、冯二人，雄心勃勃地大施拳脚，谁更能帮江子康把办公室和新老教师团牢牢掌控成自己人，谁就是新主管！

第五步，召回都春兰——"办公室政治"重新洗牌，谁是忠于我的人，谁又是能干的人，谁就能在这里待下。忠诚胜于能力，能力必须为我所用。

…………

江子康的神经开始乱跳。江子康真的震怒了——冯伟已经突破了他所能承受的伦理底线。

长兄如父。谁不知道江氏兄弟感情最好。

世界上最疼江子康的人，不是他的父亲，不是他的母亲，而是他的兄长。

从擤鼻涕的少年，到乱穿鞋的大学生，到普通的银行小职员，到新世纪最基层的教室管理员，再到美国名校读MBA，再回归新世纪做常青藤教育培训部的行政主管，再到现在承父兄基业、割据一方的部门总监、执政中层和少壮派领袖……

江子康人生的每一步，命运的每一次重大转折点，都是江子福给他设计的，都是江子福以身作则，指引着他做到的。

江子康的人生本没有路，因为江子福在前面走着，所以，就走出来一条甚至无数条路。而且，条条道路都通向罗马。

商逍遥只是他崇拜向往的精神导师，江子福却真真切切、实实在在地是他的领路人。

江子福领他走上预先设计好的金光大道，告诉他，一路狂奔，你就能看到那金色的太阳,你就会沐浴到它神圣而圣洁的光辉。

于是,江子康沿着他的手指所向,一路裸奔,果然奔向太阳,奔向阳光,奔向那甘之如饴的"罗马"……

是江子福让他到达人生的天和地,是江子福让他看到一路风景,是江子福让他不断超越并抵达新的境界——

如此境况,冯伟居然让他"弑"兄——情何以堪?

江子康出离愤怒、出离绝望、出离迷茫之际,竟然忘了质问冯伟,斥责冯伟,痛骂冯伟——或者假若手上有刀、心中有剑,或目光可以作刀,唾沫为剑,则一定已把冯伟千刀万剐了一千遍——而是问出连他自己都匪夷所思的第一句话:

"我为什么要辞退潘芳,召回都春兰?"

"因为——"冯伟揉揉鼻子,做苦笑状,"潘芳开掉都春兰,犯了一个商逍遥都可能讳莫如深的'政治正确'的错误。"

江子康立刻不说话了。

慢镜头　卧槽·美芹十论(7)
北京海淀孤岛咖啡。下午 18:42。

江子康(怀疑):常青藤教育培训部能够成为价值洼地吗?或者说,常青藤教育培训部的培训与课程体系能够支撑其成为新世纪的"洼点"吗?

冯伟:与其说常青藤教育培训部现在的教育培训与课程体系能够使其成为新世纪的洼点,不如说我们要以"价值洼地"为导向,对常青藤教育培训部的教育培训与课程体系重新进行设计与改造,使其真正成为新世纪的"洼点"。

江子康:这是一个核心问题——如何把常青藤教育培训部建构成那个湖中心的小岛?

冯伟:这是一个需要从长计议的过程。以小岛为目标,我们第一步要做的是"聚水"——没水如何能成湖?什么是"水"?就是人,就是团队,就是能跟我们一起志同道合干事的人才……

8

对于江子康来说,对于新世纪人来说,商逍遥就是"中心",就是"源泉"。人人都想往中心靠,人人都想从源泉中攫取阳光、权力和资源。

阳光、权力和资源的分配就是用"直线距离"来分配的,谁的位置最靠前，谁的未来就最光明：谁不知道离商逍遥近的地方什么都有，远的地方什么都没有？

当江子康靠向、靠前、靠近商逍遥的中心，并成为执政中层和少壮派领袖（或候选人）后，江子康养成的第一个习惯，就是向商逍遥学习：

每天看新闻联播。

每天看《参考消息》。

每天上新华网。

…………

"老弟，我现在每天只看'政治'新闻。"

商逍遥拍着江子康的肩膀说。这第一次也是唯一一次"老弟"的亲热称呼，让江子康连续一个月都受宠若惊又胆战心惊，不知道是不是哪儿出了问题：好好学着点吧。我很看好你这只潜力股！"

然后，更让江子康受宠若惊又胆战心惊的，是商逍遥指着江子康，如成吉思汗的"鞭"，对身边的元老及家族高管说："他一个人，便可敌千万雄师。他，就是新世纪的'政坛少帅'！"

大人物一语定乾坤。"政坛少帅"之名，便从此流传开了！

元老或微笑，家族或惊悚，高管或怒目。

江子康自己，却夜不能寐，寝食难安。

外有强敌，内无兵马，只江子康一人一匹，一枪一弹，便可谓"政坛少帅"？

老商一句话，就把他放到砧板上剁、放在火架上烤啊！

什么叫"政治"！这就是"政治"！

越往上走——江子康就越深刻地领悟和理解了江子福的训诫——越与你自己无关，越与纯业务无关！只与"政治"有关。

所以，你越想往上走，就越要站好队，越要做到"政治正确"。

现在，如此重要关头，潘芳居然犯了"政治正确"的错误？！

慢镜头　卧槽·美芹十论（8）

北京海淀孤岛咖啡。下午 18:50。

江子康（叹道）：祸兮福之所倚，福兮祸之所伏。

冯伟：我想，最大的危险便在于，你这个"洼点"还只是有潜力，但还没有实力成为"制高点"。星星之火，还没有燎原的时候，就被别人给掐掉了！

江子康：从潜力转化成实力……需要一个漫长的"修炼过程"！

冯伟：所以，从现在起，你需要不动声色，需要修身养性，需要在保持锐意进取的态势之中韬光养晦——从鱼变龙，从鲲变鹏，在你能在新世纪鲲鹏展翅之前，你需要"卧槽"。

9

江子康想不到，潘芳就更想不到了。

"除掉"了都春兰之后，潘芳正无限得意着呢。

她打死都没有想到，她已经一步步地掉进了她自己精心构陷的"政治正确"陷阱——是的，她自己构陷的。冯伟不过是利用都春兰的裁员辞退，为潘芳设置了一道启动的机关而已。

潘芳掉进其中任何一重陷阱，都已经死定了——何况一重又一重？

第一重，"自己人"政治正确。一朝天子一朝臣，大小老板交接班之际，潘芳开掉都春兰，说明什么？自己不是小老板的人；还把小老板唯一招来并用到现在的自己人都开掉了；甚至是在公然挑战新老板的权威。这不但让办公室人员心寒，六大长老及其他新老教师都会观望，甚至内外其他势力都会乐观其成，鹬蚌相争，渔翁得利。

江子康愿意接受这种政治风险吗？如果他自己愿意，冯伟也没什么意见。本来就没有什么自己人，本来就是想培养自己人，现在，连唯一可以说是忠诚于自己的员工——都春兰都被逼走了，江子康到哪里去找忠诚于自己的自己人？找来了，又能怎样？老人都保护不了，还能保护新人？

第二重，家族兄弟政治正确。在老江和小江俩兄弟之间，高个儿扬（拥老江派）和矮个儿姜（拥小江派）俩姐妹之间，潘芳走老江路线，但一直维持着和小江的微妙平衡，尤其是去年下半年至今年上半年踩钢丝绳。但是，这次却自己打破平衡，辞掉都春兰这个唯一由江子康亲自招的人——等于向江子康宣战，也是间接向家族宣战。

江山从大老板传承给小老板，是家族做出的决定——家族没理由不巩固小老板坐稳江山的地位，还等着向外人传递信息，兄弟阋墙、家族不和，让柳飘风、安健博甚至是商逍遥直接插手"戡乱"？甚至由得外人胡乱猜测，潘芳就是外来势力的代言人，通过开掉都春兰，正在试探江氏家族的底线？

第三重，团队政治正确。内乱甚于外祸，潘芳此举，不但让六大长老阵营分裂，从潜在分歧公开成两派势力，甚至让新老教师团队重新站队，重新分化洗牌，而站队洗牌的中心不是江子康而是潘芳——这难道不是此时江子康最深恶痛绝的大忌？

第四重，基层政治正确。在金融危机下，新世纪已经做出政治保证，向创业园管委会甚至是就业指导办公室公开承诺不降薪、不缩编、不裁员，甚至要扩岗、增加就业岗位，增员增效——此时，辞退一个老员工，处理得不好，绝对会引发一场"政治地震"。别忘了，都春兰在新世纪待了十年之久，盘根错节，有多少枝枝蔓蔓都渗透到新世纪内外各种隐秘的"政治组织"中——他们难保不会胡乱猜疑，这是不是商逍遥通过江子康做的"试验"、试探和信号？下一个裁掉的是不是自己势力的人，甚至就是自己?! 因为，毕竟江子康现在站在商逍遥身边，俨然就是商逍遥的学徒、亲传弟子和接班人。内外政治风险，江子康有意愿有能力去承担吗？

第五重，投资政治正确。其他行业的经济危机，却是中国私立和民营教育培训行业，特别是新世纪的投资契机——越是经济危机，越是有人充电学习的时机；越有人投资自己的现在和未来，就越是新世纪扩大业绩的契机；新世纪越扩张越圈地越成为行业领导者，就越是投资新世纪的良机。新世纪此时"主动裁员"，岂不是向投资界显示自己"掩耳盗铃"？这更是直接违背"三段论"历史发展的大潮流。螳臂当车的事，商逍遥都不敢做，他江子康敢？

第六重，知识产权政治正确。当下中国—世界正处在一个转折点上，知识产权国家战略纲要已经发布，既要发动"反盗版战争"，又要发动"反不平等战争"。新世纪陷入连环套的尴尬境地里：常青藤指责新世纪"盗版"；新世纪又一直被"山寨人"盗版……

潘芳为掩盖自己开掉都春兰设陷阱的错误，发动了"妇女儿童盗版地下权益组织"，暴露了新世纪某些派系内外勾结所形成的成熟的、环环相扣的利益链条，置江子康于触犯众怒的危险境地，任何一个无心的不当举措，都有可能在新世纪诱发一场政治大地震——何况被别有用心的人巧加利用？

江子康愿意冒这种政治风险吗？

…………

小蝴蝶，可能扇动大飓风。

江子康沉默了半天，只是玩味那个青花瓷茶杯。

听到潘芳开掉都春兰的事儿,林青黛一眼就看穿了中间的玄机,立刻对江子康说,这里面有危险。两人就开始玩我猜我猜我猜猜猜的游戏,猜测是谁在设这个局。

你悄悄地蒙上我的眼睛,要我猜猜你是谁!从 Mary 到 Sunny 和 Ivory,从安健博到柳飘风再到商逍遥——就是没有冯伟的名字。

过了片刻,江子康不动声色地说:"都春兰走了哈?我都不知道。是不是对潘芳有意见啊?办公室这些小姑娘的事儿,我都不知道。"

虚伪!绝对虚伪。不过冯伟不也一样?

大哥别说二哥,都差不多。

手机滴的一声,冯伟一看,说曹操曹操的短信就到,都春兰打了一个大大的"?":"师父,今天有人找我,让我别回新世纪了,就找新世纪熟识的那些人,弄资料出来卖。说可以先给我十万。"

盗版组织的消息可真够灵通的!

对于都春兰来说,十万不是一笔小数目。那个大大的"?",绝望而又充满希望!

冯伟拿起手写笔,啪啪地写道:"如果你还想回到新世纪,就不要干这样的傻事。"

都春兰的短信很快回来,就只有三个字:"想!很想!"

江子康玩弄了好一会儿,才拿起手机,给矮个儿姜电话:"你打个电话给都春兰,就说我的意思,说她那么久辛苦了,休息一两个月吧,工资照发。等我忙完了这段时间,再叫她回来。"

想了想,又叮嘱道:"让她别到处乱说。任何人电话给她,都让她说是带薪休假。"

潘芳走,都春兰回,就这么被决定了。

至于潘芳走所引发那些相反的政治正确问题,不在冯伟的考虑范围之内。

有人会替他考虑。

慢镜头　卧槽·美芹十论(9)

北京海淀孤岛咖啡。晚上 19:00。

江子康:这个原理,我在看你那幅鲲鹏展翅图时,就已经想明白了。我们现在关心的:How to do it.

冯伟:On the way. 我们已经在路上,只是尚未到达。

江子康：Step by step. 我需要更明确的步骤。

冯伟：Who you want to be，you will to be. 那从这儿开始。

10

冯伟现在要考虑的，不是劝诱，也不是说服，而是要逼迫江子康"弑"兄——全面接管江子福和江氏家族的地盘势力。

从"弑"兄开始，然后"弑"父、"弑"君、"弑"神、"弑"太阳……

江子康沉默，然后又问："弑"完了又如何呢？

冯伟说，上帝已死，我就是太阳！诸神已堕落，我就是超人！

江子康沉默，又是大段的沉默，然后又似自言自问：

我能不能不"弑"兄？

不能。

为什么？

不"弑"兄，不足以缓解焦虑，不可能突破困境。

我为什么要突破这困境？

因为这不是你一个人的问题。你的焦虑，不是一个人的焦虑；你的困境，不是一个人的困境；你的钱途和命运，也不是你一个人的钱途和命运。

这是你两兄弟共同的焦虑，这是你整个家族的困境，这关乎整个新世纪的钱途和命运。

为什么是我？！

天将降大任于斯人也……

一身冷汗。

千般思虑，万种问题，江子康宣之于口的其实就只有一句：

我为什么要"弑"兄？先给我一个理由！

毫无惺惺作态，毫无礼逊谦让，毫无矫揉造作，似乎顺理成章，该有此人，该有此劫，该有此问。

简单，直接，干脆，利落，让冯伟都愣了一愣。

这蛋壳的缝裂得也太快了点吧？我都还没做好准备呢！

冯伟想了想，千言万语也只凝练成一句答案："因为江子福要你'弑'兄！"

焦虑如斯，困境如斯，江子福已无路可走，已无路可领，已不能肩负江氏家族及这一片大好江山光明而灿烂的未来。

这不是他个人的局限。这是元老派的集体困境。

所以，他只能交给江子康。

未来的路，只能靠你自己的脚把它走出来！

他们那个时代，体制的困境已经集体束缚住元老们的手脚，他们只能抱怨，只能碰壁，只能破墙而入，头破血流；而江子康的时代，坚冰已经松动，在对于体制创新的焦虑的同时，亦可以一步步尝试用自己力所能及的资源，从手边可做的事做起，一个脚印一个脚印地做下去，一步步从现实走到梦想……

这个道理，江子康懂。

事已至此，大潮汹涌，他已退无可退，避无可避，唯有迎潮勇上，或者披荆斩棘，闯出一条血路；或是出师未捷身先死，长使英雄泪满襟。

无论如何，他都必须做出选择。

弃权，在这个时候，既是懦夫的选择，也是不负责任的选择，把自己、把家族、把已经、正在或即将（好吧，姑且又采用冯氏说法吧）追随他的追随者的命运交由别人宰割。

比如柳飘风，比如安健博？

他不甘心。

他不甘心困于危局。

他不甘心作茧不破。

他不甘心继续焦虑。

他不甘心受限于"中层困境"——

他不甘心离真正的执政中层或少壮派领袖，还有那么一段无法忍受的微弱"距离"。

你，还只是一个"候选人"！冯伟冷静而残忍地说，虽然只有 0.05 厘米的距离。但是，毕竟，还有一段距离……

我现在居然还只是个候选人！

还不是真正的执政中层。

还不是少壮派领袖。

那个时候，江子康特别有种想暴打冯伟的念头，有种特别想痛扁冯伟的念头。

可是他不能。

众所周知，他是少壮派中公认的"儒帅"，就像周瑜一样。周瑜只可能气得自己吐血，哪可能去揍扁诸葛亮呢？

无论何时、何处，他都得维护自己谦谦君子、少帅风流模样！

贩夫走卒之徒，引车卖浆之流，其所为也，吾不屑也！

慢镜头　卧槽·美芹十论（10）

北京海淀孤岛咖啡。晚上 19:10。

冯伟：你应该成为比商逍遥更杰出的"中国式领袖"。

江子康：给我一个理由先。

冯伟：因为商逍遥已经站在遥远的地平线上，但是你我的梦想在比地平线更遥远的地方。

江子康：梦想不是问题。问题是，通往梦想的道路是什么？

元老派不就是"集体死在"自己遥不可及的梦想上？

11

好，就算我是候选人吧，那"弑"兄之后，我会是什么呢？

中层。中间阶层、中层管理者、执政中层。你怎么理解都行。你现在必须、应该、可以脱掉候选人身份，立刻"向上"迈入"执政中层"。

为什么是中层？我为什么要成为"中层管理者"！我为什么会成为"执政中层"？

为什么？

因为商逍遥需要。

冯伟说，商逍遥正在取势而为，"再造中层"。

杯酒释兵权，放逐元老派后，商逍遥将急于建造、巩固、充实"中层阶层"——亦即中间管理者或执政中层。这种政经合一、内外互动的"再造中层"运动，恰恰是江子康顺势"博上位"的良机。

商逍遥为什么急于"再造中层"？首先，肯定是出于政治角度的考量。

新世纪一直缺乏严格意义上"执政中层"。从创业至今，商逍遥一直以某种"君父"或"朕天下"的思维方式，治理着新世纪的每一块业务每一个人。新世纪的治理结构因此是"家天下"的浓缩版。

新世纪基本上是两极化趋势，要么以商逍遥为中心做向心运动，紧密团结或依附在"商中央"的周围，成为一个集体的人或整体的人，或是一个以商逍遥为代表符号的"大写的人"，比如元老派；要么就是趋向基层，汇入"群众的海洋"，无数的人汇聚成另外一个"大写的人"。于是，新世纪的治理方式便是"老商—小 X"型。

比如矮个儿姜出了问题，可以直接去找老商："老商啊，我有个问题需要你解决……"老商就会放下手头的文件，耐心地倾听半天，说："小姜啊，你先回去，这问题我给你解决……"其实，净是些鸡毛蒜皮的事。

新世纪缺乏缓冲矛盾、执行决策的"执政中层"。

"依政治学家看来，只有在上下两个连接的地方，在它们之间的相互作用和对话发生的地方，才是具有社会意义的政治发生的地方。只有在这里，任何'众人的事'，或任何民意和对民意的回应，任何动员和管理，才不会只停留在口头上或政策建议的层面，而会在一个具体的社会环境下发生。"

这样的人，这样的群体，这样的阶层，这样的生活方式和职场政治观念，正在新世纪强势崛起，并已经渗透和影响到新世纪的治理结构，并且正在谋取自己的政治话语权，比如像"六大长老"这样的新奋青：薪女性、薪青年、薪知本、薪精英……

江子康立刻想到了林青黛。

"降服'六大长老'的最佳办法——"冯伟说，"就是给他们向上的阶梯，或者相反把他们踢下去！"

大势不可逆。一个不能为这个上升阶层（毕业生—新奋青—中产阶级—超级毕业生）提供"向上的阶梯"的社会或企业，历史车轮将无法继续向前滚动。

商逍遥只不过以其"草根企业家"的超敏感性和嗅觉，对当下正在发生的新世纪暗流做出了本能的反应：

越来越多的中生代正在成为新世纪冉冉升起的新星；

越来越多的新生代精英伸手跟商逍遥要权力、要钱途、要前途……

江子康如何能不回应？

慢镜头　卧槽·美芹十论（11）

北京海淀孤岛咖啡。晚上 19:20。

江子康又追问了一句：How to do it?

冯伟：Step one，请思考并回答问题——

假若江子康成为新世纪 2.0 的中国式领袖，他必须要比商逍遥更懂得新世纪的需求变化——这种变化的转折点是什么？

江子康很快就回答：从西方到东方，从出国梦到"中国梦"！

12

商逍遥急于"再造中层",还有一个原因,毫无疑问是在经济、商业和公司管理上,新世纪的发展已经遇到"成长瓶颈"。

特别是,从私立与民营教育培训行业到新世纪学校,现在管理、治理上遇到的最大困境,就是"中层危机"。

找不到人!

产业、行业和企业中充斥着大量不合格的中层!

没有优秀稳定的中层管理团队,企业难以成长,经营难以为继。

如何培养一支优秀的中层管理队伍?

如何找到优秀的中层并稳住他们?

…………

这,正在成为商逍遥和新世纪最棘手的问题。

什么是"中层"?在新世纪,就是总部各大部门总监,北京分校各大部门总监,以及地方各分校校长或首席执行官。

新世纪的"中层危机"是什么?最主要的,就是缺失危机与管理危机。

外部找不到人,内部培养跟不上新世纪迅速发展的速度,最主要的是,新世纪不少元老与家族高管仍然是"家天下"作风,任人唯亲,尤其还喜欢带着批评轻视、家长管教意识看下层,在升级规则上屡屡设限……因此,缺乏良好的员工晋级阶梯,底层管理者因信息不畅、机会有限、能力不能持续提升,而无法找到"向上的阶梯",从而造成中层断档。

当前,新世纪中层管理者、团队的缺失和断层严重。即使有人了,也用不好人,留不住人,新世纪缺乏起用训练有素的本土化职业经理人作为"执政中层"的体制和机制。

在新世纪中高层中,虽然有三个在西方学成归来的 MBA 旗帜性人物:第一个是副校长樊一杰,第二个是出身哈佛的少年 CEO 杜永玖,第三个便是政坛少帅江子康。但是,在新世纪,他们的存在似乎只有鉴赏作用,不能发挥专业化水准:樊一杰屈居于八大元老之末,被兄弟聚义、家族和基层官僚派钳制得无法动弹;杜永玖被遮掩在商氏嫡系的光阴之下,无法独立成为统帅;江子康深受"土鳖少壮派"如柳飘风、安健博的忌惮,围追堵截,时时刻刻都似要被迫转移中央根据地,进行"二万五千里长征"……

作为标杆性人物,樊一杰、杜永玖、江子康三人遭遇的"执政困境",鲜明地体现了新世纪所谓的"职业经理人群体",特别是一些海归空降兵和从外企回流至私企、民企的知本精英，与创业型元老、家族或江湖聚义型、基层官僚型高管处于尖锐的矛盾冲突之中——如对个人风格、政策战略的不认同，管理抉择、工作方式、利益分配的矛盾，或企业战略转移、业绩滑坡、高层更迭造成争斗，遭遇家族、江湖聚义和基层官僚式的"天花板"，无法向上、向上，再向上，很可能最后"挂靴"而去，甚至带走一大批底层员工，造成大面积断层。

"老商、元老们还在草根家族与江湖兄弟聚义、基层官僚政治的思维里打转，部分中层则已经在用新经济和市场契约的方式说话。这是新世纪当前面临的最大矛盾。"冯伟说，"商逍遥现在最亟须解决的，就是重建一个'向上的阶梯'的良好机制，让相当一批训练有素的知本精英、职业经理人可以上升为执政中层，甚至是管理高层——这不再是'忠诚胜于能力'或'业绩等于一切'那么简单，既要容纳许多人性化的内容，如企业文化认同性、诚信度、凝聚力、包容性等，也要有薪酬福利、职位升迁率、培训和利益分享机制等转型改制的变革。"

再造中层，亟须"向上的阶梯"，这正是商逍遥当前棘手的危机问题。不能为普通员工提供良好的管理晋级阶梯，不能为薪精英们提供向上流动的阶层提升机制，老商和新世纪就等于坐在一座随时可能喷薄而发的活火山上。

这既是新世纪最大的危机，也是江子康最佳的契机。

转危为机，恰恰正是江子康崛起为新世纪真正的"政坛少帅"的良径。

商逍遥想"再造中层"，但船大难掉头，且该走哪条道，路该怎么走，他自己也找不到北。不然，他不会这么急着下手，捺住家族，放逐元老，腾笼换鸟。

问题是，腾笼换鸟——要换什么鸟？

换江子康这样的鸟！

有谁，像他这样，既有全球视野"海归空降兵"的背景，又有中国本土"底层管理者"培养和成长的履历？有谁，又像他这样有 MBA 学历、职场经理人履历，且深受新经济和市场契约的洗礼，但又背靠草根家族雄起和江湖兄弟聚义的传统势力？

在这个海归如云的地方，在这个崇洋媚外的地方，在这个土鳖都得包装成洋货的地方，在这个学员对美音盲目追捧……或者，在这个一切明媚的表面都是"加州阳光"的，根子里却是草根家族、兄弟江湖聚义、基层官僚体系盘根错节的"中国式势力"的地方，有谁恰恰站在那明与暗交织的黑白分水岭上,并从这么低的起点走出来,代表着他们正在崛起中的强大愿景和坚韧动力,且正在以"加州阳光们"可以接受的方式,重新划分明与暗、黑与白的新势力版图?

江子康,只有江子康!

所以,江子康是不是该做探路者、先行者、急先锋呢?

先老板之忧而忧,后老板之乐而乐。

江子康是不是能摘掉"候选人"的帽子,是不是真的能"再造中层",是不是能找到"向上的阶梯",全在于此。

"你能为'六大长老'等新老教师团队,为'五朵金花'等部门办公室草根女生,提供'向上的阶梯',就等于为自己找到了'向上的阶梯'。你能把他们再造成部门或自己的'中间阶层',就等于把自己也再造成新世纪或商逍遥的'执政中层';你能帮助新世纪或商逍遥'再造中层',就等于站在巨人的肩膀上,成为引领巨人继续前行的领袖……"

为别人搭梯子的人,也更容易为自己搭成"向上的阶梯"。

慢镜头　卧槽·美芹十论(12)

北京海淀孤岛咖啡。晚上 19:30。

冯伟:商逍遥指引着新世纪 1.0 的"出国梦"——那正在成为历史;你必须提出能引领新世纪 2.0 的"中国梦"——那才是新世纪的现在和未来。

江子康:这个梦想太庞大。

冯伟:所以,我们要为它找到一个支点——就像阿基米德说的,给我一个支点,我能撬起整个地球。

江子康:这个支点是什么?可以让中国人"英语听说",可以支起他的人生?

冯伟:从双语到双文化——中国心,世界人。super-spoken English(超级听说):learning for your future——投资你自己的未来。

13

噢,这样我就成了"中层"?

当然。当你把"六大长老""五朵金花"带入"中间阶层",你自己就升入"执政中层"。

之后呢?

少壮派领袖。

噢，执政中层和少壮派领袖不是一个概念啊？

当然不是，执政中层、少壮派领袖是你"向上、向上、再向上"最重要的阶梯。

它们是你把你自己培养成"接班人"的过渡阶段，必不可少。

冯伟说，"其实'中层'本身就是一个动态的概念，'再造'本身就是一个动态的过程——它不是纯粹简单、单向度、直线进步式的'向上、向上、再向上'，它是一个动态往复的过程，有可能会反转，'向内、向下、向后'。就像执政中层、少壮派领袖并不能简单地理解成一个比一个更高的阶梯，而更应该被理解为位于在'中间'这个层或左、或右、或不左不右的状态。对，它是一种'距离中间'的状态。"

什么状态？"与中心者的距离"。它就像一把尺子，正在衡量不同人的名分、身份和位置。

名分、身份、位置，你在尺子处在哪一节？那根"权力的标尺"一竿子插到底，从商逍遥这个最高点，到隶属于商氏家族的基层教室管理员那个最低点，两点之间最短的垂直距离，就是商逍遥的"权力中分线"，或者说是他所有"家天下"的核心和脊梁。以此为标杆，你的位置在哪里？越靠近权力中分线，越能分享到资源、阳光和话语权。都是中层，但中层跟中层的距离差得远了去，命运也因此而迥异。

只有站在老板最左右的人，才有可能左右其他的人。狐假虎威，月亮借太阳之光亮，都是这么干的。用最有影响力的人的影响力，去影响其他人。

并不是在高层的人，才是真正站在商逍遥的左右。处于最底层，距离权力中分线左右最近的基层管理者，可能比高层说话更有分量，更能接触和影响商逍遥。这就是为什么新世纪匿名遁形的"八大老兵"之首的伍大，比声名显赫的"八大元老"之末的樊一杰，更有话语权，更有影响力。一如《红楼梦》中的焦大，在荣、宁国公时代，比老祖宗的孙媳妇身份更卑贱，但说话更有分量。

江子康要做的，就是要在中间阶层的面上，站在商逍遥"权力中分线"的左和右，越靠近越好，要作"NO.1"之念，不作"千年老二"之想。执政中层、少壮派领袖便是江子康在中间阶层上或左、或右、或不左不右的状态。

"哪种状态离老商更近？"

"都近——问题是，哪一种状态离老商更近，同时又离你自己更近？"

执政中层在左，距离老商更近；少壮派领袖在右，距离江子康自己更近。

谁，恰是取两者之中点的最佳位置？

"那不是一个静态的、不动的点或位置，而是一种状态，一个过程，一种变化——就像'之'字路中，那个上坡路。"冯伟说。

江子康"向上的阶梯"并不是一个垂直的梯子——直升直降，平步青云。那不是大福，而是大祸。不说别的，当江子康真的垂直向上、向上、再向上时，第一个动手翦除他的，不是商道遥，而是他自己——最大的祸害都是自己送给自己的。钱途、前途和命运也都是自己葬送的。

向上、向上、再向上。需要战略，策略，还有谋略。

战略地讲，策略地说，谋略地道，江子康"向上的阶梯"，就是"之"字形路——当垂直向上不可能甚至很危险时，迂回地走"之"字路，是一个很保险、很潜力也很有效的路径。

爬上坡路，难道不是看风景的好过程吗？

不陡不平，缓缓慢慢，晃晃悠悠，不知不觉，你就完成了从量变到质变的过程。

忽然之间，昨天你还在执政中层那坡面，今天你就已经站在了少壮派领袖的坡顶。

谁知道，你已经爬完了这个坡呢？已经有了一天一夜的积累！

人生，就是在爬坡。

一道又一道地爬！一个又一个的坡！

风景这边独好，但是，坡那边的风景似乎更好。

只有东邪、西毒那样的人才会说，山的那边还是山。

两边的风景，都一样。

可是，你信吗？

反正，我现在是不相信的。

慢镜头　卧槽·美芹十论（13）

北京海淀孤岛咖啡。晚上19:40。

江子康：超级听说？投资你的未来？这就是你为常青藤教育培训部草拟的新概念？

冯伟：也是常青藤教育培训部未来塑造的品牌和理念！超级英语听说培训，就是要让你成为双语竞争、双文化思维、东西方"双核之心"的超级毕业生。

江子康：假若我是一个学员，我很想知道你的"超级"是指什么？

冯伟："超级"，就三个关键词。"速成"，就像英语听说速成，谁不想以最小的时间成本获得最大的投资收益？

江子康：第二个呢？

冯伟："直通车"，无论是外企听说还是考试听说——我们都能朝发夕至，让你直达目的地。

14

之后呢？

之后，你就一脚跨越了那 0.05 厘米的距离，成为真正的少壮派领袖，成为真正的"政坛少帅"。

成为少壮派领袖后又怎样呢？

你就进入了"领袖境域"，开始了在领袖序列中不断奋斗、攀爬和进化的"向上的阶梯"。

冯伟说，江子康跟那个领袖式"向上的阶梯"只有一步之遥——甚至只有 0.05 厘米的距离。跨过去，江子康就等于从现在拘囿于部门或新世纪执政中层的"领导者"，一脚迈进了真正的"领袖境域"——那个"向上的阶梯"，就是江子康从俯居人下的"少壮派领袖"，向君临天下的"时代领袖"不断进化的"领袖升阶序列"。

江子康所寻找的，或者按照冯伟的说法，应该寻找的，正是这样一个"领袖进化史"的"向上的阶梯"。

他现在，还不是真正的少壮派领袖。

他现在，还是、而且只是一个部门的领导者。

那个领袖进化的"向上的阶梯"又是什么呢？

用"冯氏新概念"来说——嗯，我们已经慢慢知道了，冯伟最有"小强型"的生命力，就是不断原创出很多"新概念"，来帮助他自己也启发别人理解"已经、正在和即将"发生的事——这个"向上的阶梯"就是江子康应该成为一个领袖，并且应该从更低阶的领袖"进化成"更高阶的领袖，不断自我超越、自我成就和自我实现所必须经历的阶段。

在这个英雄不再辈出的平庸年代，的确"领袖"不再是难以企及的政治、社会和时代高度，而是频繁见诸部门、公司、集团的"主导者"，行业、产业、商业的"领头者"，政治家集团以及各个层级机构、组织、协会的"掌舵者"……所谓领袖，其实意思只有一个，"NO.1"：你可以不做笑傲江湖里的大鱼，但你一定要做叱咤池塘中的"头鱼"。

但，江子康要做的领袖，不是这样的。

江子康要成为的领袖，也并非站在一个常人难以企及的高度：他所处的位置只是略高一点，一般人踮起脚尖就仿若能够触及，但就是像被希腊诸神之王宙斯罚站的坦特勒斯，永世站在水中，但喝不到水；随时站在果树旁，但就是吃不到果子，也摘不到葡萄。他所站的地方，也只领先 0.05 厘米，一般人快步小跑两三秒，就能和他比肩而立，甚至超越他，但就像著名的芝诺悖论一样：不可能。

一般人跟领袖赛跑，就像是希腊的善跑英雄阿基里斯追乌龟，永远都追不上！虽然"龟速"根本无法与捷足的半神英雄相提并论。因为，当他追到乌龟的出发点时，龟已向前爬行了一段；他再追完这一段，龟又向前爬了一小段；假若阿基里斯每次都缩短二分之一；再把二分之一分成二分之一，再把二分之一的二分之一再分成二分之一……就这样一直分下去，一直跑下去，阿基里斯和乌龟的距离一直不断缩小二分之一，但永远都存在着二分之一的二分之一的距离，所以阿基里斯，至死也不可能追上乌龟——所以，领袖虽然只领先常人半步，但是你和他之间，永远都有"一半的一半、一半的一半的一半"的距离。因此，他永远都是领袖，你永远都是群众。

看起来真理就是这样的。现实是残酷的，没时运、没机遇的一般人要当领袖，绝对比阿基里斯追上乌龟更难。

但是，冯伟认为江子康有"时运"。他正站在"V 型时代"的历史转折点上：这是最好的时期……

江子康有"机遇"。他正处于新世纪"震荡转型"的核心领导边界内：这是大转型·大转制·大震荡·大调整·大变革的时代；这是新世纪从创业期到上市期的发展、过渡和转型阶段；这正是家族江湖的末期，市场契约的萌蘖期——风云突变，家族势力、江湖聚义势力和新经济市场契约等新兴势力数方角逐，带来无穷的变数；以变应变，这正是"王侯将相宁有种乎"的天问时代！

最关键的是，江子康有"潜力"：中国式造富时代，人人皆可成新富——如果追富成功；但非人人皆能成领袖——除非天将降大任于斯人也，时也，运也！

阿基里斯追上乌龟式的领袖，只是"领袖进化阶梯"中最低级的序列，但对于一般人来说，已经遥不可及，遑论"冯氏领袖力七阶梯说"？

"领袖需要不断进化,从低阶领袖进化成高阶领袖,进化的标志就是'领袖力'的提升。因此,我提出一个'领袖力七阶梯'的进化论,每修炼并提升一阶的领袖力,就标志着你上升到更高一阶的'领袖'位置上。"

冯氏领袖力七阶梯是什么呢?力、权、势、能、场、君、无……它们的核心,就是"领袖我"!

那是一种"我是领袖""领袖是我"的自我意识,自我觉悟,自觉自为,自我超越,自我成就,自我实现。

"抱歉,我还不能完全把包袱抖给你,并不是'内部资料,付钱购买',而是我看到你,才想到这个'领袖我'及'领袖进化阶梯'的概念和创意。所以,先挂个名,以后慢慢琢磨,慢慢修炼……"

看江子康拿眼睛睐他,冯伟笑笑:"您放心,我不是领袖的料。我没吃过天鹅肉,但我见过天鹅飞——在电视里。"

我没吃过猪肉,难道还没见过猪跑?

慢镜头 卧槽·美芹十论(14)

北京海淀孤岛咖啡。晚上 19:50。

江子康:这似乎又陷入另外一种功利里了。

冯伟:为了保证常青藤教育培训部能够"活下去",我们首先必须满足中国学员的功利性需求——他们为什么学习英语听力和口语?是因为要考托福听力、外企要面试口语……

江子康:打住!我需要知道的是,你如何把它提升和拔高?

冯伟:很简单,第三个关键词,"超级男声 or 女声",我行,我秀——英语听说成为你的超级脱口秀!

15

从少壮派领袖到时代领袖?嗯,再之后呢?

没之后了。要么你已经死在路上;要么你已经离巅峰对决只差毫厘,虽败犹荣;要么你已经"弑"父、"弑"君、"弑"神、"弑"太阳……东方不败,却独孤求败。

噢,作为时代领袖那么寂寞啊?

当然,高处不胜寒。

商逍遥现在是不是高处不胜寒啊?

不是,他距离决战紫禁城之巅还差 0.05 厘米。所以,他也仍然在"奋斗"，仍然在"攀爬"，仍然在"进化"——仍然在寻找自己通过时代成就之巅的"向上的阶梯"。

噢。他这样的人物也需要"向上的阶梯"？

你看他是大人物，他看别人也是大人物。就像他看你是小人物，在你的眼里，办公室五朵金花也是小人物。

好吧，好吧，不扯这些。这就是你给我勾勒的"向上的阶梯"？

这也是我所说的"再造领袖"运动。

江子康眯着眼睛，似在看冯伟，又似在闭目沉思。

会成功吗？

成功怎样，不成功又怎样？

我，还是我。虽然已经不是原来的我。

江子康勾起手指，轻轻叩着桌面，似联想，又似回味。良久不语。

何曾有人跟他说过这样的话？何曾有人给他描述过这样的愿景？何曾有人明确地告诉他焦虑着且为什么焦虑？何曾有人告诉他他正在寻找一种连自己都不知道是什么的东西？

江子康一直都在寻找某种东西。而他竟然不知道它是什么，也不知道它在哪里！

冯伟说，我们都在找某种东西，但不知道那是什么东西……我们都处于某种困境中，但不知道那是什么困境。

江子康似乎处于那种著名的困境之中：知道该去那儿，但不知道该去哪儿；知道该去那个地方，但不知道该去哪个地方；知道该找那个东西，但不知道该去哪儿该去哪个地方找到那个东西，甚至不知道那个东西到底是什么……

直到，我们遇到一个人。而且，遇到"那一个人"。

就像，冯伟之于江子康，甘晓儿之于冯伟。

冯伟跟江子康说，他要找的这个东西——叫领袖。

为什么要找到这种东西？因为，它能帮助我们实现梦想！

所以，这种东西，不只是野心，不只是雄心，不只是希望，不只是抱负；还是一种使命，还是一种责任，还是一种天降大任……

江子康第一次体会到了自己人生的目标，他第一次看到了未来生命的梦想和荣光，他第一次领略了攀登巅峰的美妙和崇高。

山高我为峰。

所有这一切，之间不曾想、不敢想、不能想、不愿想——或者，或者想不到。

　　世上有一种东西，一般人想不到。那就是这个观念。

　　世上有一种人物，一般人想不到。那就是颠覆这个观念的人。

　　江子康不是一般人，他终于想到了一个关键："向上的阶梯"不是那个高于他之上的大人物赐予的，而是屈居于他之下的小人物搭建的。

　　以前，他都是抬头向上、向上、再向上，看着他的神、他的君、他的父、他的太阳，以为所有的梦想和荣光都是他赋予的——他的一个动作，一个眼神，一个微笑，一个嘴角略翘的讥讽，都能把自己送上天堂，或者打回原形，甚至踢下地狱。他的名誉、地位、身份、权力和金钱，都是他的神、他的君父、他的太阳给他的恩赐。赐予，便欣喜若狂；得不到，便狂躁焦虑。

　　现在，他心态平和了，心境宽阔了，心界拓广了，头也低下来了，向下、向下、再向下，看着这个瘦削、矮小、身材板单薄的小男人——是的，这个矮个子的小男人！

　　他眯缝着眼，似笑非笑；他仰着脸，似讥非讥；他的眼睫毛很长，似眨非眨——如果长在女人眼睑上，肯定勾魂摄魄，长在一个男上眼上？

　　可惜了——那一对真好看的睫毛！

慢镜头　卧槽·美芹十论（15）

北京海淀孤岛咖啡。晚上 20:00。

江子康："超级男声 or 女声"？英语听说变成脱口秀？

冯伟：是的，我们要向学生传达的是：We will make it easy and enjoyable.

江子康：等等……（他像是捕捉到什么，却又似羚羊挂角，无迹可求）中国式聋哑英语，一直是中国人永远的"痛"！

冯伟（做痛苦状）：这就是新世纪现在的问题。这就是常青藤教育培训部现在的问题。英语听说，为什么是件痛苦的事呢？为什么不是件很快乐，甚至很娱乐的事呢？

16

江子康开始打量冯伟。细细地周身打量冯伟。

这还是他第一次细细、周身、上上下下地打量冯伟。

这也是他第一次细细、周身、上上下下地打量一个男人。

第九章　向上的阶梯：三顾频烦天下计

冯伟为什么要找上他呢？

士为知己者死，女为悦己者容，良臣择明君而投。

答案很老套，有没有新鲜点儿的？

因为你是潜力股。投资你有可能成为下一轮中国式新富。

噢，这么有潜力？我投资自己先。

江子康有点明白了，为什么秦始皇因缘际会用李斯，刘备三顾茅庐找诸葛亮，刘邦为啥死皮赖脸请张良……

原来如此。

秦始皇等看出了对方能扶自己上马。

诸葛亮等看出了对方是自己可以投资的潜力股……

原来两个人这一刻的会面，决定未来二三十年的格局，更影响了未来两三千年中国的历史传统！

巅峰对决，缘起今朝。

冯伟和江子康两个人这一刻的会面呢？是不是也决定了未来一两年常青藤教育培训部的商业变革，也影响了未来两三年新世纪的格局演变？

你想要什么职位？

无所谓，助手，主管，助理，都行！

汤小宁说，title 不重要。重要的是，谁给你的 title？你的 title 有多大的权力？你能不能慑服手下这批人？你要什么 title，我都可以给你——副总裁，总裁助理，首席执行官……冯伟低调而华丽地选择了"总裁助理"这个职位，结果怎样？不照样被手下所有的总监联手摆弄了一下，逼出"离职门"！

那总得有个名分吧？让人家知道你是干啥的。

那就螺丝钉吧。我愿做江氏帝国车轮上的一颗螺丝钉。

雷锋叔叔说，我愿永远做一个螺丝钉！

冯伟说，我要时刻向雷锋同志学习，处处践行他的螺丝钉精神！

"一个人的作用，对于革命事业来说，就如一架机器上的一颗螺丝钉。机器由于许许多多的螺丝钉的联结和固定，才成为一个坚实的整体，才能够运转自如，发挥它巨大的工作能力。螺丝钉虽小，其作用是不可低估的。我愿永远做一颗螺丝钉。螺丝钉要经常保养和清洗，才不会生锈。人的思想也是这样，要经常检查才不会出毛病。"

于是，冯伟画出了一个江氏帝国的革命蓝图，江子康则拍板起用了新世纪重新洗牌的第一颗螺丝钉——新世纪史上最宏大的一次滚轮，就是从冯伟这样一颗小螺丝钉开始发动。

冯伟和江子康都笑了。

慢镜头　卧槽·美芹十论（16）

北京海淀孤岛咖啡。晚上 20:00。

江子康做冥思苦想状。

冯伟（继续饶舌）：我们总是宣扬聋哑英语是中国人的痛，你必须付出成百上千的努力去攻克它，结果让学生们觉得英语听说真的是件很痛苦的事儿……

江子康（终于意识到问题的关键了）：你的意思是，我们对当下几十万新世纪学员的基本心态和实际状况失去了判断，甚至有可能对中国当代青少年英语学习的实际需求失去了判断？

冯伟（反问）：你认为现在的学生还是来听绝望的吗？还是来听打击的吗？就像那些"回炉再造"的毕业生和在职白领，他们的绝望和打击已经够多的了。他们难道不是来新世纪课堂"找乐子"的吗？

17

笑容未消，江子康又想到了一个很关键、非常关键、极其关键的问题：冯伟"向上的阶梯"又是什么呢？

也是巅峰对决，吾必将取汝而代之?!

不是。我不是要"向上"，不是进化成领袖并在领袖序列中进化。我是要"转圈"，要在以你为中心的"领导力同心圆"里转圈。

领导力同心圆？那是什么？

我也是看到你才想起这个"新概念"的。琢磨中……将来你知道的。到时候，有必要的话。

什么时候？

你能缔造江氏帝国的时候。

有帝国必有君。江子康若是"君"，那冯伟是"臣"吗？

不是。你将为"君"，我必不为臣！

为什么？

因为在中国式公司的人和事里，君君臣臣、父父子子、兄兄弟弟、夫夫妻妻、亲亲戚戚的"关系文化"，永远都是制约和支配着我们思维、逻辑和行为的潜规则。你也不能例外。只要你在领袖阶梯里进化，你必然会找到"君"的角色和感觉，必须"朕即天下"，并以此要求追随你的人"臣服"。

那你呢？拒绝"臣服"？

沉默，顾左右而言他。江子康逼视。

没关系，你说什么我都不会怪罪。

21世纪必将是"个人授权时代"。

啥意思？

Power me，I Power。我授权你，你才能"君"我。直白地说，我主宰我自己。

朕天下与 I Power 的对决。

江子康悚然心惊。他一直觉得在冯伟身上蛰伏着一股危险的气息，所以又爱又防，但他始终不能了解、不能确定、不能把握那股真正的危险气息是什么。

现在，他终于知道蛰伏在冯伟身上的这股危险气息是什么了！我不授权你，你就不能领袖我！却已经晚了。

进退维谷，骑虎难下。

这个人，他已经不能不用。而且，必得大用、重用、敢用！

但是，他应该怎么用这个人，才能约束住那危险的气息，不至于为安健博、柳飘风甚至商逍遥所用，不至于影响、威胁甚至颠覆江子康自己？

这让江子康深感必须为冯伟量身定做一个"职位"，并给出特殊的授权范围——你不授权我，我就授权你！原来新世纪那些职位都是死的，而冯伟这个人是活的。

死职位框不住大活人。

于是，又回到那个"title"的问题。

还真的不能给冯伟一个明确的名分，还真的不能让别人——安健博、柳飘风，甚至商逍遥——知道冯伟是干啥的。

于是，给冯伟一个适合的 title，赋予他一个看似孙猴子跳无边却始终在如来佛手心的权力边界，成为江子康终其一生（噢，是在终止与其合作之前）都要深思熟虑，并不断考验和挑战自己商业天赋与智慧的核心问题。

只要他用冯伟一天，这问题江子康就要思考一天。

虽然江子康一思考，商逍遥就发笑！

慢镜头　卧槽·美芹十论（17）

北京海淀孤岛咖啡。晚上 20:20。

江子康：他们来听新世纪的课，只是为了"找乐子"？

冯伟：为什么不可以呢？如果新世纪的课堂能够让他们放松，让他们减压，让他们的身心灵可以短暂地在避风港里得到休整……他们为什么不可以来这里找乐子？当然，找够了乐子，又能够学习到新的抗压技能，他们就会信心百倍，再出去"像男人一样战斗"！

江子康：这就是你所谓的"超级毕业生"？

冯伟：是的。这就是我们要培训的 super-spoken English——超级毕业生。我就是我们最好的武器。

18

最后一个问题。

我们需要多长时间？

一年半。

一年半？一年半，能做什么？

一年半，对于传统意义来说，的确很短。可是，如果按照我给你勾勒的"中国年"理论——特别是互联网时代的中国年理论：一秒变一个 IP，一分钟刷新一次屏，一天已经变更了一次天地……似乎三个小时为一个"网络年"都已经太长——"一年半"足以彻底颠覆世界，改变人们对自我和世界的认知，引发"失序危机"，以及新秩序的再构与重建。

"所以——"冯伟很认真地说，"'一年半'，已经足够我们做很多事情了。环境改变我们，我们也可以改变环境。就像改革开放三十年来，甚至是一两百年来，世界改变了中国，但其实中国也改变了世界。"

在这样的"时代转型"之中，中国—世界"谁改变谁"的关系正在面临深刻的转折：从"我听世界发言"到"世界想听我发言"，现在整个世界的潮流，不是中国向世界接轨（世界化），而是世界跟中国接轨（中国化）。中国人从习惯于"睁眼看世界"，到熟悉而陌生"闭眼悟自己"，学习以自己为尺度，来衡量世界万物……

新世纪内部的生态环境同样如此！

冯伟要江子康给他一年半的时间。"扛"，也得把这一年半的"天"给扛出来，扛住了，扛稳了——哪怕是安健博、柳飘风，甚至是商逍遥的暴风雨，一波又一波地摧来。

江子康还是有些疑惑："为什么是'一年半'，而不是更长或更短？"

他想知道这"一年半"的时间是如何计算出来的。这话问出来，并不觉得弱智，也没觉得不好意思。江子康并没有那种洞悉一切、主宰一切的自以为是，以为在领导下属的字典里面，根本就不应该有"为什么"三个字。那才是真正的愚蠢。可是，冯伟真的是他的下属吗？

冯伟心道："因为，我一年半或两年的时间就要离开新世纪啊！"

这话没有说出来，也说不出来——你能跟你的老板说我预计多久多久会离开你吗？

"因为，世界经济危机或许在这两年年中或年末会见底，中国会重新崛起为世界金钱和财富的发动机，'V型时代'会触底反弹，第二个黄金中国十年将会揭开序幕，我们筹划的美丽新世界那时才真正开始！"

"所以，"冯伟顿了顿，铿锵有力地说，"从现在到明年末，我们有、而且只有一年半的时间——把握住新世纪震荡转型的失序危机或契机，寻找并确立自我的身份和位置，以强大且彪悍的自我参与、重建，甚至缔造并领导新世纪的'世界新秩序'！"

江子康把玩着自己的新青花瓷茶杯，没有说话——那是林青黛刚刚送给他的，或者说是他跟林青黛要的。

男人跟女人，一席长谈，便成刻骨铭心。

那么男人跟男人，一桌长谈，又将如何？

慢镜头　卧槽·美芹十论（18）

北京海淀孤岛咖啡。晚上 20:30。

冯伟：所以，我的结论是，"新世纪精神"应该升级换代了，因为学生的基本心态和状况都不一样了。

江子康：我想确切地知道，这种差异到底是什么？

冯伟：十九年里，以出国考试培训部为代表，中国学生们的处境孤独、艰难奋斗、需要温暖和关怀，所以"新世纪精神"被概括为"平凡但不平庸"。但是，现在到了第二个十九年，中国学生"以乐以闹以好玩"为形态，以人的"核心素质"和"全面发展"为内涵……

江子康：所以，"新世纪精神"也应该 easy and enjoyable？

冯伟：至少，英语听说的学习，可以变成一种很容易、很娱乐甚至是很雷人的事儿……这不是一种形式和风气的变化，而是一种教育培训理念的根本变革：快乐地构建自己可持续发展的核心能力。

江子康：这是一个新世纪改革的真正转折点吗？

冯伟：至少，常青藤教育培训部启用这种教育培训的新理念，只是第一步。而第二步、第三步……"超级英语听说"培训应该采用全新的"商业模式"，并以此为轴心，打造新奋青团队，大规模地扩张和占领市场，直到它有能力、有实力鲲鹏展翅，领袖、领导、领秀"第二次创业时代"的新世纪大船——新世纪"下一个伟大的商业模式"，或许就将诞生于常青藤教育培训部的先锋船里！

≫ 正幕外：

"隐形人"隐形的权力
——"超级毕业生"第九堂速成课

北京，海淀。
李诺QQ签名："我应该坚信：明天的太阳依然灿烂。"
简洁微信签名："树欲静而风不止——工作？何去何从？"

19

下了一场绵绵的雨。

北京今年的天很奇怪，经常下雨。在李诺的印象里，这是很罕见的。

好在下了雨后，路面很是干净，空气也清新了很多，心情也愉快了很多。于是，再次看见黑马时，心情就很欢快。

黑马：天晴了，不错。

李诺：我喜欢太阳，尤其是温暖的太阳。

黑马：嘿嘿，我知道你也不会喜欢炙热的太阳。

李诺：为什么啊？

黑马：你们女生不都怕晒吗？

李诺笑：呵呵，这你就猜错了，我就不怕晒，我夏天从来不打伞。

黑马：噢？

李诺说了实话：其实，是我懒得打伞。

黑马：哈，我猜错一次。看来，对于你来说，美白的动力敌不过偷懒的本能啊。还真是不能一概而论。

李诺笑：不许这么说我啊。

黑马：好，不说你。

李诺笑。

黑马想了想，说：今天要跟你说说超级毕业生在中国式公司速成的一堂小灶课？

李诺：噢？小灶课？

黑马：是的，小灶课——很小，但是很强大，在中国式公司要生存和发展下去，就不要忽视任何一个人，哪怕只是一个保洁员。

李诺点头。

黑马：你要记住，任何人，任何事，都不能只看表面，不能一概而论。

李诺：继续说。

黑马继续：你想象不到，中国式公司职场关系网的复杂；你可能永远也想不到，也不知道，那个每个月拿六百块的保洁阿姨有可能是董事长的司机的表亲。

李诺：呀，还有这种关系？

黑马笑：我说的是可能，但很多情况下都是真的。你必须要学会尊重中国式公司里的每一个人，哪怕只是一个扫地的。只要你愿意，你都可以从他们那儿学到经验和智慧。最重要的是，你可能永远都弄不清楚——她是不是老总的七大姑八大姨的远方亲戚，而她，正是通过七大姑八大姨的吹风会，影响着你的钱途，甚至前途。

李诺：嗯，我知道了。

黑马：还有，就是她也许和公司的领导没有什么直接关系，但是千万不要小看一个小人物——她往往在关键的时候帮到你。

李诺：噢？

黑马：还是说说我之前说过的那个总裁办秘书，在她做前台时，有一次"一不小心"——其实我猜是有人故意陷害——把老总要的文件给弄丢了，而且还是孤本。虽然大家都喜欢她，但是这件事大家也都无能为力。所以，她面临着辞职还是被辞退的后果。结果，一个保洁阿姨救了她。

李诺饶有兴趣：怎么回事？

黑马：她喜欢打扮，经常买衣服，也就经常淘汰旧衣服，扔了怪可惜的，就都送给了那个保洁阿姨。那个阿姨自然很感激，这次听到她要走，也很着急。

李诺插话：那她有什么办法啊？难道她也是老总的亲戚？

黑马：她不是老总的亲戚。但是，她听到了一句很关键的话。在她清洁总裁办的时候,听到老总对某个总监说:其实怪可惜的,她虽然刚来不久,但很快就进入角色,连一向不怎么称赞普通职员的马儿都很赏识她……可是我的助理也说得对,需要给大家一个警告!她听出了老总似乎还有余地,赶紧跑去告诉了前台的女孩。那个女孩多聪明啊,赶紧跑去找老总,声泪俱下,表示愿意自罚三个月的工资,请求留下。老总有了台阶下,自然她就留下了。

李诺张大了嘴巴:啊,这也可以啊?

黑马:其实她也给我打了电话。她走与不走,其实已经成了公司的派系斗争,就看老总愿意给谁面子而已。但这也说明那句老话:虾有虾路,蟹有蟹道。每个人都有自己的生存方式,每个人也都可能是你的职场贵人。

李诺点头:嗯,我知道了。

黑马:所以,除了重视之外,你还要学会如何应对不同阶层的人。

李诺:嗯,是不是说,和不同阶层的人要有不同的打交道的方式?

黑马:对!比如说,你和保安、保洁之类文化层次不高的,讲话就可以直接一些,反而让他们觉得你随和亲热。和老总的司机、保姆之类的,讲话就要谨慎一些,因为你不知道他或者她也许无意中向老总传递了某些信息……

李诺点头:这些都很重要啊,我得慢慢梳理一下。

20

黑马:特别值得注意的是,这些人中有可能"潜伏"着所谓的"隐形人"。

李诺:隐形人?

黑马:你知不知道,单位里有"隐形人"和"隐形的权力"?而且,你知不知道,影响一个人升迁的最大阻力是什么?

李诺:噢?什么意思?我想,主管领导如果不认可自己,应该就是最大的阻力了吧。

黑马:错了。最大的阻力来自于"隐形人"和"隐形的权力"——那些规则背后的东西。

李诺笑:潜规则啊?

黑马也乐了:嘿嘿,也可以这么说。这个东西,对于你如何规避一些麻烦和获得一些利益,很重要。至少能减少你自己根本没注意到的阻力。

第九章 向上的阶梯：三顾频烦天下计

李诺：好，我听着。

黑马：还是讲个故事吧。我原来的单位里，有个年轻小伙子，为人低调，说话办事也都很利索。可是他来了五年，就一直待在最初的那个小组，没有涨工资也没有升职。

李诺眨了眨眼睛，疑惑地"看着"黑马。

黑马继续：他自己也觉得很纳闷，觉得自己的才华没有被发现。后来有人提点他，他才明白过来。原来，他那组有一些四十多岁的大姐们，其中有一个特别关心他，老愿意过问他的私事，说要给他介绍女朋友什么的，但是他要么沉默，要么回绝。几次过后，那个大姐也就不再找他说这事了。

李诺问：那个大姐是……

黑马：你猜对了。很少人知道，那个大姐以前当过老总的前台，在公司刚起步的时候。其实她能力一般，所以现在就放在那里，基本上属于公司养着她。她也很低调，所以大家并不知道。但是老总很信任她，经常通过她了解一些办公室的情况。

李诺：那她也不能这样公报私仇啊？

黑马笑：你这话就说得幼稚了。可以说她其实在考察他，然后说：他为人冷漠，不适合做管理工作啊。

李诺感叹：这就是你说的"隐形人"？

黑马点头：是的。还有一些"隐形人"，比如说老板周围的人，包括司机。他也许不认识你，不说你不好。但是，如果他认识并且熟悉别人，同样的情况下，他可以认可或者推荐别人，那你不就又落下了？

李诺：那老板也不能这样偏听偏信啊？

黑马：你要知道，老板不可能对你这个层面的人有深入的了解。同样的情况，如果有人推荐 A，并且举例说明他的好处，何必再来考察你？

李诺：噢，是这样啊。

黑马：同样，你可以通过这些"隐形人"，借助这些"隐形的权力"，来达到自己的一些目的。

李诺：噢？

黑马：是这样的，和借力于"流言"的道理一样，就看你能否运用自如了。

李诺：嗯，这个有难度。

黑马：是，这个必须在实践中你才能慢慢地揣摩明白。

李诺：还得有机遇，看时机。

21

黑马笑：好了，现在，"七剑下天山"的七课已经讲完了。

李诺笑：那我可以下山了吗？

黑马也笑：那得看你这七剑使得怎么样啊。

李诺笑容灿烂：我相信你，你也要相信我。

黑马反应过来她话里的意味，大笑：好，我期待着！

李诺慢慢地说：我在想，下了天山之后，往哪里走？

黑马嘿嘿笑：你想往哪里走？

李诺睁大眼睛"看着"黑马：我想知道，你觉得，我应该往哪里走？我可以到达哪里？

黑马沉吟，说：你的资质不错，给你五年的时间，你应该能够上一个台阶。

李诺问：当个主管？

黑马：不，这不是我对你的期望。

李诺惊讶：噢？

黑马停顿了一下，认真地说：我希望你能够有所成就，最关键的是你能够成为职场的不倒翁。

李诺问：不倒翁？

黑马：对！不论何时何地，不倒下，这才是真正的超级毕业生！

李诺来了兴趣：现在经济这么不好，找工作都不容易了，那么多的企业高管都纷纷离职，要说不倒下，谈何容易？

黑马神秘地一笑：所以说，下了天山之后，还得继续修炼啊。

李诺激动起来，"拉住"黑马的胳膊晃悠：师兄，你快说说吧。

黑马笑：我可真是诲人不倦啊。

李诺笑：是，是。那我就受教了。

黑马想了想：好，那我们再讲超级毕业生进阶速成的七课，针对你入职三到五年中会遇到的问题。

李诺拍手：好啊好啊。

黑马：不过，在学这七课之前，你必须先学习一个前提理论——"青蛙决定理论"。你要借这个理论视角，观察中国式职场政治体系里，到底谁是做决定的青蛙，谁是跟着跳水的青蛙，谁又是被拖下水的青蛙，以及……

李诺：以及我应该、如何、怎样才能做一只合适的青蛙！

黑马：是的。不过，这理论不是我原创的。是我借鉴来说明事情的。

22

李诺说起某次招聘面试时，忽然毫无关联、也毫无缘由地提出了一则趣味题：

荷叶上有三只青蛙，其中一只青蛙决定跳下水。

请问：过了一会儿，荷叶上还有几只青蛙？

根据你的判断，请写出答案，并说明理由。

李诺说这是大师兄说的。大师兄说，这是一个叫蔡昌的哥们儿做培训时举的案例。他把它拿来跟朋友们分享一下职场政治心得。

最近，李诺说起"大师兄说"的次数频繁了起来。简洁刚开始还没怎么留意——这一路就业电话粥煲下来，哪一次不是"师兄""师姐"的批量开发的？这个"大师兄"也不知从哪儿钻出来的。

不过左"大师兄说"、右"大师兄说"的多了，简洁就开始有些诧异了：师兄、师姐好像越来越少，"大师兄"越来越多——甚至越来越有固定和恒一的倾向，李诺最近打电话，似乎越来越少套师兄师姐的近乎了。她似乎越来越厌烦"师"字辈的泛滥了，而是越来越多地替代以"校友""老乡""同学""朋友"介绍的。"师"字辈越来越有点锁定在所谓的"大师兄"身上了。

这个大师兄是谁？居然对李诺越来越有影响力了——还"大师兄说"呢？也没见百家讲坛"易中天说""于丹说""蒙曼说"……在李诺这里重复率有多高。噢，几乎没有。

问李诺。李诺笑而不语，岔开其他话题。但绕来绕去，不管啥话题，没说上两句，又"大师兄说"了。

小样，还保密呢。"大师兄说"都成口头禅了。

"大师兄说"已经渐渐成为李诺的一种习惯。她说，大师兄说，对"青蛙跳荷叶"问题的认识，可以得出许多迥然不同的答案，由此也可以看出一个人的性格和思维方式。

人，认识你自己！

简洁撇撇嘴，这人还装神秘呢，不就把挺简单的一件事情复杂化吗？"荷叶上还有两只青蛙。小朋友都会算嘛，最简单的算术：3-1=2。"

李诺一戳她脑门:"大脑简单,思维单纯,心灵纯洁。"

简洁反问:"那你是怎么说的呢?"

李诺说:"我说,荷叶上还有一只青蛙。我的理由是,青蛙也像人一样,也会感受环境的变化和事态的发展,并且会有自己的判断力。人都有从众的心理,青蛙也会。如果荷叶上有一只青蛙跳下水,按从众心理理论分析,估计荷叶上另外两只青蛙跳下水的概率各为50%,那么荷叶上还剩下一只青蛙。"

简洁略微有些嘲讽和讥笑:"那大师兄是不是说你头脑复杂,计算精密,三思而后行,谋定而后动啊?"

"错了。"李诺并没在意简洁的语气不对,相反有些惆怅,好一会儿才神色如常,"大师兄说,这两种答案符合一般人的思维习惯。很多人也是这么做的。比如才找工作时,一只青蛙跳下水,两只青蛙跟着跳,从众心理很严重。实际上,问题并不这么简单,机会也就是这么错过的——好工作是不会找这两种人的。"

简洁两眼发直:"咱俩——不是找到好工作的人?"

23

这个结论不啻于一个小小的惊雷,让简洁心惊肉跳,信心渐无。所以,她的语气里充满了疑惑、探询和不确定。

李诺笑笑,没正面回答,而是大声朗读一遍:"荷叶上有三只青蛙,其中一只青蛙决定跳下水。"她把"决定"两个字刻意地、重重地念了一遍:"明白了吧?原来决定跳下水的那只青蛙,只是做了一个'决定'而已。实际上并没有真正行动,它还是站在荷叶上。所以,荷叶上还有三只青蛙。"

简洁决定故意跟她抬杠:"那大师兄不会没话找话说吧——这还是一样?荷叶上不还是三只青蛙?三只青蛙不都还是没跳。"

李诺摇了摇头:"不,区别就在这里,而且区别是很关键的。虽然三只青蛙都没动,但做决定的青蛙已经迥异于另外两只青蛙——因为它做了决定,跳或不跳。最重要最关键的便是决定。因为,做决定要眼观六路、耳听八方,并且要考虑后果——一个企业或组织的决定,会带来一连串的社会影响和经济后果;一个管理者的决定,会影响着企业或组织的兴衰存亡;一个人的决定,有可能会决定自己的钱途和前途。所以,大师兄说,能找到好工作的人,都是能决定、敢决定、善决定,并能在决定之后再决定的人——审时度势,善于抉择,就像那只青蛙决定了跳,又决定不跳了,此一时彼一时也——跳下去了,还有机会在那儿晒太阳?没准早湮灭在人潮洪流中了。"

简洁还想继续:"没看出区别。"

李诺有些恼火:"别有事没事跟我抬杠。我不信你就揣着明白装糊涂,虽然都是待着,但做决定的青蛙活得明白,不做决定的青蛙活得混沌。你就活得很浑浑噩噩,混混沌沌。"

简洁不敢再抬杠了:"我也想做决定了。可是三分钟决定,四分钟犹豫,五分钟后……没了。"她耸耸肩,揉揉她,亲昵而甜甜地说:"大师兄会怎么说?"

李诺白了她两眼:"怎么说?会决定,敢行动。只有决定,没有行动,你将永远一事无成!什么是决定?就是从两个或两个以上的未来行动方案中选择一个最优方案。什么是行动?就是要把它做了,做成了,做好了。好决定没有好行动就是空想。要牢记一个最简单的成功等式:成功=决定+实干。所以,要做一只行动但不盲动的青蛙。"

简洁"噢"了一声:"第一个下海,第一个吃螃蟹……不就是做第一个跳水的青蛙吗?"

错,李诺又纠正说:"不是第一个跳下水的青蛙,而是第一个做决定并采取行动的青蛙。第一个跳下水的青蛙,没准是被这只做决定的青蛙撺掇下去的呢——让它先试试水温不温,深不深,有没有危险。大师兄说,职场里经常会有这样的人,这样的事。"

简洁一想,笑了起来。果然是道趣味题啊。

24

大师兄说,更有趣也更独特的是,荷叶上一只青蛙也没有。

李诺说:"为什么呢?其一,决定跳下水的那只青蛙不仅决定了,而且真正自己行动了。它是另外两只青蛙的'上司领导'或是'意见领袖',它的行动必然带动另外两只青蛙也义无反顾地跳下水,于是荷叶上必然就没有青蛙了。其二,三只青蛙站在荷叶上,荷叶保持稳定的平衡状态。如果突然一只青蛙跳下水,必然会引起荷叶的倾斜,于是失去平衡的荷叶把另外两只青蛙也一股脑儿掀下荷叶,于是荷叶上连一只青蛙也没有了。"

答案一出,简洁就说不出话来了。她给震住了,打死她都想不出这种所谓的"逆向思维"。

"这意味着什么呢?"李诺把"大师兄说"的分析给囫囵吞枣地重复

了一遍："第一，无论找工作还是身在职场，要注意看'少数派'领袖的风向——这些占少数的'上司领导'或'意见领袖'总是要先于、偏离，甚至与普通大众逆反行事。他们的行动方向总是意味和预测着一个机遇或下一轮潮流的走向，所以你要跟着他们走——机遇总是掌握在少数人手里。甚至，你要学会做这样一个人，像少数派一样思考，像少数派一样审时度势，像少数派一样捕捉机遇：人人都拼命去找的好工作，未必就真的是适合你的好工作。而且，众人皆跳，我独卧——跳时代，全民皆跳，我为什么不可以不跳？为什么要我去找好工作，不让好工作找我？

"第二，要时刻注意从众的盲流、职场潜规则和职场生态环境的变化，不要被'拖下水'。多数情况下，人都是处于各种错综复杂的关系中的，会受到所谓的'关联方'的影响。例如，这个人那个人形成某种派系或排着某个队，母、子公司之间存在无法摆脱的裙带关系；你、老板和上属之间存在着连带责任；企业与客户之间也存在密切的关联方关系……就像跳水的青蛙会让别的青蛙失去平衡不得不跳，你的'关联方'有时也会在有意无意之中把你'拖下水'。"

李诺一口气说完，哈哈大笑："想不到吧。从'一只青蛙跳下水'，大师兄能说出这么多条条道道来。不说不知道，一说吓一跳。我就想不到，还有青蛙被'拖下水'。"

一只青蛙跳下水，两只青蛙"被拖下水"……简洁呢，是哪一只青蛙？做决定的青蛙，待在荷叶上的青蛙，有可能被拖下水的青蛙？

看看"糊糊"，瞧瞧"小女债主"，再想想"一只青蛙跳下水"的例子，再琢磨大师兄解说"青蛙跳荷叶"问题的认识，意味着对自己的了解……越想越毛骨悚然，越想越不寒而栗。

那一晚，简洁从噩梦中醒来，吓得大汗淋漓。她紧紧裹着被子，不敢松开。屋内暖气很足，但是户外很冷——这真是一个最冷的冬天。

没来由地，简洁忽然很渴望能够见见"大师兄"，请他告诉自己，我是谁？

我能到哪里去？！

"你知道吗？三十归零的话，我的生存成本都增加了！"

三十归零，让我们的生存成本增加，让我们的存活率变小——让我们活下去、活着且活得更美好的希望更渺茫。

我们活不过今天，明天的朝阳就与我们无关。

这岂独是一个人、一群人、一代人的现象？

第十章

齐天大"剩"：邻家有女初长成

1

今夜又是无眠。

凌晨三点了，顾自怜的小头像还没有绿起来，冯伟觉得有些莫名的心烦。

他忽然想起若干年前那个飘着小雪的天，他和顾自怜一起吃的那一次火锅。

吃火锅的具体内容已经忘记了。冯伟忽然记起的是，去吃火锅，过马路的时候，自己第一次牵起了顾自怜的手。

当时顾自怜的脸似乎红了，但冯伟却攥得很紧，似乎怕她走掉了。

自己是有意的还是无意的，为了什么，却也……也忘记了。

为什么牵手以后没有明天了呢？也不知道。

记起的，知道的，就是当时那牵手的温度，和顾自怜低低的眼睛，闪闪的睫毛。

正胡思乱想的时候，顾自怜的头像绿了。

顾自怜：我们这里下雨了。

冯伟：噢？我这里也是，不大。

顾自怜：哈，真是在同一个地球上。

冯伟：呵呵，隔那么远呢。

顾自怜：呵呵，奥运会不是说同住地球村嘛。

冯伟：嘿嘿。

冯伟：忙什么呢？

顾自怜：想你。

冯伟一惊，似乎被这两个字刺痛了眼睛，盯着屏幕。

他不敢回答，不知道怎么回答。只好，假装蜗牛。

顾自怜见冯伟没有动静，暗自叹息：嘻嘻，记得以前下雪天我们就去吃火锅，现在没得吃啦。

冯伟似乎有种松了口气的感觉，又似乎有些失落：你要是回来，我请你吃。

顾自怜：好啊，你欢迎我，那我就回来。

冯伟：北京欢迎你。

顾自怜：呵呵，我说真的呢。

冯伟沉默片刻：你真决定回来了？

顾自怜：是啊，为了你请我吃火锅啊。

冯伟：大小姐，你可真行。

顾自怜：呵呵，是啊，我喜欢就行了，我可不像你，缩手缩脚，什么都不敢。

冯伟听得她话里有话，于是又沉默。

顾自怜已经习惯了冯伟这种不说话的表达方式：欢迎我回来吗？

冯伟：回来第一步打算做什么呢？

顾自怜的屏幕左下角显示在输入，但是又删除，然后又输入：吃火锅啊。

冯伟突然感觉到一种隔阂，顾自怜在试探自己，又不肯告诉自己实情。

冯伟觉得无趣：噢。

顾自怜感觉到了他的情绪：多久没见了？

冯伟于是叹息：你真要回来，就回来再说吧。

顾自怜轻笑：好。

小头像立刻隐身。

冯伟立刻就有些后悔。

他清楚，顾自怜的这一个好字和这一个笑脸，都是一种伪装。自己的态度，已经伤害了她敏感的心。他知道，顾自怜也许是真的在和自己说回来的打算，她也需要自己热烈的态度。可是，自己依然不能给予什么。所以，只能沉默。

还有，就是冯伟自己都在逃避去想的，是顾自怜不肯告诉他实情，自己生气了。只不过，他选择性地忽略了，自己其实没有资格去问实情。

他其实很盼望顾自怜回来的，哪怕只是以梦想的名义——和一点点突然产生的思念。

慢镜头　舌战·常青藤连环套（1）
北京海淀互联网TV电视台。上午10:00。

"常青藤密函"在中国引发轩然大波，媒体铺天盖地："常青藤不高兴，中国更不高兴"——冲突中心源新世纪在某种程度上反而被忽略了！

由于民意汹涌，中国著名的智库领袖诸葛先生代表官方表明立场说：第一，常青藤公开号召对来自中国的学生进行特别检查，这是非常严重的事情，是对中国学生极其不公平的；第二，中国始终尊重知识产权，但是反对知识垄断；第三，相信新世纪和常青藤能够通过"法律途径"解决知识产权纠纷，反对将升级为政治事件……

于是，常青藤高层紧急飞往中国进行"危机公关"，试图将公众注意力重新拉回到聚焦点——新世纪身上。

中国非著名的媒体互联网TV电视台专门制作了一期"对话与交锋"节目：常青藤风暴——谁不高兴谁？分别邀请常青藤赴华高层和新世纪高层，进行对话与交锋，进行现场网络直播。

2

冯伟反复徘徊之后，决定找点话题，接续有些"断裂"的鸿沟——他和顾自怜又不经意地制造了某些彼此都不希望看到的裂痕。

最佳的话题，莫过于与顾自怜接着聊他的向下、向下、再向下……顾自怜终究比冯伟自己更关心他的现在和未来。

果然，冯伟一提起这个话题，小头像又恢复了"绿色"。

冯伟：我最近正在"考察"新世纪一个新的上升人物，江子康。

顾自怜：如何？

冯伟：我在想，谁做一点事情都不容易啊。

顾自怜：噢？你在哀叹他的处境？你不是说他在上升中吗？

冯伟：不，我在哀叹商逍遥，新世纪那么大的盘。

冯伟没有说出来的是，他在哀叹汤小宁，这么庞大的计划，让人觉得焦虑而压力巨大。

顾自怜感觉到他的情绪，问：你觉得不顺利了？

冯伟：是的。我在想一个问题。

顾自怜：噢？

冯伟：触底，到底是为了什么？

顾自怜没作声。她知道，这个问题，要冯伟自己把答案说出来才好。

冯伟：你说，是为了什么？

顾自怜：师兄啊，看来你的情绪还是没有调整好。

冯伟又是沉默。

顾自怜：也许，是你被迫地选择离开；但是现在，你要主动地选择触底。所谓主动和被动，其实就是一个责任的问题；你被迫离开，你可以说怪这个怪那个，现在如果你主动选择"一无所有"，你就要为之负起责任。这是一个质的变化。很难，但是，你要坚持住。

冯伟的心微微有些颤动：好。

顾自怜：你还要问触底是为了什么吗？

冯伟：一个皮球拍下去，受到了手的力量和地球引力的同时作用，之后它会再反弹起来。之前的这两种作用力越大，反弹就越高。

顾自怜：哈，这个比喻好。

冯伟：所以，我要反弹了。

顾自怜笑：很好，师兄。

冯伟自己总结：触底，就是为了反弹。

顾自怜接着问：那么师兄，你觉得，要怎么反弹？

冯伟：先到降无可降的地步，再找准反弹点。

顾自怜：要找到反弹的关键点在哪里。

冯伟：是的。所谓蛇打七寸，也是这个道理。

顾自怜：那么，对于你现在的情况，你找到了吗？

冯伟：我正在找。在卧槽中不断寻找。

顾自怜：噢？

冯伟：跟你讲讲我办公室两个小人物的故事。

顾自怜：好啊。

冯伟：那个男同事郝俊亮对女同事方榕榕很神秘地说：其实，我觉得我们不像同事。方榕榕惊讶，问他为什么。郝俊亮说：我觉得我们像个家庭。方榕榕更加惊讶。郝俊亮说：我觉得我们像个极有问题的家庭……

顾自怜笑得花枝乱颤。

冯伟：嘿嘿，你明白了吧？

顾自怜：嗯，明白了。

冯伟在说办公室政治的问题。他是说他想通过办公室政治，从中寻找机会，从而达到自己反弹的目的。万丈高楼平地起，小人物创造大历史。

这或许，就是超级毕业生的第十堂超级慢修课。

冯伟：我在学习，把每一个糟糕的状态看作是一个机会，而不是当成一个障碍。

顾自怜：抓住每一次机会。

冯伟：是的，然后反弹！

顾自怜：嗯，记得，蛇打七寸，不要在小事情上计较，要一次性反弹才最有力量。

冯伟知道她还是在劝慰自己重新开始可能面对的问题，就说：你放心，我懂。

顾自怜笑笑：我当然放心你。

冯伟不知道如何应答，就只好嘿嘿笑：我想，反弹的关键点就在于机遇和对机遇的把握，而机遇是要自己创造的，我从来不相信什么天上掉馅饼的事情。

顾自怜笑：哈，你能这么说我就真的放心了。

冯伟又是嘿嘿笑。

那道细如蚕丝的裂痕便悄悄地弥合上了。

慢镜头　舌战·常青藤连环套（2）

北京海淀互联网 TV 电视台。上午 10:00。

主持人：各位观众，最近一段时间内，围绕常青藤指责"中国考生通过不正当手段获取高分"一事，各个媒体给予了大量的报道，引起了中国社会各阶层的广泛关注，特别是在中国国内许多准备考试留学的广大考生之中，引起了极大的波动和各种针对常青藤的猜测……

在主持人左手边，坐着常青藤两位副总裁杰克逊和梅森豪尔；右手边，坐着新世纪副校长陆剑客。会场设置得就像大专辩论赛。

这真的是陆剑客一人单枪匹马战双雄！

主持人：我们还邀请到业界精英，以及各位广泛报道此事件的媒体朋友和热心观众。我们的合作网络"地球社区"将向全球华人直播此次对话与交锋实录，欢迎网友们提出你们的意见和见解！

3

说曹操,曹操就到。一大清早,冯伟就被郝俊亮"劫"到总裁办会议室去了。

郝俊亮说:"老板让你去参加大会筹备第一次工作组会议。"

会已经开了一半。总裁办、市场部、常青藤教育培训部、行政后勤部,甚至学校保安处……一大屋子的人。

冯伟第一个反应,是群英荟萃,萝卜开会。

第二个反应,各方势力,悉数登场。

虽然有潘芳的杀人目光,但显然有江子康的仔细吩咐,所以郝俊亮还是准确无误地找到冯伟该坐的位置——圆形会议的"U"角,可以看清全场,却又不会成为全场的焦点。

冯伟不由慨叹,江子康心思缜密,竟至于斯!

旁听了好一会儿,冯伟才明白,这场"兴师动众"的现场方案会,不过是总裁办动议、常青藤教育培训部主持,邀请新世纪总部各关联部门,一起讨论大会筹备的典礼脚本。

常青藤教育培训部显然是"东道主",所以会议由潘芳主持。但是,由于有总裁助理兼市场部总监蒋妮可坐镇,所以,很显然重心已经不在她那里了。

冯伟默然观察了半天,通过彼此的称呼和谈话内容,基本弄清楚出场的都是哪些部门的人——且又习惯性地为每个人勾勒了张人物素描和特征概括。

回头转眼之间,冯伟意外地发现高个儿扬居然也在场——她冲冯伟微微地笑。

这是江子康在为"拿掉"潘芳做准备吧?让冯伟和高个儿扬都参加这种各部门协调会,也是为顺利"接盘"做两手准备吧?——拿掉潘芳是小事,但是让会议筹备"掉链"就是大事了。

潘芳恐怕还没嗅到这股危险的气息吧?

出场的,除了总裁助理蒋妮可,其他的都是像潘芳一样,属于部门主管级别的人。所以,说是讨论,可是没有人吭声。大家虽说心思各异,但是有一点是相同的:要等"领导"发话——"领导"没提意见,自己提什么?提了什么想法的话,"领导"如果说好,那么自己来干吗?如果说不好呢……

所以,一片沉默。

蒋妮可等了半天，终于又开口道："你们看呢？"冯伟勾勒八字评语：轻言细语，字字如刀。

品牌推广和网络中心总监助理阮元正玩手机，教学培训部总监助理刘峰看了他一眼，说："总是这样（意思是周年活动都是这样的流程），到时候老商又要说我们没新意了啊。"

阮元的手一顿，接着又若无其事地继续玩手机，头也不抬。

冯伟抓捕到两个人的"身体语言"，心想：这两个男人在较劲？

冯伟没猜错。阮元的手之所以停顿了那么一下，是因为品牌推广和网络中心总监杜永玖刚批评过他，说品牌推广和网络中心的活动也要"创新"。他的停顿，恐怕是疑惑刘峰为什么知道了这个批评，所以才在这个时候提了出来吧。

这边潘芳却把刘峰的话当作是针对她来的——毕竟，这个脚本是常青藤教育培训部拿出来的——于是，心里暗骂：没有新意，你倒是提一点新意出来啊。

行政后勤总监助理肖云仙看潘芳脸色由晴转阴，马上就要刮风下雨，立刻出来打圆场。她未语先笑，声音嘶哑，笑声尖锐，把冯伟的耳膜刮得刺啦刺啦响。然后，肖云仙侧头看着刘峰说："那请刘总说说有什么想法？"

刘总？这人称呼让冯伟多看了刘峰两眼。肖云仙四十多岁，说话粗声粗气，似乎刻意放低姿态；但刘峰才三十多岁，形象好，气质好，说话口气也挺大的——嗯，一定是某个高层的"红人"。

刘峰看了一圈，见大家还是埋头扮鹌鹑，就转向潘芳说："让我说什么，这不是你们常青藤教育培训部的活动吗？"

大家一听这话，立马觉得很对，说得是啊——这是常青藤教育培训部的活动啊，我们部门只是配合配合。

潘芳看了大家一圈，眼睛一眨，带着委屈的口气说："要是我们自己的活动，哪里有那么麻烦……"

刘峰笑："你可别这么说，那展示的还不是你们常青藤教育培训部？"

潘芳还没反应过来，高个儿扬已经正色道："您这么说可就不对了，展示的是学校，收益的是你们教学办——这难道不是新世纪老师的集体亮相吗？"

刘峰没想到高个儿扬会直接驳他，一时间找不到话来回应，只好讪讪地笑："那最后还不是给你们招来了好学员……"

潘芳张了张口，终于想到该说什么了，但是最终没有吭声。怎么能说是为了我们部门招生呢，为了我们部门招生值得这么周折吗？

终究，顾忌着蒋妮可在——有些话，是不能说出来的。

蒋妮可轻描淡写地说道："老商亲自参与指导，这是整个学校的活动。"

刘峰立刻知道自己错在哪里了，于是，低头，不说话了。

其他部门的人更是如此。于是，大家为了规避责任，又重新保持了一片沉默。潘芳每念一条，都说挺好挺好，说等"领导"意见——再也不提什么"新意"的话了。蒋妮可叹了一口气，一挥手，于是脚本顺利"通过"。

散会后，冯伟磨蹭到最后，等到人都走没了，却撞见蒋妮可正在门口等他。

蒋妮可说："你还是老样子啊？来新世纪了都不跟我打声招呼！怎么对脚本不发表意见？"

冯伟笑笑，反问："你还想听什么意见？"

蒋妮可："这脚本为什么没让你参与？你参与的话，肯定能拿得出老商很满意的新意的！"

冯伟又笑："新意？你觉得老商想要什么新意？！'平稳'，就是最大的新意！"

从元老派到少壮派的嬗变更替，从第一次创业到第二次创业的时代巨变，能保证它们平稳过渡或顺利转折，就是最大的新意。

所以，你还想要什么新意呢？

蒋妮可眯起了眼。这句话，说中了她现在真正的担忧："小怜也是这么说的。她有没有跟你说，什么时候回来啊？"

小怜正是顾自怜。

慢镜头　舌战·常青藤连环套（3）

北京海淀互联网TV电视台。上午10:05。

主持人：现在我们进入第一个环节，针锋相对。首先有请嘉宾阐述各自的总论点。

陆剑客立刻大而化之：常青藤的公开信，公开号召各个常青藤大学对来自中国的学生进行特别检查，是对中国学生集体荣誉的侵犯，是对无数通过艰苦奋斗、奋力拼搏得到优秀成绩的中国学生的诋毁……

杰克逊却聚而歼之：常青藤国际教育联盟注意到，近一段时间内，围绕常青藤公开信，在中国媒体和考生中引起了极大的波动和针对常青藤联盟的猜测。有鉴于此，常青藤联盟感到十分有必要就此事向一直关注事态发展的中国考生以及中国各界人士做出如下澄清与声明：本公开信的主要目的，是针对"北京新世纪学校未经授权非法使用常青藤国际联盟考试试题资料"……

正反双方的立场立刻昭然若揭。陆剑客试图将此事"放大"到事关中国考生、中华民族的知识歧视上，而杰克逊却试图将此事"缩小"到新世纪这一个中国式民企身上。

4

顾自怜什么时候回来？

蒋妮可一句话，又把冯伟逼迫到试图封闭的回忆潮前。

很多事，冯伟都选择了"遗忘"。比如，顾自怜当初为什么离开？

独独会经常忆起，顾自怜离开时，他居然没去相送。

蒋子峰去了，给冯伟带回来一套《张爱玲全集》，说是顾自怜送给他的。

扉页上，只写了一句话：我真怕我们所有人的命运，都被张爱玲那一篇不足千字的文章道破……

冯伟琢磨了很久，都不知那篇文章说的是哪篇。某次甘晓儿很偶然地看见了，说那就是《爱》。

那年那月，那春天的晚上。

那十五六岁的少女，立在后门口，手扶着桃树，又见到心中的那个他。

这个对门住的年轻人同她见过面，可是从来没有打过招呼的，他走了过来。

离得不远，站定了，轻轻地说了一声："噢，你也在这里吗？"

她没有说什么，他也没有再说什么，站了一会，各自走开了。

就这样完了。

她是这个村庄的小康之家的女孩子，生得美，有许多人来做媒，但都没有说成。后来这女人被亲眷拐子卖到他乡外县去作妾，又几次三番地被转卖，经过无数的惊险的风波，老了的时候她还记得从前那一回事，常常说起，在那春天的晚上，在后门口的桃树下，那年轻人。

于千万人之中，遇见你所遇见的人，于千万年之中，时间的无涯的荒野里,没有早一步,也没有晚一步,刚巧赶上了,那也没有别的话可说,唯有轻轻地问一声:"噢,你也在这里吗?"

  只此一句,却又代表了所有。
  所有的开始,所有的结局,和所有的人生……所有一生中追悔和憧憬的事。
  爱情在动静之间,缘分在聚散之间。
  人一辈子最爱做的就是两件事,一是追悔,二是憧憬。
  却独独,不懂珍惜!
  现在。
  此时,此地,
  此刻,此人。
  一秒即一生。
  这是真的……
  甘晓儿一语点破梦中人,让冯伟怅惘了很久之后,在重新忆取时,倍加珍视"晨晒"时的心情。
  "晨晒"已经成为冯伟纪念和甘晓儿美好生活的某种仪式。
  是的,仪式。
  当冯伟坐在椅上,看那草间小花蓓蕾初绽,一片、两片、三片……渐成一片,如被如席,如此普通的小花竟也锦绣年华。就这样,一天一天地看下来,不经意中,竟感受到了那一抹盎然的春意。
  美,原来就在眼里一点点地萍聚。
  一花一世界,一沙一天堂。
  每朵小花里,似乎都有甘晓儿的身影;每颗沙,似乎都包含着一个云朵的天堂。
  我看花,你到花里去;我看水,你到水里;我看太阳,原来你就在阳光里……
  晨晒时,宛若你就在我身边,伴我如呼吸。所以,冯伟爱上了"晨晒"。
  那是从什么时候开始的呢?还是在羌寨。
  甘晓儿经常会把他拉起,"晨晒",然后放一些老歌,轻音乐或是其他。这些曲子给他带来过哭泣的冲动。流泪,不是因为感伤,而是源自震撼。甘晓儿喜欢的音乐,具有某种穿透灵魂的力量。用耳机将喧嚣躁动的空间隔离，闭上眼睛，感受两个人的空白世界。在灵魂深处的火花碰撞中，冯伟的内心感到前所未有的安宁与平静。

慢慢地，他发现，原来有太多事，并不值得自己在意。他在意的，其实就只有甘晓儿一个人。

虽然就像顾自怜说的，冯伟仍然是个有梦的人，对人生怀抱某种理想的宏大架构，在潜意识里始终向往并且确信关于世界、爱情、人性、永恒、意义的宏大叙事，也依然为着现实与理想的疏离感到忧伤……

但其实，冯伟要的不多。只是太过纯粹，反而更难。对他而言，十多年奔波于羌寨和北京，最幸福的事就是能和甘晓儿一起坐在自家的阳台上晒阳光——我能想到最浪漫的事，就是和你一起慢慢变老……

甘晓儿听得两眼含泪，但仍然说，你到羌寨来吧——我们一起天天晒太阳！

约言犹人，物是人非。于是，"晨晒"时，冯伟的心经常会微微一痛。就像阳光，那一瞬间灼伤了他的眼睛。

爱过方知情重，醉过方知酒浓，活过方知珍惜。

生活不在于多么宏大，心灵不在于多么丰富，一个生活的小碎片，经常会蕴藏着让我们此时此刻、这一秒这一天都过得很值得的味道。

只是，在实际生活中，我们来也匆匆，去也匆匆，对身边的人和事从不在意。只有在失去时，才追悔；在追悔时，才知道自己曾经憧憬的风景，原来不在远方，就在自己身边。

走遍天涯海角，寻找身边爱情。却已经无法挽回。

就像张爱玲的那年，那花，那少女……

还有顾自怜。

慢镜头　舌战·常青藤连环套（4）

北京海淀互联网 TV 电视台。上午 10:20。

梅森豪尔（一发言就火药味很浓）：常青藤曾经授权新世纪学校在课堂上使用公开的二十套国际考试试题，但并不包括其他未公开的题库。遗憾的是，新世纪学校一直非法盗用、复制并销售常青藤联盟版权所属的试题资料，他们甚至滥用我们授权该校使用的考题……正是在这个阶段，一些中国考生的国际考试成绩极大地攀升。

陆剑客：常青藤联盟把反映了中国学生实际英语水平提高的考分的相应增长，涂上了一层通过不正当手段获取的色彩，是对中国近年来英语整体教育成就的漠视，尤其是对新世纪和商逍遥对中国教育培训水平提升的"巨大贡献"的漠视！在此，请允许我引用《米国邮报》的语句来阐述我方观点：对于常青藤国际考试联盟——这个管理着研究生入学考试和本科生成绩评估考试的非赢利性组织来说，商逍遥是一个大话王、骗子和小偷。但"对新世纪的许多人来说，商逍遥是个英雄式的人物，他从一个出身不高的老师做起，成立了中国最大的备考学校，将数以万计的中国学生送到国际常青藤大学中"。

5

会议一完，江子康就把潘芳和冯伟都叫了过去。

江子康一般不参加学校的这种会议，嫌烦，说让潘芳或高个儿扬去就可以了。

如果会议是潘芳和高个儿扬同时参加的，江子康回来以后，必定会分别问她俩开会的内容——因为她们俩阐述的还不一样。高个儿扬会说一些潘芳没有说到的内容。

江子康觉得，潘芳会自动忽略掉一些她觉得对自己"不好"的内容，或者说她没有高个儿扬那么敏感。

但是，从另外一个方面，潘芳又能提供一些高个儿扬不知道的背景资源，比如谁和谁是什么关系之类的。由于学校内外的"网络"关系，潘芳的消息很灵通。

最后，江子康会与蒋妮可亲自通电话讨论——当然，这是在潘芳和高个儿扬分别汇报之后，他要解决他的一些疑问或者要证实和协商的东西。

就这样，江子康虽然没有亲自出席，却可能得到了比参与者更多的信息——这也是一件很有意思的事情：领导为什么知道得总比我多？

商逍遥一说成立专门筹备大会的"工作组"，江子康立刻就明白其中所隐含的政治信号，这已经上升到了决定新世纪生死存亡的战略高度。一是因为商逍遥亲自做这个活动，二是因为这就是常青藤教育培训部年度的大事，三是因为现在处于敏感时期，各方势力交织并较量，台前幕后都是戏，值得关注……

工作小组的人员已经换成了"总裁办"的人；只有副职是部门的具体执行人员。只是常青藤教育培训部的负责人还没有决定，肯定不能是冯伟——蒋妮可已经咨询过江子康两次。

值此关键时刻，现在又需腾笼换鸟，临阵换将，因此，询问开会的事宜及进程就显得比往日更具有特别重要的意义。

江子康:"你们会开得怎么样啊?"
潘芳:"挺好,很顺利。"
冯伟当时心里就想,怎么顺利了?不由得微微侧头看了她一眼。
江子康和潘芳都注意到了冯伟的目光。
潘芳侧头问冯伟:"你说是吧,他们都没说有什么意见?!"
江子康问:"是这样吗?"
目光集中到了冯伟身上,冯伟只好浅浅地笑:"开了半天会,反正现在是说按这一稿执行嘛。"
江子康不放过:"那是谁说按这一稿执行的?是蒋妮可亲自说的吗?"
冯伟和潘芳对视了一下,说:"肖云仙说的,蒋妮可也没提出反对。"
江子康说:"哦……"
肖云仙是副校长崔尚舞的人。崔尚舞既是商逍遥的人,又是商老太的人,是商逍遥和商老太产生争执、矛盾和冲突时,唯一可以传话和协调的中间人。
江子康和潘芳都明白,就冯伟不明白。
潘芳说:"就先按这个来吧。我想,崔尚舞的人都这样说了……"
江子康笑道:"她不等于崔尚舞,崔尚舞不等于老祖宗,老祖宗不等于老商。你们看吧,老商肯定还会有什么幺蛾子……"
语气中居然有一丝亲昵之意,甚至含有某种兴奋的期待,似乎很熟悉甚至是很高兴老商会不断地折腾。
这让冯伟心中微微一动。这中间又有什么"猫腻"?他在第一瞬间就反应过来,这跟 CEO 联席会议的夺权行动高度关联!
商逍遥是那种事必躬亲的人,拿得起,放不下,小到厕所,大到新世纪的命运,都要亲自管。
"CEO 联席会议关于权限的决定,"江子福会一完,就对江子康评价道,"其一,是'制衡'商逍遥的权力,其二,就是'防止商逍遥犯老毛病'。商逍遥的老毛病就是事无巨细,事必躬亲。"
这种消息证实了江子康跟商逍遥面谈时的预感。他当时就说:"不让老商干具体事,跟杀了他一样,老商肯妥协才怪!"
CEO 联席会议"制衡商逍遥"的结果,是想让商逍遥"不干具体事",甚至"没事干"……元老派最不满的就是商逍遥"事无巨细,什么都管"的管理风格：什么事情，别人弄都不放心，以证明别人不行，自己什么都行。但是，正是这种不放过任何小事，去干别人不屑的小事的风格，成就了新世纪。

性格决定命运——这是一种本能。所以，在元老派看到商逍遥妥协"不再管事"的背后，江子康却看到商逍遥主抓"十九周年庆典筹备会"的政治意味——商逍遥肯定要"找事干"，甚至是找事对着干！不管是有意无意，筹备大会的"工作组"会议，都已经成为商逍遥"找事跟 CEO 联席会议对着干"的工具。

所以，"工作组"已经不仅仅是筹备大会那么简单。在某种意义上，它已经成了商逍遥管理意志的执行工具，其目的就是保证北京新世纪学校的教学教务和培训等业务能"正常而有效率地运行"——事实上，"工作组"已经暗中成为跟 CEO 联席会议对抗的"隐形权力机构"，蒋妮可和江子康逐渐成为商逍遥的"隐形人——左右手"。商逍遥正在通过他们发布与执行着一个又一个指令，这些指令正有效地切断 CEO 联席会议对学校具体事务的渗透、掌控和指挥⋯⋯

潘芳笑："那怎么办呢，他还有什么想法就执行呗。"

江子康问："那你们执行不了怎么办？"

潘芳笑："总会过去的。"

江子康冷笑："那你就等着吧！"

冯伟一直做鹌鹑状，只有听到这句蕴含某种杀机的话时，眉头才耸动了一下。

老商要对 CEO 联席会议进行"绝地反击"吗？

慢镜头　舌战·常青藤连环套（5）

北京海淀互联网 TV 电视台。上午 10:30。

梅森豪尔：常青藤联盟将谋求在中国现行司法框架下，通过包括诉讼在内的法律手段，制止新世纪学校以及相关网站的侵权行为。同时，我们也注意到，有相当数量的教育、考试辅导网站未经常青藤联盟允许，非法在网上登载大量受版权保护的国际考试试题及答案，互联网为这些绝密考题的流传无疑提供了极大的便利⋯⋯常青藤联盟郑重要求这些单位立刻采取措施停止他们的侵权行为。

陆剑客：请原谅我同样引用媒体报道来表述我方的观点：《米国邮报》说，"上个月在中国提出的诉讼中，常青藤国际联盟控告商逍遥出版了该中心的盗版的旧题，并且从中心的试题中窃题，将这两者同时出售给中国学生而获利百万。常青藤密函犯的错误之一，是把没有具体证据的'窃题'与新世纪挂钩。"

6

冯伟又慢慢溜达到"三角地"去报到了。

矮个儿姜一看见他，立刻又招手又拽胳膊，压低声音，凑近耳边，神神秘秘地说："知道吗？秋后的蚂蚱，蹦跶不了几天。"

冯伟做懵懂无知状："啥呀，这才初夏哪，咋就扯上秋后的蚂蚱了？"

矮个儿姜急了，声音略高："就是'西门潘'啊，她当主管当不了几天了。"

冯伟看了看她背后的高个儿扬，她正埋头做账，似没听见，脸上无表情。

"西门潘？我看她最近做得不是挺好的嘛，你看那新教师培训大会——筹备得多井井有条！"

"哪儿呀——那大部分工作都是都春兰做的！"矮个儿姜一脸鄙夷和不屑，"她就把人家都春兰做的事儿都据为己有。这事儿，她没少干！"

噢，宣传机器已经开动了，办公室舆论已经制造第一波了啊？甚至，还来点扭曲、歪曲和张冠李戴。

了解，了解！

理解，理解！

政治需要嘛！

冯伟客观地说："其实，'西门潘'还是蛮能干的嘛！"

"她算啥呀。要不是小老板一手扶持她，她也许还在门外卖盗版光盘呢——要碟吗，要碟吗，正宗的江子康培训课程，五折优惠。"

矮个儿姜捏着鼻子学潘芳的嗓音，尖牙利嘴的，很难听。

冯伟和高个儿扬都笑了。

冯伟注意到高个儿扬的笑是一种反感与讥讽并存的态度。看来，江氏家族已经统一意见，拿定了立场，这场人事变动正在酝酿之中。

矮个儿姜最后干脆利落地说："放心吧，也就这几天的事儿！你熟悉了，就让她走人！"

江子康最后的决定已经做了？连时间都已经定好了？

利用完了，就扔了吗？弃之如敝屣。

冯伟又笑。这次是略带伤感和凄凉的笑。替潘芳伤感，替自己凄凉。

潘芳的历史使命和存在价值已利用完。新世纪正在缓慢滑向秩序化、规范化、公开化的历史转型时期，潘芳曾经的特长和能力（比如跟所谓的"黑白两道"掐架，跟地下盗版组织密切的利益链关系），都成了江氏家族的"硬伤"，如鲠在喉，如刺在背——他们需要像冯伟这样的人来取潘芳这样的鲠，拔"西门潘"这样的刺。

今天他拔"西门潘"的刺，明天谁又来取他冯半仙的鲠？

潘芳最伤感，最凄凉的，在于她自己不能认清形势，不懂识时务者为俊杰，不懂急流勇退，不懂自绝门户自动消失——非得要逼得有大户人家谓江氏者亲自动手。

连冯伟也成了帮凶。

等到那一天，他冯伟会不会重蹈覆辙？

慢镜头　舌战·常青藤连环套（6）

北京海淀互联网 TV 电视台。上午 10:40。

杰克逊：我们所采取的诉讼行动针对的不是新世纪学校或这些网站，而是其侵权事实的本身。只有及时、合理、妥善解决此侵权事件，才能够有效地捍卫教育考试的尊严和权威性，最终使考试教育服务于广大考生的切身利益和实际需要。

陆剑客：抱歉，我还是得引用《米国邮报》："考虑到新世纪学校的知名度，常青藤国际联盟提请各大学谨慎对待中国学生的申请，尤其是那些获得极高考试分数的学生……"这不是在维护而是在侮辱和损害中国考生的利益。

7

谁会是常青藤教育培训部的下一任行政主管？

江子康正在考虑着，冯伟也在琢磨着。

办公室格局的洗牌正式开始。潘芳出局已成定局，都春兰召回已属必然。这已经是铁板钉钉的了。但冯伟关心的是，接手的人是谁？

肯定不是都春兰。都春兰还上不了那个档次。

这个人选太关键了。

这直接关系到冯伟在新世纪的生存和发展，关系到冯伟为江子康勾勒的梦想和前景。都像潘芳这样，这人还要不要活了，这事儿还做不做了？

谁是新主管？曲婉澄？！

这两天，冯伟从矮个儿姜嘴里听得最多的一个人，就是曲婉澄。

"外语大学的才女啊，很早就跟着大老板创业了。那时只有两三个人，小老板讲课还兼做行政，曲婉澄是讲课的主力啊。"绝对的"曲长老"。

"研究生毕业，北京有一家很好的中央单位要她。我们部门那时正艰难，大老板一句话，来帮帮我吧，她就来了。没户没口的，没名没分的，干到现在。"绝对的忠诚。

"脾气大了点，个性强了点，性子懒了点，说话又尖锐了点，要不然——"不太适合？

"年龄大了，还没有男朋友。现在她可着急了，见面就要我介绍男朋友，又说相亲又一次失败了——"剩女？急嫁族？非事业型女性？

…………

脑子里曲婉澄的人物素描越来越清晰。

于是，冯伟知道了，常青藤教育培训部行政主管的第一个候选人，就是曲婉澄。

矮个儿姜说，当时新世纪刚刚有点规范化的趋势，部门必须设置且空出行政主管职位时，江子福第一个考虑的人选就是曲婉澄，江子康当然赞成。

于是，事情就交给了江子康。

"不然——"矮个儿姜撇撇嘴，像小女生一样撇得很可爱："哪有'西门潘'什么事儿？"

冯伟想的却是，原来这主管候选人还有这么悠久的历史啊……都春兰要是知道，这主管从来也没自己什么事儿，岂不是很伤心？这么多年都枉费心机，却是为他人做嫁衣！

于是，江子康就找曲婉澄谈，说，婉澄啊，部门需要一个主管。

曲婉澄那时还很年轻，就问，主管是干啥的啊？

江子康好像自己也没大想明白，说，是江子福的秘书吧。

曲婉澄恍然大悟，直愣愣地说，噢，秘书啊，不就是找个花瓶吗？那随便找个漂亮的小姑娘就得了！

江子康猝不及防，有点儿狼狈，不知道怎样把话继续说下去。

曲婉澄又问，要我帮忙找一个吗？我班上漂亮的小女生多得是！

江子康只好说，那你帮我留意点吧，看有没有合适的人选。

于是，曲婉澄就兴冲冲地去找人了。

她走回大教室的讲台上，指着第一排的某个女生——毕业于某所地方高校，人很漂亮，但是脑子很空——咄咄逼人地问，你想干点啥吗？

那靓女生说，想啊。

曲婉澄道：那赶紧给我写份简历！

于是，那靓女生赶紧手写了一份简历——就在常青藤教育培训部单页广告的背面。

曲婉澄拿起广告简历就扬长而去，到江子康那儿"邀功请赏"。

她把那页简历递给江子康，不无得意地说，我办事有效率吧？靓女，绝对的靓女——虽然身材发达，大脑萎缩！

江子康哭笑不得，说，我是想要一个教学主管，不是花瓶。

曲婉澄撇撇嘴，谁叫你不说清楚呢。害得我白跑一趟！

江子康气结，给堵在喉咙里，吞也吞不下去，吐也吐不出来，倍儿难受。

于是，曲婉澄做主管的事儿，只得作罢。

没奈何，江子康自己兼了一段时间行政主管，直到潘芳接任。

现在，曲婉澄做主管，又被重新提上日程？

这，又是怎样的一个女生？

慢镜头　舌战·常青藤连环套（7）

北京海淀互联网TV电视台。上午10:50。

杰克逊：常青藤联盟的调查结果是，证实了北京新世纪学校和个别考试网站非法大量使用、出售未经授权的全部考题的有关情况，同时发现近几年中国学生的成绩开始突升，而其他国家的学生成绩没有相应变化；除中国考区外，我们没有发现有任何国家与地区的考试分数激增的现象……

陆剑客：请允许我再度浓缩《米国邮报》等媒体的观点，常青藤联盟不公平地把所有的中国学生列为骗子；这个"近几年"的时间概念，几乎是对所有正在参加和已经参加常青藤国际考试的中国考生进行指控。

8

十年，矮个儿姜说，曲婉澄唯一可以记入新世纪史册的，就是她的相亲史。

第十章 齐天大"剩":邻家有女初长成

从矮个儿姜安排的第一次相亲起,曲婉澄"相亲"这场仗已经打了十年了。

哦,十年了,接近抗战十四年!抗战已经胜利了,你还没有胜利吗?——矮个儿姜这么问过她。

曲婉澄笑:那是因为抗战是全国人民一起,而我,是一个人。

冯伟想,哈,不错的回答……

曲婉澄第一次相亲,就是矮个儿姜安排的——那是上世纪末,还是新世纪初?不记得了。反正是她来新世纪没多久。那时,矮个儿姜还在"总后"呢——新世纪的总后勤服务部,直接在商老太的手下干着呢。

矮个儿姜问她有什么条件,好按条件找人,"按图索骥"不是?

曲婉澄说无所谓,人好就行,您看着办就行!

矮个儿姜没听出她是年轻真的无所谓,还是敷衍说得无所谓,就介绍了一个在娄阿姨那儿做家政的夫妇的儿子,一个刚毕业的研究生。

"研究生呃!两个人学历正相配!"

约在星巴克见面。

她准时到了,却没有进去,躲在旁边,想先看看。

到了约定的时间,出现了一个眼镜男——小小的眼睛,厚厚的眼镜,随便的T恤,还穿着拖鞋……

据曲婉澄说是非常之丑。当然,人的审美标准不同。那时,还没有出现狄哲宁——嗯,狄哲宁那时是在实用学院,还是疯狂精英培训部?忘了——不然,她就换一种说法,"长得很有创意"!因为狄哲宁好像,好像都没这眼镜男长得有创意!

曲婉澄当时一下子就失去了进去的勇气,在心里画了好几道叉叉。

长得有创意,不是你的错。可是长得这么有创意,还出来见我!那,就绝对是你的错了。

可是,碍于矮个儿姜的情面,只能硬着头皮走进去。

曲婉澄勉强地笑了一下:你好!

眼镜男一下子站了起来,双手握住,使劲晃:你好你好。

曲婉澄赶紧把手抽出来,坐下。

她注意到眼镜男的桌子上没有什么,就问你喝什么?

眼镜男说:我刚刚看了,太贵了,就没点。想等你来了你喝就行了。

曲婉澄强忍着:没关系,我请你喝好了……

她当时就想肯定没戏了,就算是给矮个儿姜一个面子吧。

眼镜男高兴地说：好啊。

曲婉澄买了两杯咖啡回来。

眼镜男问：你经常来这种地方吗？

曲婉澄无语，只能报以勉强的微笑。

眼镜男还不放过：我说你们这些女孩啊，怎么会喜欢这种地方，那么贵。

曲婉澄忍不住：还好吧，最便宜的咖啡也就二十几块啊。

眼镜男摆出认真的样子：那你请我喝咖啡，是不是表示你已经看上我了？

曲婉澄惊讶得已经不知所措了。

她有些吃力地说：你可真会开玩笑。

眼镜男有些生气的样子：我没在开玩笑啊。我觉得你长得挺温柔，不错，我觉得我已经喜欢上你了。书上说，肯为你花钱就是喜欢你，你买咖啡给我喝，这说明你也喜欢我啊。

曲婉澄几乎要晕了，心里暗想：神啊，谁来救救我！

她收起笑容：同学，你书看得太多了吧。

眼镜男不以为意：没有啊，我本来打算考博士的，可是没考上呢。

曲婉澄当时把矮个儿姜在心里已经咒骂了几百遍，怎么来了这么个二百五？

她赶紧说：我突然想起来还有点事情，先走了。

眼镜男道：这咖啡你还没喝完呢，多浪费。

曲婉澄无奈：不喝了，来不及了。

转身要走。

眼镜男说：那我喝了它吧……你还没给我答复呢。

曲婉澄愕然：什么？

眼镜男抬了抬眼镜：刚刚说的。

曲婉澄：啊？

眼镜男：我们俩？

曲婉澄当时恨不得立刻从这个地方消失：回头再说！

她飞一般地逃离了星巴克，暗自誓言：坚决不嫁基层精英男，宁死不婚凤凰水晶男。

瞧，曲婉澄多有先知先觉啊，提前八九年就已率先实践"新结婚时代"的婚嫁革命！

事后，曲婉澄说，第一次相亲没有经验啊，什么都没有事先了解。

都怪这个眼镜男，破坏了她的"第一次"，以至于——到现在都没有成功。

嗯，都怪他。

都怪矮个儿姜。

矮个儿姜第一反应，就是这男孩多朴实啊——底层考出来的孩子就是实在，省钱，孝顺父母。他父母为了伴他读书，都漂在北京，以帮新世纪很多人做饭、洗衣服为生。

转眼，矮个儿姜又很委屈："这怎么能怪我呢？是她自己说没啥条件的。"

冯伟笑道："这话您还信？当一个女孩说她没啥条件时，是因为她在心里已经设定了一个很高的期望值。"

高得似乎身边走过的所有男人，生活中平常人都不具有的所有条件，都难以满足她的心灵需要。

慢镜头　舌战·常青藤连环套（8）

北京海淀互联网 TV 电视台。上午 10:58。

梅森豪尔：常青藤联盟认为这些行为极大地破坏了考试的严肃性、科学性和权威性，因而对广大积极正当备考的考生来讲，也是极不公平的。

陆剑客：公平？常青藤联盟多年来对中国考试市场就采取了并不公平的版权政策。常青藤联盟在美国市场和世界各地，都有其官方授权的正式考题和资料出版销售，但唯独在中国市场，常青藤联盟至今没有向任何一家出版机构授权过它的资料。常青藤联盟对于广大中国学生如何合法获得其考试资料可以说采取了一个冷漠的拒绝政策。常青藤联盟这种错误的和过时的政策，是对中国考生最大的不公平！

9

于是，曲婉澄第二次、第三次、第四次……相亲，便有了明确的标准。

"刚开始吧，年纪还轻，学历又高，长得又好看，条件又不错，所以，眼光高了点，挑剔了些，说非什么不嫁：比如，非 175，非中央机关，非年薪多少……总之，阿婆阿婶也都介绍了些，都入不了她的法眼。

"过两年吧，有点急了，开始降低条件：矮点没关系，没北京户口也没关系，赚钱没她多也没关系，不过，人好歹要长得过得去吧？

"又折腾了两年，现在成了大龄女青年，真的急火攻心了，就说人丑点没关系，娶过离过也没关系，年龄大点小点都没关系，只要对她好，就可以了。话是那么说，可是哪儿去找啊，高不成低不就的——"

随着矮个儿姜抑扬顿挫的语调，冯伟正在脑海里一幕幕放影视剧呢：从《BJ单身日记》到《我是金三顺》……

相亲无果，再相亲，从才子到财子——金融精英男。

还是无果，又相亲，从公务员到学者——海归民间智库精英。

还是无果。

如此循环下去，对于曲婉澄的相亲会，矮个儿姜总结出了一个很有意思的规律：

如果八点前回来，就是没戏。

如果十点回来，就是有戏。

有时，她九点半回来了。

徐小婕问矮个儿姜：九点半代表什么呢？

哈哈，矮个儿姜非常一语惊人地说：代表戏开了半场啊……

让人无话可接。

这戏该怎么演？

女主角内定，男主角海选，连剧情都不知道怎么发展，又如何知道下一句该说什么台词？

相亲久了，连曲婉澄自己都不知道自己想演什么戏，想找什么人，为何、如何找到那个人了。

但是，曲婉澄仍然在执着地找一个爱或不爱的理由。

爱一个人总是需要理由的，只是有的理由连自己都不知道。

这些人，都没有给曲婉澄一个爱他们也让他们爱自己的理由。

这个人，我就是不喜欢。

"我们俩，没感觉。"

每次相完亲后，都是这么一句。而且，只有这么一句。

就像按了replay键，重复地播放，不断地循环。

爱是一种感觉，不喜欢是一个事实。事实可以分辨，感觉不可理喻。

我们可以列出一千个事实，来说明为什么不喜欢某个人，却找不到一个理由，说得清楚为什么喜欢的恰恰就是这个人。

相亲，其实就是在做排除法，用这一千个事实做标准，来剔掉一个又一个"不合适"的人——所以，相亲的目的，本来就不是为了成功，而是为了失败。瞧,又一个人不合格了。

就像毕业生一次又一次的工作"面试",其实就是为"求挫"——都是为了证明,我就是"不适合"这个工作,"不适合"那个职位,"不适合"或此或彼的公司……

所以,冯伟说,"相亲狂人"和"面霸",在本质上都是一样的,都是"受虐驱动"!比如,像曲婉澄这样,列出一个又一个流水线式的规格和标准,把一个又一个非标准化的相亲男,放进一个又一个类型化了的格子和空间——标签只有一个:"这都是不合格男!"

直到所有的格子都快填满时,那最后一个相亲男,就是她要牢牢抓住的结婚对象,虽然那可能是所有不合格男中最不可能合格的一个。

不过,没有办法。

如果非要给出一个理由,那只能是:他如果不是"胜男",她就必定成为"剩女"。

慢镜头　舌战·常青藤连环套（9）

北京海淀互联网 TV 电视台。上午 11:00。

杰克逊（赶紧拐了个弯）：在已有的中国媒体对这封信的报道中,多有两个误会：一是对这封信的原委和国际考试体制不太了解,二是对信的内容介绍不全面甚至断章取义,导致部分中国学生产生不安和不公的感觉。

陆剑客：中国学生为什么会产生这种感觉？因为常青藤联盟怀疑新世纪有可能是"窃贼",怀疑参加新世纪培训的中国考生有可能是"窃贼",所有中国考生都有可能是"窃贼",因此,提醒所有常青藤大学和研究机构都要像防"窃贼"那样对中国考生严加防范……有中国法学家认为,这是典型的"有罪推定",严重损害了出国留学的中国考生,特别是高分考生的录取几率。

10

"你愿意成为剩女吗？"

"不愿。"

"你是不是觉得两个人比单身好？"

"是的。"

"结束'一个人'的理由充不充分？"

"充分。"

"那你还矫什么情！抓住胜男！"

"可是，我们，没有感觉。"

转了一圈，又回到了起点……

所以，曲婉澄能不"剩"下来?!

剩女，绝对的剩女！

北京每年50多万剩女啊——人海茫茫，居然在这儿就碰上了一个。鬼使神差，冯伟那时居然想起了张爱玲的那样一句话：

"于千万人之中，遇见你所遇见的人，于千万年之中，时间的无涯的荒野里，没有早一步，也没有晚一步，刚巧赶上了，那也没有别的话可说，唯有轻轻地问一句：'噢。你也在这里吗？'"

正想着呢，仿佛是要感应冯伟的心电图，矮个儿姜突然停下来，盯着冯伟看，左看右看，上看下看，看得冯伟毛骨悚然，手足无措。

矮个儿姜一副打破砂锅问到底的架势说："你那么会观察，看看她究竟会找个什么样的人？"

冯伟随口道："不是钻石男，就是经济适用男！"

"什么？经济适用男？只听说过经济适用房。"

冯伟猛然醒悟，只得把话圆了下去："曲婉澄最佳的择偶对象，不是金龟婿，不是钻石男，而是现在经济危机下最走俏最吃香的男人——经济适用男——他们的形象代言人就是'沙僧'：长相普通，性格温和；工资不一定高，但收入稳定，工作相对来说比较轻松；会将大部分收入投入到家里，最具潜质做个好老公、好父亲……"

也许是神经短路，也许是对号入座，也许是现身说法，冯伟竟然指了指自己，说，"喏，就像我这样的，比我顾家的没我有钱，比我有钱的没我顾家。我就是一个标准的经济适用男！"

一语惊醒梦中人。矮个儿姜先是傻眼，继而张眼，然后眼睛笑得都眯了起来。她盯着冯伟看，左看右看，上看下看，看得冯伟毛骨悚然，手足无措。

看了半天，矮个儿姜终于收敛笑容，严肃地说：

"我看你俩挺般配的。哪天我把你俩约到一起见个面。"

冯伟立刻落荒而逃。

冯伟边逃还边在心里判断：我的搭档是不是你？

曲婉澄是不是下一任主管人选？

如果是创业长老，人又忠诚，虽然个性有缺点，但没理由不是！但为什么，冯伟老觉得有一个很关键的疑点——这个关键的疑点是什么？

冯伟灵光一闪即逝，再想抓住，却又无从找寻。

慢镜头　舌战·常青藤连环套（10）
北京海淀互联网 TV 电视台。上午 11:10。

杰克逊：我们此次来北京的目的只有一个：通过媒体告诉中国学生，常青藤联盟一直很欣赏中国学生的勤奋和才华，对中国学生从未有也不会有歧视之意；给各常青藤大学及研究所入学负责人发函是为了保证所有希望到美国读书的外籍学生都得到公平待遇，并保护我们自己的知识产权。

陆剑客：但已经有媒体披露，从现在掌握的案例来看，这一指控已经直接影响了出国留学的中国考生，特别是高分考生的录取！

梅森豪尔（立刻针锋相对）：我们可以负责任地说，目前没有任何中国考生的成绩因此被取消，我们也不是针对中国学生个人成绩。而在美国本土，曾经有过考生使用非法资料的情况，处理方式是一经发现，考生的成绩即被取消。

陆剑客（反唇相讥）："目前"没有，"以后"呢？常青藤联盟拿什么来保证？

11

说曹操，曹操就到。

矮个儿姜听音循声，一进办公室的门，就撞上刚挤身进来的曲婉澄。

矮个儿姜闲聊两句，问曲婉澄："你昨晚又去相亲了？谁介绍的？"

大有兴师问罪之意，似乎那介绍的谁谁谁抢走了她的独家专利权。

曲婉澄立刻一个苦瓜脸："谁这么勤快？怎么这话传得比长腿蚊的腿还快？甭提了，昨晚遇上了个老海带。"

矮个儿姜立刻晕了菜，海带？

叶香香嘴快，立刻替矮个儿姜"百度"了一下："就是一些眼高手低、没经验却自视高、要价高的海归，不是值钱的'海龟'，而是滞销的'海待'——等待好工作找他或找到好工作，所以叫'海带'。"

矮个儿姜弄明白了："噢，原来经济危机这锅汤，熬的是这些人啊——'海带汤'。"

曲婉澄和叶香香丹凤眼对桃花眼，谁说老太太不会脑筋急转弯——这矮个儿姜转得比罗盘还快。

曲婉澄这次见的"老海带"正走在奔四路上——可见曲婉澄现在相亲有多惨，年龄一节节地拔高——从成为"海带"至今，一直没能找准位置。

可能是因为感觉整个身体状况正在超越巅峰、往下坡路走吧，所以"老海带"一上来就悲壮地直面"精子危机"：

"你一周做几次？"

曲婉澄刚开始还没明白，等"老海带"重复了两遍后，才明白他问的是夫妻生活，既觉难堪又觉羞愧。一个男人这么直愣愣地问你，你能说"N次"——表明自己性欲旺盛，还是"零次"——性冷淡或伪处女？

老海带似乎不需要她回答，自顾自地说："我现在只能做一次。这点需要提前给你说明一下。"

说明？为什么要跟我说明？性和谐是婚姻和谐的基础与前提？

琢磨了半天，曲婉澄终于弄明白老海带的意思了，他是想先撇清自己是"负责任的利益攸关者"——都说女人三十似狼、四十如虎，而男人二十奔腾、三十微软、四十松下。以微软对虎狼，即便有心也无力，所以恐惧。

因为恐惧，索性先撇清。

我事先提醒过你吧?！不关我事。

曲婉澄道："怎么能这样呢？这个人要么是个二百五，在国外混得都不知道怎么讲中国话了，要么在国内混得都怀疑自己是不是个男人了。"

徐小婕的冷智慧恰到好处地迸发了："哪里呀，人家是一看到你，立刻就感到了'被专政'的压力——于是，选择了坦白从宽、抗拒从严的道路。"

矮个儿姜莫名其妙，觉得徐小婕说的也是中国话，咋就是听不懂呢？

捧哏叶香香适时跟进："嗯。曲老你自己照照镜子看看，整个就是一个绝望剩女，欲望女主——全写在脸上，我很饥渴，我需要满足……神见神怕，鬼见鬼惧，男人见了，还不跑得精光？难得还有一个男人如此为你留守！"

虽然有点费力，但矮个儿姜还是听懂了个大概，一一刮鼻子过去："你们呀，一个比一个人精，一句比一句刻薄。"

徐小婕笑道："那也得看谁。曲老刻薄起来，是个男人都能成为'非人'。"

捧哏叶香香又咿咿呀呀地来了两声京剧："我那可怜的冤家……"

突然想起来什么似的，问："老海带后来怎么样了？"

慢镜头　舌战·常青藤连环套（11）
北京海淀互联网 TV 电视台。上午 11:20。

杰克逊：关于学生，常青藤密函表述了四层意思：一是有中国学生因使用了非法获得的国际考试试题（这是作弊行为）而考出了异常高分，但无法确知是哪些学生；二是肯定也有中国学生没有使用非法获得的资料；三是希望各高校保证任何一个"无辜"学生不会受到不公正对待；四是建议各高校在考查学生的国际考试成绩的同时，要参考学生其他的成绩和表现以综合判断。

陆剑客：但，实际上，如果按照你们的版权政策，绝大多数中国学生已经不可能是常青藤联盟所表述的那种"无辜"形象，因为逻辑是这样的："非法使用"常青藤版权试题就是"作弊行为"，而在常青藤联盟对中国学生的版权政策面前，绝大多数进行国际考试的中国学生，成年累月、过去现在、还有不可预期的将来都是"非法获得"并"非法使用"，无论如何不是"无辜"，无论如何都是常青藤联盟意义上的"作弊"！这已经构成了对中国学生的歧视。

12

还能怎样？

曲婉澄那一刻如坐针毡，如烤火炉，真正体会到了爱因斯坦相对论在相亲中的价值和意义：

"如果你在一个漂亮的姑娘身旁坐一个小时，你只觉得坐了片刻；反之，你如果坐在一个热火炉上，片刻就像一个小时。这就是相对的意义。这当然是好懂的。如果有人存有怀疑，想试验一下的话，有谁不愿同那个姑娘坐在一起，而把火炉留给那个怀疑者呢？"

所以，在老海带想继续探讨他的"性福生活"时，曲婉澄"粗暴"地说，她要走了。连借口都不找，比如老妈说九点后必须回家，想起有文件落在办公室……

老海带张了张嘴，似乎想说挽留的话，又找不到理由和借口。憋了半天，问出一句："这账怎么算呢？"

曲婉澄有些厌恶地问："难道不是该男士埋单吗?!"

老海带很认真地说："NO，NO，NO，我们应该 AA 制。就算将来结婚，也应该做个婚前财产公证，你的还是你的，我的还是我的。"

曲婉澄不怒反笑："你难道没有听说过，男士去相亲，必须遵守一则金科玉律,永远不要对女士说 AA 制,而是必须对她说:你的还是你的,我的也是你的?"

老海带摇摇头,满含歉意地说:"我没有听说过。我还是坚持我们应该 AA 制。"

曲婉澄脱口欲说,我来埋单好了,你先"滚"吧。话到嘴边,吞了回去,凭什么呀?AA 就 AA。再说,跟这种人计较什么呀,没的坏了咱淑女的名头。

徐小婕从头看到脚,又从脚看到头,反反复复看了好几遍:"淑女?没看出来——你要是淑女,这世界上的男人都要绝种了。"

捧哏叶香香立刻道:"男人都疯了,全跑去跳海了——天父啊,怎么从我们的肋骨里造出这样一个女人来!"

矮个儿姜赶紧喂喂道:"你们说话能不能不这么绕啊!听得我脑袋都大了。"

曲婉澄笑道:"你别指望她们能跟你直肠子说话——像我这样的人,世界上都快绝种了。"

矮个儿姜点点头,雷人地说:"你再不找个男人嫁了,我看真的就要绝'种'了!"

众皆喷饭。

事情还没完呢。

曲婉澄道:"你们知道最后是怎么 AA 的吧?waiter 收完小费,找回来两张纸币,七个硬币,两个一元的,三个一毛的,还有两个两分或一分的。他就像小孩过家家一样,往自己面前'拽'一个硬币,再往我面前'推'一个硬币:我一个一元,你一个一元的;我一个一分的,你一个一分的;我一个一毛的,你一个一毛的;还剩一个一毛的,怎么办呢……"

曲婉澄模仿老海带郑重其事的语调和犹豫不定的神态,仿佛身临其境,让现场的人活生生地感受到了摇曳暧昧的灯光下,老海带锱铢必较的认真劲,以及一副仿佛思考生存还是毁灭、拯救还是放弃等个人及人类重大命运的哲学家精神。

叶香香啧啧两声:"这种男人——真的——是珍稀动物!"

矮个儿姜说:"你应该带把咬钳去!"

见众皆不解其意,又说:"他不是很为难吗?把那镍币咬成两半,一人拿一半走人,不就得了?!"

叶香香差点笑岔了气，缓过劲儿说，"您老太逗了……应该让您说相声去。"

众人又是一阵爆笑。

方榕榕一直在旁边忙着接咨询电话，没参与，这时却冷不丁地说："那曲老不就更麻烦了？那男的要是拿了那一半硬币，某一天穷困潦倒时，找上门来，说你不能丢下我不管啊，你要对我负责啊……"

再没有什么话，比方榕榕这句更能雷人的了——雷得人形神俱毁，灰飞烟灭。

徐小婕把妆容都笑花了，赶紧摸出小圆镜，边描边说："榕榕不说话则已，一说就天雷地动，雷倒一大片。这一句把'曲老相亲记'的什么都概括了：不但是绝望剩女，欲望女主；还大女人，小男人，整出个'破镜重圆'出来……曲老，你要对人家的人生负责噢！"

"我对他负责，我又找哪个人对我的人生负责！"曲婉澄一脸悲痛欲绝，"他摧毁了我人生的整个信念，让我的整个世界都坍塌了……"

叶香香惊诧道："没那么夸张吧？我听着怎么像9·11在你的人生里又重演了一次呢？"

慢镜头　舌战·常青藤连环套（12）
北京海淀互联网TV电视台。上午11:30。

杰克逊：我对中国学生感到受歧视表示不解。我们绝无歧视或特殊看待中国学生的意思，如果你了解国际考试和法律制度，并仔细看了那封信的全文（最好是英文原文），你看不到任何歧视的含义。

陆剑客：假若不存在歧视，为何到今天为止，美国和一些国家的学校、学生可以买到常青藤联盟公开出版的国际考试复习资料，而中国学校和学生却不行？

13
曲婉澄的激情演讲开演了。

"这就是我人生的9·11！女人的世界是什么？不就是眼皮底下这点东西？不就是眼前这一个男人吗？从某种意义上讲，女人的一生就是在找那一个男人，女人的全部世界就是那个男人！"

（徐小婕插了一句，曲老你这就不对了，男人是天，女人就是地，谁也不靠谁。怎么越活越倒退回去了呢？不像你，不像你。曲婉澄不理。）

"但是，你看看，这个老海带给我带来什么？第一，我不行，甚至是我这个年龄段的男人不行——甚至是我这样的中国男人不行。悲哀的是，我只有在这个年龄段寻找那个男人。他摧毁了我对过三奔四男人的信心。"

叶香香道，你可以老牛吃嫩草，找个比你小的未奔三的小弟弟，带着他玩——现在流行"啃嫩"。曲婉澄不理。

"第二，我算账，这账算得门儿清，我的是我的，你的是你的——你甭想占我一分。一分硬币啊，至于吗？他缺钱吗，他花不起吗，他不愿意吗？都不是。这是他的本能，这是男人的本性，男人骨子里就是一种会'算账'的动物，家庭账、情人账、婚前账、婚后账……本本账藏心里，说不定哪天翻出哪本，就给你一篇一篇、一条一条地算个门儿清。而女人呢？女人只要陷进情感呢，就不会算账，而且压根儿就想不到算账。所以，女人天天都在被男人算计，被他卖了还在帮他数钱呢……"

"所以，"曲婉澄的结论就是，"老海带摧毁了我对中国式男人的信心。"

"完了，完了。"徐小婕叹口气，"曲老这是看透男人，看破红尘，要带发修行了。"

叶香香捧哏跟进，附庸风雅，咬文嚼字："曾经沧海难为水，除却巫山——那啥啥的啊？"

文艺女中年矮个儿姜立刻撇撇嘴："连男人都没碰几个，还看破红尘，还曾经沧海！"

一干人等，全被雷得哑口无言！

良久，无知少女方榕榕才痴痴艾艾地说："您咋知道呢？"

矮个儿姜一副经验丰富的不屑样："女人经没经事儿，经了多少男人事儿，一看就知道——全写在身体和脸上了。"

众人恍然大悟，继而好奇——写在脸上的啊，相互探看——彼此的身体密码，猛然醒悟——叶香香最先心虚状，然后是徐小婕不自在起来，就连方榕榕也心中有鬼起来，于是，片刻之后都如鸟兽散。

这年头，多还是少，甚至没有——都怕被看穿。

只留下曲婉澄和矮个儿姜，站在"世界爱的中心"，一个在"相亲9·11"中还没有回过神来，一个却真正陷入了曾经沧海难为水的疑惑之中。

慢镜头　舌战·常青藤连环套（13）

北京海淀互联网 TV 电视台。上午 11:40。

杰克逊：常青藤联盟将更深入地了解广大中国考生需求的实际，以利于我们更好地为广大中国学子提供细致、周到、专业的教育考试服务。如果有任何中国考试培训机构愿意就使用常青藤联盟授权试题与我们联系的话，我们将十分欢迎。

陆剑客：真的欢迎吗？如果是欢迎的话，为什么十三年前，北京新世纪学校的校长商逍遥怀着虔诚的态度，不远万里来到普林斯顿，以"尊重知识产权"的名义，请求授权合作，却被你们无情地拒绝？你们拒绝了商逍遥和新世纪通过正当渠道获取常青藤知识产权的可能，拒绝了中国学生通过正当渠道"知识共享"的可能——在此，我愿意重申并澄清新世纪对于常青藤合理而正当的"知识产权"的立场：北京新世纪学校愿意成为全国同行的表率，与常青藤联盟达成一个合理可行、符合中国市场规则、中国考生能够承受得起的版权协议。新世纪再次重申：为了中国考生的利益，为了中国留学事业，我们愿意尽一切努力，来协助常青藤联盟共同努力实现其在中国市场上版权规范化的目标……

14

惆怅了半天，矮个儿姜把曲婉澄往里拉了拉，离众小姑娘远些，离冯伟却近了些。她忍不住又长吁短叹起来："你太挑剔了！你到底想挑个什么样的呢？"

终点又回到了起点，问题重复了千百遍，虽然是以不同的形式。

由于矮个儿姜屡次为曲婉澄说媒，次次无果而终，终于也变得索然，于是将一顶"太挑剔"的帽子扔到她的名下，做媒的热情也渐渐冷却，已经有个把月绝口不提这事了。

尽管对矮个儿姜的热心，曲婉澄很感激，但是"太挑剔"的言辞，尤其还在同事间散布，她还是很恼火，很沮丧，很不爽的。

所以，这两个人其实心里都存了芥蒂。只是，一见面，又忍不住要探讨起相亲的 N 种可能性，以及失败的根本原因。

你到底要找个什么样的人呢？

曲婉澄说："其实，我自己又想了想，我的要求很简单啊，相看两不厌，待在一起都舒服就行。"

老实说，曲婉澄已经被相亲折磨得几乎麻木，似乎只要是男人，没长三只眼睛，两个鼻子，学历尚可，都可以作为见面对象。然后否定，被否，或者互否，不久就会有下一个男士出现，然后继续否定之否定，从未有肯定之肯定。

事后回想起来，都不知道否定了什么，又想肯定什么。

矮个儿姜一撇嘴："相看两不厌？那是虚的，过日子才是实的！不要自我感觉太良好，你觉得你有文化，有修养，还会说流利的英语，能读原版小说，其实这些真踏踏实实过起日子来未必就是长处！活到我这个份上，才知道，精神追求对过日子来说是一种折磨，而不是幸福。"

这句话怎么听，怎么像是矮个儿姜的一种自我反省和自我批评。或许是因为她在曲婉澄身上看到了自己年轻时的影子。

矮个儿姜说："你别太挑剔了，别把自己的终身大事都耽误了。要感恩，要知足，要时刻想，有个男人能要你这样的女人就已经很不错了：爱吃却不会做饭，个子不矮却那么瘦，吃顿饭还得氛围、环境挑剔半天，花起钱来大手大脚，到现在还'月光女神'……"

曲婉澄只好和矮个儿姜打哈哈，心里却悲哀地意识到，她说的也许都对。

相亲，相亲，亲未相到，还把自己的一堆毛病放大了无数倍呈现给外人，让自己沮丧又窝火，连点可怜的自尊都要相没了。

我简直就是全北京城最大的"loser"！

矮个儿姜语重心长地说："说句实话你年纪也不小了，就别挑了。"

曲婉澄委屈地苦笑着说："您还不知道我吗？我哪里还有挑别人的资本和勇气？现在有人肯娶我，我简直要感恩戴德，紧紧抓住他的手，连呼恩公了。"

矮个儿姜乐了，连说："你的条件多好啊，说到底还是缘分未到。这种事急不得。说起来结婚就像是碰碰糊，碰对了爱人，幸福一辈子。碰不对人，那就是磕磕绊绊一辈子。咱们再慢慢碰。"

这席话说得曲婉澄这个举目无亲在北京打拼的"飘女孩"只有拉着矮个儿姜的手，连连说谢谢的份儿了。那一刹那，忘记了她对自己的恶评，也忘了她所介绍的"才俊"似乎都是和自己生活在不同的世界，有着截然不同的生活观念的人。

相亲，不是不成，是缘分未到。

矮个儿姜说："缘分嘛，就是遇到疼自己的那个人。说到底女人一辈子，就是要找一个疼自己的人。跟着你，是要你疼的。"

慢镜头　舌战·常青藤连环套（14）

北京海淀互联网 TV 电视台。上午 11:40。

梅森豪尔：从上世纪末，共有包括新世纪学校在内的三家中国机构提出过国际考试试题授权要求，但由于这些机构不能确保不在互联网上传播这些资料，特别是新世纪学校一直不断非法使用未经授权的试题和资料，所以常青藤联盟拒绝了他们的要求……

陆剑客：问题的关键是，授的什么权？是"授权出版"，还是"授权使用"？在其他国家"授权出版"的情况下，对包括新世纪在内的中国教育培训机构极其有限、极其苛刻地"授权使用"，说明什么问题呢？

15

跟着你，就是要你疼的……

这句话说得屋里屋外的曲婉澄和冯伟两个人都怦然心动。

原来姹紫嫣红开遍，似这般都付与断井颓垣。

却至今不悔。至死，可能犹悔。

只因为，女人就是要找一个人来疼惜自己的。

嫁给你，就是要被你宠的！哪怕我，真的一无是处。还——刁蛮、任性、挑剔、不讲理。

妩媚，但是霸道！

"从现在开始，你只许疼我一个人；要宠我，不能骗我，答应我的每一件事都要做到，对我讲的每一句话都要真心；不许欺负我，骂我；要相信我，别人欺负我，你要第一时间出来帮我。我开心了，你要陪着我开心；我不开心了，你要哄我开心。永远都要觉得我是最漂亮的，梦里也要见到我，你的心里面只有我！"

是不是每一个骄傲而矜贵的女人心里，都住着一个渴望宠爱的小公主？

是不是每一个野蛮、任性而霸道的女孩儿，都要通过这种方式，掩饰自己内在的惶惑和不安？

那一刻，冯伟终于想明白了顾自怜的心结。

十年。冯伟花了十年的时间，才终于弄懂了集万千宠爱于一身的她，为什么会顾影自怜。

她看着他："你知道我想在你心里是什么样子吗？"

他带着笑："什么？"

她凑到他耳边："是住在你心里面的公主，很美丽很纯洁，你很爱很爱、很疼惜很疼惜的小公主。"

弱水三千，我只取一瓢饮。

虽千万人疼惜我，奈吾只在乎你一人！

顾自怜，这样的女孩，尤甚。

曲婉澄，这样的女人，尤甚。

跟着你，是要你疼的。

女人都是要男人来疼。

我也好想有你疼我。

女人一生，都想有人疼惜。但我，只是想你能疼我。

哪怕，你只是偶尔能想到疼我，那也够了。

让我自己发呆的时候，能够想想被你疼的那一瞬间，就已经很让人满足了。

我的要求，真的很少。

真的，很少。

弱水三千，我只取一瓢饮。

虽千万人疼惜我，奈吾只在乎你一人！

这就是顾自怜内心深处的渴望。冯伟没有"懂"她。

这也是曲婉澄隐秘而幽深的梦想。冯伟却已经"懂"她。

师兄弟们都把顾自怜含在嘴里，搁在眼里，放在手里——多少次，冯伟以为，顾自怜已经有很多人疼惜她，多他一个不多，少他一个不少。现在，冯伟知道，自己错了。

我只想做你一个人的"小公主"。

可是你，却真的是许多人的"小公主"。

我要怎样做，你才肯相信我只在乎你一个人的疼惜。

我愿意相信。可是，愿意，毕竟只是愿意。

于是，只有错过。

明白了，却已经太迟。

对于顾自怜，这是一种不幸。

对于曲婉澄，却是一种幸运。

多少时候，我们会因为想到另一个人，很容易相信某一个人，或者会特别眷顾这一个人，相信真心换真心——比如冯伟之于曲婉澄。

不知道办公室里或者说生活里是不是还有这样的人？除了冯伟。到这样的年纪，到了这样的时刻，冯伟居然还会这样置换，或许会被别人笑作傻,或许会被别人——甚至是曲婉澄自己——觉得可笑。

但是,冯伟自己觉得值得,值得珍惜。

职场中,并不只有钩心斗角的故事;生活中,也不全是虚伪的面具;人生中,还有那一点"真",除了感情之外,让人觉得美好。

而"美好"这个词本身,就让人喜欢和向往。

冯伟喜欢和向往"美好"——从遇到一个人,特别是遇到那一个人开始。

从这一刻起,冯伟对曲婉澄有了一份特别的感情,不是情愫,而是真诚。

慢镜头　舌战·常青藤连环套(15)
北京海淀互联网 TV 电视台。上午 11:40。

梅森豪尔:常青藤联盟一直积极地为广大中国考生提供大量的考试培训教材,今后也将更加一如既往地为他们提供最佳的专业服务,这也是常青藤联盟所奉行的专业标准。

陆剑客:专业标准?也就是说,中国学生到现在在中国本土还买不到常青藤联盟官方授权出版的复习资料,只能去美国买买不起的考题和资料?梅森豪尔先生显然在回避我的问题,回避了"授权出版"这一核心问题,说明常青藤联盟对中国歧视性的版权战略没有根据中国学生的需求改变,也不会改变。是否可以说,常青藤联盟正在利用它在英语考试中的权威地位以知识霸权来压人?

16

又惆怅了半天,矮个儿姜才忽然想起某一位"相亲候选人",便拉着曲婉澄直奔冯伟的"半仙铺"。

此刻,冯伟端坐如僧,正在"假寐"。

"冯半仙"的名号不胫而走后,冯伟的办公桌俨然已成了街边半仙摊,样样皆道具,件件是卦签,人人皆上帝,就差招牌对联:"一卦定姻缘,不准不收钱。"

至少,付雅丽没少近水楼台先得月,觑得潘芳不在两三分,偷得浮生半日闲,便扭头问半仙,问财运,问姻缘,问健康,甚至直接问到今天×时×分,是不是会命犯小人?

真是盛命之下,不堪其累。冯伟"必定午睡"的生物钟也生生给打乱，因此只能偷空"假寐"一下——或梦游周公，或与神女共游……是不是如此，办公室的女人们才能肆无忌惮地谈论那些话题？

"这是才女曲婉澄，这是才子冯伟，你们聊。"

完了？

完了。

这就是矮个儿姜做介绍人的风格，简明，扼要，不拖泥带水。

冯伟的反应出乎所有人的意料。

他一跃而起，一扫春日绵绵正好眠的慵懒样，以夸张十倍，不，百倍千倍的热情要去握曲婉澄本能地往后电缩的手：

"曲老是吧？你的芳名我如雷贯耳风驰电掣耳里起茧三千尺，我对你的钦佩如滔滔江水绵延不绝奔泻五万里……"

恶俗，且笨拙。

就这一句话，曲婉澄立刻把冯伟打入了十八层地狱。不，十八层地狱还不够——它下面还有一个"地下室"，收冯伟这样的人正合适。

曲婉澄就是这样，好恶鲜明，爱憎分明——你能把我怎的？

曲婉澄不喜欢冯伟，很不喜欢。

狄哲宁长得已经够有创意了，冯伟比狄哲宁还有创意！

可人家狄哲宁好歹还有"山寨版汪涵"的美誉，冯伟有什么？偏还喜欢油腔滑调，耍贫逗乐：

"我啊，是不是长得很有创意？上帝在造我的时候，要么是心情特别不愉快，手法特别粗糙，丢到那黄泥巴锅里胡乱搅了几下，就扔出来——结果整出了个残缺品；要么是心情特别愉快，精雕细刻，特别追求完美，雕一下停一下，刻一下看一下，越雕刻，越不满意，越不满意，越想推翻重来，可是又不可能，于是只好叹气，一叹气，忧郁就上来，结果——就整出了我这样的精品！"

自恋！绝对的自恋。

不过，"话少"有一点说得倒有些启发性。这上帝在造出长得很有创意的人时，倒不一定是无心之失，很可能是精心所为。常青藤教育培训部突然冒出这两个堪可媲美的蜌哥菌男，必非无缘无故。

爱，或喜欢一个人，是需要理由的。

恨，或不喜欢一个人，也是需要理由的。

曲婉澄为什么这么喜欢狄哲宁而讨厌冯伟呢？

想来想去，只有一个理由：狄哲宁和冯伟都是上帝的造物，但是狄哲宁是第一个，冯伟是最后一个。

做狄哲宁时，因为是第一个，还是生手，完全没有章法，手法大乱，所以"大写意"式将五官安好了，全不管比例位置，所以咋看咋"丑"。但做冯伟时，因为是最后一个，上帝是下决心要出精品的，所以精雕细琢，五官清秀，可惜组合时出了差错，亦"丑"。

但是，上帝总是偏爱他的第一个作品，就像父母偏爱他们的第一个小孩，女人们偏爱她们的第一个男人，爱因斯坦偏爱他的第一个小矮板凳，所以曲婉澄也偏爱她在新世纪遇到的第一个有创意的男人，而不是最后一个——曲婉澄选择性地否定掉了还有比冯伟更有创意的人出现的可能。

这人长得很有创意也就罢了，偏偏身板还那么单薄，走路就轻飘飘的，说得好听是"仙风道骨"，说得不好听是"薄纸片儿似的"，别说龙卷风或是台风，就是北京的沙尘暴一来，没准都能把他吹上天。

"我瘦？那可是多少女孩梦寐以求的'骨感'，也是'麦莎'（第9号台风）、'凤凰'（第8号台风）、'珍珠'（第1号台风）等孜孜以求的'飘逸'——偶是'骨感少年'！"

慢镜头　舌战·常青藤连环套（16）
北京海淀互联网TV电视台。上午11:50。

主持人（见缝插针）：陆先生认为这种知识霸权体现在哪些方面呢？

陆剑客：借用媒体观点，这种知识霸权主要体现在三个方面：一是常青藤联盟在中国境内搞版权垄断，并且为破除这种垄断附加不合理条件；二是常青藤联盟利用垄断牟取不公平竞争的利益；三是常青藤联盟承担的公共责任与企业垄断利益严重不对称……

现场气氛立刻紧张到了极点。

陆剑客又道：对于活生生的追求知识、渴望改变命运的中国考生，这种知识霸权，不是歧视又能是什么？

杰克逊（良久才道）：中国学生的担忧和受歧视感，完全没有必要。美国的大学都希望拥有国际化的氛围，而中国学生是其中重要的组成部分，我们不希望中国学生通过合法途径入美读书受到任何阻碍。

陆剑客：抱歉，我又要引用《米国邮报》所传达的信息，常青藤联盟已经在中国起诉新世纪——如果败诉，可能关闭在中国的考试。

17

叶香香假装来找付雅丽打个文件，走过、飘过、看过、没错过，凑上来插了一句："啥骨感少年啊，骨感中年。"

上上下下打量一番，犹觉不足，追加打击："这'骨感'放在女孩子身上就是'潜力股'，每天红旗飘飘，一天比一天值钱；放在你身上，那就是'垃圾股'，本来就值不了啥钱，还一天比一天绿，一天比一天跌得狠，谁买谁套牢，没买就是撞大运——当心，再跌下去，倒贴本都没人要！"

冯伟给噎得半天没说出话来。

付雅丽窃笑，曲婉澄大快。

偏偏今天叶香香似乎得了谁谁谁的授意，不依不饶，穷追猛打，一副"宜将剩勇追穷寇，不可沽名学霸王"的气概：

"你不高，没过一米七零，所以是一等'残废'；你不俊，没有高回头率，所以是二等'残废'；你没财，一看就不是贫民窟里的百万富翁，所以是三等'残废'……一二三等你都占全了，你说，你还有什么可以让女孩子动心的？"

冯伟脱口而出："我不是一个完整的男人，但我有一种残缺的美！"

寂静，绝对的寂静！静得地上掉一根绣花针，都能听见。

曲婉澄无法形容这句话给自己带来的震撼。她听见自己的心澎湃如海，表面平静无波，但越到深处，越是动荡得剧烈。

这个男人，还是有点深度的！

但曲婉澄还未来得及咀嚼这其中的味道，已听见付雅丽幽幽地——是的，幽幽的，感觉是春天到了，有一种花开心动的声音——说："你们俩，这面见的，这话说的，怎么就像是相亲啊？"

醍醐灌顶，曲婉澄如梦初醒。

要不说这气氛，这语气，这内容，怎么觉得那么别扭呢？敢情都是矮个儿姜那句话惹的祸："我觉得你俩挺般配的。"

于是，曲婉澄和冯伟两个人，第一次"非正式面谈"，便各怀心思。

这个人——曲婉澄——心中扎了根刺，所以时不时要用这根刺来戳穿冯伟编织的那些彩色大泡泡，谁叫他用它们迷惑矮个儿姜的双眼？

而另一个人——冯伟——则像孔雀开屏，拼命地展示他那些看上去很美实际上真丑的大泡泡，拼命地——不是要炫耀自己的吸引力、诱惑力，而是要拼命地把自己择清——从曲婉澄那一堆相亲的候选人里把自己择出来，就像从一堆芹菜里要把自己这根葱这根蒜苗择出来！

居然不是"炫耀",而是要"择清"!

曲婉澄一想透这一点,更是怒不可遏——这比冯伟拼命炫耀、拼命向她示好更令她难以容忍,这沉重地打击了她那颗骄傲与高贵的优雅之心。这摧毁了她一向自我感觉良好的信念,这是相亲以来她遇到的最痛恨最想从肉体到精神将其消灭的男人……

难道她就一点也不可爱吗?难道她就没有一点吸引力吗?

其行可诛,其人可诛,其心可诛!

偏偏叶香香还唯恐天下不乱,竭力撺掇:"要不你俩'闪婚'得了——省得曲老日日、周周、月月都要去相亲,不嫌累得慌!"

付雅丽今天似乎难得有心情,立刻捧哏:"既然累得慌,那曲老为什么还要日日、周周、月月相亲呢?"

曲婉澄:"废话,我要像你叶香香这么年轻,我天天睡懒觉。"

叶香香:"你呀,就是捡麦穗的心理。总想拣一串最大的,结果越捡越小……"

曲婉澄:"我也知道啊,可这是一条不归路,你上了路就回不了头了。"

叶香香:"要我说,这事儿也挺简单的。爱情就像海滩上的贝壳,不捡最大的,也不捡最漂亮的,就捡最喜欢的——然后闪婚!"

付雅丽又捧哏:"闪婚?怎么个闪法?"

"天啊,你都不知道'闪婚'!亏你还是'90后'!你天天起来、晨晨对镜、次次相亲前,都要对自己说,我闪,我闪,我就是要闪:一天见面,两周约会,三周牵手,四周 kiss,五周就闪婚!"

冯伟道:"那也太快了吧?"

叶香香:"快才好啊。刚认识,趁着感觉好的时候赶紧结啊,要不然等着感情淡了,缺点出来了,还怎么结啊?"

曲婉澄:"呵呵,多么犀利!好像有一个哲学家说过:因为不了解而相爱,因为了解而分手!"

"那是!"叶香香一脸得意,"偶也是一个'后90'的爱情哲学家——客串的。"

付雅丽的问题又出来了:"那结婚以后呢?这些毛病再出来,你们怎么办呢?"

"所以说,现在闪婚的都赶紧生孩子啊!用一个孩子拴住两颗心啊!"

付雅丽又捧哏道:"没孩子呢?"

叶香香:"那就'闪离'吧!所以,你们俩,闪婚之前,干脆先'闪离'得了!"

曲婉澄立刻一个爆炒栗子打了过去:"然后呢?又像你说的鸡生蛋……"

叶香香笑嘻嘻地小跑溜走,边跑边说:"我这是毁人不倦。"

慢镜头　舌战·常青藤连环套(17)

北京海淀互联网 TV 电视台。中午 12:00。

杰克逊:我们相信,这个问题是不可能出现的。随着中国加入世界贸易组织,我们欣喜地注意到中国积极地采取了行政、司法手段,加强知识产权的保护力度,出台了相关的政策和法规,切实维护了包括众多中外企业的合法权益。常青藤联盟对此十分赞赏,并将积极支持中国知识产权保护的各项举措。我们历来重视与中国相关部门和司法机构就知识产权保护加强沟通与合作。

陆剑客:假若中国的法院判常青藤联盟败诉呢?是不是常青藤联盟从指责新世纪、指责中国学生,要上升到指责中国?专业的问题本应该专业地解决。常青藤联盟正错误地走在把两家企业之争上升为国家之争的错误道路上……

18

两相碰撞,没有火花。

曲婉澄退到前台,看她的电视剧去了;冯伟重新坐下,思量自己的"前世今生"。但都没有看进去、想进去。

两个人都在猜测——今天这个看似寻常却奇谲的"历史性会面",从矮个儿姜到办公室的小姑娘,似乎各派势力都在背后推波助澜,到底意味着什么?

他/她到底是个什么样的人?

其实,曲婉澄对冯伟的印象,还真的是一波三折。

第一波,觉得这个人有才,一篇小小的文章,居然写得如开轩盈之窗,纳千顷之汪洋。让曲婉澄这样眼高于顶的人,也觉得视野大开,赞不绝口,所以有了接纳之心。

第二波,冯伟刚来当天,整个部门上午就盛传母老虎西门潘"欺负"一个刚来的"小"男生,那个"小"男生很可怜。连矮个儿姜都替他抱不平,当着高个儿扬面说潘芳太过分。曲婉澄还专门跑到办公室来看,一看果然,"可怜的孩儿啊,蜷缩在角落,真的让人很心疼"。

跟林青黛说了,林青黛还笑她"母性的温柔"泛滥。狄哲宁立马捧哏:"你母性的温柔,如滔滔江水,绵延不绝。"

等到弄清楚这不是个"小"男生,而是个"大"男人时——只不过身材比较矮小而已——满腔泛滥的同情立刻全跑到乌有之乡去了,打心眼里涌起来的是不屑,是鄙视,是看不起——一个男人,一个正当黄金年代的男人,却被一个女人、一个"低俗不堪"的女人欺负到如此地步,却骂不还嘴,打不还手,连还以颜色的勇气都没有,这还算是个男人吗?

第三波,冯伟被倒塌的资料堆砸倒,却面色不改地站起来,说"我傲娇,江山为我竞折腰"时,曲婉澄也被雷倒了——终于知道了什么叫不动声色,什么叫"泰山崩于前而不变色,麋鹿兴于左而目不瞬"。但也仅此而已,才学渊博的她选择性地忽略掉了苏洵说这半句话时,还添了一个至关重要的结尾:"……然后可以制利害,可以待敌。"那跟我何干?

但跟林青黛和狄哲宁似不经意地说起,这两人却都立刻高度重视起来。

狄哲宁说,韩信忍胯下之辱,司马懿纳妇人之讥,终成一代枭雄;冯伟能忍潘芳一时一地之辱,莫非其心不小,其志也不小?——狄哲宁确实不读书,少读书。但一说起这方面,狄哲宁就腹有千卷,嘴吐万语。谁敢说狄哲宁没学问?我抽他!曲婉澄选择性地遗忘了,说狄哲宁不读书、书读得少说得最多的人,恰恰就是自己。

林青黛的反应就更耐人寻味,又有些欢喜,又有些惆怅,又有些犹豫,又有些跃跃欲试,似乎棋逢对手,将遇良敌,直说:"怪不得,怪不得……"怪不得什么,却又不肯吐露只言片语。林青黛这人,就是这样,把跟曲婉澄的私人交往和江子康的公共事务择得"门儿清"。她决计不会让江子康摸透跟曲婉澄的私交到底有多深,也不会容许曲婉澄在江子康那里露一点点"打林氏牌"的可能。

一闺蜜,一蓝颜,一向相左得厉害的两人,此次却出奇地一致,这个人不简单。于是,曲婉澄再看"蜗居"在角落里的冯半仙时,也就真的觉得对方猥琐的身体和表情下面,似乎真的有颗不简单的心。

要么虎落平阳被犬欺,但毕竟是只老虎。

要么潜龙在渊,等待东山再起。现在只不过,像蛇在冬眠。

但,这与我何干?

这个问题其实一直都在困扰着曲婉澄。

从矮个儿姜想方设法地给她传递冯伟的消息，并试图打探她对冯伟真实的观察和看法，到矮个儿姜直接、明了、半是认真半是开玩笑地说，"我觉得你俩挺般配的"，曲婉澄都一直为这个问题所困扰。

江氏家族的真实意图是什么？最重要的是，江子康的真实意图是什么？

所谓相亲，所谓般配，不过是一个幌子，一个借口，一个试探棒；在这种暧昧不明的"情感言辞"后面，肯定隐藏着更深更隐秘的"政治意图"。

这是确凿无疑的。曲婉澄非常能确定矮个儿姜是在试探，但曲婉澄不能确定的是，矮个儿姜试探的到底是什么？或者，确切地说，江子康到底想试探什么？

忠诚？或者，我愿不愿、能不能、肯不肯——成为或支持——下一任新主管？

慢镜头　舌战·常青藤连环套（18）

北京海淀互联网 TV 电视台。中午 12:00。

主持人（见势头不对，赶紧刹车）：最后一个问题，常青藤风暴让中国人感觉常青藤联盟很傲慢，不愿跟新世纪合作……

杰克逊：其实常青藤联盟非常乐意与新世纪交流，也对新世纪表达过这个信息。常青藤联盟甚至不排除将来与包括新世纪学校在内的中国教育培训机构合作的可能。

梅森豪尔：但是，与新世纪合作需要两个前提：一是新世纪对过去非法使用未经授权的试题和资料的事实要有诚信，二是要完成目前正在进行的法律诉讼。

陆剑客：我只想表明三个观点：

第一，假若常青藤联盟真的关闭中国考试，不但会切断中国学生出国留学之路，也会切断美国从中国汲取人才、智慧和新生力量的源泉，切断东西方文化交流的最大渠道。非但新世纪承担不起这种责任，就连常青藤联盟也承担不起这个责任。所以，无论官司输赢，常青藤联盟的威胁都毫无意义。

第二，新世纪在常青藤事件上功大于过。在中国—美国、东方—西方之间，存在着不可调和的鸿沟。而我们就是桥梁。新世纪就是在做桥梁，连接这个鸿沟，弥合理解的差异……

19

这个问题，冯伟也在反复考量、斟酌。

冯伟反复考量和斟酌的，就两个问题：第一个问题，曲婉澄是个什么样的人？

这个问题，从第一次听曲婉澄讲常青藤提高班和高级口译课时，就开始考量和斟酌了。到了常青藤教育培训部后，冯伟更是"有心"地通过各种渠道汇聚和分析信息——从付雅丽那里，从矮个儿姜那里……逐渐地勾勒出了一幅渐趋完整的"外语大学才女"素描图：

中文系学士，外文系硕士，入职后一直待在常青藤教育培训部，十多年了，至今未挪窝。最大的特点就是：标榜自己是小资，大多时候以灰、银两色的着装出场。

曲婉澄说：人生最大的追求就是优雅生活。

那么，什么是优雅生活呢？

她又定义为：低调。

又问，什么是低调呢？

她又定义为，高调地出场，优雅地退场。

噢，原来，她总是那么"高调"地出现在办公室——把小姑娘们尖酸刻薄地说一顿，又很优雅地去××书园，拿一本书，喝一杯绿茶，享受下午柔软而休闲的时光。

曲婉澄的衣服搭配，包括首饰、鞋、包，每天绝不重样。

连办公室"山寨版小S"叶香香都很佩服她，在仅有的几种她觉得有品位的颜色和款式中能来回搭配。

曲婉澄常说：鞋子，最能看出你的品位。

基本上，她的鞋子都是黑色或是银色。再用一句她的话来说，就是——低调而奢华的颜色。

曲婉澄讲究品牌，讨厌速食。

比如说，她喝绿茶，绝不是那种袋泡的——立刻被她讥讽为"破纸片包起来的茶叶沫儿"。

而且，她用"茶杯"——陶瓷的，绝不是玻璃杯。因为在她看来，"慢一点"也是优雅的另一层定义："你们看过有哪个淑女像牛一样饮水的？"——她这么嗤笑叶香香们。

叶香香笑道："淑女要是快渴死了还顾得上什么仪态？"

曲婉澄一本正经："淑女是不会让自己到这种地步的……"

哦，说到这里，不得不提一下曲婉澄的包包：简直是一个超级无敌mini旅行箱。

里面应有尽有：除了你能想到的"正常"的钱包、钥匙、记事本、MP3之类的东西外，还有化妆品、小食品、mini针线包、创可贴、真空酒精棉球、牙签、维生素片……

甚至，还有一小瓶30毫升装的红酒，而且是圣卡罗的——曲婉澄拒绝告知用途。叶香香山寨了一下曲婉澄的尖酸刻薄，挖苦地说，红酒有调情作用。

曲婉澄渴望且随时准备着一见钟情的艳遇！

"这是因为你缺乏安全感！"——徐小婕曾经这么评价过她。

曲婉澄不以为意："你用过我多少东西？"

徐小婕立刻举双手投降："哦，好吧，遇上你，我是幸福的。"

徐小婕总觉得和曲婉澄在一起很有新鲜感，她的包像个机器猫的大口袋，随时能给你惊喜，呵呵。

曲婉澄非常仔细，有点小小的洁癖。

坐地铁的时候，她都要拿出纸巾来擦擦座位——在徐小婕看来，完全是做无用功。

每次她们出去，她都要唠叨半天——这个带了没有，那个带了没有。

徐小婕都觉得她的万能包包里什么都有了，她还总能变魔术般拿出个东西再塞进去，说：万一呢……

在超市，曲婉澄推一推大黑框眼镜架——噢，她从不戴隐形眼镜，也从不去做眼睛手术，以拿掉她那看起来很不优雅很不淑女的黑框大眼镜——拿出自己写的购物单，特别是那些打折、优惠、促销大礼包的东东，一项项对照着画钩。

那样子，非常可爱，非常有意思。

真的，非常不优雅，非常不淑女。

非常，像家庭主妇。

可惜的是，她仍然是单身一人。

至今……

慢镜头　舌战·常青藤连环套（19）

北京海淀互联网TV电视台。中午12:00。

主持人试图立即结束对话。

陆剑客：我还有最后一点没谈。对不少美国人来说，尼克松是一个骗子、说谎者、窃贼；而对于中国人来说，他是一个朋友，一个英雄，一个巨人，一个在严寒时期打开中美关系坚冰的人。所以，同样的东西，不同的人有不同的解读。

因此，引用我的媒体朋友的话来说，商逍遥和他的新世纪把成千上万的中国学生送到了美国留学，是名副其实的"英雄"，因此，被常青藤联盟看作"大话王、骗子和小偷"；如果是"大话王、骗子和小偷"，绝不是通常意义上的"大话王、骗子和小偷"，而是"知识霸权""知识垄断""知识歧视""知识禁运"背景下的"大话王、骗子和小偷"，或者"殉道者"，或者是背负着"红十字"的跋涉者……

直播画面立刻被切掉了。

20

这样一个人，是不是下一任新主管？不是？是？

这是冯伟现在反复考量、斟酌的第二个问题。

就算不是，看来曲婉澄在江氏家族，特别是在江子康重新规划的政治谱系中，也占有特别重要的分量。这不由得冯伟不重新掂量一下对曲婉澄的考量。

他还是太低估江子康的隐秘意图了。

他还是太轻视了曲婉澄的分量。

他还是太自视甚高了——一切都在掌握中？

屁，上帝都不敢说这句话，他还敢说！连江子康下一步的动向，他现在都摸不准、看不透。

好在，苗头都出来了。

曲婉澄到办公室"高声喧嚣"，办公室小女生"集体躁动"，矮个儿姜"穿梭搭桥"，潘芳却"匿名沉沦"……一切都显示，在冯伟不知道某些消息的情况下，事情正在发生量变，甚至质变。

这种变化是什么？

冯伟不知道，所以他只能试探。

他梦见周公，耳朵却一字不漏，接通了现实与梦境的通道。

他只睡着了一小会儿，梦里却已经演出了上千天，天天都是这幕大戏的精彩片断。

他只孔雀开屏几分钟，却已经测试出了曲婉澄的"心理底线"和"容忍边际"……

结论就是，曲婉澄不适合跟冯伟搭配，做江子康的左右手！

因为优雅而低调的曲婉澄，仍然经常捧着一杯欲把西湖比西子、浓妆淡抹总相宜的西施绿茶，做波伏娃的"第二性思想者"状，苦苦思考着她毕业十年来人生中最大的一个哲学命题：我缘分天注定的那一个人，到底藏在哪里呢？

这很容易让人觉得这是个有点矫情、可爱、伪小资的女生。但是——冯伟的经典转折又来了——曲婉澄其实思想很尖锐，言语很犀利；很有头脑，或者说很有想法，特别是女权主义的思想。

若说新世纪"山寨版的波伏娃"，除了曲婉澄，没第二人可想。其谈人论事，一针见血，部门有好事者收录其妙语名言，辑成"曲氏品鉴录"，嬉笑怒骂，尖酸刻薄，堪称"把男人脱光了批判，对女人进行肆无忌惮的嘲弄"，以"电子手抄本"的形式广为流传。

未被品鉴者固然额手称庆，庆幸之余，却又悻悻然，凭啥她被品鉴我却无份？被品鉴者悻悻不悦，却又暗称侥幸。有此铜镜，可以正衣冠，皆因曲氏品鉴，固然辛酸，固然尖刻，却是一语中的，道人所不能道，察己所不能察，正可谓一剂猛药，可让人汗颜之时反修已身。

所以，曲婉澄的品人鉴事录，仁者见仁，智者见智，愚者见愚，有心者见讥——怎么听，怎么像是在讥讽人。其实，更有可能的是，曲婉澄本无意于讥讽。她只是描述一种事实，或者陈述自己的一种观点，更或者表达自己的一种感受，或是一种情绪。

仅此而已。

在常青藤教育培训部经历和资历仅次于"六大长老"的辛弃徒，就曾经高居"曲氏品鉴录"榜首："辛弃徒？就是一'中庸男'！"

林青黛说："你就这样口无遮拦，你就知道这句话传不到辛弃徒那里去？"

曲婉澄道："事实上，他就很中庸啊！"意思是，她这句品鉴不含褒贬——当然，毁誉尽在其中——辛弃徒就是这样一个人。不因曲婉澄之言而废人，也不因辛弃徒之人而废言。

于是，冯伟在只见简历尚未见到辛弃徒本人之前，便已闻弦歌而雅意。

待见到本人，游学列国标榜世界公民思维，却又进退洒扫自如深谙中国道，心想，中庸！果然。

于是，当冯伟受命欲筹建"新奋青团队"时，欲将辛弃徒列为继"六大长老"后"北斗七星"第一星天枢时，又仔细思量了其人其行其事，想无可想，选无可选，唯"中庸"一词，可道尽其所有人品风流。

故，冯伟深叹，能识人者，唯曲婉澄也。

这样一针见血、又刺人所不能避的人，是否是冯伟的"良配"？

说到底，冯伟和曲婉澄太相似。在精神气质上，都很"傲"。只不过，曲婉澄一身傲气，冯伟一身傲骨。

人，不可有傲气，但绝不可无傲骨。冯伟的师门家训如是教导。

两个都很骄傲的人，是不可在同一个屋檐下共事的。

远，可惺惺相惜。近，则必反目成仇。

远香近臭，便是谓之。

这个状态，江子康不可能看不出来。

这个道理，江子康不可能不懂。

但为什么江子康还要通过矮个儿姜不断试探曲婉澄，试探冯伟，并且让他俩相互试探呢？

老板心，真的是海底针！

慢镜头　舌战·常青藤连环套（20）

北京海淀互联网 TV 电视台。中午 12:15。

正在观看直播的杜永玖惊得目瞪口呆。

"天哪，他怎么能这么说？老樊，你劝劝剑客，他不要乱说话了！他这样会把新世纪带向毁灭，他这样会把老商推向毁灭的。"

樊一杰念道：有网友说，"现在新世纪最渴望的是煽起国内反对常青藤联盟的情绪，然后再跟人家打官司。但是，我还是要提醒新世纪，别把人家常青藤逼急了，到时候你可吃不了兜着走"……嘿嘿，剑客啊，剑客，你终于"一举成名"，一剑成名！

柳飘风刚在心里微叹，这真的是连环套——常青藤在一步一步地给新世纪设套，要把官方、民间和中国学生的"责难"与"惩罚"一步步地引向新世纪，而陆剑客是不是也在一步步地把它们往商逍遥、往中国考生甚至往中国官方头上"套"？

只是，套来套去，最终被套住的到底是谁？

谁知道呢？

≫ 正幕外：

如何面对公司的流言
——超级毕业生第一堂进阶课

北京，海淀。

李诺QQ签名："找工作就要做许三多，不抛弃，不放弃。"

简洁微信签名："没有我的团长我的团！我正在寻找组织。"

21

李诺一大早就上线了，又是敲盆又是击罐：上课啦，上课啦。

黑马被吵得烦烦的：激动什么啊，兴奋什么啊。别高兴得太早，我是要收学费的。

李诺：嘻嘻，我成功了，不就是对你最好的回报吗？

黑马一怔，心里想，是的，原来自己有意无意地，正以李诺为蓝本，想亲手打造一个"超级毕业生"的速成典型啊。

于是，停顿了一下，黑马说：那今天开始讲超级毕业生的进阶课。

李诺表情认真，搬了个"沙发"来，端坐如僧。

黑马：你进了公司，和大家搞好基本关系，和平相处。这时候，新的问题就出来了。

李诺：噢？

黑马：很快会出现的第一个问题就是——有人拉拢你。

李诺一点就通：要我站队？

黑马：对！再小的公司，再简单的人事，都有派系，都有圈子——如果你做到了咱们之前说的那些，那么他们会认为你有能力有潜力，值得拉拢。

李诺：那？

黑马：你要记住——不要旗帜鲜明地站队！

李诺：那是？

黑马：你可能考虑有两种情况——站队或者不站队。无论是哪种，对于刚入职的新人都是很危险的——这种危险不是说你有站错队的风险，也不是说你还无法深入了解这个公司的体系、制度以及一些隐形的东西，你不知道该怎么站；而是作为表现良好的新人，实际上大家都在观察你、关注你——你旗帜鲜明了，大家就会想，这么容易就如何如何，你就是在自掉身价——况且，你也并不能做出正确的判断和选择。

李诺凝神思考。

黑马继续：你面对的，有可能是拉拢的糖衣炮弹。如果按我刚刚说的，你觉得你该怎么办？

李诺抬头看他：难道你要我说把糖衣吃了，把炮弹扔回去？那不可能吧？

黑马笑：拖延时间，尽量。

李诺问：那如果有人相逼？

黑马想了想，大笑：哈，我倒希望你能走到这一天！

李诺明白了他的意思，也笑了：说不定，我就是这样举足轻重呢！

22

黑马：还有一种情况，就是有人会诋毁你，或者说拉拢不成就要诋毁你。

李诺：嗯，我可以想象。

黑马：我说这个，并不是让你做承受的心理准备，而是让你知道，如何面对这些流言蜚语。

李诺：嗯。

黑马继续：庄子说，故分也者，有不分也；辩也者，有不辩也。

李诺想了想：这是不是说，有些事情该分开就得分开，不该分开就不要分开；有些事情该辩清就辩清，不该辩清就不要辩清。

黑马点头：对，也不对！对庄子的话我们的诠释总是存在歧义，只要我们能自圆其说就行。天下的事理，有分别，就有不分别；有辩论，就有不辩论。我想告诉你的是，面对流言，有人喋喋不休地争辩，你应该做的呢，是藏所谓的是非于胸中，默默地体认一切……

李诺：嗯，这个我明白。但是，如果流言是针对我的呢？就像你刚刚说的有人诋毁。

黑马：嘿嘿，有句老话叫作"流言止于智者"。流言蜚语的可怕性正在于它的传播速度之快和真实性之低。如果有人诋毁你，或者说捕风捉影地夸大事实，那么，沉默其实是一种最好的方法。

李诺问：沉默？那会不会让别人觉得你是默认了？

黑马：你要知道，你越辩解会越描越黑；凡有争辩，便有见不到的地方；消除是非最好的方法，就是不要去和他们争辩谁是谁非。在你身处旋涡中心的时候，以静制动，让事情先冷却下来。当没有人去议论的时候，什么都烟消云散了。

李诺：噢，有道理。想了想，又问：那，如果流言对我造成了不好的影响怎么办？怎么消除？

黑马：看武侠小说！武侠小说中的高手往往会在一招之间将人制服，其要诀就是时机把握得较准，而将众多花哨的铺垫统统都舍弃，只在关键时候出招。在流言冷却之后，抓住时机，装作不经意地让大家知道真相。

李诺：噢。

黑马：其实啊，问题的关键在于，大家根本没有兴趣知道你所谓的"真相"；大家关心的是，谁是流言的主角，谁可以让他们茶余饭后津津乐道。

李诺感叹：这也太无聊了吧。

黑马：呵呵，怎么说呢。有时候，流言也是一种武器呢。

李诺：噢？

黑马：你可以通过制造流言散播一些消息啊。像我们公司原来一个副总监，眼看就要转正了，结果被他的竞争对手放出消息，说他和女上司有不正当的关系，所以很有可能获得提拔。虽然大家都知道是无稽之谈，可是老总相信空穴来风，更会顾及消息对于公司形象的影响，就只好放弃了对他的提拔。

李诺：呀！

黑马：当然，这是不正当的竞争手段。可是，这也能告诉你流言的各种威力。

李诺：我记住了。

黑马：所以说，总结一下，要懂得面对流言，冷却流言，必要的时候利用流言。

李诺笑：还有，不要害怕流言。

黑马也笑：对的！有时候你要学会做一只会决定的青蛙，把别人拖下水。

23

那几天简洁特别焦虑，满脑子全是"青蛙跳荷叶拖下水"的故事，以及"大师兄说"的理论。

简洁绕着弯子打听了几次。可是她实在太不会旁敲侧击了，结果还没绕呢，李诺就已经轻轻巧巧地避了过去，东敲西打，反倒把她遇到的事儿——比如"糊糊"——给"套"了个七七八八。

　　差不多都明白了，李诺叹了一口气，没说什么。

　　这一次，她刻意没有提"大师兄说"。

　　就像她们无论再怎么要好，李诺都感觉简洁心底有一个角落是对她设了防的，是她走不进去的。"大师兄说"也是李诺对简洁预设的一个雷区，是她不能碰的。

　　简洁苦闷压抑，却无从叙说。

　　她给那家外贸公司打电话，电话永远是在无法接通之中。有一天，忍不住跑了过去，却见到一个巨大的"封"字——听物业说，那家公司早倒闭了，债主上门，法院查封，还欠着一大摊物业管理费呢。

　　"找工作的，也交了三千块钱的押金，是吧？"那中年男子看着简洁，满眼都是同情，"这几天每天都有学生跑来要钱——肉包子打狗，有去无回啊！"

　　简洁切切实实地感受到，最冷的冬天已经来了。

　　春天？春天遥遥无期。

　　师兄，师兄。简洁翻来覆去，念叨着这毫无意义的两个字。再多念两遍，都快成祥林嫂了。她现在也开始"批量""波段操作"地投递简历了，也试图像李诺一样全面撒网、重点捞鱼地"开发"师兄师姐的关系——奈何大学四年她兼职不多，不像李诺似乎天天都在打工、周周都在兼职，开淘宝网店也开发了很多客户，有着那么多丰富的社会关系；也没有提前做过准备，去参加各种各样的活动，认识各色各样的人，可供开发的"师兄师姐"关系实在不多……

　　等等，兼职，师兄——像是一道闪电，照亮了黑暗的夜空，简洁忽然想起来，她还真有一个叫过"师兄"的人。

　　蒋……什么什么……子峰，对，就叫蒋子峰，万宝投资基金大中国区的投资总监。

24

　　"你就叫我师兄吧——别老师老师的，这又不是学校。"

　　蒋子峰露齿一笑，牙齿白得真好看，跟他黝黑彪悍的面容对比鲜明："也别叫我蒋总蒋总的，在办公室都听腻了。换个新鲜的说法——嗯，师兄蛮新鲜的。"

那还是在夏天，在孤岛咖啡的沙发椅上，阳光很灿烂。简洁还是第一次跟这种强势的男人面对面，很紧张，双手把连衣裙的下摆都绞出一道道的汗渍。

这之前，简洁在家都是乖乖女，在校是个好好生——从没真正地接触过社会。偶然上网看到一个帖子，说是一个金融投资总监亟须招聘一个兼职私人助理。

当时全民皆股，是个人都投资理财——连简洁老爸都不例外，现在还"套"在里面呢，没有哪一天不感慨地说："死了都不卖！"——简洁对这样的人很好奇，心想当这样的人的私人助理会是啥样呢？

看着李诺兼职过去打工过来左右手倒腾网店，过得很忙碌，很充实，穷极无聊的简洁就发了一封简历过去，还应要求附了自己几张生活照。

蒋子峰很快就QQ她，聊了几句，就约她面谈。

"我是不是很强势？！在公司同事们都叫我'血豹'，噬血的豹子，很血腥吧？跟我处久了，你就知道，我这个人有狼的外皮和绵羊一样善良温驯的心。跟我搭档的很要好的一哥们儿叫'黑马'，看起来是个白面书生，很秀气，很儒雅，那心才狠呢！"

蒋子峰随便拿自己和同事开涮，但一点都不好笑。

简洁还是很紧张，大脑一片空白，严重缺氧。她几乎都没听明白蒋子峰说些什么，似乎问了她了解不了解这工作的性质，能不能接受，有啥特殊要求什么的。

简洁没听懂，也不知道该说啥。她看得出来，蒋子峰很失望，但他掩饰得很好——像是一个很优雅很大度的男人，很宽容地看着一个还没出道的江湖白痴。当然，他更白痴，还耐着性子把大把比黄金还贵的时间浪费在一个啥都不懂的菜鸟上，不是比白痴更白痴吗？

蒋子峰伸出手："今天就到这儿吧，辛苦你跑一趟了。以后有什么需要我帮忙的，就电联我吧。"

话谈到这个份上，简洁再白痴，也知道今天这事儿over了。

只是，她一直不知道问题出在哪里。

到现在，都不知道。

25

事过一两年后，简洁真的需要蒋子峰帮忙了。

他会帮吗？

问题是，他还记得她吗？

就算记得，他真的会帮吗？

分手前那句话，不过是人家礼节性地道个再见。她还当真了？

真作假时假亦真，不管是真还是假，简洁硬着头皮拨通了蒋子峰的电话。

"哪位？"手机里传来蒋子峰压低了的声音，低沉而富有磁性，颇具三十几岁男人声线的杀伤力。

"蒋子峰先生吗？我——我——我是简洁。"

简洁结结巴巴，大冬天的，汗如雨下，后来心一横，索性仿照李诺的模式"诱发"起对方的记忆。

"噢，噢，师兄？简洁，简洁啊……"蒋子峰一边费力地在记忆里搜索这是哪个他上过床又没有记住的阿谁，一边静静地听简洁描述那个夏天的记忆，并快速地进行综合信息处理分析。

"噢，这样子的。我正在开会，一会儿电你。"

放下电话，简洁如释重负，随即又把心提上了嗓子眼。不知道是推辞，还是真在开会，但是，简洁只能把蒋子峰当成最后一根救命稻草。

放下手机，蒋子峰立刻搜索自己以前的邮箱记录，终于能够确切地记起这个女孩是谁了，也马上推测出她找自己有什么事儿了。他决定晾她十几分钟——时间不短也不长，正好让她该焦虑的继续焦虑，该期盼的继续期盼，将来该妥协的继续妥协。

毕竟，他对这个白连衣裙的女孩儿还是很有兴趣的。那个夏天给他的记忆特别深刻。很少有女孩敢穿纯白色的连衣裙，就像很少少妇敢穿纯黑色的流行服饰——一个穿得不好，立刻就成了"下三滥"。但是，简洁穿出了那个效果——把白色穿出了纯洁。

不知道，她穿上白色睡衣，还是不是这么简单和纯洁？

一两年了，不知道她有没有变得懂事了一些？好像没有——听她那种笨拙的"师兄吃饭"类催眠式、诱发式、启发式的记忆唤醒法，蒋子峰感觉，就像听一个大家闺秀或小家碧玉的良家女子，偏要学那风尘女子风情万种的倚门诱惑：

官人哪，你不记得我了呀……

很搞笑，当然也更诱惑。

如热锅上的蚂蚁等了十几分钟后，简洁终于等来了蒋子峰的电话，就只有简单的三句："明天下午两点。就在老地方，孤岛咖啡，我有三十分钟的时间给你。"

三十分钟搞定你。你以为还像上次三个小时?!

还装嫩？没门儿，老子不陪你玩儿！

26

放下电话，简洁舒了一口气。

于是，"习惯性"地打开了孙晓东的对话框……

等等！她是从什么时候养成了这种一有事就想找孙晓东的"习惯性"的？什么时候她居然如此深深地"依赖"，甚至是"依恋"起她最好的朋友的"男友"的？

绝对不是从简洁跟孙晓东抱怨简洁老爸不懂她找工作的焦虑——还在一直说，"咱等得起""咱养得起"……

难道她能一直"靠"父母吗？她可不是一个会"啃老"的女孩啊！

当简洁这样跟孙晓东说起时，他们之间已经很有"默契"了——都很"默契"地从不提起李诺。就像她是他们之间的空间，虽然存在，却很轻易地就被忽略了。

简洁总觉得父母不理解他，而她理解她的父母。

她知道父母是为她好，但是她不愿意接受他们安排好的人生，重要的是，她觉得自己要走的路也是很好的。

她委屈，因为她觉得她总能够站在父母的角度为他们着想，怕他们伤心。而父母却从来不考虑她的想法，觉得幼稚，断然拒绝。

她觉得自己已经长大，父母却总是把她当成个孩子，要求她还是做那个儿时的乖宝宝。当她表现出拒绝的时候，父母就会奇怪为什么。所以，她觉得，乖宝宝实在是个不好的角色，尤其是很可能要做一辈子。

于是，简洁问孙晓东：什么时候，她能够自己独立？

她说，她也无数遍地问过自己这个问题，也曾经设想过各种可能，但是现实都粉碎了她的想法。初中的时候盼高中住校，但是仍然无法逃离；高中的时候盼去美国念书，但谁知道简洁老爸宁可辞职也要陪读；考大学时特别希望跑到远的地方去读高校，结果简洁老爸宁可把拆迁款送人也要她留在北京……

她说，有这么一句话，当别人问你飞得高不高的时候，你的父母会问你飞得累不累。

孙晓东说，是啊，这就是亲人和朋友的区别。

简洁叹气，说可是现在的情况是相反的啊。你关心我，问我可以不可以，愿意不愿意，而爸爸妈妈在问我为什么不能考高分！为什么不可以！为什么不愿意！

简洁说：举个例子，汉武帝刘彻当年刚刚即位，要推翻文景二帝的休养生息的政策，就被太皇太后打压；等他老了，他把国库基本花光了，他儿子要休养生息，他就感觉自己儿子软弱，说子不类父。老子总是看不惯儿子。父母总是认为孩子是错的！

孙晓东说，你举的例子错了。那是关于儿子的。

简洁说，虽然我是女儿，可是女孩也希望有一番天地的啊！

孙晓东点点头，我们都是一棵树，我们都希望自由地成长，不希望被裁剪得规规矩矩……

简洁如获至宝一样地说：是吗？

孙晓东的"认同"对她来说，似乎是迄今一生中最稀缺的珍贵资源——由于孙晓东从跳农门到跳龙门的心里成熟度，他似乎可以包容简洁一切亟须得到认同的东西，所以，越聊越依赖，越认同越依恋。

而孙晓东，在简洁这里也得到了一种在李诺身上不曾获得的满足感——这个小女孩激发出他身上的保护感、呵护感和疼惜感，让他感觉自己被需要，很有力，很强势，居然可以庇护一个女孩不经受风雨。

于是，他们之间"话题"越聊越多，越聊越广，越聊越深沉，越聊越暧昧……

27

孙晓东离开的第一周，由父母话题延伸到关于朋友和交流。

简洁问他：为什么有些人从来都是不考虑别人的感受呢？

孙晓东：我估计哈，这些不考虑是没有放在很重要的地方去考虑。

简洁：也就是说把自己的利益放在了第一位？

孙晓东：也不一定，可能是还有别的东西在第一位。比如说我可能就不顾及超级毕业生速成团里面谁的感受，因为他不在我考虑的范围之内，但是我在乎另外一些人的感受，这些人，有一些我更在乎他们胜过自己。

简洁顿了一顿：包括我吗？

孙晓东也顿了一顿：当然包括你。

他继续：有的时候我有一种感觉，就是随着沟通的方便，沟通变得廉价，而廉价的沟通又使得建立在沟通之上的情感贬值。

简洁：是啊，比如我觉得信件比邮件来得真实。可是，我几乎没收到过信件。

孙晓东：你要是希望，我可以给你写。当我们被贬值的情感伤害的时候，其实正是说明我们投资的方向和大众不一样了。我们重视沟通，也重视建立其上的感情，其实这是值得我们庆贺的。当信寄出去的那一刻，关照的心就可能是一直悬着的，直到收到回信。当这个悬着的过程变短，沟通就贬值了……

简洁：嗯，所以这是一个速食的时代。来得快，容易，但是无法保持，更没有回味。

孙晓东总结：对的，所以，我愿意用小火慢煮的方式去交朋友。虽然比较难，比较慢热；但是，会持久而历久弥新。

简洁憧憬地道：就像我们一样……

第二周，第三周，第四周……

直到现在的第 N 周，他们开始小心翼翼地谈到情感。

简洁：我前两天看了一篇文章，说一个人要是无奈的时候一定喜欢用省略号；自信的时候，就会喜欢用感叹号；犹豫不决的时候，爱用逗号。

孙晓东：哈，我喜欢用省略号是因为觉得它含义深。

简洁：是啊，但是更多的时候挺无奈的，不知道说什么，怎么说，就直接省略号好了。

孙晓东：因为现在人的世界宽阔了很多，诱惑和压力也多了很多。

简洁：你在受到诱惑吗？

孙晓东：谈不上，或者只是暧昧而已——因为对女老板的仰慕而产生的暧昧。可是，我知道，暧昧是个害人的东西，暧昧越久等到醒过来就会越痛苦。

简洁：你要学会控制你自己。

孙晓东：可是，我觉得和她在一起，和她说话很开心，也很有成就，没有负担。

简洁：你的这种没有负担是因为不用负责任！

孙晓东叹息：我知道啊。这就像毒品一样，毒品会让人达到正常达不到的快乐，但是它终究是毒品。突破禁忌其实是会给人带来快感的，就像我们宿舍煮饭吃一样，要是真的让我们天天煮的话，我们肯定不干，但是我们在学校做饭，除了吃得好之外，给我们带来快乐的是突破禁忌的快乐，就是犯规的快乐。

简洁：哈，你什么都明白。我说不出什么了……你要明白，很多人，很多时候，都是存在于暧昧状态之中的，其实，这是一种放松。

孙晓东：我怕我会当真了。

简洁迟疑：你这么说出来，其实，或多或少你已经当真了。可是你要知道，和你暧昧的那一个，也许并不只和你一个人在暧昧。

孙晓东叹息：也许吧。我也只是说出来发泄一下。早些年存在的聊天室其实就是这个效果，把自己的故事跟很多人讲一讲，彼此不知道是谁，就不存在泄密，但是心理的郁闷和纠结就都解开了。

简洁：可是我知道你是谁哦。

孙晓东：我也知道你是谁啊。可是，我说的"暧昧"仅限于我们之间的啊！

简洁一下子就呆住了。这，是不是一种试探和暗示？她和孙晓东之间，不是"想"暧昧，而是事实上已经"很暧昧"。孙晓东和李诺的感情已经动摇了吗？

孙晓东是在问她敢不敢突破某种禁忌吗？她和她最好的朋友的男友在玩暧昧！

这一晚，简洁失眠了。

第十一章

靠自己&安全感：众里寻他千百度

1

噩梦醒来，冯伟又是习惯性地寻找那个绿色的小头像。

这，已经成为一种惯例了。

没有别的话可说、能说、敢说……但能和顾自怜说说话，就好。

而顾自怜，似乎也早就在等着他：来了？

冯伟：来了。这些天你能帮我想这些事情，很好。

顾自怜：嗯，是啊。想了想，又补充：你能这么说我很开心。

冯伟：嘿嘿。

顾自怜突然问：师兄，你说，你现在的计划中，最后的反弹是为了什么呢？

冯伟：当然是为了最后那一个结果啊。

顾自怜：什么样的结果？

冯伟：当然是我希望的结果啊。

顾自怜：你希望什么样的？

冯伟不明白顾自怜这么绕来绕去究竟想问他什么，有些好奇，也有些不耐烦，就说：你怎么这么问？

顾自怜：一个结果，总是有人欢喜有人哭。

冯伟：嗯？

顾自怜：如果最后笑的是你，却要让我哭呢？

冯伟一愣，起初，不明白顾自怜的意思，觉得疑惑不已：怎么这么说？转念之间，冯伟的心敏锐起来：你要来新世纪？

难道顾自怜也要介入"那个人"的争夺之中？若是那样，他又将如何自处？

顾自怜：不，我不是这个意思。我只是这么问问。

冯伟心想，女生，总喜欢做这样的假设吧：如果需要，你是否会牺牲自己，为了她？

冯伟觉得这个问题让他难以回答，所以只好忽略了顾自怜问题里的情愫，说：为了什么？我也总在问自己。其实，正如分久必合，合久必分的道理一样，无论是上或者下，都有一个规律和一个周期。无论是谁，都不可能永远站在顶峰，因为你一旦到顶了，再往前一步，就只能下降了。

顾自怜：是！

冯伟：所以啊，无论是上还是下，无论是主动还是被动。我想，还是"无为"吧。不要让自己劳了力，还要劳心。一切，顺应天意吧。

顾自怜：尽人事，听天命？这可不像你的作风啊。

冯伟：你是否觉得我不如当年意气风发了？

顾自怜沉默，半晌，说：是。

冯伟：呵呵，其实，我是觉得自己比当年要成熟了。所谓成熟，就是接受能力和抗压能力更强了。能够平和地接受一些自己不喜欢的东西，能够积极地去看待遭遇的困境。

顾自怜幽幽地说：你确实，不是当初的那个师兄了。

冯伟想了想，慢慢地说：不，对于你，我还是那个师兄。

顾自怜看到这一句，眼睛一湿，半晌无语。

黑暗里，只有电脑屏幕的蓝光闪烁。

不过，冯伟最后补充的这句煞了风景：老实说，最后的反弹，我其实在寻找一种新的超级毕业生哲学……

慢镜头　鸿门宴·新世纪之母（1）

北京海淀羌寨云朵养生会馆。上午9:30。

新世纪副校长崔尚舞和常青藤教育培训部总监江子康夫人郭晋莲，已经浸泡羌药养生浴一个小时有余。

崔尚舞：你找的这个地方真不错，在都市喧嚣的角落里居然还能找到这样一个聆听羌音的地方。什么时候发现的？

郭晋莲：几年前吧，有个叫"云朵粉"的美丽女孩带我来的。从此我就喜欢上了这个地方。所以，你今早一说熬夜累得散了架，我就想这个地方肯定能让姐姐你充分解乏。

崔尚舞（叹了口气）：还不是 CEO 联席会议闹的？动谁的人不好？居然一动就动到了阿婆的头上！

郭晋莲：是老商姐夫的事吗？老祖宗把他招来管食堂财务，又被提拔成发行部主任，不是干得好好的吗？

崔尚舞：也不知道拓跋宏和陆剑客是怎么想的，说他不胜任，说撤就撤了，连本人都不通知。昨天他姐夫到办公室一看，办公设备都不知道被谁搬走了。阿婆哪儿干啊？立刻堵住商逍遥闹：商逍遥你好大的胆，亲戚来新世纪帮你做事，你竟敢如此无礼！

郭晋莲：那老商当众给母亲下跪的传说是真的了？

崔尚舞：是的。我当时正陪着老商在俏西北包间里跟拓跋宏、陆剑客"双 CEO"做面对面的沟通，听见阿婆带着一拨人在外面又哭又闹——陆剑客要求老商"像汉子一样走出去"、拓跋宏讥讽老商"能不能对你妈发一次火"，其他的人也都带着期待的眼光等待着，结果老商一开门，看见阿婆披头散发地坐在那里，一面哭，一面骂，叫了一声"妈——"，当着包间内外的拓跋宏、陆剑客和商氏家族的那一帮人，膝盖一软，"扑通"一声跪下了……

2

一开机，江子康的短信接连蹦了出来：你在哪儿？时间，地点……

一看，已经过去半个多小时了。

"这几天安排一下，我们一起吃饭，叫上曲婉澄，还有一个人，到时我让小郝来接你们。"

这安排很有意味，短信本身更有意味。

你们——冯伟和曲婉澄？为什么要把他俩捆绑在一起？冯伟猜错了？

另一个人？谁？另一个传说中的主管候选人吗？

难道江子康最迟于这几天，就要在这两个人之间为冯伟选择一个新搭档吗？

非此即彼？

一"谈"谋天下，一"饭"定江山。

"潘芳不合适。她不是你的最佳拍档。"

江子康深呼一口气，最终以下面一句话结束了他和冯伟"君臣之遇定大计"的面谈："我会尽快找到一个能配合你的人来做主管，以了却你我的后顾之忧。"

因为潘芳的存在，已经完全阻碍了江子康的发展大计。所以，她必须出局。

但，谁来接手？远比踢潘芳出局更棘手。太弱，不能制约冯伟，如同放虎归山，虎啸千里林。太强，则捆住冯伟手脚，不利于江子康以他为刀以他作剑，刀辟江山，剑刺日月——"弑"君、"弑"父、"弑"太阳的事儿，自然是"剑"本身来做更合适，而不是他这个握剑的人。

权衡利益，江子康迅速计算清楚了中间的利害关系：这个人太重要了，远比冯伟重要。冯伟能帮江子康打江山，这个人能帮江子康"守"冯伟。

冯伟心知肚明江子康的"配合"之意，也不矫情，拖长声音说了句"我——拭——目——以——待"，拍拍屁股，走人——虽然江子康的沙发椅，潘芳每天都要擦拭几次，净可照人，没有一丁点灰尘。

这年代，都讲双赢三赢……共赢，谁愿制约谁？谁又能制约谁？

这话，仿若昨天才谈完，没想今天就来了。

江子康真的是"动若脱兔，静如处子"。

这短信来得比冯伟预计得早。本来，他想，新主管人选的敲定，再怎么也得拖过十九周年庆典工作组"稳妥"交接和新奋青团队稍有眉目之际。但是，看来，江子康有点迫不及待了。

也是，大会一完，常青藤教育培训部就要正式进入"江子康的少帅时代"。为了这一天，他已忍耐得太久，等待得太长，放弃得太多。

唯有只争朝夕。

是故始如处子，敌人开户；后如脱兔，敌不及拒。

哈——啊，冯伟长长地打了一个哈欠。管他呢，打个盹儿先。

梵天入梦，天塌下来，都与我无关。

昨晚梦见甘晓儿又堕入鸿沟，没睡好……

慢镜头　鸿门宴·新世纪之母（2）

北京海淀羌寨云朵养生会馆。上午 10:00。

郭晋莲若有所思：老祖宗的权力有那么大吗？

崔尚舞：非常大。

郭晋莲：大到什么程度？

崔尚舞：大到在校长办公室拍桌子瞪眼、谁都不敢动商氏家族成员一根汗毛的程度——因为阿婆是这拨人的坚强后盾。动了，结果怎么样？就像昨天那样，老商给她下跪！

郭晋莲：有这么厉害？

崔尚舞：对，就这么厉害。别看阿婆把你当孙女一样疼，但毕竟你刚来学校不久，阿婆这个人你不了解，尤其是她对老商的厉害你不了解。她说东，老商不敢往西。当然，这两年不像以前那个样子了。现在阿婆跟商逍遥说话多半是用商量的口气了。

郭晋莲：以前都是命令吗？

崔尚舞：对。阿婆是说一不二的，很多事情都得瞒着她。老商要干什么事，即便是正确的事，事先说好不许跟阿婆说，要不然干不成。事情干完了，已既成事实了，阿婆知道发脾气也没用了。阿婆说，我这个人呀又讲理，又不讲理，谁要惹着我，我要是不讲理的时候，那我就永远不讲理……

郭晋莲：看来，老祖宗发不发火跟有理无理无关，跟是否能达成控制目的有关——看来，CEO联席会议跟老祖宗的正面冲突少不了了！

3

这是冯伟第二次参加商逍遥亲自牵头的筹备工作组会议。

还是由蒋妮可主持。

冯伟的面前终于摆上了一份筹备工作组会议成员名单，以及倒计时的时间计划和流程表。

商逍遥亲任组长，江子康和蒋妮可任副组长，各成员全部是学校总部各服务部门以及各业务部门总监（包括柳飘风、安健博、杜永玖）——清一色的少壮派；但参加会议的，全都是各部门的副职或总监助理……总裁办和常青藤教育培训部的秘书、文员、行政等则构成了一个庞大的执行团队——"红色娘子军"。

作为承办单位，在名单上，常青藤教育培训部行政主管潘芳自然成了理所当然的协调人。

照例是没有冯伟。

冯伟几乎大半数的时间都在解读这份名单。

这名单几乎囊括了新世纪所有的势力：家族派、基层官僚派……除了新世纪"梦之队"所代表的元老派。

政治意味颇浓啊：各派各系，风雨同舟，共商"国事"——当然，"政敌"除外。拓跋宏和陆剑客现在俨然以商逍遥的"新世纪政敌"自居：

"我们期待着商逍遥能堂堂正正从母亲面前走过去，可是他跪下了。顿时让我崩溃了！人性崩溃了！尊严崩溃了！非常痛苦。我觉得商逍遥当着那么多人，当着我们这些从美国回来的哥们儿给他老妈跪下（对我都）是一种耻辱，相当于我当着人跪在我妈的面前。怎么能这样！堂堂新世纪的校长！他今天的表现教育不了他妈！"

拓跋宏拂袖而去甩下的这句话立刻传遍新世纪的大小角落。就连冯伟都于当天就从付雅丽那里知道了事情的来龙去脉。这句话也标志着"CEO联席会议"与商逍遥第三次谈判的最终破裂。所以，在冯伟看来，手上的这份名单代表着商逍遥正式下了决心，要将工作组作为对抗CEO联席会议的权力运作机构……

于是，一个个枯燥、看似不相干的人名，在冯伟的解读之下，都变成鲜活的当代版《三国演义》，一队队人马、一股股势力、一幕幕战争情景，在厮杀、在呐喊、在火并、寸土必争、灰飞烟灭……在冯伟的眼底，这一个个的人名全都变成极具参考价值的局势判断系数。每一个孤单的人名背后，都有一股暗潮汹涌的职场势力。

冯伟正琢磨着时，会场突然爆发出一阵比一阵强的争辩——凝神听了半天，冯伟才弄清楚事情的来龙去脉，原来是"嘉宾名单"有变，就是邀请谁来作嘉宾。

常青藤教育培训部的拟邀请名单是比较传统的、遵循以往周年庆典的惯例——除了创业园管委会主任杜浩之外，历年请的都是教育系统一些退休的老干部参加，他们本身和学校有着莫大的渊源与关系，所以比较容易邀请——每邀必到场。

但是，商逍遥忽然给蒋妮可发了一条短信，称他正在亲自列一份详细的拟邀请名单，将在十点前交给总裁办，让蒋妮可先在筹备工作组上，把工作先安排下去。

于是，蒋妮可当场就宣读了商逍遥的短信：一是邀请一些在职的教育系统官员，二是邀请教育培训行业的几大巨头和有影响力的意见领袖，三是邀请定于参加"从西方到新东方：全球超级智库峰会"的国际教育培训巨头、资本大鳄，以及中国民间与官方智库……

冯伟听了很诧异。

这本应该是京城四大教父协议中的一部分啊。京城四大教父齐出场，这三个方面的邀请嘉宾，就是不请也会觍着脸找入场券的。商逍遥如此郑重其事地将它提出来，是不是京城四大教父的协议有变？或者震慑 CEO 联席会议等内部诸势力？还是仅仅拿出来作为一份"试卷"——测试现场各方势力，测试常青藤教育培训部，测试某些商逍遥还想测试的人？

这三个目的，到底是哪一个呢？

想必蒋妮可也有疑问，所以说："我先去找一下老商，暂时休会十分钟……"

但是，没有人离场，人人都各自忖度，无心交头接耳。

慢镜头　鸿门宴·新世纪之母（3）

北京海淀羌寨云朵养生会馆。上午 10:05。

说曹操，曹操就来电话。

商老太突然打电话给郭晋莲，邀请她上香山，到新世纪住宿部，给"老虎"过生日。

等搁下电话，崔尚舞故作惊诧地问：阿婆怎么今天才电话你？这事儿早就定了啊。

郭晋莲一耸肩膀：是啊，我本来说顺便问问姐姐你，这事儿怎么没我的份儿啊。老祖宗这电话一打，我什么话也不用问了。

崔尚舞一捏她面颊：你这小滑头。请我洗养生浴，敢情是为了打探消息啊！

郭晋莲笑道：我哪敢在姐姐你面前耍小心眼啊。真的是心疼姐姐，看姐姐你累了一晚，让你洗养生浴，抚慰一下身心。那事儿，就是顺便问问，老祖宗不让我去，姐姐不告诉我，我也知道——阿婆肯定心疼我。

崔尚舞笑道：还算你有良心。知道阿婆不让你去，是不想让你卷进旋涡里去！不过，话说回来，阿婆怎么变心意了呢？

郭晋莲：去了就知道了。姐姐也要去吧，那我们一起走吧？啊，你不去。噢，阿婆不让你去啊？我知道了。那我先去，你继续在这儿洗吧，我跟羌寨云朵的老总都说好了，给你弄个全套的……

4

商逍遥正在看窗外，心情很好。

虽然陆剑客刚刚送给他一场"大雪"——瑞雪兆丰年，难道不是？

因为，他刚从电脑屏幕上转开眼睛。

收到了一封他等了许久的 email。

四方势力的交织、考量、协调。

也许，这个人，这一次，是一个平衡点，也是一个突破点。

email 只有简单的一行字：给我两个月的时间，我会来。

商逍遥看着杯中的茶叶沉沉浮浮，吹了口气，自言自语：来吧，都来吧。

山雨欲来风满楼。

然而，商逍遥那开心着的眼神的背后，并不是大战前的激动和踌躇。而是一种深深的寂寥。一种独钓寒江雪的寂寥。

他知道，为了那一天，自己要牺牲掉一些；或者说，自己已经牺牲掉了很多——即便是作为新世纪神话的制造者，几十万学生的培训教父，新世纪学子和教师崇拜的偶像，堂堂正正的七尺男儿，也必须为了新世纪的现在和未来，向母亲下跪：母亲，你为什么不能像小时候一样宠爱、呵护和支持你的孩子呢？！

商老太大发狮威："你当我是什么人？！你是不是当我们是一条狗？！你姐夫是你叫来工作的，可是椅子、沙发、办公桌都搬得一干二净，你让他坐在哪里？"

商逍遥只有跪哭在地，谁都拉不起来。这个效果，是老太太要的，还是他商逍遥自己要的？

是为了自己吗？如果说自己为了新世纪，其实是不是也是一种矫情？

一将功成万骨枯。

值得，还是不值得，已经不需要去思考。

需要去思考的，只是，做到还是做不到？

"雪花"一片一片，飘过。似乎，变成了陆剑客的鲜血。

直到，蒋妮可敲门进来，面对着总裁办会议室中的那一堆精英……

与工作组会议同步进行的，商逍遥召开了一个除柳飘风之外的茶聊会。这些都是 CEO 联席会议插不进手的新生代派系：少壮派部门领导人或新生代教师精英。他们才是商逍遥真正掌控新世纪命脉——学校教学、教务、培训等的抓手和核心力量。

在跟 CEO 联席会议"决战"之前，商逍遥要确保这些力量没有"异动"！

所以，蒋妮可推门进去时，正是面对着新生代精英"誓死效忠"之誓的启程……

商逍遥说，不喜欢圆桌会议，大家绕来绕去绕圈圈，没有效率。

所以，新世纪的顶层会议室很是特别，是一个半弧形的桌子，再向两边伸展开来。商逍遥坐在弧形的最远端，其余的人如众星拱月般围绕。

商逍遥："今天开会说几个问题。"

于是开始询问新课表的情况，暑假项目的宣传计划等。

大家都或多或少地了解，商逍遥的习惯是，把最重要的事情留到最后说，并且轻描淡写地说——他总喜欢这样，隐藏自己的真实意图。

所以，各个部门的负责人都竖起耳朵等待着他最后的几句。

商逍遥："大家继续抓常规工作，嗯，上市的事情我也忙得很啊。你们有什么想法？"

大家面面相觑，上市的事情说了好久了，却一直没有听到什么动静，现在突然问想法，能说些什么？即便有什么，又怎么能说？

沉默。

安健博笑嘻嘻地打破了冷寂："老商，上市好啊，我们就都是股东啦。"

商逍遥大笑："对对，原始股当然先由你们认购。"

安健博却心里一紧，原来只是设想让我们认购原始股，这说明根本没把我们放到未来的高层组织里去考虑。也就是说，把我们都排除在那个上市小组之外了？

众人都不傻，大多明白了点儿，继续沉默。

商逍遥看着大家的样子，转了转手头的紫砂茶杯，说："上市这件事还得靠大家，尤其是你们在座的这些人，你们都是和新世纪经历过风雨的，以前、现在、将来新世纪都是需要你们的！"

众人纷纷抬头。

商逍遥慢悠悠地开口："上次开董事会我就说过，我一直在筹划成立一个上市的特别小组，我想过，在新世纪里面找一个人来牵头做这个工作。自己人，熟悉情况嘛。"

众人听了一震，谁都知道这意味着什么，很可能就意味着成为新世纪真正的股东。

股东！

有人面露喜色，有人在凝神，有人在看商逍遥。

安健博是最凝神的那一个，他在想，"想过"和"想"，一字之差，这差别可就大了。"想过"，代表过去曾经有过这个念头，那么现在呢？

可是，如果现在没有这个念头，以商逍遥的级别，不至于来骗大家卖力表现吧？

他抬眼看江子康。

江子康一脸宁详，似乎又养生蓄气。这小子，似乎知道的比自己多，但是又似乎在故弄玄虚。

安健博又转过去看商逍遥，商逍遥对他微微颔首，他只好以微笑作答。

不解其意。

商逍遥继续道："当然，粥总是有限的，分的人也那么多——除非我们把锅做大，把蛋糕做大。但再大，人头也得有个控制吧？那到底分给谁，又不分给谁？谁分多一点，谁又分少一点呢？"

安健博心中一紧，说到正题了。

商逍遥继续道："大家都知道，新世纪有所谓老人、中人和新人说。老人呢，就是那些元老啦，他们对新世纪作出了巨大的贡献，并得到了相应的利益和承认。但是，如果新世纪第二次创业和上市财富仍然按历史功勋来界定和分配的话，对中人——就是在座诸位少壮派，以及新人——刚刚加盟新世纪准备贡献自己的梦想和激情的教师员工们，很不公平……"

商逍遥顿了一下，又道："所以，我的想法很简单，从现在开始，在新世纪的第二次创业时代，一切归零，大家都站在同一起跑线上，谁能跑得更快、更高、更远，谁就能获得更多！"

蒋妮可适时补充了一句："现在，问题的关键是，谁愿意跟着老商，再一次'跑'下去……"

众皆大悟。是时候，亮明大家的身份和站队了！

慢镜头　鸿门宴·新世纪之母（4）

北京海淀新世纪住宿部。上午 11:30。

要郝俊亮开车送她，郭晋莲给江子康电话细说原委。

江子康：给老虎过生日？阿婆什么时候养过老虎呀？

郭晋莲：你消息怎么那么闭塞啊？老祖宗在住宿部食堂养了一只大白猫，生了三只小猫。猫就是老虎呀！

江子康：你什么时候接到"邀请"的？

郭晋莲：刚才。我问过崔尚舞了，这个生日会筹备两三个星期了。请柬都一个星期前就发出了的。几乎所有元老派、少壮派的夫人都收到。倒是我这个干孙女临时才被通知。

江子康：这是让你去旁听啊。阿婆这是要摆鸿门宴啊！老商小名就是"老虎"——看着小猫，就如同看见"老虎"！

郭晋莲（嘿嘿两声）：老虎不发威，你就当我是 hello kitty！

5

这边会开到一半，那边就急得像一锅粥。

过了很久，蒋妮可才给崔尚舞的总监助理肖云仙打电话。

肖云仙边听边点头，说："知道了，知道了，好，好。"

一副全然答应的样子。

放下电话，肖云仙对着刘峰说："你看，这么短的时间，领导要求邀请到的……这些领导，能做到吗？"

刘峰笑，心里想这怎么回答，当我傻啊。

于是，他说："您都答应了，就做呗。"

一句话，不承诺，不表态，把皮球踢了回去。

肖云仙也很无奈，只好转向阮元："你们这边看看能不能想想办法？"

无奈阮元的两个手机此起彼伏地响，阮元示意说有重要电话，就走了出去接电话。

肖云仙已经无奈到了极点，只有对着大家说："不管怎么样，领导的任务是要完成的。大家看看，把活儿分一分吧。"

无人响应。

冯伟心里想，这活儿怎么分？真是搞笑。

此时阮元回来，肖云仙突然一笑，说："这样吧，这事情就交给你们两个了（指刘峰和阮元）——你们俩也别分了，就一起商量着解决吧。我把你们名字写上去了啊。"

刘峰和阮元的脸色极其难看，可是居然谁也没有提出反对意见。

司机调度兼保镖班主管大刘当时就暗叫"妙"！她这一招和稀泥的方法还真是管用。那两个"嚣张"的男人不反对，一则因为蒋妮可不在，她就代表着老商+商老太二合一的势力，有资格总负责这件事情——不是怕推脱她，而是怕她背后的领导和领导的领导觉得自己推脱；二则，重要的是把他们两人捆绑到了一起——两个人喜欢较劲。

谁不知道，阮元的背后是老商嫡系、少年 CEO 杜永玖，刘峰的幕后人物,其实不是教学培训部现任副总监云蕾——那是柳飘风的嫡系人马,而是疯狂精英培训部总监、少年才俊安健博!

这新世纪的"两大少"从来就没有停止过掐架。所以,他们两个派系的势力也从来没有停止掐架。

肖云仙心道,你们不是爱较劲,爱掐架吗?有本事,去掐那些嘉宾去!谁能掐来有分量的嘉宾,就算谁有本事。

大刘想明白这个关窍,幸灾乐祸之心渐去,唯恐天下不乱之贼胆又生,于是,说:"潘芳呢?"

一语点醒两个梦中人。阮元和刘峰才醒悟过来:"我俩较什么劲啊,我们两方掐什么架啊——这事,难道不应该是常青藤教育培训部大包大揽的吗?"

于是,突然发现,居然潘芳没来!

又才突然发现,桌子那边,原来一直坐着个沉默的男人!

冯伟也仿佛突然才发现这个问题,连高个儿扬也都没来!

这里面,又有什么猫腻?

慢镜头　鸿门宴·新世纪之母(5)

北京海淀新世纪住宿部。上午 11:35。

郭晋莲到现场一看,嚯,真是"夫人聚会"——全都盛装出席。

而且,节俭如命的商老太一口气办了六桌酒席——六六顺——酒席那是相当相当的隆重。

郭晋莲笑意晏晏:老祖宗,您穿衣服裤子都是十几块钱一件的,这顿酒席怎么办得那么"低调而奢华"?

商老太笑得眼眉儿都攒到一块儿去了:啧啧,瞧瞧我这个孙女用的词,就是老太太我想说说不出来……低调?当然,低调!在这个时候,我这个不说都碍人家眼的人,能不低调?奢华?要的就是这个效果。谁知道这是不是一顿"最后的晚餐"?

真是句句带刺,刺中套针,整得在场诸人花容失色。

郭晋莲:哟,瞧老祖宗您谦虚的,这难道不是一场新世纪的"王母蟠桃会"吗?在场的姐姐们个个都不是人,都像九天仙女下凡尘;阿婆您更是招来一群贼,人人都偷蟠桃献给您……

这句话真是说得一个圆球滴溜溜地转,把刚刚重若千钧的压力立刻卸得无影无踪。柳飘风夫人当即就想,以前真是小瞧了她,以为就是一个

"80后太太团"的!

6

蒋妮可回来了。

会议重新开始。

肖云仙简单地跟她讲了嘉宾邀请的安排。

蒋妮可边听边点头,完了,意味深长地看了冯伟一眼。

冯伟依旧做鹌鹑状。

于是,蒋妮可说:"嘉宾邀请就这样定吧。等老商名单列出来后,由常青藤教育培训部统一协调。另外,老商还有一个想法,就是能够邀请十九年里曾经在新世纪工作过的明星教师,并且要求所有当天不上课的新老教师都要到场,一展新世纪教师团队的风采。"

大家都呆住了。

上千人哪!

这个想法真是太宏大了——新老教师集体亮相,"新世纪团队"气势如虹——但是,这就有两个大问题:一是没有足够的场地;二是接待那么多人,就给常青藤教育培训部,甚至整个新世纪的行政后勤和保安能力提出了挑战。

冯伟却嗅出了一丝不同寻常的味道:新老教师=新世纪团队?看来,商逍遥的布局表露无疑了,不但有用少壮派"新黄金团队"取代元老派"新世纪梦之队"的意图,还有用新老教师"新奋青团队"监控和钳制"新黄金团队"的战略,为未来的变局留个后手……

江子康,常青藤教育培训部,他冯伟,能把握住这个"美丽新世界"的机会吗?

不是每个人都像冯伟这样从战略高度来揣摩最高领导的意图。让大家焦头烂额的是,老商这无异于异想天开的想法,如何才能执行到位——不打折扣是不可能的!

肖云仙首先打破沉默:"关于场地,找个大礼堂,先排吧,不行就站着。"

蒋妮可看了她一眼。

这个肖云仙,也太善于这一套了——不做决定,延后问题,转移矛盾。就像打太极——一个又一个圆儿地打。

慢镜头　鸿门宴·新世纪之母（6）
北京海淀新世纪住宿部。上午 11:40。

商老太：果然，崔尚舞没说错。这顿饭少不了你这个捧哏的，不然别说她们吃不下饭，就连我自己都没了这胃口！

安健博夫人暗暗一惊，江氏家族跟基层官僚势力已经联手了?！

假若新世纪突然"失去"商逍遥，有权力且有能力全盘接管新世纪的，只有一个人——那个人，就是崔尚舞。

这个影子里的权力舞者！除了财务和后勤之外，她还控制着新世纪所有通向中国基层政治组织的脉络和途径。

据称，创业园管委会主任杜浩是她的铁杆朋友。

所以，崔尚舞是安健博在新世纪最忌惮的人！

郭晋莲：我是怕我看见阿婆和姐姐们吃不下饭啊。为啥呢？阿婆你咋吃都不胖，姐姐们咋吃都不影响美，我呢，吃这怕胖，吃那怕长疙瘩……

7

但是，再善打圆场如肖云仙，在关于接待的问题上，还是和刘峰起了冲突。

从管理架构上，教学培训部在名义上管辖着北京新世纪学校和各地分校所有教师——尽管实际上他们根本插不了手，特别是那些拥兵自重的"诸侯"，比如柳飘风、安健博、杜永玖和江氏兄弟——刘峰从职责上恰恰分管"教师培训"。

"新教师培训大会"——既要培训新教师，又要筛选能做培训师的老教师，我容易吗？

所以，当肖云仙谨慎地表示行政后勤、保安保镖人员有限，意思是没有那么多工作人员可以派出来接待所谓的"教师团队"时，刘峰的火气就上来了。

什么意思？噢，我下一个教师动员令下去，所有的人都奔十九周年来了，你却说接待不了？

于是，刘峰不屑地说："不需要。你说的那些校园内引导、水站、介绍什么的都可以不要，都是学校的教师，没什么不认识，也没谁会找不到礼堂的！"

这话有点反话正说的意思。

肖云仙说："你让近千名教师一起出场。如果没人组织，到时候一片混乱怎么办？"

蒋妮可听出她的意思，皱了皱眉。这话说给谁听的？

肖云仙的潜台词是说，如果乱了，老商肯定要责怪我们行政后勤部的，因为毕竟是我们具体负责的。

刘峰还是不屑，还是在说反话："乱不了。有什么可乱的呢？让你的工作人员和那些新世纪学员一起，乖乖地待在礼堂里，凑人数，才是正经事，不要在外面站着，那才显得乱呢！"

阮元有些气急败坏。刘峰居然说品牌推广和网络中心的工作毫无意义！因为组织新世纪学员"凑人数"的工作，恰恰就是阮元负责的。

肖云仙气急，转向阮元："那门口怎么接待？不是说好，由你们组织的新世纪学员来负责的吗？"

阮元窝了一肚子火，不答话，看向蒋妮可："您说呢？如果教学培训部可以把近千百名教师都组织起来。那再找新世纪学员'凑人数'似乎就没必要了！那干脆从庞大的教师团队里切出一部分人，来负责接待算了！"

这句话已经有浓重的火药味了。

肖云仙于是也说："就是，不如刘峰你们安排老师和我们的工作人员一起，在门口接待嘉宾嘛。或者，你们干脆把'接待'工作都接待过去得了呗！"

蒋妮可听到这句话都快晕了，冯伟当时心里也被肖云仙的这句话给震得回不过神来……如果这行政后勤整个部门都撂了挑子，那接待、现场维持、保安后勤谁来做？

这上千名教师大多数互不认识，怎么接待？出了问题怎么办？怎么这么轻松一句话？

这种"捣乱"，难道出自崔尚舞的授意？

这盘棋局，下得是越来越稀里糊涂的了。

慢镜头　鸿门宴·新世纪之母（7）

北京海淀新世纪住宿部。上午11:45。

商老太：今天你就放开胃口吃吧。下一顿，阿婆还不知道到哪儿去请你呢！

又来了！大家的头又疼了起来。

郭晋莲装聋作哑：我就赖在老祖宗您身边。您走哪儿我走哪儿，您吃啥我吃啥……

捧哏无效，商老太话音一顿，剑指中锋：今天这一顿，到底是像我孙女说的是"西王母的蟠桃会"，还是像我老太太说的是"最后的晚餐"，就取决于在座各位"二当家"的选择了！

陆剑客夫人的头疼得最厉害。

"天不怕，地不怕，就怕老太太找谈话；这不躲，那不躲，看到老太太我就躲……"

陆剑客的这句顺口溜，可是被谱成"新世纪的第二校歌"，私底下传唱一时。

8

各部门来的代表自然不吭声，谁都是乐得清闲的。

冯伟也冷眼旁观。

在蒋妮可的强力压制下，肖云仙主动后撤一步，强撑着问刘峰："那你给我部门各分校来会以及拟邀请的教师名单，我们要教师签到。"

刘峰强硬地说："我给不了。"

肖云仙问："为什么？"

刘峰说："能邀请到哪些已离开新世纪的明星教师，谁现在也落实不了。"

肖云仙无语。

蒋妮可看她已经实在不行了，如果再不开口，这事情很可能就真的要落到常青藤教育培训部头上了。

这可不行！

于是，蒋妮可转向国内考试培训部的总监助理向飘飘："你们已经邀请曾在你们部门教过书的'前明星教师'了吗？"

向飘飘很谨慎，说："正在请。"

蒋妮可接着问："你们部门前台邀请的是哪些教师，打了电话后，就能确定名单了吧？那天没有课上、确保能出席的，也能提前确定名单吧？"

向飘飘想了想，说："是。"

蒋妮可看了看刘峰。

刘峰明白了蒋妮可的意思，但是坚持："礼堂如果一时间进那么多人，签到是不可能的。"

肖云仙看着向飘飘，说："我们部门接待不了。应该你们各部门派人去接待自己的教师。"

刘峰开口:"不用那么多人啦,你们接待不行吗?"

蒋妮可心里明白,刘峰的坚持在于向飘飘没有表态。

国内考试培训部是第二大部门,柳飘风虽然很温和,但也很强势;刘峰的暗中老板安健博现在也是唯柳飘风马首是瞻。所以,刘峰在顾忌。

问题是,他在顾忌什么?

难道是代表老板们表态,支持工作助会议,就是在支持商逍遥……就等于向 CEO 联席会议"有条件的决裂"?

没有得到安健博的明确指令,刘峰怎么敢擅自决断?

慢镜头　鸿门宴·新世纪之母(8)

北京海淀新世纪住宿部。上午 11:50。

席前就摊牌,这饭还咋吃啊?

众皆分席而坐,均皆默然无语,无一人举杯或举筷。

商老太举杯,单独朝向拓跋宏夫人:恭喜你呀,你现在荣升"蛇易呕"(CEO)夫人……

拓跋宏夫人:阿婆,你又拿我开涮了。

商老太:我们这帮老姐妹现在都归你管了。你来顿开场白吧,不然这酒席没法开桌呀!

拓跋宏夫人:新世纪天大,地大,还是您老人家(年龄)最大呀!

"年龄"两个字没吐出来。拓跋宏夫人尽量做到克制中庸,不卑不亢。

9

但是,大势所趋,岂容他回避?

于是,蒋妮可转而问大刘:"那么多陌生人来,如果不签到,混进来什么人怎么办?"

大刘笑:"这么大的活动,进来这么多人,校园几乎是半开放的。混进来个别人是正常的啊。"

蒋妮可冷笑,心想,你这话也就敢和我说说吧,能说给老商听吗?混进来人是正常的?你是负责什么的?说出来这种话,疯了吧?还是太看轻了我?

于是,蒋妮可说:"你是说,校园混进来人是正常的?"

大刘脸色立马微变,说:"我不是这个意思。"

蒋妮可不理他,转向向飘飘:"那你们能派些工作人员过来吗?"

果然，向飘飘说："我们派不出来。来那么多的新、老和过去的教师，谁能都认识啊？"

蒋妮可冷笑，看着她："就应该都认识，这是你们的工作。"

向飘飘没有想到蒋妮可的口气那么强硬，那么"领导化"，愣了一下，说："反正不可能都认识。"

蒋妮可冷笑说："那你把所有办公室人员派出来好了！"

向飘飘说："那怎么可能？那教室里的学生谁管？来办公室咨询的学员谁管？国内考试培训部的日常工作谁管？"

气氛骤冷。

两个都很强势的女人，僵持住了。

你想逼我表态，我就是不表态！

你不表态，我就是要逼你表态！

这到底只是两个女人"僵持"呢？还是他们背后那两个更强势的男人商逍遥和柳飘风在"僵持"？

冯伟叹了口气，悠悠地说道："谁管？常青藤教育培训部来管。我搬个爱因斯坦的小板凳，去跟你们守门去！反正，天塌下来了，还有老商这个高个子顶着嘛，怎么也砸不到我这个矮人头上……"

扑哧。向飘飘笑出了声——毕竟，我只是女人，我只是老板的助手！再强势，怎么可能像老板那样一直强势下去？

这是冯伟在工作组会议上说的第一句话，也是唯一一句话。

但，一句话已足够。

大家都是聪明人。聪明人妙就妙在闻弦歌而知雅意——冯伟只是投了一颗小石子，就打破了僵局：各部门是必须出人的，会场是不能乱的，天塌了老商也顶不住，老商都顶不住新世纪塌了的天，你们各部门"日常"工作还有个屁用……

这个逻辑一点就通。所以，接下来的事情就顺利得多了。

刘峰看看风向变了，立刻说："行吧，那你们各部门就自己派工作人员过去吧。我们也尽量抽调些老师，跟各部门进行对口'接待'……"

刘峰自然知道，只要国内部和疯狂精英部都吭声了，加上国外考试部肯定要吭声，其他部门是不敢不吭声的。

一则要给蒋妮可面子，二则要给常青藤教育培训部面子，三则，最重要的是，谁也不想传到老商耳朵里，落个不配合大会工作的态度。现在这个关键时刻，任何一句话都是表态。

毕竟，老板们可以模棱两可——等到关键时刻再倒向商逍遥。但是，提前反对商逍遥的，岂不是会被丢车保帅，当了替罪羊？

刘峰、向飘飘、肖云仙、大刘……都不想当这样的糊涂蛋！

阮元却又跳了出来："那你们那么多人接待，学员还弄不弄？"

肖云仙说："当然要。"

阮元问："你真觉得有这个必要？我看啊，你要在领导面前展示，就改个时间地点吧，别把场外整得乱糟糟的。"

肖云仙气急，把笔往桌上一扔，提高了声音："你怎么就不明白呢！"

阮元说："我明白什么？"

肖云仙看着他："我们安排接待，安排场面的工作，其实不就是为了给你那些媒体、粉丝学员和网络意见领袖看的吗？不就是为了让他们觉得新世纪品牌价值千万个亿吗？不就是为了那些学员学完课程继续选你们的网络课程吗？这一切，不都是为了品牌推广和网络在线教育培训服务的吗？"

阮元笑笑，不吭声。

冯伟心里想，肖云仙显然并不是一开始就想到这一点的，不然她早说了；阮元也不是从来没有想到过这一点，不然他也不会不吭声。不然，他为什么不说我不需要，我自己有能力来做？

看来，少年CEO杜永玖和崔尚舞那个派系，似乎也有过节——而且，过节颇深哪！

冯伟和蒋妮可对视了一眼，各自暗叹。

一场小小的风波，不能让的，绝不能让；该让的，要让得干净漂亮。

还好，江子康无意于让冯伟"全盘接手"筹备会，不然冯伟真的会一个脑袋两个大。

不过，话说回来，今天真的好奇怪噢——潘芳不在，冯伟理解；高个儿扬也不在，就匪夷所思了。

摆明了，就是让常青藤教育培训部置身事外嘛！

难道这一切都是策划好了的？

那至少，得给冯伟提前通个气吧？

慢镜头　鸿门宴·新世纪之母（9）

北京海淀新世纪住宿部。上午11:55。

商老太：我最大？我怎么听说您家拓跋宏当了"蛇易呕"，第一件事就跑去夺我家老虎的权，说：我想开谁就开谁，第一个，就是开了你老妈！

拓跋宏夫人：造谣，绝对是造谣！

商老太厉声道：伍大家的，老虎是怎么说的？

伍大妻子从八大老兵桌上站了起来，转述说——

老虎刚开始说："你当 CEO，你想开谁就开谁！"

拓跋宏说："所有人？包括你老妈？"

老虎说："当然包括我老妈。"

拓跋宏说："好。"

隔了一会儿，老虎想想不妥，又跑过去对拓跋宏乞求说："拓跋，你开谁都行，希望能放我老妈一马！"

拓跋宏不同意："不开你妈，我怎么能开得了商氏家族的那些人？怎么能将你妈和商氏家族成员从要害岗位上撤出来，又怎么能有意识地淡化'商氏家族'色彩，以改变新世纪的社会形象？"

10

冯伟回到办公室，板凳还没有坐热，潘芳就来找他了。而且，姿态意外地放得很低。

潘芳挤出一丝牙膏般的笑容："有件事需要你帮忙啊，冯老师！"

冯伟："你说……"心中又在想她为什么没去参加刚才的会。

潘芳："那个叶香香啊，办事真不靠谱。上次安排工作的时候，不是说让她负责和总裁办确认嘉宾名单的吗，可是到现在还没落实！你说这时间那么紧，真是的！"

冯伟："噢？那需要我做什么？"心想，难道潘芳不知道上午开会的内容？甚至不知道上午开会的事儿？否则，没道理不知道商逍遥要亲自开一个嘉宾名单？

潘芳："我想啊，你就亲自去趟总裁办吧，直接把确定的名单拿回来，我们也好做宣传册什么的呀，下面的工作才好继续进行啊。"

冯伟心里想脑子转，叶香香为什么没有落实？这活儿听起来没什么难度啊？潘芳以为自己没和总裁办的人打过交道，所以专门找自己？这是她想针对自己，还是针对小老板的试探？

冯伟觉得先答应下来："好，我去试试。"心想，得先问问叶香香。

在办公室找了一圈，才在办公室外的走廊上，"偶遇"了叶香香。

冯伟："香香啊，怎么看你脸有难色，是不是心里发愁呢？"

叶香香："啊？冯老师，您看得可真准啊！"

冯伟:"嘿嘿。我可是冯半仙哪,说实话,刚刚在办公室听到说你那边的嘉宾名单还没确定,下面的活儿就干不了了?"

叶香香气鼓鼓地说:"谁说的?又是徐小婕吧?!可把自己当个人了!"

冯伟:"那你其实是搞定了?"

叶香香:"那也没有……你不知道,总裁办那堆人多难弄,就告诉我什么领导名单怎么能那么早定?还得问商总的意见。过两天再说吧,就把电话挂了。我这么低的级别,有什么办法……"

冯伟:"你告诉过他们必须得快点确认了吗?"

叶香香:"我当然说了!可是,人家说老商还没确定要请谁呢,我还能说什么啊。"

冯伟心想,哦,原来是这么回事。

这确实是个烫手的山芋,叶香香也确实难办。看来,潘芳让自己做这件事情,多半是公私兼顾的。公是提前敦请总裁办尽早把名单交给常青藤教育培训部,私在潘芳等着看他的笑话。

不过,在现在脑子还一锅粥的情况下,冯伟可不想直接去找蒋妮可——所以,在脑子里盘算了一会儿,有了个主意。

冯伟跑去找了矮个儿姜,没说潘芳找他,就说听说叶香香没把差事办好,怕影响常青藤教育培训部的工作进程,影响到小老板。

矮个儿姜眉开眼笑:"好啊,我帮你打听打听。你可算找对人啦,虽说这个总裁办离我们关系远。可是,你不知道,有个人是可以帮忙的,我的老姐妹啦。"

总裁办跟常青藤教育培训部"关系远"?怎么看,今天这会都像蒋妮可和江子康演了一场双簧戏啊!

冯伟:"噢?那可太好了!您这可帮了老板大忙了!"

矮个儿姜摆出了一副"舍我其谁"的样子。

冯伟心里长出了一口气,没想到自己还真的找对人了。

矮个儿姜心想:指不定是你冯伟心里有什么小九九,但是我也不管了,反正归根结底是帮了小老板的忙。

冯伟心想:看来这群众路线还得常走,还有这种重要的名单非要通过"关系人"才能拿到,按工作程序为什么不给常青藤教育培训部?总裁办是否真的和常青藤教育培训部"有过节"?还是故意跟潘芳或叶香香过不去?

看来这里面的水比想象中的深。

一个小时后,冯伟拿到了商逍遥亲手草拟的嘉宾名单,到潘芳那里去交差了。

潘芳惊讶,问:"怎么来的?"

冯伟笑:"君子爱财,取之有道。"

答非所问。

慢镜头　鸿门宴·新世纪之母(10)

北京海淀新世纪住宿部。中午12:00。

商老太:伍大家的,跟在座姐妹讲讲我昨天是怎么骂拓跋的,让她们长长见识!

伍大妻子:昨天,您听到拓跋宏夺权了,老虎不要你了,咱们的人都要被开了,您不干了,把拓跋宏堵到楼道里骂……

众人在伍大妻子绘声绘色的描述里,像电视连续剧似的来了个情景回放。

商老太双手叉着腰,在四楼楼道里骂:拓跋宏,你做人要厚道!

拓跋宏吃惊:怎么……

商老太:拓跋宏,你当初回来是因为逍遥待你厚,可是你待逍遥薄。

拓跋宏宛若被当头打了一棒:厚?薄?

商老太:有人跟我说,当年访问学者的名额本来是让逍遥去的,结果是你去了!

拓跋宏大怒:谁说的,你让他站在我面前当面说!是商逍遥吗!老商你给我站出来,跟我说:你是相信你妈,还是相信事实?!我告诉你,当年我是英语系优秀教师,你商逍遥是默默无闻的教师。从资历来说,我比你早一年留校,出国名额如果有一个的话,能轮到你吗?除非你使手腕才能出去!

商老太也大怒:拓跋宏,你跟谁吼!要吼,我们到英语系吼去!

11

这个上午,江子康一直没露面。

他一直待在孤岛咖啡,一直在等一个人,林青黛。

他要给林青黛一个 deadline,无限期,不可活。他也在给自己一个 deadline。好好理一下逻辑和思绪,总有一天会看到结局的。那个结局如果是自己不想看到的,那就早点放手,还能活得潇洒一点。为什么总要和自己过不去呢？

十点半，林青黛终于来了。

这一年来，江子康几乎都是拿着郭晋莲写着繁体"吾最爱"的《哈利·波特》英文版，在孤岛咖啡，和林青黛定期不定时地见面。

他们第一次见面时，林青黛看见江子康面前搁着本《哈利·波特》英文版，很惊奇。看林青黛惊奇的样子，似乎是一种享受。

林青黛说，你还看这本书？

江子康说，偶尔翻翻。你也看吗？

林青黛说，我看过她的一本传记。我对她这个女人很感兴趣。

噢，江子康一下子就来了兴趣，林青黛是像郭晋莲一样，是一个铁杆的"哈迷"吗？——用郭晋莲自己的话来说，是一个骨灰级、水晶级的哈利·波特粉丝。江子康觉得很奇怪，怎么能又水晶又骨灰呢？水晶多时尚靓丽，骨灰多毛骨悚然。

郭晋莲就让他吃了一个爆炒栗子，然后戳着他油光发亮的脑门，说，You are out! ——外表水晶，内心骨灰，就是我们这一代人的标志。然后，连连感叹，对牛弹琴，不是一代人，有代沟，跟你没法说……

林青黛说，我对她的小说不感兴趣，但是我对她这个人感兴趣，特别是对她在穷困潦倒时在咖啡馆里怎么写出一部畅销小说很感兴趣。

江子康说，这样子的啊……

那时，林青黛刚离婚。

丈夫变前夫，世界会怎样？

就是林青黛这样！整个世界都是北极或南极，全部人生都在冬天。低谷到不能再低谷，糟糕到不能再糟糕。

爱没了，婚姻没了，吾最爱消失了，罗琳才会去写小说吧？有了哈利，有了那道伤疤，爱才能最后拯救一切，吾最爱才会重新出现吗？

难道不是这样的吗？

所以，林青黛特别想找到 J.K. 罗琳式的成功秘诀，哪一天也可以把自传体小说变成全球——不，中国，或者某一类型小说的畅销书也就行了，一夜之间天翻地覆，也可以天上掉金，地下流银，睡觉睡到自然醒，数钱数到手抽筋。

也就是从那个时候起，江子康知道了，林青黛原来也是一个很实际的文艺女青年，她原来一直都在写一部"自传体小说"——当然，不是"活得漂亮不如长得漂亮"的那种。

林青黛客气地说，写出来了，送给你看看，请指教指教。

江子康当真了，好啊，好啊，我期待着……

结果，等了好几年，也没见那"自传体小说"有只言片语出来。

所以，才知道，林青黛的有些说法是当不得真的。

慢镜头　鸿门宴·新世纪之母（11）

北京海淀新世纪住宿部。中午 12:05。

拓跋宏（强压住心头的怒火）：阿婆，来来，咱们谈谈。

商老太：谈就谈。谁怵谁啊！拓跋宏，你知道新世纪的执照是哪里来的吗？

拓跋宏：哪里来的？

商老太：我领回来的！

拓跋宏：哦……

商老太：拓跋宏啊，你知道吗，你是××年才回来的！

（你不是新世纪的创始人！）

拓跋宏：阿婆，我知道！历史是从那时开始的。

（新世纪是我们回来之后才进入辉煌岁月的。）

商老太：拓跋宏，你应该知道，你们大家回来，到处租大房子。商逍遥分一份给你们，我不心疼。生不带来，死不带去，阿婆已经 70 岁了，还能活几天！

拓跋宏：我回来是靠自己的本事吃饭，谁也没靠，谁的情也不欠！

（要让我感恩戴德，没门！）

12

一年前，林青黛最经典的说法，就是她想到羌寨隐居，到西藏放逐，到大香格里拉寻梦……最终都输给了现实和理性。

一直都在寻梦，一直都在渴望邂逅，一直都认为自己最想要的根本就不是工作，但最终还是不停地计算——计算自己的利益如何实现。

于是，林青黛想到新世纪教书，上课，做培训，挣钱，赚钱。

江子康直言不讳地说，林青黛你讲课不行，不适合上培训，趁早打消这个念头。

林青黛自怜自艾，自问自答，那我怎么办？我不想活了！

江子康说，你只适合做管理。

江子康那时已经开始考虑组织变革和管理架构的事儿了。林青黛毕业于复旦大学,学金融管理,在外企做过多年的人力资源管理,很适合江子康心目中的新主管人选。

但那时新世纪的形势不明朗,部门与家族条件都不成熟,林青黛对再做管理也有一种本能的抵触,所以,江子康决定把林青黛"窖藏"一年。

"我可以给你一年的时间考虑。在这期间,我个人可以支付你所要求的薪水。但是,有两个条件,第一,就是不能跟新世纪的其他人接触,我指定你接触和了解的除外;第二,你除了要熟悉常青藤教育培训的课程体系和新世纪内部的培训体系之外,你还要了解和分析竞争对手的市场情报。当然,所需费用都由我来付。"

林青黛说,她习惯了黑白颠倒,可不愿再为了上班或去听竞争对手的课,大清晨就起床,陷入到北京永远都解决不了的交通泥潭里。

江子康又好气又好笑,说,时间你自由安排,我不管你。我只要你定期到这儿来跟我汇报你的心得,就行了。

林青黛又讨价还价:能不能都安排下午?下午的时光柔软一些,舒服一些。

没说自己现在都要睡到自然醒,一醒就是早午饭一起吃。

江子康说,行。

林青黛问:那我的 title 是什么?

江子康想了想:兼职助理,秘书,或是其他什么,都可以……这不重要。重要的是,这一年里,你要了解和考察这个市场,这个部门。

还有半句,江子康噎着没说——这一年,我也要了解和考察你。

一年的时间到了,冯伟闯来了,江子康急进了,林青黛退缩了——当然,是以退为进。她拒绝做主管。

在被拒绝之前先拒绝——特别是利益最大化的要求被拒绝之前。

她还需要试探,试探江子康的利益底线和双方的安全边际;她还需要观察,冷眼观察江子康和新世纪周围的一切;她还需要计算,计算自己的利益如何实现。

这一年里,林青黛最标准的说辞,就是:哎呀,我真的不是一个事业型的女人,我真的不适合做管理,我最大的梦想就是到羌寨去隐居,或者到大香格里拉去圆自己的梦……

江子康进一步,林青黛退一步;江子康劝说一遍,林青黛就拒绝一遍。

最后,江子康原地踏步,不进了,不劝了,不拖了。千言万语,只找了一句话代替：我给了自己一个deadline。

就是今天，孤岛咖啡，你来，我可以满足你一切合理的利益。你不来，那你也可以在咖啡厅创作你的"自传体小说"。

我不玩猫和老鼠的游戏了。不是没耐心，而是已经没时间。

我们之间，赤裸相见——只有利益，别无其他。

就这样，定了。

于是，过了大概二十分钟，当林青黛离开时，江子康拨通了潘芳的手机。

慢镜头　鸿门宴·新世纪之母（12）

北京海淀新世纪住宿部。中午12:05。

商老太：你们不要把我惹恼了，惹恼了，要么你们拿刀宰了我，要么我把新世纪的执照揣回老家去！

席间又是长时间的静默，谁都能想象到商老太如母老虎一样的彪悍。

她真是说得到做得到。跟商逍遥生气时，她曾经不管不顾地跑到新世纪报名大厅，砸破镜框，把新世纪执照揣回家里。

"都说新世纪这拨人一张嘴便滔滔不绝如江河，可是，在老太太面前是小巫见大巫，老太太才真正是滔滔不绝如江河。"

就连拓跋这种玩语言的"口语大师"，遇到老太太"张飞杀岳飞"，也"能把自己的神经折磨崩溃"。

商老太的结论是：你们要办学校，自己拿执照去！你们要拿走学校可以，但是，"新世纪"三个字拿不走，"商逍遥"三个字拿不走！

拓跋宏彻底无语。

13

潘芳呆呆地看着茶几，一动不动，脸上的神色却变幻不定。

她保持这种静坐的姿态已经半个小时了。

江子康很有耐心地等待。

等待，静静地等待。就像一头饥饿的豹子，为了猎捕可口的食物，甚至可以再等上七天七夜。

茶几上摆着三份不同的法律文件，还有一个装满钱的大信封。

这个大信封让潘芳想起似乎很遥远的过去，想起新世纪似乎已成神话和传说的历史——商逍遥用麻袋给那些元老大神装钱，用大信封给老员工发钱，甚至给刚来的办公室小姑娘，也是一抓一大把地发工资。

从不用卡——银行那玩意儿，离新世纪很近，但离新世纪人很远。

江子福第一次一抓一大把钱塞给潘芳时，潘芳哆嗦着都不敢接，说："我没见过那么多的钱。"

江子福说，没事，跟着我干，吃香的喝辣的，都少不了你。

那时，潘芳还在混地摊，还在卖盗版，还在跟高个儿扬穿针引线。在很偶然的机会碰上了传说中的江子福。江子福似乎很喜欢她，说，要带她去见见世面。

于是，就去了新世纪一周年庆功会，于是，就看到了地上到处都是麻袋，桌上到处都是信封，水果盘里到处都是一抓一大把的钱。

那真的是新世纪的兄弟江湖时代，大块吃肉、大碗喝酒、大伙儿一起玩的。

人不分老幼，地不分南北，桌不分高下，序不分尊卑，都一个席子铺子，大家都混成一堆儿，分不清谁是谁——有钱大家一起赚，有福大家一起享。不患寡也不患不均，大家都很快乐，都很满足——喝醉了可以酒话、胡话、荤话天下话，国骂、京骂、地方骂一起骂，男男女女称兄道弟，唤哥叫妹勾肩搭背还学新郎新娘交杯。

就连江子福和潘芳都称兄道弟、"勾肩搭背"、妹子哥哥地称呼起来。

伍大于是从八大老兵桌上过来敬酒，不动声色地看了潘芳一眼，说："老江，在哪儿找了这么一个俊俏的妹子？不怕嫂子'阉'了你？"

江子福舌头大了，脑子却很清醒："伍大，你别乱说，我不是那样的人。这是我刚收的人，我把她当妹妹看待，你，不许欺负她……"

伍大就说："老江的妹子，就是我的妹子，欺负她，就是在欺负我。"

于是，敬潘芳，说："妹子，哥是个粗人，说错了话，认罚三杯。别往心里去。"

果然，连喝三杯。

潘芳赶紧说："哥，你看得起，妹子一个人跑江湖的，说不起什么大话，陪你三杯。"

一仰脖，三杯也都连续下肚。

两个喝的，都是三两的大酒杯，都是五十二度的二锅头。

伍大一竖大拇指，说，好！

潘芳一抹嘴，说，喝酒遇人，痛快。

于是，八大老兵有七个围了过来，跟诸元老大神一起哄，再来一杯，交杯。

潘芳大方豪爽，也不矫揉造作，直盯着伍大，说，兄弟们看得起，大哥，来一杯？

毫无忸怩地又跟伍大干了一杯，果然交杯。

坦坦荡荡，光明磊落。

众老兵继续起哄，再来一杯，嫂子！

伍大啪地摔了杯子，厉声喝道，这是我妹子！谁再敢说——

满屋皆静，众皆噤声。

商逍遥醉翩翩地晃荡过来，谁，要认妹子啊？噢，你啊，伍大——伍大认妹，晴天霹雳，动静之大，众皆沉声，我来作证，成就美事，义结金兰，各干一杯……

跟伍大举了举杯，又跟潘芳碰了碰，说，来，小芳，喝一杯。

喝完又李春波式地唱了一句，村里有个姑娘叫小芳……

一场硝烟就此化为无形。

只不过，伍大走时，说了两句话，一句说给潘芳听的，有事找我；另一句是说给江子福听的，好好照顾我妹。

拓跋宏揉揉江子福，用只有他才能听得见的声音说，那老道士说你这个月会遇见贵人，会不会就是此女？

江子福既没有摇头，也没有点头，却若有所思，看看潘芳，看看伍大，又看看商逍遥。

他的神情全都落到了潘芳的眼里。

那一刻，潘芳意识到，自己终于找到了"组织"。

从此，俺们就是组织上的人了！

慢镜头　鸿门宴·新世纪之母（13）

北京海淀新世纪住宿部。中午12:10。

伍大妻讲完。席间一片沉默，压抑得很。

郭晋莲强做捧哏，打趣道：老祖宗真是雄风不减当年啊，还是像做妇女生产队长时一样……

商老太冷哼一声：你也跟她们一样，当我是农村老太婆胡搅蛮缠是不是？妇女生产队长怎么啦？没我这个妇女生产队长，就没有商逍遥，就没有新世纪！

郭晋莲连连点头，像小鸡啄米一样：那是，那是，你毕竟是商逍遥他妈！

这句话说得有趣又有意味。席间有人扑哧笑了起来，笑声连缀成片，将现场气氛缓和了不少。

就连商老太的语调也柔和了起来：小精灵古怪，你以为阿婆是说笑的吗？我跟你说，阿婆从小就很注重培养商逍遥的性格：4岁的时候，一天我给了他两块糖，就在这时候有两个小朋友来找他玩，商逍遥会怎么办呢？我就藏在门后偷偷地观察，商逍遥想都没想就把两块糖分给了两个小朋友，自己舔糖纸。晚上回到家，我就表扬他做得对，又奖励了他两块糖……

郭晋莲极其惊讶地叫了起来：啊？！商逍遥创办新世纪的成功秘籍"糖纸理论"，源自老祖宗您啊！

商老太极其骄傲和自豪地说：那是！小时候，商逍遥把糖分给小朋友吃，自己留下糖纸，因此小朋友都尊敬他，维系了他在小朋友中"头"的地位；创办新世纪，我提醒他要依此效仿，把新世纪的糖分给各位哥们儿吃，然后给新世纪留下"糖纸"，由此才能成功扩大新世纪的地盘，创立新世纪的品牌……

席间一片惊叹之声。大家都仿佛第一次听说商逍遥名震江湖的"糖纸理论"，居然是源自他母亲的创造！

14

商逍遥跟潘芳碰完杯，却没有马上回去，就站在那里跟潘芳聊天。
聊什么呢？聊商逍遥自己的小芳时代，说，我正在寻找小芳……
商逍遥真醉了。
潘芳不知道他为什么跟自己聊天，却知道自己是一个字也没有听进去。
因为，这就是神话，这就是传奇，这就是传说中的教父和太阳。
当你站在太阳身边时，你还能有什么清醒的理智呢？你只有一种感受，就是全身都在融化，甚至能清晰地听到那一点一滴融化时的声音。
潘芳已经陶醉在那融化时的滴水声中，恍若隔世。
直到从八大老兵桌上，一个满嘴喷着酒气的老员工，跌跌撞撞地站起来，摸索着晃荡到商逍遥的面前，用力一拍商逍遥的肩膀，把原本比自己高得多的商逍遥，拍得矮了自己半个头，张口就骂："老商，你他妈的太不够意思了，凭啥江子福捆了一麻袋钱回去，我就只有一个大信封？回家糊墙纸都不够！"

商逍遥也喝得醉醺醺的，四处张望："找我妈？我妈在那边呢。"

商老太就走过来，还跟了个五十岁左右的"大丫鬟"，喝道："张三，说啥呢？喝了马尿，又撒酒疯！"

　　张三一哆嗦，酒立刻醒了，说："妈！老祖宗，我，我，我……跟大哥闹着玩呢。"

　　张三妈又喝道："还不滚回去！影响了老太太的心情，回去抽你耳瓜子。"

　　张三真的就在地上滚了几滚，像耍猴戏似的，商老太哈哈大笑。

　　张三妈松了口气，满脸堆笑，说："咱家老三没别的本事，翻两个滚还是得心应手……姐，要说呢，他这信封里是少了点。知足啊，肯定知足，没大姐您，没商大兄弟，他还不晓得在哪个山沟里捏泥巴呢。您能给他这么多钱，是他前辈子修来的福气。我是怕别人知道了说闲话，跟着大兄弟起早贪黑刷小广告，没有功劳也有苦劳——我怕人家说这么忠心耿耿的自家人，还不如外人拿得多，怕伤了人心，丢了您的面子啊！"

　　商老太精明的小眼睛眯缝了起来，还未来得及说话，商逍遥已经醉得看不清人影，伸头凑过来，凝神听了听，说："钱少了啊？伍大，把我的麻袋拿来，看张三兄弟差多少张，给他都数上。张三兄弟家墙壁漏风，要糊墙呢。"

　　伍大把麻袋拎过来，搁在刚滚了一身灰的张三脚下。张三正喘着气，欣喜若狂地要道谢呢。伍大踢了他两脚，把那称颂皇恩浩荡的话给踢了回去。

　　张三妈偷看商老太的脸色，已抢先把话塞了回去："不差钱，不差钱，咱不差钱——咱再差钱，也不能用你大兄弟的钱来补啊！"

　　商逍遥仍然一副醉醺醺的样子："姨，你说这话就见外了。我跟张三啥关系，光屁股一块长大的，一条裤子他一个裤腿我一个裤腿，我的钱就是他的钱，我的麻袋就是他的麻袋，我的床板就是他的床板……"

　　众人哈哈大笑，张三妈却脊背发凉——这话里藏着的杀机太浓了。她赔着笑，却不敢再说什么，求助似的看着商老太。

　　商老太威严地咳嗽一声，说："伍大，你数一百张出来，给张三兄弟。这钱，算我的账，回头从我的私房钱里扣出来。"

　　伍大心中暗笑，手下数钱，不折不扣地数出一百张百元大钞，交给张三。张三屁颠屁颠地伸手一接，却被啪的一声，打出一条青筋，张三妈翻手之间已全部接在手里，说："这钱我来保管，不然又落到他媳妇手里，连个仔仔都不生。"

一语双关，心中却想，必须在半个小时，不、半分钟之内，把钱交到商老太手上——老太太半分钟都等不及！保管，保管，这才是真正的保管。
　　商老太又是哈哈大笑。
　　张三心有不甘，却又无可奈何，只好被伍大押着回到八大老兵那一桌。
　　伍大又踢了他一脚，斥道，净整些没用的。
　　创收，创收，老太太是怎么创收的。就是这么创收的。
　　钱是怎么循环的？就是这么循环的。
　　张三都活到这个年头了，咋还整不明白呢？
　　就在伍大带着张三终于要离场的那一秒里——就是那一秒里，潘芳看见江子康，坐在角落里，温和地、腼腆地，甚至还略带点羞涩地笑着。像一个淳朴善良的乡村少年，有些卑怯，有些好奇，有些不安，又有些自然——但是，潘芳还是感觉到了一丝寒意。
　　在那些羞怯与温和的背后，潜伏着一种猎豹一样的彪悍和迷惑人的东西。
　　现在，潘芳终于明白这种东西是什么了！

慢镜头　鸿门宴·新世纪之母（14）

　　北京海淀新世纪住宿部。中午12:10。
　　安健博夫人嘀咕道：给"糖"吃？那要看你给多少"糖"？几颗"糖"还是几车"糖"？
　　柳飘风夫人轻叹：现在问题的关键不仅仅是"给糖"，而是"要糖纸"——现在这个时候，这群哥们儿不是商逍遥给"糖"给多少都行的了。新世纪品牌有商逍遥的一份，但也有他们的心血！
　　陆剑客夫人在旁听到了，低声道：什么"给不给""要不要"的，这"给"和"要"两个词本身就错了！糖和糖纸并不是他商家人单个儿创造的！
　　安氏和柳氏齐道：姐姐说的是！
　　正低声议论着，商老太话锋一转：商逍遥愿意把糖分给他的"大朋友们"，可是，他的大朋友呢，却一门心思想把他造糖的作坊都连锅端了！
　　你，你，还有你……商老太一一指过去，陆剑客夫人、樊一杰夫人、柳飘风夫人……你们的老公一直嚷嚷"公司化改造"，股份制，不就是想分家，想分校吗，不就是盯着新世纪这口大锅里的肥肉，想把它全部据为己有吗?!

商老太的话越来越难听，夫人们的脸色越来越难看。

商老太：你们"分家"可以，但是，想分"新世纪学校"，没门！

15

江子康也是在看到伍大眼神的那一瞬间，忽然明白，自己错了。

错得离谱——要在新世纪生存和发展下去，绝不能忽视甚至与商老太及商氏家族的衍生势力敌对！

他从什么时候开始错的呢？从漂在北京、漂在新世纪的"地下室时代"开始的？

那时，江子康还在做普通教室管理员，还挣扎在新世纪最底层最边缘的阶层中，还徘徊在商老太亲手缔造的新世纪基层女性政治组织——"家族母亲妻女联合会"的蜘蛛网内外。

商逍遥说："我家老太太渗透力特别强！"

新世纪学校日用品小卖部、学校住宿班的食堂、学校教材印刷、教师录音磁带采购……凡是当初新世纪"知本精英"不愿做、不想做、不屑去沾边的，也没有留心到的基层领域，甚至是边边角角、犄角旮旯的事儿，商老太都一分一毫、寸土寸金、锱铢必较地揽在怀里，攥在手里，还弄成了"连锁的"——比如日用品连锁小卖部——营业额达至上千万甚至上亿，直逼新世纪三驾马车等精英管理阶层所创造的业绩利润，成为新世纪不折不扣的"老祖宗"。

以业绩说话，用实力说话。在新世纪梦之队所掌控的咨询、移民、电脑、媒体、网站业务要么萎缩，要么发展艰难、缓慢的情况下，新世纪实际上只有两块业务在超平均利润率地增长：一块是商逍遥掌控的学校，学员人数不断递增，15 万，25 万，30 万……一块就是商老太掌握的服务类业务，100 万，500 万，1000 万……于是，真正将新世纪衍生产业链开发出来并卓有成效地经营良好的人，不是大多数有 MBA 学历和世界 500 强履历的新世纪高层管理人员，特别是元老派，而是大家看不起的这位农村妇女生产队长——于是，商老太在新世纪的影响力，不但超过了新世纪梦之队，甚至俨然凌驾于商逍遥之上。

于是，许多人在公众场合叫商老太为"新世纪之母"，私下里叫她"老太君"，甚至是"太后"——喻指商老太"垂帘听政"。

在商老太逐渐"主政"新世纪后，她一个又一个地把老家的亲戚叫来，亲戚们又一个一个地把其他的远房亲戚们叫来，远房亲戚们又把更远房的亲戚们叫来……就像一根绳上串蚂蚱，绳越结越长，蚂蚱越串越多。非但如此，这绳还分叉，蚂蚱还衍生，这些亲戚复亲戚还会跟其他的人甚至是北京本地的家族结盟，于是，"家族母亲妻女联合会"也逐渐发展成新世纪最草根、最基层，但同时也最庞大、最有渗透力、最盘根错节的基层势力。

在家，她们是母亲，是妻子，是女儿，是姐妹；在新世纪，她们是办公室管理、教室管理、后勤伙食部、行政服务部、教材管理，或者小卖部售货员。

她们以家庭为单位，纵向以直系亲属、旁系亲属、旁系亲属的直系亲属、旁系亲属的直系亲属的旁系亲属……为根系和枝蔓，繁衍为根深叶茂的"家"本树；横向又以"家庭联合"为关系，东家结西家、西家靠北家、北家又联南家……盘根错节，枝繁叶茂，构成了蔚为壮观的"职场森林"。

她们像八爪鱼，牢牢地吸附在新世纪的地盘上，触角四通八达，可以渗透到任何一个角落。因此，她们的情报网络最发达，渗透力最强悍，职场杀伤力也最霸道：新世纪任何风吹草动，哪怕是陆剑客放个屁，拓跋宏打个喷嚏，也能在十分钟内传到商老太的耳朵里。而相应的，商老太的指令也能在不超过十分钟内传达到最隐秘的角落——比商逍遥正式的学校管理系统还有效率。

"林子大了，什么鸟儿都有！"

"鸟儿再大，小林子粘不住——老子用大林子来拴你，缠也要缠死你……"

但，这一切——都跟江子康无关。

他还是有"精英情结"，还是有"男人情结"，还是有"高尚阶层情结"，还是有向上、向上再向上流动的"阶梯情结"……

所以，虽然委身于脂粉阵中，置身于女儿国里，不得不曲意逢迎，挣扎生存——比如，像妇女一样干着发听力耳机的教室管理员工作，那是、而且的确应该是女人干的活——江子康仍然很鄙视这个组织，鄙视这个队伍，鄙视这帮人，甚至鄙视自己。

我只不过，为了混一口饭而已。

活着，就是要好好地活下去——寻找"我的团长我的团"，寻找"我的青春我的梦"，寻找"我的地盘我做主"。

正是在这种憋屈和渴望中，每天清晨五六点钟，江子康就得从地下室的床位上挣扎着出门，倒公车，坐地铁，到第四教学区签到、轮值、开班。

路很远，要经过很多站，也要倒好几趟车，才能走到上班的地点。所以经常站着、坐着，百无聊赖时，可以看到很多人，很多张面孔，很多人无意间"裸露"的本性，以及人和人无声对话、交锋或博弈的"人性"真相……

就像一头豹子，在偷窥自己的猎物中，逐渐磨炼出了耐性——却恍然不觉，自己已经成为猎物。

就像撞在蜘蛛网上的七星瓢虫，周围全是虎视眈眈的蜘蛛。非我族类，其心必异。

商老太说："江子康看不起我们？给他点颜色看看！"

在新世纪十年，撞得头破血流之后，江子康终于明白，自己要想活下去，必须学会妥协——向商老太、向这些家族妇女"投降"！

慢镜头　鸿门宴·新世纪之母（15）

北京海淀新世纪住宿部。中午12:10。

拓跋宏夫人（低声埋怨）：才下飞机就给你拉到这儿！早知道，我今天就不来蹚这浑水。都是你老公出的馊主意！这新世纪是他们一家人的，他们爱咋折腾就咋折腾，瞎掺和啥呀！

陆剑客夫人（低声）：剑客有一句评论得好，商逍遥以这种孝道的名义容忍他妈这样，很大程度上违反了一个最高级的原则，最神圣的原则。新世纪是私人财产，但不是你家族的财产；新世纪是我们理想的家园，但不是你的农家小院。我们是在与商逍遥共事，与我们所倡导的新世纪精神共事，不是与商逍遥家族共事。

安健博夫人（也低叹）：老太太有农村人朴实、善良的一面，也有精明、控制欲强的一面。对商逍遥的爱，变成了占有和控制新世纪的理由，也成了所有新世纪人的重负和累赘……

16

潘芳一直都很怀念那个夜晚。

那个夜晚，她很满足，很快乐。

大家都很满足，都很快乐。

什么时候，大家变得不满足，不快乐了呢？

什么时候，潘芳变得不满足，不快乐了呢？

好像，就是在那个午夜之后。

当午夜十二点的钟声响起时，辛德瑞拉的灰姑娘梦就已经醒了——只有梦醒时分，潘芳才知道那多年的胡同、平房和地下室等北漂生活，仍然没有打磨掉她内心深处从女孩儿时就不切实际的痴想——想要一双水晶鞋。

哪怕只有一夜。

一年三百六十天，风霜刀剑严相逼。

在胡同地道战、小巷游击战、大街千里奔袭战中，她的手逐渐粗砺，她的脚逐渐粗糙，她的身体越来越硬朗，她的心也越来越冷硬——但是，在硬化、壳化、冻化的心灵中，仍然包着一个柔软的、鲜嫩的梦想：在爱情的甜蜜中穿上水晶鞋。

仿佛一切早已注定，她的辛劳得到上天的酬谢，她的美德获得了回报，她的恳求获得了上帝的允准，就像灰姑娘在鸽子和榛树以及突然从天而降的仙女的帮助下，"获得了一次盛装出席宫廷舞会的机会，并利用这次机会赢得了王子的爱情"，潘芳终于获得了一个改头换面、转变生活的契机。

她果然如愿以偿——虽然只实现了一半。

回不去了，再也回不去了。走过那晚，就再也回不到那夜之前。

只有在梦醒时分，又被噩梦惊得大汗淋漓的时候，潘芳才知道这种改变有多么深刻，深刻得痛入骨髓，后半夜辗转难眠。

那一夜之前，潘芳只是知道自己不需要什么生活；那一夜之后，潘芳终于知道，自己想要过一种什么生活。

只是这种生活，真的咫尺天涯，遥不可及。

灰姑娘驾着南瓜变成的马车在深夜十二点之前与王子相爱，王子将她从地狱般的后母家中带到了天堂，让她获得"爱情"，也获得"财富"——王子所给予的爱、财富、权势共同构成了对"灰姑娘"最强大的庇护，使她很快摆脱了噩梦般可怕的境遇，从此过上幸福而美满的生活。

童话，果然，只是童话。

自己，一夜醒来，果然还是自己。

…………

潘芳拿起签字笔，唰唰唰，在三份文件上签了字。

然后，潘芳给签字笔盖上笔帽，开始收拾文件。将笔和江子康那份文件搁在一起，推到江子康面前，摆放整齐，就像她平时收拾江子康的办公桌一样，认真严谨，一丝不苟。

江子康眯着眼睛看着她做。

下午的太阳很好，就是光线有些清冷。

又然后，潘芳收拾好自己应该拿走的文件，拿起钱袋，说声谢谢老板。就要离开。

江子康有些意外，又有些轻松，说："你这就要走了？"

潘芳认真地说："要整理的东西比较多，时间又比较紧，我想早点回去收拾。"

江子康沉默了片刻，说："也好。我跟伍大和老商谈过你的事儿，老商还记得你，说，噢，小芳啊，连喝三杯白酒的那个。记得，记得。说，这个机会挺难得的，让她要好好珍惜，别浪费了指标和名额。"

慢镜头　鸿门宴·新世纪之母（16）

北京海淀新世纪住宿部。中午12:10。

商老太的手机忽然响了。短信。商老太一看，立刻起身到洗手间去了。

伍大：江子康想跟我们做一笔交易，我已经同意了……

商老太：好！告诉潘芳，先避避风头。为了不给拓跋、老陆打击我们的把柄，你自己都先下来了！她为什么不能下？

伍大：我不是可惜她。我可惜的是，我们花了那么多年的时间，才在江氏家族的核心安插了这样一颗忠实的钉子……

商老太：说的也是。我还是不放心江子康！

伍大说，这点您放心。我已经物色好了另一个候选人……

商老太不高兴地道：都春兰？那小姑娘不是岳慧萍那边的人吗？！

伍大道：这一次给她的教训够深刻的了。她应该已经懂事了！

17

伍大说，给我一个放弃潘芳的理由。

江子康说，潘芳是新世纪内部整个盗版灰色利益链的关键中间者。这会成为"CEO 联席会议"打击老商、打击阿婆、削除整个商氏家族势力的潜在把柄……

潘芳说："这个名额是挺难得的，我也没想到部门能让我去进修一两年，我的学历和资历其实都不够的。谢谢你和大老板，让你们费心了。"

江子康摇摇头："这都是你应该得的。你虽然学历低点，但综合竞争力在这些遴选出来的十大员工或基层管理者中，也是最佳的。所以，送你去进修，别人也说不出什么来的。"

潘芳说："话是这样说，但是，大家议论的、关心的，肯定还是大老板跟你，又做了多少放弃，才为我争取到这个名额的。"

江子康默然，然后说："其实我们也没放弃什么，牺牲什么，只不过我跟伍大多下了几盘棋，跟他聊了聊你的事儿，他就说，小妹的事儿啊，那我抽空跟老商说说……所以，这事儿出力最多的是他。你走前，有空的话，就拎两瓶酒去看看他吧。老人家带头下来后，现在也挺寂寞的。"

潘芳摇摇头，说："不去了，等从国外回来，给他带点特产再去看吧。现在是新世纪的非常时期，我一去，没准又让安健博和柳飘风他们嗅出点什么，又要围追堵截了，你现在的压力已经够大的了。"

或许是黯然离别，或许是心有歉疚，江子康居然调侃了两句，说："不是有你帮我扛着的嘛！"

话一出口，两个人都愣住了。

半天，潘芳才说："有你这句话，我去得也安心了。其实，我早就知道，自己已经成了你前进路上的绊脚石——你已经够容忍我的了。"

江子康张嘴想说话，潘芳摆摆手："你不用想什么话来安慰我，我自己知道。如果说以前还只是有一些模糊不清的感觉，但是冯伟来了以后，我就清楚地知道，我不但已经帮不上你的忙了，还在扯你的后腿。所以，这么久，我也一直在犹豫，要不要辞职，再去读一个在职 MBA 或什么的。只是，一直下不了决心——"

潘芳犹豫了一下，说："女人，毕竟只是女人，守住碗里的就行了。不像你们男人，心太大，想得到的，太多。"

江子康想了半天，才找到一句话，说："你是一个很有悟性的好姑娘，有这样一个出国深造的机会，一定能脱胎换骨的。"

潘芳说："我知道，我会珍惜的……"

然后，两个人似乎就都没有话说了。

潘芳等了一会儿，见江子康没有话说，便又欲起身。江子康摆摆手，止住她，却绞尽脑汁，也找不出一句话来。

他突然很想跟潘芳聊天，却不知道聊什么。

他觉得应该对潘芳再说点什么，却不知道说什么才好。

想了半天，只好挥挥手，让潘芳走了。

潘芳恭敬地起身，颔首示意，转身，就要离开。

江子康"唉"了一声，张开了嘴。

潘芳站住了，等他下一句话。

江子康又张了张嘴，心中酝酿了十遍八遍的"保重"，吐出来却是"你走吧"三个字，又冰凉又残酷。

潘芳深深地看了江子康一眼，咬咬牙，突然问："老板，是不是我回来后，真的没办法在你手下做了？我真的、很想、很想帮你做起一份自己的事业。"

江子康脑瓜一下就灵活起来，立刻道："你做好这三份文件里的事儿，就是在最好地帮我了。"

潘芳又深深地看了江子康一眼，说："老板，保重，我走了。"

江子康被动地、机械地、本能地，想说保重，你走吧。却只是嘴唇动了动，连自己都没有听到声音。

于是，就真的走了。一去不回头。

只有走到楼下，走到大街上，走到车水马龙里时，潘芳坚强的外壳才碎成齑粉。

无限的悲伤、无穷的绝望、无止境的哀恸，像火山一样喷薄而出，如潮水汹涌，让她退无可退，避无可避，在那一瞬间，被没有希望的气息全部湮没。

站在人潮人海中，站在有你有我的大街上，潘芳就像一个孤苦无助的小孩，没有希望，没有未来，找不到回家的路……

慢镜头　鸿门宴·新世纪之母（17）

北京海淀新世纪住宿部。中午12:20。

回到饭桌，商老太继续道：拓跋宏、陆剑客、樊一杰……这些人好不好？好！可是，我们商家人对他们更好。我帮樊一杰洗过脏衣服、臭袜子，拓跋宏、陆剑客、樊一杰都吃过我做的饭！

说着说着，商老太就痛心疾首起来：引狼入室啊，引狼入室！老虎也是个败家子，让一群狐朋狗友，要把辛辛苦苦挣来的新世纪学校给分了！

郭晋莲有心斡旋一下，转念一想，选择了明哲保身。

拓跋宏夫人（轻叹）：她到现在还不承认拓跋、剑客等是老商真正的朋友啊!

陆剑客夫人(冷笑):从他们回来第一天起,她就视他们为敌人,认为他们是来抢他儿子的地盘的……

商老太道:要争要抢要分新世纪,商逍遥不是你们这些人的对手。所以,我今天把话撂在这里了,拼死我也要保住新世纪!

18

看着大街上潘芳落寞的背影,江子康的心是疼痛的。

一种莫名的疼痛。

他无意识地用咖啡勺在桌布上画着圈。

十多年了,他想,他为新世纪贡献了自己的青春,新世纪给了自己什么呢?

十多年了,看着新世纪不断地发展壮大,自己也从一个普通的教室管理员走到了今天这个位置。

"能和大伙儿打成一片没错,但是坚决不能抱成一团。"这是自己刚到新世纪的第一天,江子福对自己的告诫。

可是,现在江子康已经把自己"被捆绑"进去了。

是的,被捆绑,被挟持,被裹挟……你怎么说,都可以。总之,事实上,在碰得头破血流之后,江子康"地下室时代"的终结,取决于他终于向"家族母亲妻女联合会"庞大的势力妥协了——像韩信一样。

那一夜,那一瞬间,江子康终于明白了,自己错在哪里。错在他忽视甚至与"家族母亲妻女联合会"为敌,这就间接地在与商老太为敌。

身在基层,没有哪个男人,像他一样深刻地体悟到这种草根集团绝对的渗透力、吸附力和全民动员的能力。万丈高楼平地起,靠的全是基石——她们牢牢掌控着新世纪的根基。因为,所有的政策都要她们来执行,所有的规则都是她们在操控。

谁说职场规则是那些男人们定的?历史的真相是:所有的舞台规则都是一群婆姨们在乘凉或取暖时七嘴八舌出来的——男人们不过是把它们书面化、文字化、规则化,然后粉墨登场了而已。男人在历史的舞台上熠熠生辉,扬扬得意,以为自己是主角,是中心,历史就是自己创造的。殊不知,他们只是提线木偶而已——一举一动,演出的脚本,都在幕后那些不起眼的婆姨们的心里。因为哪个男人没有母亲、妻子、女儿?哪个男人在家里不是"软耳根"?哪个男人没有被吹过耳边风、枕边风、桌边风?

而且，谁说历史是那些"大人物"创造的，职场规则是那些所谓的高高在上的男性精英制定的？历史的真相是：改革都是自下而上推动的，创新是从最基层、最群众的地方萌蘖的——所以，人民群众决定了成功，事实上这些庞大的婆姨们在创造着新世纪的奇迹。

这颠覆了江子康一贯的看法：大人物领导潮流，精英创造历史。重新从草根出发，从基层出发，自下而上地去看新世纪的历史车轮是如何滚动的，发现真理是：小人物创造大历史。

意识到这一点后，知本精英江子康终于向草根领袖商老太低下了高昂的头，也由此走上了他以后"平步青云"的道路：从收发听力耳机的管理员上升为基层管理者，迅速成为商老太基层管理体系的核心灵魂，继而被"好风凭借力，送我上青天"——耳根风、枕边风、桌边风——送上了新世纪常青藤教育的讲坛，一炮走红，成了冉冉升起的教师明星和政治新星……

从此，"活下去"之门不但顺利打开，"基层管理员—中层管理者—高层管理者"的向上的阶梯也在他面前伸展……

但是，现在手握重兵，欲霸一方诸侯时，江子康发现，十多年前的"地下室困境"又一次重演了：在陆剑客、拓跋宏"CEO 联席会议"的精英夺权行动和商老太遥控八大老兵的草根基层管理体系和"家族母亲妻女联合会"绝地反击之前……江子康再一次面临着艰难的抉择。

两边人马都在拉拢他。从"海归派"的角色出发，江子康原则上赞同"CEO 联席会议"所谓的"逐商母，清君侧"的行动，认为这是实现新世纪梦想的必经途径。但是，从"基层出身"的历史出发，他隐隐觉得这又会演变成一次"新世纪的维新革命"：不说别的，商老太一声令下，新世纪所有的课程培训体系都有可能崩溃，CEO 联席会议的"政令"即便下到基层，也会发现他们面临着一个无力自拔的泥潭……一言以蔽之，即便商逍遥已经让步，清除商氏家族仍然是不可能的。何况清除商氏家族之后，CEO 联席会议的下一个政治目标是谁？难道不是江氏家族吗？

就算江子康肯为了梦想牺牲家族的利益，可是历史和现实是残酷的：覆巢之下，安有完卵？

眼看着新世纪要发生翻天覆地的变化，自己的未来会怎样呢？

一直在焦虑、在纠结。

"不在其位，不谋其政"，继续用勺子画着圈，他无意识地念出了这么一句。

是啊，位置，又是位置。

位置代表着你的权力，你的话语权，也决定着你的成就。

因为，你有梦想，你想做一点事情，你就得有权力，有足够的资源供你调配使用。所以，自己必须上升。

就像刚才的那种疼痛——仔细想来，其实不是为了潘芳，而是为了自己——为了自己的妥协和无能为力。

为了常青藤教育培训部的现在和未来，江子康选择牺牲了潘芳；为了江氏家族的现在和未来，江子康决定拒绝"CEO 联席会议"；为了新世纪的梦想主义，江子康最终选择和商老太黄金家族与草根集团结盟的实用主义道路……

好吧，既然已经选择了牺牲，那么就让这牺牲要有价值。

自己会补偿的。他心想。

尽管这时的他无法预料，最后自己终究没有能够补偿。

慢镜头　鸿门宴·新世纪之母（18）

北京海淀新世纪住宿部。中午 12:30。

商老太：我昨天已经给老虎再说了一遍，我现在不是你商逍遥的母亲，我是新世纪的母亲。新世纪是你商逍遥的"儿子"，新世纪也是我的儿子。人家要抢我儿子了，我当母亲的能不拼命？

陆剑客夫人（低语）：又来了，又是"新世纪之母"那一套！在她眼里，新世纪就是商家的财产，她有当然的处置权。

拓跋宏夫人（轻叹）：这还不是你们惯的！拓跋和剑客刚回国时，阿婆就以"新世纪当然的主人"自居，而你们家剑客为了缓解商逍遥的压力并慑于老太太的火爆脾气，还帮着哄老太太，说她"不仅仅是商逍遥的母亲，也是新世纪之母"……我当时就说剑客这样做有问题！

陆剑客夫人（轻叹）：剑客说，他跟你们家拓跋宏的情况不同。他既是商逍遥的兄长，又是商逍遥的老乡，回国后住在商家半年，深知商氏母子、婆媳、夫妻之间复杂的关系。他跟商逍遥虽然都是独子，但是他"在家是少爷"，是可以撒娇撒泼的，商逍遥在母亲和老婆面前"撒娇撒泼"别说做，想都没有想过。所以，新世纪除了你们家拓跋宏，包括他陆剑客自己，所有元老都有帮助商逍遥减压、哄老太太高兴的自觉和义务。商逍遥也在非正式的场合请大家多多包涵，多多关照，"先让一让，感谢大家""感谢朋友们对我老妈的容忍"……

拓跋宏夫人叹道：可这种纵容和娇惯，如果仅仅局限在家庭或家族内倒还罢了，如果影响到了企业，影响到了大家的共同事业，影响到了文化理念，就是另外一回事了。

陆剑客夫人（又是一声叹息）：剑客虽然做着这种让老太太高兴的事情，但是他内心并不高兴。他觉得是被捏着鼻子做的，不是自愿的、发自内心的，而是权宜之计……可的的确确，这种"善之意"结出了"恶之花"！

商老太：新世纪的执照是我领回来的！我还是新世纪说一不二的主人！新世纪还是我说了算！你们莫闹！再闹，老太太我就又跑到新世纪报名大厅砸镜框，把新世纪执照拿回老家去！

19

北京的交通——真的——太糟糕了！

就算是走路也只三十分钟的路程，冯伟打车足足打了一个半小时。

结果等冯伟赶到李诺学校时，电影已经开始了。

一见到李诺，冯伟就一迭声地抱歉："对不起，我该早点走的……"

没想到，李诺比他更抱歉："不好意思啊，还请你到学校里来看电影！"这场电影，是对冯伟陪她去城中村小学的答谢。

冯伟说："哪里呢，其实应该是我感谢你的。不过，这样也好，让我重温一下校园的似水年华……"

电影是在学校里一个老式礼堂放的。检票进去，先经过幽黑而宽阔的大厅堂，然后是一段突然幽黑而曲折的走廊。冯伟先走进去，等李诺检完票时，他已经站在走廊口了。

幕布在李诺背后放下，外面的强光被完全遮挡，她眼前突然一暗，仿佛陷入无边的黑暗世界里，看不到路在哪里。李诺忽然手足无措，本能地恐慌和不安起来……

冯伟！李诺短促而急速地叫。这是继"冯老师""冯师兄"之后，她第一次叫冯伟的名字。

冯伟回头一看，借着荧幕射过去的微弱光亮，看见李诺傻傻地站在那里，手足无措，立刻明白了是怎么回事。

冯伟立刻摸出手机，一按键，把那光当手电筒，照着走了回去，抓住李诺的手，低低地说："别怕，有我在！"

世界仿佛在那一瞬间停住了，李诺恐惧得有些颤抖的身子一下子变得平静了——她只听得见自己的怦然心动,就像烟花,蓄积了二十几年的力量,都聚焦于这一时刻,在宁静的夜空中刹那绽放。

冯伟牵着李诺的手,一路不停地按着手机屏幕,一路找过去。终于,在稍靠后找到了两个空位,坐了下来——电影已经开始,学校礼堂也没有严格地对号入座的习惯。

李诺一路就像梦游者一样,完全失去了自主行动的能力。她紧紧地反抓住冯伟的手,另外一只手也紧紧拽着冯伟的胳膊,仿佛怕一不小心就弄丢了他,不,怕他丢掉了她。是的,那时候,李诺就像一个在人群中迷茫的孩子。

"我在等待,我相信这个属于我的男人,像我一样真实、可信地存在。也许他就在近旁?只是我们两个像孩子迷失在人群里,谁也看不见谁。"

坐下来很久之后,李诺仍然下意识地紧紧抓住冯伟的手——不肯放松。

她嘴唇紧闭,眼睛直视前方,却根本没有看屏幕。

她的心,仍然止不住地跳动。

别怕,有我在!

这是她生命里第一次有一个男生对她说——别怕,有我在。

二十几年,有人对她说过喜欢,说过爱,说过倾慕……但他们带给李诺身心灵的冲击,都不及这几个简单的字在那一刻带给她的震撼。

这是一种依靠感和安全感。

李诺自小就患上一种"黑暗恐惧症",怕黑,怕暗,怕没有光的日子。所以,其实,她一直活得没有安全感。

"别怕,有我在。"——李诺自己都没有明白,其实这就是她一直期待的。

所以今天,突然听到了这一句,那一种猝不及防的感觉,让李诺不知所措。仿佛等了多年,终于等到。

当然,她明白,当时的冯伟是无心的,但是却让李诺有了心。

也就是从那一刻起,李诺看冯伟的目光有了变化。

慢镜头　鸿门宴·新世纪之母(19)

北京海淀新世纪住宿部。中午12:40。

商老太说:惹恼了我,信不信我让整个新世纪"停电"!

让新世纪"停电",就是让新世纪"瘫痪"——整个基层运作体系全部崩溃。

这句话不是威胁，而是实力。商老太就有这个实力。

陆剑客夫人轻叹道：我现在总算明白了，为什么大家对老太太是越来越恐惧和反感了；拓跋和剑客为什么会越来越对新世纪"商氏家族色彩"深恶痛绝了！新世纪真的需要一场大张旗鼓的改革！

安健博夫人怀疑地说：可是，就算商逍遥"授予"拓跋宏全权——开除商氏家族，开谁不开谁还是得商逍遥授权——明确表态，他可以不必考虑谁是否是商逍遥的亲戚，该开谁就开谁。但是，有商姐夫的前车之鉴，他会动商氏家族的原班人马？他动得了商逍遥的原班人马吗？

柳飘风夫人悠悠地道：深恶痛绝又能怎样？大张旗鼓地改革又能怎样？现在新世纪学校的中底层管理人员，已经被商逍遥挑了不知多少遍，才能胜任并保持学校的良性运作，就算拓跋宏能全部开掉，他拿什么人来替换？现在行政、后勤、教务等要害岗位上，全都是商老太提拔和培训的人员，其中大多数的工作人员，"CEO 联席会议"都不认识、见也没见过，他们凭什么可以在短时间里和平接管？一句话，CEO 联席会议没有基本的人才储备，没有起码的人事意识，所以根本就没有"自己人"，可以在开掉商系人马和商氏家族成员后全面接管新世纪！

拓跋宏夫人忧心忡忡地叹道：拓跋宏现在是骑虎难下，想动人动不了，想做事也做不了啊……

20

这是一部经典的爱情电影。但是，看电影——已经无关电影本身。

贫家男："我拿什么对你好？"

富家女："相信我，哪怕你什么也没有，我就是爱你！"

这两句对白让冯伟在看电影时异常沉默——或许，他需要一场滔滔不绝的辩论？

从学校礼堂出来，他们在校园的甬道上慢慢地走着。

李诺很想跟冯伟谈谈他，谈谈自己，谈谈感情……当一个女孩的心理发生微妙而细腻的变化时，她总是会产生一种强烈的诉说欲望。

不在于说，而在于听；不在于表露自己，而在于她想更深入地了解和知道这个男人。

但是，李诺不知道从何谈起。

倒是冯伟先打破了沉默："你很怕黑？"

李诺说是:"黑暗让我很没有安全感。"

冯伟说:"在这个不确定的时代,很多女生都活得'没有安全感'。"

李诺:"或许是没有找到能让自己稳定下来的工作、生活和事业吧。"

冯伟摇摇头:"不是。我觉得,一个女生的不安全感,就是因为还没有找到那个能够给予她安全感的男人!"

李诺很惊讶:"噢?"

冯伟说:"我觉得一个女人真正的安全感,最主要的还是来自于男人,至少大部分的女生、一个女生大部分的安全感,是来自于她的男友、丈夫、甚至男性朋友……只有一少部分来自于其他:她的工作、事业、生活及其他关系。"

李诺:"为什么?"

冯伟:"工作、事业,对于女人来说,至少对于大部分女人来说,并不像男人那样,是生活的全部。工作只是她生活的一部分,甚至只是她挣钱的工具之一,不是她生活和心灵的重心。所以,大多数女性大部分的安全感,是不可能来自于工作和事业的。"

李诺:"或许,可以来自自己?"

冯伟:"如果她非得要独立,不得不靠自己,需要在工作、事业中寻找和获得那种安全感,那一定是'逼得没办法'……丈夫、男友、那个男人,甚至根本没有男人让她可以'靠得住'。她不靠自己靠谁?"

李诺:"逼得没办法——才靠自己?"

冯伟:"比如,你这个年龄段的女孩,是最没有安全感的,或者是最容易遭遇'安全感危机'的。或许是因为这个时期,女孩子最想找到一个可以依靠的人,以解决自己的'不安全感':生活、经济、工作、心灵和感情……太多束手无策的难题,无力解决的危机感,都充斥在这个阶段。"

李诺无语。所以,她才会焦虑地寻找……

冯伟:"找啊找的,找着找着,她就会怀疑,质疑,甚至会不时地走向负面的信念:在这个不断变化的世界,我能'靠'什么?家人,你好意思靠吗?女友,她们值得靠吗?男人,靠得住吗?他,是那个我能靠的人吗?我真的能找到那个可以依靠的他吗?……也许什么都靠不住,我们能够靠得住的就是自己,靠别人不如靠自己。"

李诺:"那这个就是悖论了,一方面,女生不断地怀疑和否定'男人是否能够真正地依靠';另一方面,你又说一个女人真正的安全感,来自于对男人的依靠。"

冯伟："这恰恰就是'不安全感'的根源啊！'我们心灵渴求着找到一个可以真正依靠的人，但是社会生活却不断地逼迫着我们只能靠自己，所以哪里能有什么安全感？'"

慢镜头　鸿门宴·新世纪之母（20）
北京海淀新世纪住宿部。中午12:50。

商老太：你们以为我做不出，我做得出——谁敢跟我抢新世纪，我就跟他拼命。新世纪不仅是商逍遥的事业，也是我商老太的事业。

拓跋宏夫人（轻叹）：台上商逍遥，台下商老太……

商老太：我是一颗心放在新世纪，毕竟新世纪是我儿子干起来的。但是没有我这个母亲支持，他商逍遥又能怎么样呢？

陆剑客夫人（轻哼）：杨六郎前方杀敌，佘太君坐镇后方。

商老太：所以，我要再一次跟你们重申，我不仅是商逍遥的母亲，也是新世纪的母亲。

柳飘风夫人（轻唷）："垂帘听政"何时了？

商老太：你们听我的，也得听；不听，也得听！

安健博夫人（轻嘘）：绝对不能听之任之，我们"太太夫人联合团"应该再度联起手来，蕲除新世纪的"家族问题"。"家族问题"一日不解决，新世纪一日不得安宁！

郭晋莲（忽然轻笑）：诸位姐姐，你们想的，究竟是要解决新世纪的"家族问题"，还是商逍遥的"家族问题"？

CEO联席会议和"太太夫人联合团"的政治目标，是清除新世纪的"家族势力"，还是只为了削除新世纪的"商氏家族统治"，甚至只是削掉商氏家族中的"老祖宗统治"？

诸人皆惊，举座皆静。这句话，真的是"一针见血"。刺醒痴缠梦中人。

21

李诺沉吟半晌："你觉得这种安全感是什么？"

冯伟："'有能力让我放心地依靠或依赖你。'这句话已经概括得很全面了。人在现代社会太渺小了，尤其是一个女人，面对激烈的竞争、无法把握的变化、难以预测的未来，在生活中处处都会遇到束手无策的难题，在心底深处往往会有难以掌握自己命运的无力感，所以总想找个什么东西来'靠'。如果一个男人有能力让她放心地依赖他，他就能给予她真正的安全感。"

李诺："'靠着你'是不是更多的只是物质条件上的依赖？"

冯伟："不是那样的，'靠你'总是从外在条件的依赖出发，回归到对你心灵上的依恋。比如说，金钱，女孩子面临经济困难时，她总希望深爱着的男人能主动说他能够并且愿意帮她，他帮助她解决经济上的捉襟见肘很实际，但是，这件事的解决给予她生活上的实际意义远小于心灵上的象征意义：他说他'乐意'帮她，这本身就是在不确定的爱情中给予她一定意义的安全感。"

李诺："一个男人要怎样做，才能给予女人真正的'安全感'？"

冯伟："有能力且有意愿解决她所面临的身心问题。比如说，人际关系，女孩子本性可能是内向，不会结交到太多的人，但若是她必须要认识什么样的人，做什么样的事，解决什么样的问题，她其实是很希望男人能凭借他的人际网络和人脉资源，帮助她解决这些问题的，比如找一份或换一份好的工作。再比如，工作上的烦心事，她总会面临这样或那样的办公室政治，事业难题，说给你听，你不一定能解决，但是你愿意倾听，并且能够倾听——这种倾听本身就是一种给予对方安全感的能力……我的意思是，真正的安全感既来自你有能力解决她所遇到的实际难题，但更有意愿也能够解决她由此产生的心灵问题。这才是'安全感'的根本源泉。"

李诺："现在，整个时代发展的趋势逼迫女人'独立靠自己'，但是你又说她们渴求'依靠男人'，这不是矛盾吗？像你说的，如何解决这个矛盾？"

冯伟："为什么你会觉得矛盾呢？这并不矛盾啊。现代女人确实需要独立：我要有独立的时间、空间和心灵世界；我需要独立，可以做我自己想做的事情……女人独立，是为了让男人更好地爱她：'我独立，是为了你更爱我；我靠我自己，是可以更好地依靠你；我能够在不确定的世界中让自我拥有身份和位置，那时你有能力更有意愿给予我真正的安全感。'"

李诺："什么样的男人，才能给予女人安全感？"

冯伟："第一，就是要有经济基础，不一定要很有钱，但是绝不是连自己和爱人都养不活的人。第二，能让她有安全感，就是有能力有意愿给她依靠。第三，对她真的很好……我坚信，男人只有做到这三个条件，才有资格去爱他心爱的女人。"

李诺轻声道："我相信，你一定会让你爱的女人很有安全感。"

冯伟："我在努力。我希望将来她能说，我是你的女人，一辈子都是。换句话说，我希望她的爱情墓碑上能镌刻上这样的话：'我有麻烦时，你站在我前面，为我遮挡些风雨；我平安无事时，你站在我左右，一起体验与分享我的喜怒哀乐；我累了时，你站在我身后，让我可以依靠你……不管我独立还是依靠你，只有跟你在一起时，我才真正地有安全感，无论世界如何变幻万千，生活如何沧海桑田。'"

李诺神往了半天，悠悠道："那她一定会问，你为什么对我那么好？"

冯伟又想起了甘晓儿，心微微一痛。

因为，我爱你，无关其他。

李诺又一次紧紧地抓住了冯伟的胳膊。

"狄哲宁老师也说过类似的话，我想把你俩约到一块儿吃顿饭！"

慢镜头　鸿门宴·新世纪之母（21）

北京海淀新世纪住宿部。下午 13:00。

一时间，众太太和夫人均心思各异。

无心听商老太聒噪，更无心盘算如何绝地反击——她们似乎第一次发现，CEO 联席会议和太太夫人联合团"清君侧，诛家族"的旗帜，并不那么站得住脚。甚至城门失火，殃及池鱼，这样继续攻击下去，目标将会变成她们自己。

清除新世纪的"家族势力"？那么 CEO 联席会议即将面对的"政敌"，将不仅仅包括商氏家族，还有郭晋莲所属的江氏家族，还有新世纪四大黑暗黄金家族之中最隐秘最鲜为人知但也最具杀伤力的柳氏家族——柳飘风"门生故吏"纵横交织的基层官僚家族。拓跋宏能和柳飘风决裂？

清除商逍遥的"家族统治"？说"商逍遥实行家族统治"，说新世纪的政治冲突中有"家族企业与现代企业的冲突"也是事实，但是安健博"少壮土鳖夫妻店"、以陆剑客、樊一杰、杜永玖为代表的"海龟搞家族制"又怎么说呢？大家理直气壮地批判商逍遥"家族问题"，却不见理直气壮地批判其他人的"家族问题"。这种双重价值标准或双重利益标准，如何能够服众？毕竟，大家真实的目的，只是不愿意"商逍遥家族统治"，而非根本就不允许"家族势力存在"！如何把这两层目标区分开来？

清除商逍遥家族的"老祖宗统治"？这才是真正的目标。但是，如何才能不伤及自身？现在，第一步，元老派们已逼商逍遥连哄带骗，成功地将老婆及其妻系势力"暂时"撤出；第二步，CEO 联席会议软硬兼施地要将商氏家族亲戚撤出要害岗位；第三步，太太夫人联合团要一起联合起来，逼老太太撤出来……如果继续"清君侧，诛家族"，是不是最后也要一步步把她们自己"撤"出来，将自己也给"诛"了？假若岳慧萍真的一去不回，她是不是自己的前车之鉴？

怎么办？

郭晋莲见诸夫人均默然不语，于是，微微一笑，轻轻一声吟唱：痴心父母古来多，孝顺儿"媳"谁见了？

她唱得很轻，而且把"媳"字轻咬、重唱且停顿了一下。

环坐在她周围的诸夫人和太太均是博学之士，听出她把曹雪芹的儿孙改成了儿"媳"，立刻恍然：商老太不愿离开新世纪，岳慧萍又何尝愿意？在元老派的逼宫之下，商逍遥既然能下狠心剪除岳慧萍的妻系势力，又何尝不能在 CEO 联席会议和太太夫人联合团的逼宫之下，狠心剪除商老太的母系势力？何况，即便商逍遥做不到，或者 CEO 联席会议和太太夫人联合团倘若自惜羽毛，又何尝不能借用岳慧萍的妻系势力，反制商老太的母系势力？谁不知道，商老太和岳慧萍势均力敌，水火不容？岳慧萍虽然暂时隐退，但见其形势，为何不能请其"王者归来"？何况她的势力也正在等待死灰复燃……

一时间，众人联想甚多，但却见郭晋莲恍若不觉，半闭着双目，听着自己的 MP3，一副天真少女纯洁而又无辜状。但是，诸夫人的心，已经是一惊，一凉，一醒悟：夫君杀敌奴未闲，脂粉阵里堪敌手！

≫ 正幕外：

老板就是老板
——超级毕业生第二堂晋阶课

北京，海淀。

李诺 QQ 签名："不要户口也要留在北京！"

简洁微信签名："希望就在前方！"

22

又见佳人。

简洁出门略施粉黛。好几晚做噩梦，神色略倦，想想，觉得今天这会面太重要了，不能不妆饰一下。

还是有效果的，至少蒋子峰眼前一亮。有进步，现在学会打扮了，其他方面是不是也进化了一点点呢？

他像寻捕猎物的豹子一样，耐心地观察着眼前这头美丽的梅花鹿掉进他的陷阱——噢，不是"掉"进，而是主动走进；不是陷阱，而是乐园。

"黑马"不是说了吗？谁说咱们投资者是凶残的豹子，我们是"心灵捕手"——我们捕获的是"人"，那些人捕获的是"钱"。

我去！"黑马"真是投资界的诗人哲学家——这么尔虞我诈、你死我活、狼烟四起、血淋淋的金钱与资本战争，都能被他形容得像"小桥、流水、人家"一样的乡村诗意，轻描淡写之间，就把那血腥抹得干干净净。

不过，这也是"黑马"最能折服他"豹子"的地方。

投资者投资的是人，为的是钱，钱是跟着人心走的。抓住人心所向，就抓住了钱的流动。所以，黑马说，我们是心灵捕手。

这个小姑娘呢，要是抓住了他蒋子峰的心，就抓住了金钱。他的心，她能抓住吗？

简洁又紧张起来了。面前这个男人依旧是那么强势，所不同的是上一次他滔滔不绝，小包厢里就只听见他在说了；而这一次，就只有她自己干巴巴、瘦瘪瘪地在说。蒋子峰基本上都在沉默。但是，他一沉默，那种强势就更盛，简洁的压力感就越大。所以，她只好有话说话，没话找话说。

一旦停下来，空气中就游离着不能承受的沉默和尴尬。

蒋子峰有些残酷而冷漠地盯着简洁，看她嚅动的嘴唇，却在很认真地研究，她究竟是抹紫罗兰色的口红更性感，还是抹绛红色的更诱惑？

他没有兴趣听简洁说那些学业、专业之类的事儿——从她樱桃小嘴里蹦出来的，竟然只是一些没有意义的音符。

黑马说，对方说得越多，我们离得越远……

"师兄——"简洁轻唤一声，把蒋子峰从神游的思绪中拉了回来。

唉，又黑马说啦。

"师兄"这称呼也是从黑马那儿剽窃过来的，当初觉得拿这个哄哄未出校门的小姑娘们挺好玩的，现在听起来，竟是异常的刺耳。

23

"噢，说到哪儿啦？"

蒋子峰干咳两下，掩饰自己的尴尬。

要是他手下知道"血腥豹子"居然像"儒帅黑马"那样做思考者状，

会不会笑他们凶悍的老板东施效颦？怎么，就许百姓放火，不许州官点灯？平日里，他们微信签名档上、QQ簿上，还少了"黑马语录"不成？

黑马，黑马，你现在在哪儿呢？

"我——"简洁一时不知道话头从何说起。她刚才语无伦次、啰啰唆唆了半天，自己也不知道说了些啥。明显看出蒋子峰心不在焉，肯定也没听进去几个字，可又不得不说。实在忍不住了，才轻唤一声，打断他的神游。但是，打断了又怎样呢？接着牛头不对马嘴地说？

蒋子峰抬手看了看表，还有五分钟。他准备结束这次面谈了——看来一两年的时间，并没有改变这个白痴女孩。当然，也没改变他——他还是白痴地浪费了自己宝贵的时间。

不过，恪守说三十分钟就得三十分钟的投资者的习惯，蒋子峰还是不能提前结束面谈。不过，也好，既然听不到他想听的话，就说他想说的话吧——反正这次结束之后，他和她将真的"再见"，永远不再再见。

蒋子峰随口问："要毕业了，对你最好的朋友有啥打算？"

简洁愣住了。她怀疑地看着蒋子峰，对方很肯定地点点头，表示没有问错问题，的确是想知道她怎么看她和她最好的朋友未来的关系。

蒋子峰补充说道："我想知道真话。那些面子上的话就不要说了，也不要担心话会外传，或我会另眼看你——再阴暗的心理我都见过。"

简洁心如电转，像放电影一样一幕一幕地闪过和李诺交往的点滴往事，风驰电掣。那一秒钟，她灵台顿开，忽然感觉这可能会是她一生最重要的决定——对，她就是要做那只"做决定的青蛙"。于是，她说出来那句在心头盘旋很久、一直模糊不定但此刻却无比清晰的话："我觉得她是我最大的敌人。"

蒋子峰瞳孔骤然收缩，胸口如重重一击，几乎喘不过气来。

我最爱的人伤害我最深，我最好的朋友就是我最大的敌人！

蒋子峰真的要对眼前这个看似无比纯洁、无比单纯的女孩另眼相看了。

那一刻蒋子峰脱口而出："你愿不愿意跟着我干？！"

24

简洁几乎说完就后悔了。

但还不到两秒钟，蒋子峰脱口而出的话，又让她惊呆了。

两种瞬间都达到高峰体验的情绪，让简洁的心房陡然受到两股强气流的撞击，颠簸起伏，难受、兴奋、如释重负，又像有一颗新的石头压在胸口……复杂得很，难说得很。

简洁费力地点点头，又想找点词解释一下，但又不知道解释什么。

为什么解释，又如何解释？就说李诺这个人？就说这四年她给自己带来的压力和阴影？

蒋子峰挥挥手。他似乎洞悉简洁此时此刻细腻的心里波动，却毫不在意，或毫不情愿，止住了她欲说还休的话。他招来侍者，埋单，走人，带简洁坐电梯，到公司。

一路沉默不语。

这是真正的"沉默"。

两三年的挣扎浮沉，一颗心的漂泊折腾，蒋子峰终于在简洁那句深思熟虑却又妙手偶得的话中，洞悉了他和黑马关系深刻的残酷、他和夏雨荷关系深邃的悲哀。

从那一刻起，张扬的、强势的、话语滔滔不绝的血豹蒋子峰，学会了真正的沉默。

沉默，真正的沉默。

然后，更像一个男人一样，准备战斗。

25

一下午，简洁都如腾云驾雾，机械、被动地被指导着干什么事：填表，做题，测试……

或许出身于华尔街，又或许是已经位列于中国最新锐也最负盛名的投资公司，万宝已经建立了一系列标准化、系统化和全方位的雇员测试系统：职商、情商、定性、量化、团队、领导力……

那些测试题，简洁足足做了两三个小时。

然后，人力资源总监万芒亲自陪着她，等待总裁汤小宁的面谈。她说，简洁走的是公司直面特殊人才"超级毕业生"的"One-to-One"招聘直通车程序。

特殊人才？超级毕业生？

简洁骤然又紧张了起来。

千万别赶鸭子上树啊！

"不让猴子爬树，叫它游泳；不让鸭子游泳，叫它爬树。按一种标准要求所有的人，只会浪费人才。"李诺曾用《动物学校》里的讽刺故事来调侃毕业生找工作时的用非所长——"专业不对口"或其他什么的。

就算不是就业寒冬，又有几个毕业生，能"专业对口"找到工作的？

没错，这又是"大师兄说"的。

我做一前台 lady 就可以了，或者秘书、助理？

26

这边厢，蒋子峰终于猎捕到了他的"猎物"——虽然是另一种意义上的。那边厢，黑马继续给李诺上超级毕业生的进阶课。

黑马：还是接着之前说过的，我和你说过如何面对你不喜欢的同事。那么，今天要讲，如何面对你不适应的领导。

李诺安静地听。

黑马：在最坏的情况下，同事你可以不理睬。但是，领导不能。尤其是，你的直属领导。

李诺：是，我知道。

黑马：如果他的工作作风和你大相径庭，让你受不了，甚至他从根本上就对你有意见讨厌你，你怎么办？

李诺语气诚恳：你说？

黑马：有些人会费尽心机地找领导的错误，越级告状，想挤走这个领导。或者自己想尽办法调离。你说说看，这两种方法你觉得如何？

李诺想了想，慢慢地说：第一，越级告状这个常识性的错误，现在大家都知道不应该犯了，还会出现的话，是某种万不得已的情况或者是情绪没有控制好，我知道这种方法必然不行。第二，自己调离似乎也不是个好方法，一则新领导会怎么想你，二则你怎么能保证新领导就一定合适你？

黑马笑：你越来越有进步了。

李诺浅笑：不过，我还不知道该怎么办。

黑马：打开一点思路。

李诺喃喃：既不能让他走，又不能让自己走。那？

灵光一现，说：让他升职？

黑马的眼睛里闪烁着赞许的光芒：继续说。

李诺：我想，让他升职，其实是一个双赢的方法。他升职了，权力扩大了，我作为他的团队的一员，自然也能获得更多的东西。

黑马点头：对！你要是与他合不来或者对他的位置感兴趣，那么最有效的方法就是做好你的工作，把他扶上去。

李诺：还有一点，就是在这之前需要隐忍。

黑马笑：呵呵，也不必说得这么辛苦，用"隐忍"这个词。其实，做好表面的工作就好了。

李诺：嗯，以前就有人和我说过，要相信，老板就是老板，哪怕在你的眼里他没有能力，没有学问，但是他终归有成为老板的原因和理由，而你不是。

黑马：对，说的就是这个道理。领导站的角度和你不同，很多时候产生一些矛盾，只是因为大家的出发点不一样。

李诺点头：嗯，这个可以理解。

黑马：你要记住，作为下属，做好你的本职工作是一个先决要素，也是保证你基本利益的基础。

李诺：是，大家都做好了，让他上去，我也就有了上升的空间，要双赢。

黑马笑：希望能看到这样的局面。

李诺也笑。

27

咚，孙晓东的小头像绿了。

李诺被黑马激荡起来的心忽然又掉向了谷底。什么时候，孙晓东让她这么不开心了？

李诺和孙晓东已经"对峙"了半天了。

最后，还是李诺忍不住了。

李诺：好几天没见你了。

孙晓东：嗯，忙。

李诺：噢……

李诺：我今天上课，黑马说我提高了不少。

孙晓东：嗯，好。

这样的对话，让李诺觉得无趣。

她轻轻地叹了口气，转换了话题：下周就能回来了吧？

孙晓东在前两封邮件中提到了归国的话题。

半晌，孙晓东才说：可能又要推迟一个月了。

李诺嘴巴张开：又推迟了？为什么呀！

孙晓东闷闷地说：这里走不开。老板说，要把华尔街的业务安排好了。

李诺问：你一个实习生有什么走不开的？

孙晓东：就是实习生才不能提前走啊——老板都没走，你怎么能提前回国呢?

李诺不高兴了:你已经推迟两次了啊!

孙晓东冷冷地说:这不是我说了算的问题!

李诺看出了他语气中的淡漠,生气了。

李诺:我不明白你整天忙什么。

孙晓东不示弱:我也不明白你整天不找工作,还去上什么英文课!

他又旧话重提了——上新世纪的培训课,不就是为了跟上他的步骤嘛!

于是,李诺用力地敲键盘:你只会说你忙!

孙晓东:你不理解就算了。

李诺质问:什么叫我不理解?为什么事事都要我理解你?你怎么就不能体谅体谅我呢?

孙晓东反问:我一个男人,那么忙,那么累,你还要我体谅你?

李诺:这和男人女人有什么关系?

孙晓东:和你真是说不明白!

李诺:那你就别和我说话了。

孙晓东的头像一下子暗了。他下线了。

李诺呆呆地看着屏幕,觉得一股火气无处可发,只能重重地靠在了椅背上。

轻微的叹息。

这是两个人相恋三年以来,"最激烈"的争吵!以前,都是温和的孙晓东"容忍"着"任性"的李诺……

然后,眼泪就一滴一滴地流了下来。李诺一滴眼泪一个字地留言——

爱,有时候很不讲道理,来得莫名其妙,走得也莫名其妙。

我完全相信,上一刻,你是真的爱我的;而这一刻,你也是真的不爱我了。

爱情基于很多复杂的因素。

在我看来,就是我时时刻刻会想到你(不是说想你,而是想到),有快乐或者悲伤都会想让你知道,和你分享。

我会把你放在我的心上,以你为重。

我会想要在你身边,静静陪伴。

在我想来,这就是爱你了。

我曾经说过,女人如果不撒娇,不任性,不无理取闹,那就不是爱你了。

确实如此，就像一个小孩子，要吵闹，要叛逆，来吸引大人的注意力。

往深了想，道理其实是一样的。

我爱你，所以希望你也能同等地关注我，放我在心上。你要哄我，配合我的无理取闹，配合我一遍遍问你是不是爱我。

这就是女生！

——没有回音。孙晓东的头像一直是灰的。

28

蒋子峰将简洁带到人力资源部，和总监万芒谈了五分钟，要求她让简洁走"One-to-One"绿色招聘直通车的程序。

然后，蒋子峰就带着简洁的一份彩打的简历，直闯总裁办找汤小宁去了。

在万宝，蒋子峰是继黑马后第二个获此特权的总监。任何时候，任何地方，只要他们愿意，可以不通过总裁办秘书预约直闯总裁办——里面所有的会谈会立即中止，汤小宁会立刻放下手上所有的事务，停下来，聚精会神地倾听他俩想说的话，哪怕只是很混蛋地说两句"今天天气很热"的废话。

黑马就这么干过，嬉皮笑脸，像江湖混子似的。很久以来，蒋子峰都特别想像他那样放肆一回，谋划很久，终究有所忌惮。

有谁，敢随时挑战老板的规则，随时颠覆公司的传统？而且，是外企！

黑马就敢——有资本他敢，没资本他也敢。

万宝有一个充分授权的招聘机制，总监级高管直接面试聘任、此级别以上人员举荐或猎头公司总监级以上私人推荐，都归入"One-to-One"绿色招聘直通车通道，由用人部门的总监直接面试，副总裁或总裁与该总监一起复试，人力资源部总监只是履行手续——几乎没有话语权。

万宝的传统不是这样的——至少从美国总部到大中国区的传统就是，人力资源总监权势熏天。

29

事情是执行黑马策划的"超级毕业生·金砖潜伏计划"时逆转的。

这个计划的要领只有三点：第一，遴选一批具有商业实战经验或超级商业潜质的非应届毕业生；第二，在万宝经过为期一至两年的投资助理培训，直至他们毕业；第三，在他们毕业时，跟他们签订对赌协议，秘密派往各大著名教育培训机构如新世纪潜伏、卧底或者卧槽……为未来"专业化投资"垫底。

在华尔街危机之后，在"世界经济中国周期""全球财富大东移"以及"中国财富大洗牌"中，投资冒险家都聚焦中国寻找机会，中国教育培训市场成为下一轮淘金热的最大金矿。他们都虎视眈眈地想"猎捕中国""猎捕教育培训业""猎捕新世界"。

"中国的投资将会迎来黄金年代，未来 20 年都会吸引全球的兴趣，将成为全球风险投资的中心。"

一场投资战争正在酝酿之中。

在冯伟的建议下，汤小宁早已抢先一步，在两年前就已经瞄准中国最大的民营教育培训机构新世纪学校，欲将其整体打包上市并且连锁并购，套现红利，快进快退，做成最大一笔"世纪之投"。

汤小宁将其命名为"金砖计划"——教育培训是块金砖——意谓世界金融危机、中国经济震荡两三年之后，将又是一个全球财富的"黄金中国十年"。这个"金砖"便是万宝敲开"中国黄金十年"财富大门的敲门砖。

"金砖计划"最关键的布局，便是要深入中国教育培训行业特别是新世纪内部，从最基层做起，像庖丁解牛一样，对其进行全身解剖，辨析其优良资产，掌握其核心竞争力，然后以其为支点，进行解构重组，重新整体包装——从而为万宝的打包上市提供一个可行的整体解决方案。

黑马就是这个"金砖"计划的策划人和执行人。他正是根据"金砖计划"的战略规划，提出了"超级毕业生·金砖潜伏计划"的超级商业设想，计划在两三年内，系统、持续、全面地培育二三十名"超级毕业生"作为投资助理，分批秘密"潜伏"至新世纪，潜伏于基层管理层、教师培训岗位以及教务教学咨询服务等各个关键岗位，掌握其核心业务、人脉和资源禀赋。

等待有一天，汤小宁一声令下，投资教育培训业，猎捕新世纪，迅速插入关键位置，让这台上市的赚钱机器能够持续不断地印钞票。

计划很宏大，也很乌托邦，但也很实际。只有黑马敢想，汤小宁敢支持——

还有，蒋子峰敢做！

30

"超级毕业生"第一批招聘,由前人力资源总监杜柳主持。

复试时,黑马几乎是表现出一边倒的强烈倾向,要聘用一个北京普通高校的本科女孩——才大二的李诺。

虽然这个外表似弱柳扶风的娇小女孩,怎么看都不像是一个有着双皇冠级别的淘宝网店女店主!

人和人的缘分就是这么奇怪。就是——而且只是为了验证自己的这一个直觉,黑马居然无视公司正常的招聘流程和人力资源总监的权威,亲自面授机宜,让手下最强的主管组成实战考核梯队,单独把这个女孩拉出去,混同其他从业已数年的人"野战"了一番——黑马系的人都把高强度地实操一个投资项目当作野战,是骡子是马一遛就知道。

这个女孩的生存能力之强,商战应变之快,居然位列前三——黑马顿时起了惜才、用才和炼才之心。"伯乐常有,而千里马不常有",能逐鹿整个草原的千里马更不常有——可恶的是,公司人才量化和定性评价指标体系,不知是人为因素,还是机器出了毛病,居然把她归为差等。

而且,其他参加复试的都是海内外名牌大学的研究生,甚至有两个有海外投资机构兼职经验的海归。

前人力资源总监杜柳学历至上、海外经历至上、经验至上和指标至上,明显倾向毕业于海外某名校、又在海外投行有实习经历的男孩儿陆敏,干净,谦和,也能干。

两个人当场就针锋相对起来,火药味很浓,让会谈室内外所有的人都如坐针毡。

31

杜柳拿着所有的量化测试结果说:"这个女孩各种指标及综合得分明显低于那些人,不合适。而且学历是所有人中最低的,第一轮就该被淘汰。"

黑马说:"指标是死的,人是活的。唯才是举,学历只是参考指标。我看重的是潜力、可塑性和爆发力。她能闯过我手下那么多道关,证明她的应变力和即战力很好——投资需要的不是死读书、只知有板有眼做事的人。"

黑马即兴提出面试招聘超级毕业生的"四历加一力说",看人要看"四历加一力":学历、经历、阅历、资历,最后是综合竞争力——毫无疑问,李诺的综合竞争力堪称No.1。

结果，杜柳对"四历加一力说"不屑一顾："专业的事交给专业的人来做。我有这个权就要负这个责。你这样太随意了，太不专业了。还四历加一力说呢，差不多就五马分尸了。"

结果黑马当场就拍了桌子，勃然大怒，且怒不可遏，指着杜柳的鼻尖说："老子就情绪化、不专业化给你看，龟儿子你给老子滚出去！"

举座皆惊。

黑马是"川耗儿"，本来就"川普"，说普通话中经常是川音、川调、川词、川字——听起来有时竟比小沈阳"嗯哈""那个啥"还有味儿。但盛怒之下，把川骂带出来——虽然黑马在骂时忘了，对方可不是"龟儿子"，而是四十几岁风韵犹存的丽人；可川骂中没有"龟女子"的骂法呀。

这在万宝立刻诱发了一场地震。

且不说万宝大中国区是美国公司的中国合伙人，遵循的是华尔街的职业化、规范化和专业化——想杀人，也得笑脸杀人，十步不溅血；就是黑马本人，一直温文尔雅，笑脸待人，拜托前台小招待收发个快递都尊敬地说"请您"或亲昵地说"辛苦你了"，并且他形象上白面书生，儒帅风范，在总监会和投资者面谈会上都会"羽扇纶巾"，笑谈间投资界已是狼烟四起、樯橹灰飞烟灭，却偏听他深沉、深邃、深远地谈"人诗意地栖居在大地之上"。

谁都没想到，"儒帅黑马"性子竟是如此冲动，脾气竟是如此火爆，手段竟是如此狠厉——两大总监巅峰对决，一总监拂袖而去，没几天辞职走人；一总监被给予冲动的惩罚，罚薪半月。"金砖计划"的执行人也即刻换人，"超级毕业生"交给双子星座另一总监蒋子峰负责。

"你这匹马儿最重要的是做什么？战略，战略！除了战略，还是战略！"

大家才仿佛猛然醒悟，黑马还有一个不大被人提及的职位——总裁助理——在级别和权限上要比杜柳高上那么半截。

毕竟，整个万宝大中国区的投资战略，基本上就是由汤小宁和黑马两个人在办公室里敲定的。

32

"超级毕业生"计划需要绿色通道！

新接手的人力资源部总监万芒虽然是直接从外企挖过来的，但毕竟也在国企待过。不动声色地熟悉了半个月，最后弄出了个"One-to-One"招聘直通车，汤小宁一阅即批，让各大总监喜出望外。

第十一章　靠自己&安全感：众里寻他千百度

蒋子峰说，那才叫真正的血性——大地震后，他经常感叹两句话："撼山易，撼四川人难！""川人从未负国，国人决不负川。"

汤小宁一语笑评，黑马从骨子里就是个蔑视规则的人——他会经常挑战规则、破坏规则、颠覆规则，创造和制定规则，之后又亲手挑战它、破坏它、颠覆它……一直循环下去，生生不息，奋斗不已。

"因此，他必须寻找一个敢用他的领导人。幸运的是，我就是那个敢用他的人。"

一语定乾坤。从此，万宝的人知道了黑马在大老板心目中真正的江湖地位。看黑马亲善的目光中多了几分敬畏：宁惹血豹，莫招黑马。

惹怒了血豹，他顶多把你撕咬得鲜血淋漓，但至少还能苟延残喘；触到了黑马的霉头，或许没几个人能活下来，更或许尸骨无存——

当然，没几个人能触到黑马的霉头，因为没几个人有这个分量和能量。

现在，他蒋子峰，有没有这个分量和能量呢？

毕竟，落难的凤凰不如鸡。

33

在紧张而焦虑的等待中，简洁有一种异常的冲动，想给李诺打电话。

说什么呢？"在万宝面试"滑到舌尖又吞了回去。

不合适啊，不合适啊。

简洁压低了声音："亲爱的，在哪儿呢，在宿舍啊？"

李诺笑："哈，当然。你呢，在哪里？"

简洁噢噢两声："我在外面呢。"

不知道为什么，一听到李诺的声音，简洁的心就沉淀了下来。不再那么紧张，不再那么焦虑了。

简洁："嘻嘻。听你的声音很欢快，孙晓东回来的日期定了？"

一听简洁提到孙晓东，李诺就不吭声了。她不想说和他吵架的事情。

简洁听李诺不说话，就问："怎么啦？"

李诺叹气："不知道。他很忙。"

简洁声音提高："真的假的？你要注意哦，男人一说忙就有问题呢。"

李诺闷闷地："嗯。"

简洁想想不对，忙安慰道："不过，孙晓东是个好男人啦，这么温柔体贴，这年头不多见啦，你要珍惜哦。"

李诺撇嘴："他才不温柔体贴呢。"

简洁问:"咋了,吵架了?"

李诺想了想,还是说了:"嗯,他总说他忙,说回国又要推迟一两个月了,还怪我不体谅他。"

简洁:"哦……亲爱的,我得说说你了。他可能是因为工作压力大,才冲你发火的。你就别和他争嘛,你看,他以前对你多好。"

李诺反问:"你也会说那是以前啊。

简洁不理会她的问题:嘻嘻,要记得他的好嘛,你要知足啊。

李诺叹气:"哎……"

简洁劝她:"你忍着点,他回来就好了。一切等他回来再说吧。"

李诺点头:"嗯,我知道了。"

看见总裁办秘书田甜四处找她,简洁忙说:"我有事,先挂了哈!"

挂了电话,李诺知道,其实简洁说的都对,可是自己还是觉得委屈。

看到冯伟的头像没有绿着,但还是忍不住打字过去,就当是一种倾诉吧。

李诺:所有的人都在理性地劝慰你,理智地告诉你,你应该知足;呵,谁能什么都不说,只给你一个温暖的拥抱,让你哭得肆意,笑得灿烂;纵容你,包容你,永远把你当作小姑娘呢?

其实,冯伟在潜水。当他看到弹出的这个对话框,看到了这样一段话,就愣在了那里。

一直以来,他看到的是李诺的坚强乐观,她的独立勇敢,她的笑容灿烂。他不知道,也从未想过,李诺也需要有人把她当作个小姑娘。

他思量再三,手放在了键盘上,却终究没有吭声。

冯伟想告诉她:你明白,长大了,就要知道收敛情绪,要知道小心翼翼,要知道模糊感情,要知道忍住委屈,要知道独立勇敢,要知道理智冷静,要知道对着人微笑,转过身去哭泣;虽然我知道你,好想长不大。

想完了这段话,冯伟的心里一片震惊。他不知道,自己从什么时候开始,对这个女孩多了些牵挂,多了这么想要去呵护的冲动。

电脑那头的李诺,见冯伟那边一片寂静,以为他没有在线。

想想反正话也说完了,还是睡觉吧。

睡他个天昏地暗,不管西东。

只不过,不知道,一觉醒来,这个世界已经怎么样了?

(第二部完)